鹤望兰

少鸿◎著

中国文史出版社
CHINA CULTURAL AND HISTORICAL PRESS

图书在版编目（ＣＩＰ）数据

鹤望兰 / 少鸿著. -- 北京 ：中国文史出版社，
2021.4
（"锐势力"中国当代作家小说集）
ISBN 978-7-5205-2909-9

Ⅰ．①鹤… Ⅱ．①少… Ⅲ．①中篇小说－小说集－中
国－当代 Ⅳ．①I247.5

中国版本图书馆 CIP 数据核字(2021)第 064259 号

责任编辑：全秋生

出版发行：中国文史出版社
地　　址：北京市海淀区西八里庄路 69 号　　　邮编：100142
电　　话：010－81136602　　81136603　　81136606 （发行部）
传　　真：010－81136655
印　　装：北京温林源印刷有限公司
经　　销：全国新华书店
开　　本：787×1092　　1/16
印　　张：17.25　　字数：260 千字
版　　次：2021 年 5 月北京第 1 版
印　　次：2021 年 5 月第 1 次印刷
定　　价：55.00 元

目 录
CONTENTS

鹤 望 兰

现在，天黑下来了。

湛蓝的泸沽湖变成了一泓荡漾的墨水，粼粼闪光。

他装成闲逛的样子，沿着一条荒草萋萋的土埂，向祖母屋的后门摸过去。祖母屋前的院子里烧起了篝火，火光映红了夜空。游客们围着火堆跳舞唱歌，喧哗得很，为他起到了掩蔽作用。路礅上一根斜伸过来的刺条挂住了头发，他小心地摘下，不料被刺划破了手指，疼感尖锐。凡事都要付出代价，这不算什么。他顺利到达后门，月光正顺着粗糙的门板往下流淌。环顾四周，空荡无人，他用力地推了一下门板……门若是纹丝不动，那所有努力都前功尽弃。三个小时前，他跟随最后一批参观者进了屋，他也是最后一个离开的，离开之前，他抽掉了后门的木门闩……果然，如他所期，随着手的力道传递，后门悄然敞开。他闪入门内，将门掩上。他不必担心屋内有人，这幢专供游客参观的祖母屋，类似于一个小小博物馆，不住人了的。他对它的结构了然于胸，这是他第三次造访了。灰尘的土腥味与脂肪的香气混杂在一起，令他有鼻塞之感。杂物间的木架子上搁着三块猪膘肉，墙上挂着锈蚀的猎枪、犁、蓑衣、筛子等传统用具。他从双肩包里掏出手电筒照着地面，蹑手蹑脚地穿过杂屋与过道。他感觉自己悬浮在空气中，没有一点重量。杂屋隔壁是谷仓，谷仓隔壁是神堂，是摩梭人祭拜神灵与祖先的地方。他控制着自己不往神龛上看，匆忙穿堂而过，踅入隔壁的祖母卧室。

在电筒光的映照下，祖母床白天挽起的蚊帐已经放下，好像祖母睡在床上似的。房间中央的火塘之上，仍吊着那只黑不溜秋的铁锅，四条长板凳围在火塘四周。那扇灰暗的渗出一些树脂的生死门，就嵌在祖母床对面的木板壁上。

大半年前，他和她坐在生死门与火塘之间的那条板凳上，听导游讲解。你晓得那道门是啥子门吗？那是生死门。为何叫生死门呢？因为门后就是生死屋啊。摩梭人顺应天道，对生和死都看得很重，也看得很开，所以设立了生死屋，凡是产妇要生产了，就将她送入屋内，生下婴儿了才接出来；而家人临终之前，也会送入此屋，待咽气之后再举行葬礼。所以呢，生死屋是他们生命起始和结束的地方，他们从这道门里出来，在人间走一遭后，又回到这道门里去。导游津津乐道，而他顿觉肃然，脊背发凉。当时，他和她不约而同地回过头去，凝视那扇神秘的生死门。在他猜测着生死屋内会是什么景象时，她用肩膀碰了碰他，笑道：哎，敢不敢到生死屋里睡一下？你敢我就嫁给你。

生死门没有门闩，也没有上锁，一只生锈的铁门扣垂在门上。他抓住门扣，稍稍用劲一拉，门榫咯吱作响，门板缓缓张开。他屏住气息，将电筒光射进黑蒙蒙的生死屋。屋里除了一架木板床，什么也没有。三合土的地面很干净。他走到屋中央，没有闻到异味，呼吸自如起来。屋顶有两片亮瓦，透进一缕幽光，仿佛来自前生，又似乎来于后世。侧耳倾听，祖母屋前的人们仍在纵情歌舞，篝火毕剥作响。他退出门外，拖过来一条长板凳，将它的一端放在门口，取下双肩包放在凳子上，再将手电筒搁在包上——这样手电筒就不会滚动了——并让那束黄色的光射向生死门内的那张床。然后，将手机装上自拍杆，开始拍视频。他先拍了敞开的生死门，然后走进屋内环拍一圈，再坐到那张床上，将持自拍杆的手尽量伸长伸直，让摄像头对准自己，然后慢慢地躺到床上。

你认得出这是什么地方吗？你还记得你说过的话吧？你想不到，我真会进生死门，躺到这张床上来吧？我并不奢望你嫁给我，只希望你看到视频后有个回应，我不想失去你。他呻吟般地对着镜头说。拍完视频，才感到硬硬的床板硌得后背生疼。他侧躺着，一时不想动弹。他想象自己孕于母体即将出生，又想象自己处在弥留之际。静躺片刻，他才用微信把视频发了出去。

除了微信，他没有她别的通信方式。他们失联已经两个月了。他不知发过多少条微信，她一直没有回音。他到一切可能遇到她的地方寻找过，但再也没见过她的踪影。这条视频是他最后的努力。

最初遇到她，是在昆明长水机场。

那天他下飞机后先去了洗手间，然后才去取托运的行李。走到三号转盘前，发现他的黑色登山包被一个年轻女子从传送带上拖下来，放到了行李车上。他忙奔过去，喂，你拿错了，那是我的包！女子瞪着一双杏仁眼，你的包？你叫得它应吗？他涨红了脸，我的包是极地牌的，你看，这儿有它的 Logo！女子回击道，难道极地是你的专享品牌？他说，哪有女孩背这么大的包，六十升呢！她说，我就用这么大的，怎么，还需要你批准啊？他愈发生气了，你怎么像个中国大妈？她两道细眉顿时竖起，眼瞪得溜圆，我有那么老吗？你是说我无理取闹是不？无理取闹的是你耶，你有没有搞错？他提高嗓门，搞错的明明是你嘛！旁边有人打圆场，打开包看下嘛，看下就晓得搞没搞错了。她却将行李车往他怀里一推，就不看，是我的我也不要了！气鼓鼓地一侧身，从传送带上拖下另一个一模一样的包，躬身一背，转身走了。

　　他推着行李车走在她身后。他们无疑是同一个航班，再加上明显的莲城口音，也无疑是老乡，这愈发令他气闷。快到出口时，他忽觉有些不妥，便拉开登山包查看，瞟见里面有个橘红色的洗漱包。她确实没错，包是她的，而她现在拿走的那个包才属于他。他急忙将包背上，奋起直追。她的背影被众多的人影淹没了。他气喘吁吁地追到出租车乘车点，悬吊着的心才放回肚里：她排在候车的队伍中，脱掉了外套，穿件红色的短袖 T 恤衫，露出的胳膊竟然有腱子肉，身材匀称而健美。那个黑色登山包搁在她脚边。他径直过去，将包替换过来，张嘴欲道歉，她却举起一只巴掌挡住他，你不用道歉，道歉没用，你已经惹恼我了！一脸的怒气。

　　他怏怏离开。本来他也要打车直接去火车站的，算了，不跟这样的女子同路了。他转身下了地铁。他宁愿多转一次车，也不愿再见到她。一路倒也还顺利，只是直到躺在火车卧铺上，他还在生闷气。

　　第二天火车把他带到了丽江。他游了玉龙雪山、大研古城，还有黑龙潭与束河镇，总算让自己心情愉悦起来。于是他又报了一个去泸沽湖的散客团。他根本没想到，还会遇见她。他坐在旅游大巴第三排靠窗的位置，一直望着窗外。大巴在山壁上弯来拐去盘旋不已，过了金沙江又走了两小时，回头一看，玉龙雪山还遥遥在望。进入小凉山之后，大巴在一个路边店短暂休息。他下车买了一根玉米棒啃着，一回头，看到她在女厕所前排着队。他连忙藏到一丛竹子后，等所有乘客都上了车，才弓着身子回到车上。其实导游在车上点过名的，不知为何他没有发觉她也在车上。可能与她坐在靠后的位置有关。

　　到达泸沽湖时太阳已经偏西。过了检票站，大巴停在高高的山梁上，所有人都拥上观景台。放眼望去，云朵雪白，天空蔚蓝，远山苍灰，湖水黛碧，松林青翠，整个泸沽湖尽收眼底，风景真是太美了。他掏出黑卡相机不停地拍，以至于忘了她，并且不知不觉地凑到了她身边。大概是嫌作为前景的松林遮挡太多，她爬上了围栏，将两条腿绞在栏杆上，双手举起手机拍照。忽然，她身体一个摇晃，眼看就要倾倒，他眼疾手快，一把抓住她的胳膊往里一拉。她顺势跳下栏杆，脸颊先是煞白，继而通红，讶然一笑，怎么又是你，谢谢啊！他想笑一下，却不知为何绷住了脸，讪讪然。她头一偏，我晓得你想说啥。他脸松弛下来，那你说说看？她说，冤家路窄呗！他说，还有呢？她道，不是冤家不聚头、不打不相识，诸如此类。他说，你是我肚子里的蛔虫？她眉头一皱，我可不想当蛔虫，恶心死了，我只是会读心术，看人一眼，就晓得人心里想的啥。他盯着她那双灵动的杏仁眼，发现它比原来好看多了，亮闪闪的。那你说说，我现在想的啥？她认真地看他一眼，法令纹倏然张开，呵呵你的想法太男性了，你觉得这女子颜值不错，想跟我继续交往对不对？他脸上一热，你就自作多情吧！不过就算有这想法也不出格吧？她连连点头，不出格不出格，完全合情合理。眼珠骨碌碌一转，又说，正愁忘带自拍杆呢，帮我拍几张吧？他便点头，好呀好呀，我也正想请人帮我拍呢。

接下来他给她拍了好多张照片，先用她的手机拍，又用他的相机拍。取景框里的她面容清爽，身材窈窕而矫健，只是拍特写时，能觑见眉宇间有一丝迷惘。她也给他拍了好多张，边拍边喊，放松一点啊，随意一点啊，别装，自然就好，呃，就这样，这不好看多了，真帅！拍完照，她忽然道，哎，你相机里的照片怎么给我呢？他解释，他的相机照片可以无线传送到手机上，再用微信转发给她就是。她眉一挑，我就晓得是套路，想加我的微信是不？这一回他没脸热，正儿八经地道，老乡见老乡，两眼泪汪汪，想加个微信，这不挺正常？两人遂互加微信。她的微信名挺别致，叫鹤望兰，但不知为何，他心里咯噔一下，莫名地不安。他知道鹤望兰是一种热带花草，又名天堂鸟，但他不知自己的不安从何而来。他的微信名是独行侠。你的名字有什么讲究吗？她问。他淡然一笑，没啥，我喜欢一个人外出旅行，名字其实是一种心灵姿态吧。

等到导游呼叫大家回车上时，她和他前后相跟，有说有笑，她上车时他还扶了她一把，就像是老朋友了。

发完视频，他就关了手机，手机快没电了，同时，也免得自己频繁地看微信。以他这两个月的经验，这种频繁只会徒增烦恼，肯定不会有回音。既知如此，那你千里迢迢地跑来拍这个视频又有什么意义呢？哦，回不回应，是她的事；而拍不拍，是你的事。拍过了，就了结一桩心事，对得起自己了，结果会怎样，交给命运吧。

他拉紧生死门，退出祖母屋，然后将后门也关上。屋前院子里篝火已经熄灭，人声也稀疏了。他横穿公路，避开游移的人影，沿着湖边的游道踽踽而行。他并不急于回酒店，因为不可能睡得着。月光洒在脸上，有点凉。他踏上长长伸入湖面的栈桥。远处传来几声狗吠，显得很亲切。他伸手摩挲一下木栏杆，竟有些微的热，好像她伏在栏杆上刚刚离去似的。

初来泸沽湖的那晚，吃完难吃的团餐之后，他和她就不约而同地来到栈桥上。那时晚霞还辉映着湖水，海鸥在半空翻飞啼叫。互相拍过照后，他们就凭栏静观，享受湖风的抚摸，好久没有说话。后来她发现湖面上摇荡着一种白瓣黄蕊的小花，他便告诉她，它叫海菜花，餐桌上那盆叫作"水性杨花"的汤，就是它做的。为了把花开到水面上，湖水有多深，它就会长多高，他做过攻略，所以晓得它。其实它如果清炒，滑爽可口，更好吃一些。菜是好吃，可为何取这么个俗气的名字？她皱了皱眉头。他忙转移话题，哎，你一个弱女子，怎么单独出来旅游啊？她瞥一眼他，我可不是弱女子，你不也单独一个人么？他说，我是喜欢和自己待在一起。她说，我也喜欢和自己在一起啊！他抱歉道，那不好意思，我闯入你身边了。她说，我不也一样么，这是命。静默片刻，她转身直视他，老实告诉你吧，我这次出来，主要是奖励自己一下，庆祝我离婚成功回归自由身。他一愣，是吗？她翘起嘴角，是啊，我坦率吧？其实我看得出来，你喜欢独行的原因是逃避，逃避啥，你自己知道。他噤嘴，何以见得？她说，这用不着我来读你的心，幸福的人儿不远游嘛，要游也和家人一起。他只好默认了，双手相握，将自己的手指捏得喀喀响。她又说，其实呢，不管游多远，还是有个情投意合的伴才好。他点下头，那还用说，就是难得有啊。两人便又都不说话了，沉浸在逐渐幽暗的夜色中。星星在头顶闪烁，像在传递某种隐晦的信息。

那样的夜晚和对话，可能再也不会有了。他叹息一声，转身回了酒店。

当晚，他做了个奇怪的梦：他变成一只海鸥，从栈桥上振翅而起，朝着东边的晨曦翩然而去，飞着飞着，遇上了另一只海鸥。噢，那不是海鸥，是她，她的长发在风中飘扬，她挥动翅膀向他致意。他想给予回应，可刚挥了下翅膀，就直往下坠，落入一个无底的深渊……惊醒之后他一身的冷汗。直到坐上回莲城的航班，那种惊悚感都没有消散。他盯着窗外飞机的翅膀，心里默念，老天，别出啥事，要出事，也等我晓得她的下落了再出吧。

鹤望兰，我们还是见个面吧？

有话就在这说，非得见面？

还是见面谈好，你不是会读心术吗？你懂的。

我当然懂，你对我有性趣，可是我没。

你没读懂，我不仅仅是对你有性趣，也不仅仅是好感。

难道你就喜欢上了我的灵魂？没这么夸张吧？呵呵，其实我不反感你的性趣啊，若是对我连性趣都没有，我岂不悲摧？

你一直这么率直？

是啊，不率直就不是我了。

从泸沽湖结伴回莲城后，他们天天都微信联系，类似的聊天不知有多少回，但鹤望兰一直没答应他见面的请求。她越是回避，对他的吸引力越大。他们从不盘问对方的情况，但还是无意间互相透露了一些。他晓得她是某局的办事员，有份收入不高但是很稳定的工作。她不像他上过大学，只读过中专。可能是遗传的缘故吧，她喜欢体力劳动，她爷爷曾经是搬运社的板车工。参加工作前，她在建筑工地打过工，推斗车，运砂浆，弯钢筋，什么都干。被鹤望兰拒绝多次之后，他见面的念头也就渐次削弱了。特别是后来一次，鹤望兰说，天涯何处无芳草，相信你不缺女网友吧，何必一定要见我呢？见我对你又没好处。这话有点伤到他了，便从此不提见面之事。

数月后的傍晚，他出乎意料地收到她发来的话：你还有见面的心吗？如有就来河边湿地公园吧，马上。他马上就去了。她没有说具体地点，但他在亲水栈道的木凳上准确地找到了她。一见面她就塞一张膏药在他手里，然后脱了外套，将后颈处的 T 恤衣领往后拉，请他把膏药贴到右肩胛上。她解释说，手扭伤了抬不起来，只好请他帮忙了。她裸露的肩膀光滑柔嫩，散发着温香。他不由得吸口气，控制住亲它一口的欲望。贴膏药时他左顾右看。她马上道，你不用担心别人看见，绯闻又不是洪水，淹不死人。他鼻子不明其义地一哼。贴好膏药，他才报复式地回敬一句，原来见面只为给你贴膏药，你身边连帮你贴膏药的人都没了？她毫不介意，有人还找你？不光是求贴膏药，还求安慰呢。他说，好啊，怎么安慰法？她朝旁边努努嘴，坐下，抱抱我。他愣怔着杵在那里。你别妄想更多，就是抱抱，仅此而已，她瞪大眼说。他便在她身边坐下，搂住她的肩，慢慢地将她拥在怀里。她的头贴着他右颊，久违的温馨和亲昵感罩住了他。很久没有抱过女人了，身体便有了反应。他羞愧地夹紧双腿，而她久久地依偎着他，一动不动，一声不吭。后来她伸过左手搂着他的腰，轻声道，独哥，以后我就叫你独哥吧。独哥，今天我被人打了……他身子一弹，谁敢打你？我帮你找派出所去！她箍一下他，没用的，打我的是我哥，听我说说就好。她推开他的怀抱，开始她的诉说。天色渐暗，河水泛着光斑，芦苇的影子在暮色里摇晃，她的话语跟随波浪拍打着他的耳膜……

　　原来，她的离婚是瞒着家人的。不是有人说过吗，婚姻不是两个人的关系，而是两家人的关系。为何要瞒？你想离婚，首先就过不了娘家这一关，特别是她哥这一关。你晓得城西的毛家巷子吗？她哥从小就是巷子里的孩子王，腰里别着一把木匕首，身后跟着一帮小屁孩，一高兴就揪女生的辫子，一不高兴就拦住男生收保护费。一副港片里的黑社会派头。她哥对家境好的学生特别不对眼，经常找他们的岔子，却有意罩着一个爱喷摩丝的小男生。只要那小男生一出现，她哥就会紧随其后，从巷头护送到巷尾。摩丝男生其实比她哥小几岁，之所以赢得她哥的青睐，是因为他是居委会主任的儿子。她哥从小就有某种眼光，虽然成绩不好，后来却进了重点高中，就得益于他和摩丝男生的关系。她哥大她十岁，却从不罩她，也许因为不需要罩吧，她是个敢跟男生打架的角色。她哥读完莲城大学参加工作后，与她愈发疏远，特别是她在建筑工地打工的时候，几乎不跟她来往。但是后来有一天，她哥跑到工地找到了她，不由分说替她辞了工，又带她去莲城大酒店吃饭兼唱卡拉 OK。其实呢是让她陪客，陪那个长大了且当了副科长的摩丝男生。卡拉 OK 一会，她哥就走了，留下了她和副科长。副科长心领神会，唱着唱着就拉住了她的手，揽住了她的腰。她对副科长并无多少好感，却也没有多少反感，你是女生，总要有个男朋友吧？遇上谁是谁。副科长对她的评价是，面相一般，但身材特别性感，令人血胀。副科长边说边摸她结实的臂膀，继而又摸她小而挺的乳房。潦草地唱了几首歌后，她就顺理成章地随副科长去了酒店客房。在那张洁白的床上，副科长被她的处女红惊得一愣一愣的。也许就在一刹那，副科长动了心，抛开了始乱终弃的老台本，正儿八经地与她交往，还给她找了份办事员的工作，并且与她结了婚。从结婚的第一天起，她就觉得不对头，但是哪里不对头，又说不出所以然。她不想在这种不对头的婚姻里增加一个孩子，于是偷偷跑去医院上了节育环。她至今认为，这是她三十年的人生里最正确的选择，为后来的离婚减少了羁绊，埋下了伏笔。所以说，她哥就是她的媒人，再加上前夫的父亲已升任民政局局长，成了她哥的顶头上司，她突然要离婚，必将给她哥带来负面影响，她哥怎会允许呢？婚是她要离的，她只能净身出户，在外面租房住。她对前夫的唯一要求是，半年内不准跟她娘家透露离婚的消息，以便她从容处理有关事宜。但显然，前夫违背了承诺，今天她一回娘家，她哥满面怒容，大吼一声，你有病啊随便就离婚！劈头就给了她一巴掌。她立即回击了一耳光。两人随即扭打在一起。她的体力不输她哥，无奈嫂子扯边架，嘴里喊都别打了都别打了，却只拼命拉她的手，让她施展不开。结果她被她哥摔倒在玄关处，把胳膊和肩膀都弄伤了。

家里没别人了？他轻抚一下她的肩。就没人帮你？

有啊，还有我爸，他坐在桌边吃花生米，喝二锅头，屁股都没动一下。

怎会这样？他诧异道。

一直都是这样啊。她一只脚尖在地上前后搓动，仿佛想将以往的不堪擦掉。她说她爸一直不喜欢她，她的出生不是故事，是事故。她爸只要喝酒，就会喝醉，只要喝醉，就会不分场合说他的糗事。你不晓得当年的避孕套质量有多差吧？几下就破了，我女儿就是这样没经允许钻出来的。即使当着女儿面，她爸也大言不惭。那是八十年代中期，计划生育抓得很严，不像现在这样动员人们生二胎。她母亲怀孕后隐瞒了四个月才被发现，父亲单位的计生员三天两头上门劝说，必须做人工流产。那天她爸带她母亲去医院，都到了妇产科门口，她母亲借口上厕所跑掉了，逃到乡下亲戚家，东躲西藏直到临产了才回城里来。无出生证出生的她是对她爸最大的打击，罚款是小事，她爸在轮船公司安保科以工代干，马上要转为正式干部，结果因此被退回船上做船工去了。她十几岁的时候，她爸又下岗没了工作，便天天在家喝酒骂人。她爸视她为背运的根源，几乎是见她必骂。所以，搬出那个家，也是她与前夫结婚的动机之一。

你真不容易。他叹口气。

我是个不合时宜的人。

她站起身来，跺跺脚。好了，跟你倾诉过后，心里舒畅多了。

以后有啥要我帮忙的，你尽管开口。他诚恳地说。

谢谢你的好意。她认真地看了看他的脸。我晓得你喜欢我，但是我要告诫你，最好别跟我交往，会给你带来麻烦的，而且你也会后悔的。你记住我的话。

我不会后悔，我已知天命了，没啥好后悔的，只要你不嫌我老。他认真地说。

那好，骑驴看唱本咱们走着瞧，你早点回家吧，以免不好跟家人交代。我还要在河边走走。她转身往上游走去。他默默地看着她的身影越来越小，慢慢地融进迷蒙的夜色。

发出生死屋的视频，回莲城一周了，还不见鹤望兰的回应。她的微信死一般沉寂，朋友圈的消息也一直停留在两个多月前。她成了一扇敲不开的门。她一定是出了什么事。他时不时地回翻她的微信朋友圈。这天在单位，他偶尔翻到了那条曾经看过的讯息：好吧，我错了，我不懂事，我接受领导的批评，把刚才发的那条朋友圈删除了，这样可以了吧？文字下面附了一张自拍照，她哭丧着脸，一副不开心的样子。照片是在护城河桥头拍的。她曾解释过发那条朋友圈的缘由。为了应付创建文明城市检查组的检查，她被分派到护城河桥上值守，负责捡拾纸屑垃圾，制止行人乱扔烟头。口袋里还揣着一份表，上面有几十个问题的标准答案。若被检查组询问到，她照表回答就行了。太阳晒得她脸上油汗直冒，弥漫的灰尘与汽车尾气弄得鼻痒头晕，她便很烦躁了，拍了几张手持扫帚的照片，发了几句牢骚，都放在朋友圈里：城市文明就是这样产生的啊？大家看看，姐姐我容易吗！结果，朋友圈发了不到一小时，单位领导就找来了，将她狠狠地训斥了一顿，说她不讲政治，特别指出，主要是她那个问号用得不对，如果用逗号，就没啥大问题了。你不能随便有情绪，都像你这样，文明称号哪里来？它不可能从天上掉下来嘛。她只好删除了这条朋友圈，待领导走后，又发了认错的那条。领导马上又来电话了，说她认错的态度并不诚恳，要她将这条也删了。你不说话也可以，不能说带负能量的话！领导教导说。但她固执地没有删这一条。她确实是个不合时宜也不招人待见的人。

护城河上有好多道桥，他仔细端详，认出它是城东的那一座。他马上骑着哈罗单车到了城东街道办，询问这座桥的卫生督查去年归哪个单位负责。被问的人头也不抬地说，去年的创建文明城市资料已封存，管理人不在查不到。刚好有个大姐过来插了句嘴，这个我晓得，好像是城建局吧？他立马转身，骑车去城建局。找到她的单位，就可以找到她本人。他把单车蹬得飞快，岔路口拐弯时，差点撞到一个大妈。大妈回头问候了一声他的妈，他也没有在意。到了城建局门卫室，他打开微信上的照片，给穿制服的门卫看：师傅，请问城建局有这个人吗？门卫眯眼瞧瞧，肯定地摇头，没有。他急了，不可能啊！门卫说，你比我还晓得些？她谁呀？他忙说，她叫鹤望兰！门卫仍摇头，没听说过，只有个叫贺晓兰的。那可能就是她！他叫道。门卫说，不可能，贺晓兰比她老多了，你说，她哪个科室的？他摇头，我不知道。门卫霎时警惕起来，这都不晓得，你找她干吗？他说，有事嘛，让我进办公室找下好不？门卫伸手拦住他，声音严厉，这是政府机关，无关人员一律不得入内，你是她什么人？他无言以对，只好离开。也许街道办的大姐记错了吧。你是她什么人？他还真难以定义。他还只能说，他是一个对她念念不忘的人。

你们男人怎么可以这样呢？

这句话鹤望兰至少说过三次。每次他都说，你不要一竹篙打一船人，男人和男人不一样，女人和女人也不一样。听到他的回答，她总是不以为然地撇撇嘴角（或者在微信里用一个撇眉毛的表情符）。她的话是针对前夫的那件事说的，她说，那事之后，她再也无法忍受她的婚姻了。

那天，她被局里派去搞会务。晚宴上又被指派给出席会议的副市长敬酒，她的酒量是出了名的。她连敬了三杯茅台，最后一杯是被人起哄，与副市长手环手喝的交杯酒。副市长喝得高兴，连声称赞她有培养前途，闪烁的眼光溜上溜下，将她全身抚摸个遍。她感到身上涂满了涎水，十分不舒服。敬完酒，她就不辞而别跑掉了。晚上十点她准备上床睡觉，手机嘟一声响，副市长发来一条短信：你怎么可以把我搞醉就不管了呢？快送点醒酒的东西到迎宾馆四〇八号房来，不然明天我不能为人民服务了。副市长是受省里委派，从省城空降而来的，没带家属，长年住在迎宾馆。她不知副市长从哪搞到她的手机号码，当然这很容易。她将手机往床上一扔，啐道，想得美！前夫那时还是老公，很敏感，马上捡起手机翻看，严肃地说，你怎么可以对副市长这种态度？她反问，你说我应该什么态度？老公说，这还要我教你？她说，你不晓得他是给鸡拜年的黄鼠狼啊？老公道，你怎么可以以小人之心度君子之腹呢？人家一个副市长，什么没见过，会稀罕你一个小小办事员？你也太高看自己吧。她斜眼问，你一点也不担心？老公说，这有啥好担心的，很正常啊。她再问，那你的意思，是我送上门去喽？老公明确地点头，别人想上门还没机会呢。她无语，那一刻，她感觉老公的脸孔是世界上最丑陋的东西，对老公的鄙视也达到了历史最高点。她给副市长回了三个字：马上来。她当着老公的面打扮了一番，给自己喷了香水，用保温杯泡了一杯茶，再提了一袋家里现有的水果。正欲出门，她被老公拉住，哎，你告诉副市长，你是某某局朱又青的老婆。她猛地将老公的手一甩，径直去了迎宾馆。

在迎宾馆的庭院里，她犹豫了好一阵。要不要叫个女伴陪她一起进去呢？但既然老公视她如敝屣，她何不将破罐子摔给他看？心一横，她就进了四〇八号房。可一进门她就后悔了。她不能这样作践自己，人若不看重自己，就没人看重你了。她想退出去，可手已被副市长抓住，将她拉到了床上。但是副市长喝得实在太多了，人也糊涂了，嘴里叫着我要你小乖乖，却已经没有要她的能力。两人拉扯一阵，副市长吐了一地，倒在床上不动了。她强忍着恶心的感觉，打扫干净房间，就转身回了家。一进家门，老公居然说，怎么就回来了？她不理睬。老公又问，怎么样？她闷头道，你想象会怎样？老公殷勤地给她倒了一杯水。这杯水简直是对她莫大的侮辱，她抓起杯子，想将水泼到老公脸上，但犹豫了一下，就将杯子摔在地上了。她感觉很多东西都像杯子一样破碎了，噙着两泡眼泪，捞了条毯子，在客厅沙发上睡了一晚。从那以后，她再也没跟老公睡到一张床上，因为第二天，她就提出了离婚。她是这样说的，姓朱的，我再也不想给你做吃的了。而老公回答道，同意，反正你做的也不好吃。她曾不止一次提出过离婚，老公一直不答应，说你又没外遇，离什么离？你到哪去找我这样的老公？她不知这次老公为何这么爽快，可能她在他心里早贬值了吧。

所以，虽不晓得鹤望兰的真姓名，他却晓得她前夫叫朱又青，只是不晓得在哪供职。无论谈及自己还是前夫的单位，鹤望兰一直以某局来指代。也许是网聊的习惯，也许是对他还有戒心。当然他也一样，从没透露过自己的单位和真实姓名。那天他灵机一动，找来一本政府机关通讯录，一页一页，逐条查看。几百条信息，看得他头昏眼花。没有朱又青，但有个朱右清，是个科长，也许就是他吧。他记下了朱右清的电话号码，然后到街头用公用电话打了过去。您好，您是鹤（贺）女士的先生吧？鹤女士还欠我一笔钱，但联系不上她了，您能告诉我她的联系方式或者住址吗？对方颇感意外，明显愣怔了一下，厉声道，请别打扰我，我已经不是她先生了，我既无权也无义务告诉你这些！他赔着小心，那能告诉我她哪个单位的吗？保证再也不打扰您。对方说，你当我脑壳里是包烂棉花啊？她哪单位的都不晓得你会借给她钱？啪嗒一声响，挂了电话。

他也曾接到过一个意料之外的电话。一个粗糙的男喉咙自称是鹤望兰的哥，请他到临江茶楼去喝茶，要和他谈谈。不知那人葫芦里卖的什么药，但他

11

还是去了。他刚坐下，那人眼睛睃睃，就说，怎么看也不像个独行侠嘛，看你气质，也是机关里的人吧？而且有点面熟。

他说，有何贵干？

那人递过一支烟，他摆手以拒。那人说，我姓贺名子诚，孔子的子，诚实的诚。我就想问问，你跟我妹鹤望兰什么关系？

我们是朋友。他说。

男女朋友？贺子诚盯着他。

一般朋友，更确切点，是微友，我们微信联系更多些。他反问道，你怎么晓得我的？

偷看我妹子的手机查到的。是，有屏保，但她的屏保密码我猜得到。从你们的聊天记录看，关系并不一般吧？当然我没看全部记录，没来得及。否则就不必来问你了。我最关心的是，你是不是弄得她离婚的那个人？

他断然否定，当然不是，我们是在她离婚后去泸沽湖旅游时才认识的。而且据我所知，她离婚并不是因为有了第三者。

那就怪了，没有遇上更好的离什么离？有病啊？贺子诚愤愤地掸着烟灰。

她有她的想法吧，婚姻这双鞋穿着舒不舒服，只有自己知道。他说，鹤望兰是个有思想的人，大概想重置自己的人生吧。

屁思想，她就是蠢，脑子不拐弯。你比如说，单位开生活会，大伙给领导提意见，别人都轻描淡写，变着法说领导的好话，她倒好，自己说直话不说，还嘲笑别人是装逼比赛。还说啥她会读心术，看得见别人心里的真实想法。真是幼稚，可笑！都传到我耳朵里来了。贺子诚摇着头。我就这么一个妹妹，我不能让她在错误的道路上越走越远。老公虽不是十全十美，但配她还是绰绰有余。所以，我一定要让她复婚。既然你们是好朋友，那就请你帮帮我，劝劝她吧！你的话她可能听得进一些。

他模棱两可地噢一声。

你在单位啥级别？科长，还是副处？贺子诚眯着眼问。

级别跟交朋友没关系吧？

我的意思是，你虽然有点老，但若是副处，真喜欢鹤望兰的话，你追她我也没意见。

你这话说到哪儿去了？他绷起发烫的脸。

都是男人嘛，我可以理解。贺子诚起身走近他，拍拍他的胳膊，那就这么

12

说定了，帮我劝鹤望兰复婚。但假若你有别的乱七八糟的想法和做法，可别怪我不客气！我这个人别的长处没有，就是门路广，朋友多，黑白两道都有。

贺子诚拍拍屁股走了，他还在想，这人怎么搞到自己的电话号码的呢？他呆坐了一阵，给鹤望兰发了微信，简单地告之刚刚发生的情况，特别指明，她的微信被她哥偷看了。幸好偷看到的内容不是其中最私密的部分，否则她哥可能完全不是这个态度。他起身出门，被服务员拉住，原来贺子诚没有买单，他只得把单买了。仅此细节，也可看出贺子诚不是良善之辈。

出了茶楼他才得到鹤望兰的回复。她哦一声后，很久没有说话。透过手机屏幕，他仿佛看到她在沉思，在揣摩。

后来她问：你是不是也劝我复婚？

他回复：那是把你往坑里推。

她发了一个微笑的表情符，说，这还差不多，我交对了朋友。

他也回了一个微笑，再加上一个拥抱。

她又沉默了一会，才说，独哥，听我的，你还是离我远点吧。

他回了一个"不"字，打了三个惊叹号，发送后又追加了一个难过的表情。

她唉了一声，也是三个惊叹号。

他往家里走，走一阵看一下手机。她再没说话，似乎是睡着了。他只好发了晚安的表情符过去。几天后，她就失联了。

他永远记得那个傍晚。他点开她微信上的语音留言，她用略显急切的口吻说，独哥，来毛家巷帮我打包吧，一〇三号，明天一早搬家公司会来帮我搬家。我哥老找我扯皮，我要搬到他找不到的地方去。他还从来没有去过她租住的地方，但她的请求合乎情理，他也就没有多想。

进入毛家巷时他感到一种异乎寻常的寂静，半明半暗的巷子像一条弯曲的管道，通向不为人知的隐秘境界。路灯昏黄，斑驳的水泥墙上不时闪出一个带圈的拆字。毛家巷是她少年时上学的必经之地，或许因为恋旧，才租住到如此偏僻的地方来吧？在岔路口，他发现自己有两个影子，朝向两个不同的方向。他拖着两个影子走向一〇三号，到达那个破旧小院的门口时，其中一个影子才消失。院子里只有一户人家亮关灯，敞着门。鹤望兰倚在门口，心领神会地一笑，就回屋里去了。

一进屋，鹤望兰就扔给他一条编织袋，让他收拾鞋子。她的鞋子真多，床下，书桌下，纸箱子里，到处都是。他很细心，每一双都左右相对，用塑料袋或报纸包裹好，再放到编织袋里去。鹤望兰自己则将床上的被子叠好卷起，用塑料带一捆，动作十分麻利。她的鞋子将两条编织袋撑得鼓鼓囊囊的了。这时他才发现，用不着他再帮啥忙了，几乎所有东西她都已收拾好。她有力气，又很能干，其实是用不着他来打啥包的。

她给他沏了一杯茶，让他坐下歇息。她出汗了，打开电扇吹着。她的黑发扬了起来。她温馨的体息吸入了他的体内，仿佛进入了他的每一个细胞。后来她在他身边坐下，碰一下他的肩膀，眨眨眼，独哥，有时我也奇怪，我怎么就跟一个大我二十岁的人交上朋友了呢？他笑笑，我也奇怪呢，我一不打牌二不喝酒三不跳舞四不搞户外运动，是个没有朋友又很乏味的人。你没朋友我才喜欢呢！她说，可你一点不乏味啊，你的内心丰富得很呢，可能就是这一点吸引我了吧。可是，你为何对我亲密有间呢？她眸子里有两粒星星在闪烁。你难道不想我？

你不是会读心术吗？你懂的。他调侃道。

她仔细观察他的表情，他感到她的目光在脸上爬来爬去。你啊还是老派，有点传统，心里想又不敢付诸行动。她尖起手指点了点他的太阳穴。他说，你说得也对，可也不完全对。我这个年纪的人，可能性情融洽、心灵相契更重要，对异性的渴求，主要体现在精神层面吧。几乎所有男女之事，都会以有情始，无情终，上几回床了就一拍两散，多大意思？再说性是一种恒定的能量，它是会随着年龄增长而减少的。它真的不是我最重要的需求。他避开她的眼光，似乎也不太相信自己的话。她站到他面前，双手放在他肩膀上，居高临下地看着他，先点点头，接着又摇摇头。她喉头滑动，好像将好多话咽了回去。她搂住他的颈子往胸前一压，他的右颊贴在了她柔软起伏的胸口。她灼热的身子烤着的脸。他望着窗外的夜色，喃喃道，况且，我还不晓得做不做得好，好久没有做过了。她很惊讶，怎么会呢？理理他的鬓角。怎么不会呢，他侧过脸，以免与她的脸相对。她口鼻喷出的气息太灼人，像要将他点着。别想这个了，顺其自然就好。她重新在他身边坐下，将脸搁在他肩头，一只手搂着他。他嘬起嘴唇，在她圆圆的额头上轻轻一啄。像是提醒了她，她倏地跃起，伸手拉灭了灯，将他推倒在沙发上。她三下五除二，脱了自己的衣服，又三下五除二，脱了他的。她覆盖在他身上，有节奏地摇晃，像个淘气的孩子。汗水很快濡湿了他们。他亲着她的脸，吮着她的唇，喘着粗气，忽然翻过身来，将她光滑的躯体压在

14

身下，搓揉她，冲撞她。他狂热地亲她各处，平原与山包，幽谷与草地。忽儿怜惜而小心，忽儿疯狂与暴躁。他急切地想要她，想给她。可他身心分离，无论他如何努力，身体都没有动静，进入不了状态。他只得停止动作，低声说声对不起，坐起身，羞愧难当。她拿过毛巾替他揩去身上的汗水。可能是初次的缘故吧，没关系，我们抱抱就好。她安慰着他，抱着他的腰。他任她抱了一会，毅然解开她的手，穿好衣服，走出门去。

出院门时他背上有两个热点。她在盯着他。他不让自己回头。他埋头疾走，快到巷子口了才停步。他在一个残缺的台阶上坐下，让自己平静下来。有过路人探头探脑，似乎看出了什么端倪。他愤愤地对那人啐了一口。夜风平息了他的慌惶，却又吹燃了心头的火焰。他回味她的灼热与柔软，蛰伏的情欲忽然苏醒了，他的心和身体都在鼓胀。他打开微信，用颤抖的手指画下几个字：我又想你了。刚刚发送出去，就收到了她的回复（她好像是盯着手机等着的）：哪里想？他仿佛看到她在这行字后偏头嬉笑，马上回道：哪里都想，怎么办？她说，傻瓜，赶紧回来啊！他腾空跃起，像个年轻人似的，撩开大步向巷子深处狂奔而去，向情爱之境狂奔而去……

天蒙蒙亮时他才离开那个残破小院。她挽着他的手送他到巷子里，问他感觉如何。他以秦观的词作答：金风玉露一相逢，便胜却人间无数。

他一直留意本地新闻媒介和自媒体，近来并没有命案报道。如果鹤望兰的失联并非意外事件，那只能有一种解释，那就是她刻意玩消失。于是，他对她的担心日益减弱，而对她的埋怨渐渐增强。妹子，人不能不讲情义。你不是逛商场，你不能把别人当作一件衣服，试穿一次就把他扔了。

这天他正作如是想，郁闷而又漫无目的地在街边行走，被一个相面先生拉住衣袖。先生，你好像为情所困呀！他哑然失笑，如今相面的说话也这样电视剧化了吗？索性在小板凳上坐下，且听他怎么说。相面先生清点他脸上的痣，揣摩五官的位置，煞有介事地掐掐手指，才说，先生，命犯桃花，爱不逢时，时不我待，咫尺天涯啊！他嗤之以鼻，切，这话对谁都可以说，你具体点，我如何才能找到那个失去联系的女人？相面先生一笑，心诚则灵，蓦然回首，那人却在灯火阑珊处啊！他说，你怎知我心不诚？就别五迷三道了，有本事就指点迷津！相面先生道，落花有意，流水无情，去水边找吧！他追问，哪个水边，湖边、河边还是池塘边？相面人道，这就要靠你自己的悟性了，天机不可泄露

15

也。他只好扔下十元钱，掉头而去。

晚餐后他去了莲水河边。湿地公园里柳条摇曳新绿，芦苇钻出了尖尖嫩芽，景象迥于往常。他来过多次了，一点也不抱希望。他走过栈道，遇到那条他与她共同坐过的木板凳，狠狠地踢了它一脚。脚被弹了回来，痛感很真实。穿过公园来到护城河口，一个穿紫色风衣的女人在用手机自拍，背影窈窕，很像是她，但他晓得并不是她。他走拢去看女子的脸，果然不是，鹤望兰的脸要生动得多。他扭头就走，穿过一道月门，一抬头，就蒙圈了。

鹤望兰站在水榭走廊入口处，穿着牛仔衣，戴副墨镜，正朝远处眺望。他的心蹦到了喉咙口，四围观察一番，并无男士伴她左右。她干吗呢，也像他一样丧魂失魄吗？在寻找什么，还是在等待什么呢？他抬腿过去，膝关节有滞塞感。她慢慢地转过身来。虽然被墨镜遮住了半个脸孔，他还是看到她冲自己笑了——法令弧括开，牙齿一如既往地白。

站在她面前，他一时语迟。

不认得我了？她摘下墨镜说。

你躲到哪儿去了？他两眼发热。

我哪儿也没去。

可是，到处找不到你。他鼻子酸了。

那天在湖边搞全民健身长跑，我看到你了的。我戴着志愿者的帽子，你可能认不出来。你在单位队伍里跑得好开心啊！我还看到一个漂亮妹子给你递矿泉水。她说。

我开心了吗？那是完成任务，苦中作乐吧，他说，你为何不叫我？

我不想打扰你。她撩了撩耳边的发丝。

我发了N多微信，为何都置之不理？

我手机被人偷了，记不起微信密码，进不去，没法回你。她的杏仁眼明亮而清澈。

你可以注册个新的微信号再搜索我，主动加我啊。他埋怨道。

没有这个必要了吧。她低声道，我被我哥搞得焦头烂额呢，时过境迁，没这个心思了。我不想你也跟着我不清静。

我可不想失去你！你晓得为找你我费了多大工夫吗，我甚至跑到泸沽湖，打开生死门，在里面睡了一回，只为得到你的回复……他的声音哽咽起来。他抓住她一只手，将她拉进水榭走廊，让她坐在美人靠上，然后将曾发给她的视频点开。

她很惊讶，半张着嘴，看完视频，喃喃道：你这是何苦呢？

还不是为了你。他说。

部分原因是我，但某种程度上也是为你自己，你心理上需要有这么一个过程吧？没想到你会跑到泸沽湖去打开那扇生死门，啧啧。真是难为你了。别说，你某些方面有点像我，也有疯狂的时候。不过正因为如此，我不联系你是对的。不想给你带来更多麻烦。

你还想玩消失？

我们还是不来往最好。

不行，我不愿意。他横蛮地道，你马上加我微信。

我回去就加。

不行，现在就加。

她皱了皱眉，从挎包里拿出手机，加了他的微信。然后说，我发现你有点变了呢。

怎么说呢？

也有点强人所难了。

他怔了怔，也许吧，因为怕失去你，就变得急躁了。现在，你能把你真实姓名和单位都告诉我吗？万一有啥事，也好有个照应。

没这必要吧？以前我们都以微信名相称，不是相处得很好吗？我喜欢你叫我鹤望兰，你也喜欢我叫你独哥，独一份的哥。其实，我晓得你找到我单位去了的，门卫告诉过我。门卫是个新人，才来没几天，不太熟悉情况，把我和另外一位姓贺的大姐搞混了，我和那位大姐的名字只有一字之差。不过很可能，那单位以后就不是我的单位了。她说。

何出此言？他一怔。

她便告诉他，单位上政治学习任务越来越多，人人都要做笔记写心得谈体会，上级经常要检查，如果缺失的话是会扣分的，扣分的话单位就不能评先进还要扣奖金的。但领导们一忙，就把他们的事都推到她头上。那天她代二把手抄写笔记把手都写肿了，二把手还批评她字迹太潦草，态度不认真。她一气之下大叫一声，老子不侍候了！当即写了停薪留职的报告。领导不批，说现在没有停薪留职一说，要么你辞职走人，要么乖乖地抄笔记写心得。她心火上攻，牙疼喉肿，便请了病假在家休息。她不想回单位上班了，是否辞职，还没有最后定。

这你可要慎重，毕竟是铁饭碗，丢了就要不回了。他说。

但你在单位过得不开心，又有啥意思呢？再说如今哪里搞不到一碗饭吃？端盘子洗碗做收银员，都可以，不必再到工地做小工了的。不过最好是做健身教练，正想着是不是去培训培训考个教练资格证呢。独哥，你支不支持我？她偏着头看他。

理想很丰满，现实很骨感，我不能怂恿你。他说。

我就晓得你不会支持。她嗷起嘴巴，生怕我要你养似的。

如果你愿意，我可以养你啊。他道。

算了吧，你那点工资，都不够我买化妆品的。她瞪大眼盯着他，难道你跑到生死门里去，是为向我表忠心，真的想娶我？

不是我所不欲，而是我所不能。我给得了你人，却给不了你时光，你想想看，再过十年，我就老了，而你正当好年华。我不能两腿一抻将你留在世上受孤单。他很真诚地道，我不能制造寡妇。

既然你无此意，那又何必四处寻找我？何况你还有家，虽然你从不说，但你是有家的是吧？你也怕打一场离婚大战是吧？嘻嘻，有言道，不以结婚为目的的恋爱都是耍流氓。

他脸烧红了，我可是对你一片真心。

她莞尔一笑，玩笑你呢，要说是耍流氓，也是我们互相耍，谁也怪不了谁。

他不知说啥好，窘迫地搓搓手。

不过我也晓得，如果那天金风玉露没相逢，你即使找我，也不会这么急切吧。

他的脸又烧红了，却无话可说。他不得不承认，她确实可以读出你心灵深处的某些东西。

她的手机响了，一接电话，面容变得焦虑，起身道，独哥我有急事先告辞了，遂转身匆忙离去。你多保重啊！他冲她背影喊，你不会再失联吧？她头都没回，举起一只手往后面挥了挥。他不明其意，向她追过去。但她很快被跳广场舞的人们淹没了。

木质结构的走婚桥架在泸沽湖的一条湖汊上，半新不旧，看得出是从前没有的。如果不是这道桥，到对岸要绕行几公里。泸沽湖分属云南、四川两省，过桥之后往北走，就是四川地面了。说是走婚之桥，其实两岸人家都不多，借摩梭人的走婚习俗吸引游客罢了。湖汊水面蓝得像天空，密实的水草浅黄一片像抹了阳光。鹤望兰将苗条的身子压在栏杆上，一条腿朝后跷起，回头朝镜头绽出一脸笑，美得让他心尖儿发颤。他请导游给他们照合影，先用眼神询问她，可以吗？她亦用眼神回答，有啥不可以？于是他和她并肩站在了一起，左手轻轻揽住她的肩。久违的亲昵感几乎将他融化。导游开起了玩笑，你们天生的一对嘛，住宿本来紧张，你们各睡一间还要各自多交房差钱，真是太浪费了！我建议你们干脆留下来不走了，就在泸沽湖搭伙过日子吧。行啊，他爽快地道，又用眼神询问她。她巧笑嫣然，我没问题啊，我是自由人，就看你独行侠敢不敢真的特立独行了。在想象和玩笑中，他当然还是敢的。好啊，我们都留下来，晚上去篝火晚会唱歌跳舞，我拉你的手时，你可别拒绝啊！她道，我不但不拒绝，你若在我手心挠三下，我也会回挠三下呢！他笑得更会心了，晓得这是摩梭人谈情说爱的方式，也是摩梭女子应允走婚的前奏。好啊，那我就带上狗粮、毡帽和腰刀来走婚了，你家若有狗，我就撒出狗粮；我爬上你的花楼，你可要给我留着门噢，我会将毡帽挂在门口，这样别人就晓得你有主了。她眉飞色舞，你还蛮懂规矩嘛，不过你要讨我欢心噢，那样我就生一堆娃娃，我的后人又可以走婚和被走婚了，等我变成老祖母，就成了家里的权威，一切都随我支配。你晓得摩梭人为何这么尊敬女人吗？就因为她们能生孩子！他觍着脸说，我晓得啊，我赞同母系社会啊，我保证你那一堆孩子都是我的血脉。她指着他，嘻嘻，想得可真美！你若是不如我意，随时会休你呢，我会把银梳子放在你的鞋里。他说，若真那样，我愿赌服输，将银梳子带走，决不会跟你纠缠不休。嗯，那样多好，好合好散，互不相欠，不会搞得跟仇人似的。倏忽间，她脸色又黯然了，可惜，也只能说说而已，我不是你的阿夏，你也不是我的阿注，我们还得回到自己的生活中去。阿注和阿夏是摩梭人对走婚男女的称谓，他们只能在戏仿与虚拟中得到一点点快乐而已。但他仍然很满足，他们的距离因此而拉近了许多。命运以各种方式让你孤独，是为了让你有一天能结束它。遇到这只望着兰花的鹤，他感到庆幸。

总算把她找回来了。每天他都可以和她微信联系了，发各种各样的表情符，道早安或晚安，时不时地问询一声。你还好吧？在干吗呢？吃饭了吗？太阳大得防晒噢。中午睡个美容觉吧。骑车要小心裙子夹到轮子里去了哦。她一般都会及时回复，有时会过一阵再回复，偶尔地，也会不回复，随意得很。他不知道她的新住处在哪，也不好意思问，怕她以为他有那种想法。他是有那种想法，但似乎得她主动一点点，起码有点暗示，他才好顺水推舟。这天黑夜来临时，他实在忍不住了，发了个羞涩的表情和一句话：想你，怎么办？

她过了很久才回了个龇牙而笑的表情符，说，凉拌。

他只好回了个难过的表情过去。他是个敏感的人，似乎，找回来的她，已经不是原来那个她了。他心绪不宁，夜深人静之际，又问了她一句，鹤望兰，我们之间怎么变得不咸不淡了呢？他以为她早睡了，不会回复了的，不料她突然回了一句语音：独哥莫想多了噢，我这一向实在忙得很，如有怠慢请哥多担待，快睡吧，晚安！他晚安不了，心里充满了忧虑：她不是请了病假在休息吗，又在忙些什么呢？

他上班正看文件，贺子诚进了他的办公室，一屁股在他对面坐下，笑容可掬：我是不是吓着你了？

我应该被你吓着吗？他给贺子诚沏杯茶，反问道，我有啥可以被你吓的呢？

我是不速之客嘛。贺子诚跷起二郎腿。

有何贵干？他乜着他。

贵局局长找我有事，我顺便看看你。贺子诚压低声音说，我可以帮你买到便宜的墓地呢，不知你有这方面的需求吗？

他蓦然色变，什么意思？

别一惊一乍嘛，还真被我吓着了。贺子诚咧嘴笑道，摘下手腕上的紫檀串珠，一粒一粒地捻动。我就是来和局长大人商量，帮他牵线买优惠墓地的呢。我这科长官虽不大，但分管青山墓园，我的话还是管用的，打个招呼便宜个几千万把都不在话下。你们局长岳父在 ICU 快一年了，当然得做准备了，如今物价涨得飞快，墓地也一样，早买少花钱嘛。好多人都提前给自己定好了呢。你忌讳这个就按下不提。其实我还是想跟你说说我妹的事。

你妹的事跟我有何相干？他说。

你自己心里有数吧？贺子诚斜眼瞟他。

你是不是劝她复婚没成功啊。他反守为攻，你用耳光是劝不了人的。

是，牛不喝水你按下它的脑壳也没用。反正那朱右清也不是什么好腿，还没离婚就找了情人的。离了就离了吧，这事过去了。你有我妹的手机号码吗？她原来的号码停用了。贺子诚说。

这就奇怪了，你妹的号码你应该找她要啊。

找不到她人啊，她没上班，又不知她搬哪去了。我过生日她都没回家，这妹子，太没家庭观念了。贺子诚皱眉道，所以，只好问你了。

他只好告诉贺子诚，他从来没有与鹤望兰通过电话，他们从来没有交换过电话号码。他们只是微信联系，而且，他已经和鹤望兰失联好几个月了。你是她哥，她迟早会联系你。再说你不是很有门道，黑白都通么，你要找她还不易如反掌？

我路过你这，不正好问你一下？我晓得你和我妹子关系不一般，你不用否认。我这个人嗅觉比较敏锐，上次见面我就觉得你是副处级，这不，果然是？我还晓得你许多事，该晓得的我都晓得了。说句负责任的话，只要我愿意，你哪天在哪个位置搞啥坏事我都搞得清楚，手机定位嘛，我在公安局有铁哥们。你别紧张，我这人既知好歹，也讲睚眦必报，不会乱来，你不得罪我，我绝对不会说三道四，影响你的前途。你还有提拔的空间，弄个正处级是没问题的。我不反对你和我妹子交往，但不许你利用她的偏执和傻里巴机。我说得更直白点吧，鹤望兰的人格是有缺陷的，特不招人喜欢。你若真喜欢她，就连同她的缺陷一起喜欢吧，我希望你将她往正确的方向引。只要她愿意，你们喜结连理，也不是没有可能。但你若玩弄她的感情，肯定不会有好报，不是我恐吓你。她总说她会看见别人的心思，有时我也觉得她真能。再加上她那见风就起火的性情，说不定就做出什么吓人的事来。当然你也不用有太多顾虑，遇上事及时沟通就行。只要于她不利的，都和我沟通，做得到不？

他没料到贺子诚说出这么一番话，还咄咄逼人地盯着他。他慢慢地从椅子上站起，用变了调的声音说，我理解你做哥哥的心情。然后过去握握贺子诚的手，将他送出门外。

一整天他都郁闷得很，贺子诚不过一小小科长，在他面前不知哪来的那种心理优势。几次打开微信，想和鹤望兰通个气，都写下一行字了，又都删了。晚饭后去河边走了一圈，没心思看风景，只为把时间消磨完。他有预感，再也不可能和鹤望兰偶遇了。一生中的偶遇是有定数的吧，他的指标已经用完了。路过广场，一群人在跳鬼步舞，他也跟着手舞足蹈蹦了一会儿，又觉索然无味，惘惘然回到家中。

洗完澡，他躺在床上，给鹤望兰发了条语音：忙啥呢？想跟你说说话。

21

她说：等会，我在做面膜呢。

于是他等，等了四十分钟，才又对她说：我想跟你说个故事。

说吧，我洗耳恭听。她回道。

他开启语音通话，接通后，听到了她在床上翻身的声音。

他清清嗓，定定神，开始讲那个故事。

若干年前，某男和某女是流行歌里唱的那个同桌的你。但他们从小就闹不团结，课桌上有某男刻下的三八线，只要女孩的胳膊肘越线，男孩就一掌推过去。女孩呢，午睡时即使看到后面的同学在男孩背上写"王八"二字，她也不会告诉男孩。做作业从不互借橡皮擦，考试时更不互相交换答案。各种小矛盾，各种不对付，直到高中毕业。大学毕业后他们都回了莲城，由于种种机缘，一对小冤家竟结成了夫妻，并且开启了女欺男的模式。上下班男的必须接送女的；逛步行街男的必须全程陪同女的且不许盯着别的女人看；男的做菜必须照着菜谱来，不合女的口味必须重做；有次女试鞋要男的帮忙，男的不慎弄疼了她的脚，就挨了女的一耳光，那不是亲昵的耳光，是跋扈的耳光。总之是各种矛盾，各种不对付。男的只好一直忍着。女的凭什么蛮横，而男的又凭什么隐忍呢？只因她父亲是上市公司董事长，是成功的企业家。因为她，他才能住在那幢豪华别墅里，享受衣食无忧一身名牌的生活。但哪里有压迫，哪里就有反抗，男的越来越难以忍受了。他有他的人格尊严啊，何况她越来越不入他的眼了呢？她的服饰不得体，她的体态不女人，她的声音不优雅，她的气息难闻，在床上，她无意间碰一下他都心惊肉跳，他们很久都不做一次爱……他喜欢出差，喜欢独自旅游，就因为可以不看到她。男的并没有外遇，但那年儿子上大学了，他也提拔为副局长了，于是就提出了离婚，他愿意净身出户。但女的坚决反对：你又没外遇离什么离？你这不是对我的侮辱吗？这理由也够奇葩的了，难道你要他有了外遇再离婚才好受些？难道说，你要他为了离婚而去找外遇？男的不想做这样的荒唐事。如此一来，男的离婚之心更加坚挺。某天，两人在家爆发了激烈的冲突。女的打了男的一巴掌，男的也给了女的一耳光。女的刚烈得很，站到阳台边缘，说你再说一个"离"字我就跳下去，让天下人都晓得我是你逼死的！男的在气头上，以为女的讹他，便赌气连说了七八个"离"字。女的竟然纵身一跃，从三楼跳了下去。男的吓得全身冰凉，马上叫来救护车，将女的送进了医院急诊室。女的生命无恙，只是摔断了腿。可是治疗不得当，成了一个跛子。这一来，董事长出面了，不由分说开了男的女婿身份，将他从别墅赶了出去，而且利用各种场合在市领导面前说他的不是，阻塞了他的仕途通道。这倒没啥，男的不在乎，他在乎的是儿子也不理他了，而他没法求得儿子的谅解。他的坏名声自然也随之流传开来，说什么的都有。所以，这么多年，他还是一个人。也不是找不到，而是他对女人、对婚姻都灰心失望了。你说，他应该失望吗？

鹤望兰没有回答，他将手机贴紧耳朵，听到了她的鼾声。

喂，你没有睡着吧？他大喊。

嗯，被你吵醒了，说吧。

你没听我说的故事？

听到了呢，不就是说你自己嘛。

你怎么晓得？

听你口气就晓得啊，我前不久也听人说过呢。她轻描淡写的，原来你跟我一样是孤家寡人啊。

他倒抽一口气，想了想说，反正，我就是这样一个人，不知你有什么想法。遇到你是我的缘，如果我能让你开心，如果你也需要我，就像我需要你一样，如果你愿意跨越年龄的鸿沟，我希望能和你一起生活，我想我爱你……

独哥，你莫这样搞笑好不？鹤望兰打断他的话，我真的好困，我想睡了呢，晚安独哥！

她挂断了通话。

他僵硬在深夜里。

他真的有那么搞笑吗？

泸沽湖的歌舞晚会是值得一看的。夜幕降临，白天在各处忙碌的摩梭男女纷纷来到表演场地。他们身着彩色上衣，束彩色腰带。姑娘有复杂的美丽头饰，穿白色长裙，小伙子则人人头戴浅色毡帽，着黑色长裤和长筒靴子。歌声缭绕之中，篝火燃起来了，火舌舔着夜色，火星萤火虫一样升上半空。宁静的湖畔变得热闹无比，每一缕风都在热情地颤抖。若干曲独唱和对唱之后，所有表演者排开一字长龙，男在前，女在后，围着篝火逆时针方向且歌且舞，亦步亦趋。一忽儿耸肩，一忽儿踢腿，一忽儿叉腰，一忽儿扭胯，带着强烈的节奏感。表情开朗而单纯，舞步简洁却又别有韵味，让坐在看台上的他和她目不转睛。这样的歌舞能让你忘却世上的一切烦恼。后来主持人大声呼唤所有游客进场共舞，她轻轻拉了他一下，他就随她跳下看台，投入欢乐的人群中。他右手拉着一个摩梭姑娘，左手拉着她，笨拙地跳跃着。他不时地瞟她，火光在她脸上闪耀，她咧着嘴，笑得像个孩子。跳了一圈之后，他鼓起勇气，在她手心轻轻地挠了三下。她扭头瞟瞟他，眼神清澈，笑容依旧，一点也没感到惊讶。随后，他也感到她的指头在他手心轻轻挠了三下。他的眼睛立时被热泪蒙住了。某种默契，某种心灵密语，某种隐秘的幸福，电流似的通遍了他的全身。满足感像一片温柔的湖水环抱了他，湮灭了他，摇晃了他。眼睛模糊了，她快乐的面容成了一片闪耀的光斑……晚会散场时他们默默地相跟着回酒店，路过一小店时，她说，你戴毡帽一定很好看。他言听计从，进店买了一顶棕色的牛皮毡帽，并且将帽边翻卷起来，用帽绳捆住。走婚中的阿注都是这样做的，这是有了爱人的标志。好帅！她欢欣地说，给他正了正毡帽。同团的游客用暧昧而不屑的眼光扫描他们，他们一点不在乎。回到酒店，在走廊里，他们对视一笑，就进了各自的房间。他们相邻而居，都是单身一人，但那时他没有别的想法，当然也就没有别的做法。她用指头回应了他，这就够了。

可这会儿，鹤望兰为何觉得他在搞笑呢？

独哥，我请你吃晚饭，有话跟你说，来荷花庄吧，不见不散！

下班时看到这条微信，他喜出望外，招手叫了一辆出租车，直奔城郊。

正是荷花盛开的季节，远远地就闻到了淡淡的荷香，有点类似鹤望兰身上的气息。他的心情清爽了起来。荷花庄其实就是一家农家乐，餐室沿荷塘而建，客人们可边就餐边凭窗欣赏荷花。他被服务员引进包房时，菜都已经上齐了，有甲鱼炖藕、炒藕尖、木须肉与河虾炒韭菜，还有每人一盅老鸭汤。心里一时惭愧，他还没请她吃过饭呢。鹤望兰倚在窗边，回头咧嘴一笑，招呼他坐下，殷勤地给他倒茶。

是不是有什么好事？他问。

在这鬼地方，我哪有什么好事。认识你独哥算一件吧。她收起笑容，撩撩耳边发丝，我是来向你辞行的，我要离开莲城了。

他大惊失色，去哪？

她便告诉他，明天去上海，中午的航班，机票都已买好了。她是去参加健身教练培训的，为期一年，等她拿到了健身教练资格证，就自己开办一家健身馆。如果能在上海扎根最好，上海不行就去广州或者北京，反正莲城她是不想待了。

铁饭碗不要了？他急急地问。

铁饭碗里又没多少东西，更主要的是它我端得不开心，要它作甚？她边说边给他夹菜。我今天已经递了辞职报告，批不批我都走了，随它去。

跟你哥你爸说了没？他又问。

跟他们说我还走得了？她说，我本来就是想离开他们。

看来，你是吃了秤砣铁了心了。他怔怔地说。

是的。她一撩头发。还有人说，我这么好的身体条件，不做健身教练都对不起老天爷呢！

那人是谁？他很敏感。

你不认识。她说。

他无心吃饭了，筷子在碗里拨来拨去。什么菜吃在嘴里都像木渣。夕阳沉没，檐外的霞光暗淡下去。墨绿的荷叶和暗红的荷花在晚风的吹拂下不安地翻飞。一首歌的旋律袅袅而来，在他脑际盘旋不已。姑娘你好像一朵花，美丽的眼睛人人夸，你把我引到了井底下，割断了井绳你走了，你呀你呀你呀。他从心底叹出一口气，说，你走了，我怎么办呢？

鹤望兰默默凝视他。饭菜的香味那么苦涩。他双手抱着胳膊，与她默然相对。对面墙壁上的画框玻璃映出他着豆绿色 T 恤的影子，显得虚幻而徒劳。在他以为她会避而不谈的时候，她开口了。

独哥，我明白你的心意。我也晓得你对我的好。但是我不晓得你的这份心意和这种好能够持续多久。我也不晓得自己能不能以同等的心意与好来回应你。和你在一起感觉很舒服，但坦率地说，这些不是我最需要的。我最需要的是如何安身立命，找到自己喜欢的生活。我向往自由自在，害怕婚姻。你真明白自己的心吗？我都不太明白自己呢。我觉得，不必急于定义我们的关系，相处舒服，就继续下去，到哪算哪；如果相处不适，又调整不好，就一别两宽。我们就随缘吧，反正有微信，我们保持联系，有机会你也可以来上海看我，这不很好吗？

她是试探着说完这番话的。她很照顾他的情绪。不喜酒的他忽然想喝酒了，她让服务员拿来一瓶椰岛鹿龟酒。他捏着瓶子独饮，觉着说啥都不对头。他和她之间隐约出现了一个第三者，那个无形的存在令他如坐针毡。几口酒下肚，那液体的火焰便在胸中烧了起来，脑壳也开始晕晕乎乎了。他举瓶再饮，她抓住他的手腕阻止，他手往上一抬挣开，咕噜喝了一大口。他所有的肢体语言都在表达一个意思，他不想她走。酒液溢出嘴角，沿下巴淌下，滴落在胸襟上，她拿起餐巾纸替他擦拭。他本想将她搂进怀里，手都伸出去了，却变成了一个推她的动作。她忽然生气了，夺过酒瓶，手一扬，将它扔进了荷塘。荷叶打得哗啦一声响，青蛙们吓得噤了声。

他瞪她一眼，慢慢地将脑袋垂落下去。

吃好了吧？她问。他胡乱应了一声。她去买单时，他趁机擦掉眼角那一滴伤感的液体。她挽着他的手步出门外，将他塞进一辆白色小车的副驾驶座。她哪来的车？借的朋友的吧？他喘着酒气，瞟见她麻利地转动方向盘，将车开了出去。车子摇晃着他，就像摇晃一瓶酒，以至于某种情绪不断地在胸中发酵沸腾。

他耳鸣眼辣，异常难受。车子戛然而止，他才发现到了他住的楼下。她怎么晓得他的住址？某次聊天无意中泄露的？他稳定情绪，趔趄着下了车。

她将他的包塞进他怀里，独哥，我就不送你上楼了，我还有些事急着办。

他点头，好，祝你一路平安。

她瞟瞟他，明天你送我吗？

我没空，好走，不送！

他赌气地说，头也不回地进了楼梯间。上楼时他听到了她离去的引擎声。他想到了某部影片的结尾，泥泞的荒原，小车愈行愈远，字幕叠印其上。他进屋后澡也不洗，将自己往床上一扔，沦陷到黑暗的假寐之中。

他翻身坐起时，已经临近零点。她一般就是这个点上床，应当已经闲下来了。他胸中那股情绪还在起伏，但平缓了很多。他给她发微信聊天。

鹤望兰，我还是不放心，在上海你人生地不熟，遇到事怎办？

我有朋友呢。她回道。

是那个赞美你身体的人吧？他胸中的火苗又燃起来了。

是啊，你怎么晓得？

他是不是很结实，有八块腹肌，又性感又青春又有钱？

差不多，有没有钱不知道，只是也不青春了，比你小十来岁吧。

你们怎么认识的？

我们是一个微信健身群里的群友啊，人很热情的，上海的这个健身培训机构就是他介绍我去的，住处也是他帮我找的。

他的情绪突然爆发了：你怎么这么幼稚？微信里认识的人，他叫你去你就去了？你以为你真能读懂别人的心啊？现在骗子那么多，别到时候把你卖了你还帮人数钱！

不会的，相信我的眼光喽。

我不能信！你太不谨慎，太过轻率，对自己太不负责任了！我现在就要你一句话，你可不可以不去？

我怎么可以不去呢？都安排好了呢，我不能还没开始就前功尽弃。树挪死人挪活，你就让我去闯一闯吧。我又不是不谙世事的黄花闺女，独哥放心吧。有句话怎说的？失去的只是颈上的锁链，而得到的将是整个世界！有啥事我都向你请示汇报行不？不早了，你歇着吧。说完，她又发来一串拥抱和再见的表情符。

他晓得鹤望兰的习惯，说过再见就会关手机了。他气得直哼哼，没头苍蝇似的在屋里乱转。他感到七窍生烟，头顶喷出了炽热的火焰。只好站到淋浴间花洒下，用凉水给自己降温去躁。然后，拿起手机，翻出贺子诚的号码，想也没想，给他发了条短信：你妹子要辞掉公职明天去上海。

那天他们到了泸沽湖西边那座悬崖上。临崖望去，天空与湖面一色纯净的蓝，只是湖水比天空蓝得更深沉一些。里格半岛长长地深入湖中，格姆女神山静静地峙立一隅，里务比岛遥遥在望，岛上的黄色庙宇与白塔都清晰可见。条状的猪槽船在湖中游弋，像浮在水上的虫子。他给她拍了几张照片后，就忙着拍风景去了。等到听见她的呼唤，才发现她越过观景台的栏杆，爬到了一块耸立的岩石上。她摇摇欲坠，却若无其事地朝他挥手，要他拍照。她的身后就是十余丈高的悬崖，崖下就是湖水。他心惊肉跳，匆忙拍了一张，大叫你赶快下来！朝她奔过去。将她从岩石上牵下来时他几乎全身都瘫软了，冷汗直冒。她嘻嘻笑，你这么怕我掉下去啊？他正色道，当然怕啊，你掉下去了我怎么办？她甩出一句口头禅，怎么办，凉拌啊，你不用管，导游晓得怎么办的，旅行社肯定有应对各种事故的预案。你说得轻巧，他刮一下她的鼻子。这两天大家都看到我们交往密切，我哪脱得了干系？说不定，会怀疑是我推你下去的呢。她翻了个白眼，那我就没办法了。他说，如果你真掉下去了，我也只好跳下去算了。她不吱声，抓过他的手捏了捏。

早上一醒来，他就后悔给贺子诚发了那条短信。上班后，仍神不守舍，惶惶不安。烧水壶里的水还没开，就被他冲进了杯子。想用手机，到处找不见，后来却发觉插在屁股后的口袋里。九点钟时，手机铃响起，拿过一看，鹤望兰发来了语音通话。他指头哆嗦着点下接通钮，只听她尖声大叫：独哥快来救我！我被我哥我爸堵在屋里了！他赶紧问，怎么回事？鹤望兰重复了一句，快来救我！就挂断了通话，接着发来了她的位置。她在城西平安村八十三号。他又连拨了几次语音通话，她都没有接。

他急忙跑到马路边打车，出租车一辆接一辆擦身而过，都有人。总算打到一辆，却要拼车，车上还有位乘客，得绕行两公里了再送他。上车后，他不停地给鹤望兰拨语音通话，她仍然不接。显然，她已无暇他顾。他急得每根头发都在冒烟。交通信号也刻意为难，每个路口都遇到红灯。明知无济于事，他也摇下车窗，焦急地将脑袋伸出窗外，恨不得身生双翅，下一秒就飞往目的地。

花了四十分钟，他终于抵达平安村八十三号。

这是城市边缘的一座小院，院落里有一幢三层红砖楼，几只鸡在院子里刨食，一个中年妇女坐在台阶上择菜。他心急火燎地跑到中年妇女跟前，请问，有个贺女士住在这里吗？

中年妇女很警惕，你是她什么人？

他说，我是她好朋友，她要我来救她的。

中年妇女眼光锐利，你是她男朋友吧？我劝你不要卷入她的家庭纠纷，没好处的。

他急切地问，她人呢？

中年妇女摇头，你来晚了，她被她哥还有她爸抓走了。

他愕然，怎么会呢？

中年妇女将他带到屋后，指着窗户说，她不是要赶飞机吗？她被堵在屋里走不掉，就爬到窗外，顺着下水管爬下来了。她哥早有防备，在下面逮个正着。她也蛮厉害的，将她爸她哥都甩倒在地上，可是寡不敌众啊！她哥带了几个帮手来的。我眼睁睁地看着他们像塞麻布袋一样把她摁进了车里。

他焦灼不已，他们将她带到哪儿去了？

中年妇女说，我听她哥跟司机说了一声，好像是要送到精神康复中心吧？

脑壳里嗡的一声响，他强自镇定，从口袋里摸出手机，给贺子诚打电话。很久没人接，他挂了再拨，通了。

姓贺的，你怎么把你亲妹子送到那种地方去？他大叫。

28

不是我亲妹子我才不管呢！贺子诚回道。

他吼道，她正常得很，根本没有那种病！

贺子诚反驳道，正常人会动不动离婚？会跟家里人都不来往？会丢掉公务员的铁饭碗去学啥健身？连招呼都不跟家里打！不用你管我们家的事了，她有病没病，医生说了算。

他还想争辩，贺子诚挂了电话。他便又拨鹤望兰的微信语音，通了，却仍是贺子诚的声音，说了不要你再管我们家的事啊！又挂掉了。他脑子一片空白，两条腿铁一样沉重，不知自己后来是怎么走出那个小院的。

假如那天下飞机时他没有上洗手间，他就会及时地拿到他的登山包，而不会被鹤望兰错拿，他也不会和鹤望兰认识，他们之间的一切都不会发生。难道，仅仅因为他的一泡尿，就决定了他和她不可挽回的命运？是谁撰写了这样的人生剧本？

他回到单位参加政治学习，诚恳地为自己的来电不回和严重迟到做了检讨。会议下午继续，直到四点半散会，他才得以脱身，去了精神康复中心。

咨询室一个眉清目秀的小护士告诉他，鹤望兰上午刚来时情绪激动，狂躁得很，一直大喊大叫，说她没病，再不放开她就自杀，表现出精神病人的典型症状。她现在观察室，医生初步诊断她患有偏执型精神分裂症。他不是家属，所以不允许探视。他只好赔着笑脸，明言他是她的男朋友，他只想在门外看她一眼。小护士动了恻隐之心，带他去了观察室。观察室的木门很白净，木门之外还夹着一道上了锁的不锈钢栅门。透过门上那块四方形的小玻璃，他看到鹤望兰安静地躺着，木木地望着天花板。她的双手被皮带束缚在床架上。若不是被面上有红色的字，她像是被一堆白雪掩埋了，只露出头颅在外面。他轻轻唤了她一声，她没有听见。他不敢将声音放大。酒精、来苏水的气味以及医护人员的低语和脚步混合而成的古怪气氛压抑着他。他弓起指头敲门，笃、笃笃。他感到自己成了一只啄木鸟。鹤望兰仍木然无知。他硬起头皮继续啄，笃、笃笃，笃、笃笃。鹤望兰终于侧转脸看向他。蓬乱的黑发拥簇着一张惨白的脸。他将手举在玻璃窗前，向她摇晃。她的杏仁眼空洞而茫然，好像已经不认识他了。他翕开嘴唇，用气声说了句对不起。他希望她看懂他的嘴型，并且有所回应。但她依旧神情呆木，一动不动，像个木乃伊。他的心往深渊里沉坠，就在这时，他清晰地看到，一颗大泪溢出了她的眼角……

一只手搭在他左肩上，轻轻地拍了拍他。他悚然回头，颈椎咔嚓作响。穿白大褂的男医生和颜悦色地道，您来我办公室一下吧。他随医生穿过长长的走廊，进了一个白色的房间。医生请他落座，很客气地给他倒了一纸杯水。是这样，您既然是她的男朋友，我想问问您和她相处时有没有意识到她的异常？有哪些表现？比如敏感、多疑、好幻想，与周围的人不相容。说得越详细越好，这对诊断和治疗是有帮助的。医生循循善诱，十分敬业。他想了想，坚定地摇头，没有，我们相识时间不短了，我从没觉得她有什么异常，我相信她没病。医生微微一笑，大部分精神病患者都认为自己没病呢。他很疑惑地问，敏感、多疑、好幻想不是性格特征吗，怎么能算病症呢？我有时也这样啊。医生眼睛一亮，是嘛？要知道人类是很固执的，我们总是认为别人有问题，而很难承认自己有病。否认自己有病本身就是症状之一，你坐过来一点点，让我仔细给你看看。一股寒意袭上后背，他赶紧站起身道，谢谢不用了，我得走了。

他夹紧腹股沟，匆匆走出大门，心颤颤地回头顾盼。夕阳的余晖在楼顶的红十字上闪烁了一下，就熄灭了。他穿过街头川流不息的人群，干燥的灰尘和呛人的汽车尾气让他皱起眉头。大小餐馆都热闹起来了，饱口福的人们熙熙攘攘。他没有饥饿感，他甚至都感觉不到自己这副皮囊的存在。他径直去了河边湿地公园，找到那条长木凳坐了下来。凳子热热的，他相信那是因为她刚刚坐过，而不是太阳暴晒的缘故。长庚星在深蓝色的天穹眨眼，灯光倒映在河水里，芦苇在晚风里摇曳。他张开双臂，试图抱住想象中的她，嗅她醉人的发香……但他只抱到了自己，还有虚无的空气。他拿出手机，打开一张鹤望兰的照片，却不敢看她第二眼，她的眼神像一道闪电，一条鞭子，一线刀刃。那眼神穿透了他，也剥离了他，让他变成了另一个他。他翻过栏杆，中了蛊似的走下河滩，走进河水。裤管打湿了，他懒得去挽。水淹到膝盖了，他仍然往河水深处走。他晓得，他不会让河水淹没自己，他只是需要一个姿态，给自己一个交代。但他不晓得，他走在一道岩坎上，岩坎下就是采砂船留下的暗沟与漩涡，而他是不会游泳的。

他还在往前走。

现在，天黑下来了。

2020 年 8 月 8 日

三滴水雕花床

1

仲秋的一天，陈道予背起双肩背旅行包，从莲城出发，先坐了两小时的班车抵达关山镇，又坐了两公里摩托车，来到竹山水库的人工湖旁，找到了他四十年前住过的木屋。

木屋青瓦如鳞，板壁发黑，比记忆里小了很多，也破旧了很多。而且，它往右倾斜得厉害，似乎只要轻推一掌，就会轰然倒塌。他有点认不出它了。堂屋里乱七八糟地放着一些杂物，牵着蜘蛛网。暗绿的苔痕爬上了壁脚。屋内弥漫着凉沁沁的生腥气，明显废弃已久。他沿着阶基西端的板楼梯上了楼，脚印像印章一样盖在蒙尘的梯板上。

楼上没有装板壁，屋柱林立，很是通透。他在最宽阔处站住，恍惚之间，脚边有一大堆木质结构件，它们刷了红色、黑色或金色的漆，雕有各种花格与图案，在它们之上，还盖着一条旧晒簟。它们是一架拆卸开来的三滴水雕花床板件，被人小心翼翼而又整整齐齐地码放在这里。他从两百多里之外赶来，就为寻找这架古色古香的雕花床。但他眨眨眼，幻象消失了，楼板上空荡荡的。

这是预料中的事。毕竟，年代太久远了。钉在屋柱上的半片苇席让他眼睛发亮。这儿曾用苇席隔出一间临时住房，用稻草打的地铺。他记得稻草的清香与窸窣之声。有大半年的时间，作为一个被公社调来修水库的十六岁知青，他的睡眠就被安顿在这里。楼下是主人的卧室，他曾经扒开褥子和稻草，将耳朵对准楼板缝隙，倾听主人的私语和哼哼之声。

"哪个在我老屋楼上？"粗糙的喉咙在楼下喊。

"我。"陈道予赶紧应了一声，转身下楼。

"你私闯民宅，想干啥呢？"一黑脸男子站在堂屋门口，手指着他。

他正想解释，一脚踏空，楼梯吱吱摇晃。

"你还不快跑！"男子跺脚大喊。

"为何要跑？"话音未落，头挨了一击，一个干葫芦沿楼梯滚下去了。陈道予摸摸脑壳，疼处起了个包。他揉着包说，"我只想看看那架雕花床还在不在。"

"怪不得，那葫芦挂在梁上好多年都没事，你一来，它就砸你脑壳上了。只怕是雕花床使的坏。你不晓得惹了它有血光之灾吗？"男子说。

"它不是不在了吗？"陈道予说。

"它魂还在。也许它在别的地方过得不好，魂就转回来了，拿你出气。"男子压低嗓音说。

"哦"，陈道予瞟一眼男子，觉得面熟，"你是秋宝哥？"

"秋宝哥早不在了，我是他的崽。"

"那我还抱过你呢！"陈道予恍然一笑，"记得你不肯隔奶，把你娘都抓出血来了。你好像叫有福吧？"

"你看我像有福的人吗？"有福扯起黑T恤擦脸，胸口露出几根肋骨，又说，"到我新屋里坐坐吧。"

陈道予点点头，跟随有福走向禾场另一侧的二层红砖楼。新屋并不新，没有粉刷的毛坯墙都已经发暗了，二楼的窗户连框都没有，黑洞洞的。山风拂过，许多往事扑面而来。

2

如果不是顶头上司刘之元的委派，陈道予不会寻找那架雕花床。

陈道予是个不会来事也生怕求人的人。正因他的这种脾性，在莲城方志办工作了一辈子，到退休时还只是个副调研员。这还是领导念及他的资历，才给了他这个副处级的非领导职务。所以，当市里为消化严重超编的干部职数、推出鼓励处级干部提前退休的优惠政策时，才五十六岁的他迫不及待地打了报告，并顺利获得批准。办完退休手续，提着办公室清理出来的私人物品走出机关大门时，他长长地吁了一口气。他没有什么好留恋的，若无必要，他再也不会进这个门里来。

他的人生已经到了做减法的时候。他不想再管家门之外的任何事。这天儿子陈默来了，求他去找相关领导批个条子，或者打个电话，以便让刚满四岁的孙子报名进条件优越的机关幼儿园。因孙子户籍不在这个街道，即便爷爷是机关退休干部，机关幼儿园也不肯通融，说他们只认父母，不认爷爷辈，这是规定。陈道予亦不肯应允儿子，说既然是规定，那就按规定办好了，让我这张老脸自在点吧。别的幼儿园就不是幼儿园了？还近一些。陈默很生气，说你就阿Q吧，你不管我也就罢了，孙子也不管？当初帮你儿子一下，今天就不必找你了！好像我不是你亲儿子似的。

话很重，陈道予的脸就涨红了。六年前陈默考公务员，得了笔试第一的好成绩，陈默曾央求父亲提前跟相关领导送送礼打打招呼，他没有应，结果陈默落选了。陈道予反驳道，你不晓得你考的岗位早就内定了的吗？再说当公务员有啥好，进了机关一生一眼看到底，像你爹一样，有啥出息？陈默说，你以为我跟你一样啊？你活了一辈子，都不晓得只有舍得小面子，才会有大面子。这点面子都不肯借，是你的自在重要，还是你孙儿的早期教育重要？陈道予就语塞了。他辩不过儿子。可他也不肯松口帮儿子。父子俩就这样气呼呼地坐在一起生闷气。

刘之元主任就是这个时候上门的。陈道予很意外，在他的记忆里，领导从没来过他家。刘主任关心地询问他退休生活的方方面面，难得的和颜悦色，甚至还亲切地拍了拍他的肩膀。当然，进入正题，就一如既往地严肃起来了。

"老陈啊，你退休安享晚年了，本不该打扰你了的，可市领导想请你出马，寻找一张三滴水的雕花床。你不也是地方文化研究会的理事吗？你平常不是也对地方掌故民间文物之类感兴趣并且颇有研究吗？这事非你莫属啊！"

"我可没这本事。"陈道予摇头，"主任，这些年文物古玩俏得很，别说名贵的三滴水雕花床，即便是两滴水和一滴水的雕花床，都早被人搜刮走了！"

"别人搜刮走，我们也可以赎回来呀，钱不是事。说白了，其实是请你去寻找线索，别的不用你管。你的差旅费呢回单位报，我签字就行了。我相信你的能力，有啥情况你跟我汇报，好吗？"刘之元殷切地望着他。

陈道予不吱声，横了陈默一眼，意思是要儿子回避。陈默视而不见，殷勤地给主任续茶水，然后酸溜溜地说："我爸自家孙子的事他都不管呢，还说你公家的事。"刘之元忙问何事，陈默便将前因后果说了一遍。刘之元就说："有困难找组织嘛。这事我帮你们想办法，相信会很快解决。机关幼儿园是市委办管的嘛。老陈你呢，也不要辜负领导的期望了，好吧？"

陈道予仍然闷着头不吭声。

陈默倒急了，轻推父亲一下："爸，党的话你都不听了啊？"

陈道予狠狠地瞪了儿子一眼。

刘之元脸色严肃起来："老陈啊，实话告诉你吧。是老三找我私下点你的名，非你不可，还说只有你晓得到哪去找，也只要找你晓得的那张雕花床。那床的来历你比我清楚，它原本属于关山镇吴家，现在吴家后人，也就是台湾地区的大老板吴铭宗想找到它。据说他就出生在那张床上。此事关系到关山古镇旅游开发的上亿投资，引资成功的话，是有提成奖的，到时少不了你一份。不过这事有点敏感，毕竟是给地主后代办事，所以你不能张扬。接不接受任务，自己掂量吧。"

老三是市里三把手的代称，圈子里的人私下里都这么叫。陈道予这才晓得，指令来自曾志弘副书记。至此，他不仅找不到拒绝的理由，自己也动心了。

3

所谓三滴水，是指雕花床有三道床檐。一般的雕花床只有一道檐，也就是床楣上那块垂落下来尺余宽的花板，雕的是鸳鸯戏水、龙凤飞舞之类的图案，称为一滴水。两滴水则是雕花床两侧各加装一个方格围栏，内置屉凳茶几，夫妻可相对而坐，你绣花来我读书，困了才上床睡觉，自然也就多了一道檐。而三滴水则是在两滴水的床门与屉凳之间再加一个环绕床笫的狭窄回廊，这便有了三道檐了。檐子上的浮雕镂刻花样繁多，无论人物、动物还是植物都精致得难以言喻。

陈道予一生就见过这么一张三滴水雕花床。

那天早晨大雨如注，打得屋瓦噼啪作响。知青队长曾志弘在屋柱上的喇叭里发出通知，因雨不便施工，全体队员在各自住地自学毛选。苇席隔出的房间没有窗户，光线阴暗，陈道予懒得点灯，在铺上百无聊赖地躺了一会，忽然对一壁之隔的那堆物件起了兴趣。他将遮盖其上的晒簟揭开，扫掉雕花板上的灰尘，将它们翻出来细细欣赏。那些精雕细刻的古代人物虽油漆斑驳，却也栩栩如生。睡在这样的床上，会是怎样的感受？他将板件一件件摊开，根据形状猜测它们属于床的哪个部位。他想将这架雕花床组装起来。他很快就发现，众多的板件可以床沿为界分为上下两部分，床柱、床围、床顶、床楣在上，而床架、床屉、床廊、床踏在下。而且，他根本没有可能将它完全组装起来，它太庞大了，简直就是一间房中房，楼上空间太小，搁置不下它。他只好舍弃床的上半部，只组装床沿以下的部分，同时也放弃了回廊和屉凳——它们实在有些多余，床不就是用来睡觉的嘛，要它们干啥？真不知前人如何想的。他东挪西移，左想右猜，费尽了脑筋，终于准确地选取了所要的板件。雕花床是榫卯结构，拆卸多年，很难严丝合缝地装回原位。他找来一把木槌，敲敲打打忙乎了一气，总算把床的下半部分装拢来了，虽然看上去不是很周正。他坐在厚实的床沿上歇气，手板胡乱擦汗，也不在意花了自己的脸。

秋宝嫂就是这个时候闻声爬上楼来的。有福在摇篮里睡了，她才得空来楼上探望。她伸手将陈道予从床沿上拉起，低声喝道，你动了它会不吉利的。陈道予说我不怕，知青不信这个。秋宝嫂说，我晓得你们城里伢不怕，那年红卫兵来乡下，观音菩萨都敢烧。他不解，你家怎会有这样一张床呢？秋宝嫂压着嗓门，它本属吴家，吴家人不是跑到台湾去了吗？有福爷爷在吴家大院做过长工，土改时它就分给我家了。有福爷爷本不想要，可是土改队长带人将它拆散送到家里来了，又不敢不要，那可是阶级立场问题呢。它堆在楼上好多年了，我们都没瞧过它一眼。有福爷爷去世前还交代秋宝，哪天吴家人回来了，就还给人家。你是不是想在这张床上睡觉？听说吴家有个漂亮的媳妇，生产时出血不止，就死在这张床上呢。秋宝嫂说得一惊一乍。

陈道予说，我是想睡它，但更想看看它长啥样子。你看那些雕花板子，多美啊！保管几十年了，你们就不想晓得它完整的模样吗？秋宝嫂说，想啊，不光我想，秋宝也想呢，可我们不敢动它。他便拍胸脯，你们不敢我敢啊，雕花床不会怪罪我的，它几十年没完整过了，说不定还感谢我呢。不如这样，我们干脆将材料搬到堂屋里，再将它拼起来，就可以看到它到底啥样子了。秋宝嫂说，你这伢儿，好奇心硬是重得很，好吧，你秋宝哥在溪里捡浪渣，我叫他过来帮忙。

不一会，穿蓑衣的秋宝哥就屁颠屁颠回来了。三个人一齐动手，先将堂屋里的桌椅板凳挪开，腾出足够空间，再把那堆雕花床板件一一搬下来。扛得动的就扛，扛不动的就两个人抬。他们都认不出材质，不知它是红木、酸枝还是柏木，只晓得所有板件都沉重如铁。花了半天工夫，他们基本上将这架三滴水的雕花床组装完了。之所以说基本上，是因为还有几块小的雕花棂板装不进去，如果霸蛮用力，就有可能损坏它，只好作罢。站在床前，三人都被它的复杂和精美惊呆了。富人豪绅真是太讲究了，雕那么多花样不说，床前的门围子是用细密的棂子板组成一道月门。它有三进呢，上个床，得先在两侧屋凳上坐坐，再越过回廊，跨上踏脚，进入月门，才能把屁股放到床沿上去。陈道予心颤颤地坐上床，然后慢慢地倒下去，静静地躺了片刻。他居然有一种被关禁闭的感觉，连忙起身下了床。秋宝哥喃喃自语，在这种床上做那种事不晓得是么味呢，很向往的样子。看样子他也想躺上去尝下味，可他只将屁股在床沿上挨了挨，就赶紧闪开了。秋宝嫂更是屁股都不敢挨。夫妻俩脸上都流露出莫名的敬畏之色。

欣赏够了，记得住它的模样了，三个人又动手将床拆散开，一件一件地搬回楼上去。才拆下几根床柱，知青队长曾志弘来了，问陈道予自学毛选第四卷没有，他特意来检查的。陈道予赶紧说学了学了，我学完了才搬雕花床的，搬完了我保证再学一遍。曾志弘这才点点头，说了声自觉就好，看了雕花床几眼，背着手走了。

三人费了好大工夫，才将拆散的雕花床搬回楼上去，整齐地堆码好，重新盖上晒簟。

陈道予慢慢地习惯了雕花床的存在。有时他感到它像一个人，而不是一件物。夜深人静之时，他能听到它的呼吸。即使拆散了，在他有感觉里，它也是浑然一体的。他想，不会有人打扰它了，它也安稳了吧？

可没料到几天之后，曾志弘就带着一帮人来搬它了。原因是知青队正在修建工棚，其中一座大工棚是工地指挥部，曾志弘想将雕花床摆在里面，给廖指挥长用。当然只能搬雕花床的下半部分，完整的床显然安置不下。陈道予也遵令参与了搬运，扛了几块床板。当他们走入新工棚，还没来得及放下肩上的物件，廖指挥长出现了，愤怒地呵斥道，你们这是干什么干什么？你们想腐蚀我，让我犯政治错误吗？曾志弘辩解道，您睡的是雕花床，只有您休息好了，才更有益于指挥水库建设啊！廖指挥长余怒未消，大手一挥，我不管你说出花来，不要就是不要，天晓得我万一睡了会出什么事。哪里来的都给我搬回哪里去！否则我拿你曾志弘是问！陈道予悄悄地瞟了瞟曾志弘，那张英俊的脸刹那间成了小说里常形容的猪肝色。他们只好灰溜溜地将那些板件又扛回秋宝家。

这之后一段时间，曾志弘话比平常少了很多，显然受了打击。得罪了指挥长，肯定没有好果子吃。陈道予多少有点幸灾乐祸。不过不到半年，陈道予就只有羡慕的分了。曾志弘出人意料地被指挥长推荐上了大学，成了湖南师范学院的一名工农兵学员。当然，那时的陈道予想不到，四十年之后，曾志弘仍是他的领导，而且是更高层级的领导。而现在，陈道予更想不到的是，他们又因为那架雕花床而有了瓜葛。

4

陈道予跟随有福踏入红砖房堂屋，感到一道目光投在额头，些微地痒。他侧脸避开，不往中堂方向看——那道目光就来自那里。神龛上摆着两幅带镜框的遗像，左边的一幅陈旧泛黄，男性逝者的面目很模糊；右边的一幅要清晰许多，是个眉清目秀的女人。他在靠背椅上坐下，接过有福筛的茶，喝了一口，问："你家人呢？"

有福摇头："死的死了，跑的跑了。"

陈道予怔了一下问："怎回事？"

"我爹死得早，我娘医不好，不说也罢。"有福两手相握，捏得关节喀喀作响。

陈道予忍不住又问："那跑掉的呢？"

有福便告诉他，他在东莞打工时认识了益阳妹子唐晓丽，两人就好上了。他想和她结婚，但唐晓丽跟他回老家看了屋场后，嫌房子太老旧，一定要有新楼才答应他。于是他和母亲想方设法修起了这幢二层红砖楼，总算把唐晓丽娶了回来。不久他就有了儿子。可是这唐晓丽呢，一天到晚家务不做，只晓得跑到镇上打牌赌博扯闲话，有时甚至通宵不回。做婆婆的一直忍着，天天将孙子背在背上，把所有家务活都揽了。他这做儿子的看不下去，于是和唐晓丽发生冲突，先是动嘴，后来发展到动手。再后来的一天，唐晓丽突然带着儿子跑掉了。有福去唐晓丽娘家寻找，也不见人影，岳母一家闭口不说她的下落。他已经单身七八年了，后来也相过亲，但别人不是嫌他穷，就是用了他的钱后就没有了下文。

"女人都不是好东西。"有福用力地将烟蒂摁在鞋底上。

"话不能这么说。"陈道予朝神龛上瞟一眼，说，"你才不惑之年，还有大把日子过，会找到好女人的。"

"除非我发个横财。"有福想想说，"你是第五个来打听雕花床的，是不是也想倒卖古董赚点钱啊？可惜你来迟了。那年，若不是卖了雕花床，我哪修得起这幢红砖楼？二十万呢。"有福伸出两个指头捻了捻。

"噢，我只是帮人打听打听，你卖给谁了？"陈道予问。

"这我不能说，我答应买主保密的，我泄了密他会找我麻烦。"有福摇头道，又说，"三滴水雕花床如今不止值二十万了吧？"

"那当然，你当初就卖便宜了，现在至少五十万以上吧。它不光是古典家具，还是文物，可能是明清时候的呢，附加值高。其实如今是信息时代，不存在什么泄密了的，知道的人多，雕花床身价会更高。那些收藏家都以拥有稀有古董为荣。我还是当年和你爹妈将它组装起来的时候，看见过完整的三滴水雕花床。一晃几十年过去了，还真想再看它一眼……"陈道予很是感慨，侧过身子，望着斜对面的老屋。

"你很念旧啊。既然是在我家住过的人，不嫌弃的话，就留下来吃个便饭吧？只是没啥好吃的。"有福粗糙的脸上浮起一层羞涩的笑意。

"不麻烦你了。"陈道予立起身来，四下环顾。屋里乱七八糟，墙角牵着蜘蛛网，潮湿的地面爬着一只蜗牛。他不由得叹口气，掏出张名片递给有福，"你还是得把日子过好点。有啥事，或者有雕花床的消息，都可以跟我联系。"

有福揩揩手接过名片："好啊好啊。"

陈道予转身告辞出门，跨过门槛又站住了，回头问："你妈哪年去世的？"

"二〇一二年端午节那天，粽子都没来得及吃。"有福说。

陈道予瓮声道："你妈是个好人。"

"她就是心善。"有福说。

陈道予朝着神龛上方望过去。他看到了镜框里那张熟悉的脸，那张脸上的眼睛忽然发出光来，仿佛也认出了他。他心颤了一下，转身离去。

越过禾场来到公路上时，有福追到禾场边沿冲他挥手："陈叔，我还是告诉你吧，那个买雕花床的人叫罗伟，我看过他身份证，是浮山县城的人。"

5

陈道予本来只在秋宝哥家住两个月的，因为山湾里的工棚修好了，知青和民工们都可以住进去了。离工地近，上工就餐都方便。但有天晚上，秋宝哥悄悄来到他那间苇席隔成的房间里，求他不要搬走。秋宝哥还说，也可以搬到楼下他父亲曾睡过的床上去，楼上毕竟不太遮风，只要他不害怕——几年前秋宝父亲因为偷偷上山开荒被民兵抓住，受了惊吓，吊死在床上方的横梁上。当然你就睡楼上也行，若嫌地铺不舒服，把那架雕花床拼起来用，只要你不搬走，怎么都行。

为什么啊？陈道予不解。

因为，我也要到枝柳铁路出民工去了。秋宝哥说。

你去你的啊。

我去了，你秋宝嫂一个人在家，怎么办？

秋宝嫂那么能干，不用怎么办啊。

我放不得心，你不觉得，她长得太乖了吗？秋宝哥说，有你这黄花伢儿在，屋里多一个人，那些骚后生多少顾忌一点，我呢也稍微安心点。

陈道予这才明白秋宝哥的用意。他答应了秋宝哥的请求，留了下来。每天得提早半小时起床去工地就餐上工，也没有怨言。几天后，秋宝哥挑着行李去公社集合时，陈道予特地送了他一程，分手时还互相交换了一下信任的目光。

自此，陈道予在工地晚餐后就早早地回到屋里。而以往，他都要和知青伙伴四处散散步，天黑了才回来就寝的。他不是帮秋宝嫂烧烧火，就是在阶基上逗逗坐在枷椅里的有福。不过，除此之外，别的事秋宝嫂都不让他插手。秋宝嫂做完饭吃饭，吃完饭洗碗喂猪，喂完猪吆喝鸡进鸡笼，在逐渐浓黑的夜色里发出忙碌的声响。陈道予不止一次地联想，她就像白话里的田螺姑娘。

某天夜里，陈道予看小说《金光大道》花了眼，正准备睡觉，秋宝哥担心的事发生了。有人敲秋宝嫂的后窗，笃笃笃笃，像一只啄木鸟在啄，声音不大，却格外清晰。夜已经很深了呢。秋宝嫂不理睬，那叩击声就不依不饶地持续着。陈道予从地铺上爬起，蹑手蹑脚来到楼后侧，往下一瞧，看到一个身影趴在秋宝嫂的窗户上。怎么办？灵机一动，他扯开喉咙，在楼上唱起了歌……自从变过嗓后，他的声音格外洪亮，完全盖住了那一串无耻的挑逗性叩击。他唱了一首又一首，根本不打算歇气。他会的歌至少在二十首以上。在他唱第三首的时候，那个人受不住了，朝上望了望，啐口痰，悻悻离去。黑色影子融进了黑夜，整个世界一下子就安静下来了。稍后，秋宝嫂一手端着煤油灯，一手端着半笪箩花生上楼来。想不到你这么聪明，吓走了他又不得罪人，我得好好感谢你呢。秋宝嫂将花生放在他床铺上，两眼像两颗黑珍珠一样闪着光。他很兴奋，傻呆呆地竟不知说什么好。秋宝嫂走了，他剥了花生放在嘴里嚼，闻到的却是秋宝嫂身上特有的奶香。

6

太阳偏西时陈道予住进了关山镇的小客栈，然后给刘之元发了条短信，将了解到的情况做了简短汇报。不知出于什么心理，他不喜欢给领导打电话，而宁愿发短信。大概是有点畏惧那种居高临下的腔调吧。过了一会，他收到了刘之元的回复：知道了。没有得到下一步行动的指示，他有点无所适从。小憩片刻，他便从旅行包里掏出一个挎包背上肩，熟门熟路地去了吴家大院。

吴家大院曾经是关山人民公社的办公地，现在是省级文物保护单位。这是一个巨大的长方形的青砖院落，俗称窨子屋。风火墙兀然高耸，院门重檐翘角，台阶两侧门当如月，石狮盘踞。陈道予拾级而上，在门楼右侧的售票处花十元钱买了门票，这才进入大院内。

大院共有三进，一进去是宽敞的坪地，满地铺的青石板。坪地东端是个古戏台。以前公社经常在此召开群众大会，戏台便是主席台，与会者都在台下席地而坐。陈道予想起自己在戏台上蹦跶过，那是庆祝粉碎"四人帮"时，他跟着知青宣传队表演秧歌舞。还记得快跳完时飘逸的红绸缠着了他的脚，差点摔倒闹出笑话。

走过甬道，穿过客厅，来到水天井一侧的走廊上。或许因为时候不早了吧，整个院落只有他一个游客，无论太平缸里的睡莲还是马头墙上的狗尾草，仿佛都凝固在莫名的静寂里。忽然，悦耳的女声翩然而来："先生，我给您讲解一下吧？"

他一回头，一身着红旗袍的年轻女子伫立面前，浅浅的酒窝盛着盈盈笑意。他不由自主地点点头，跟着她往宅院深处走。旗袍小姐自我介绍道，我叫李晴，木子李的李，晴天的晴，你就叫我小李吧，我在这当讲解员三年了。对呀，算这儿的老人了。当然啦没有吴家大院老，它始建于清朝嘉庆年间，两百多年历史了呢。

这时他认起真来："不对吧小李，我记得有资料表明，它始建于咸丰年间，只有一百五十几年吧？"

小李一笑："听口音您就是本市人吧？本市人还不维护本地的名誉啊？文物嘛当然是越老越值钱啊。再说了，这院子老成这样了，到底哪年修的，谁又说得清呢？"

他想想也是，于是道："别下次来，又说是乾隆皇帝时修的了。"

小李乖巧地幽了一默："那也说不准，与时俱进嘛！"

他们相跟着走过一排厢房。廊柱上方的斗拱都雕成活灵活现的祥兽，不是麒麟就是貔貅，而窗棂与围栏的雕花，亦不是凤凰就是荷花与寿桃，与他见过的三滴水雕花床风格颇为一致。应当说，整个大院都保存得很好，即使门槛有磨损，某些窗户有残缺，也显得很自然。小李轻言细语地诉说着，他听着听着却分心了。他很了解这座院子，亲手编辑过的相关资料就有十几万字，都发表在方志办出版的刊物《莲城风物》上。他凝视小李窈窕的身姿，又开始了恍惚。他总是容易恍惚。她好像是记忆深处的某个人物。步入阴处，凉气漫过全身，她回头一笑，他脸上便拂过一阵暖意。那笑十分熟悉，只是他确定不了它属于谁。小李指着一间房说："瞧，这是吴家的媳妇房。"

陈道予往撑开的花窗里端详，摇头："不对。"

小李说："怎不对？媳妇房都在楼下，只有小姐的闺房才在楼上的。"

他再摇头："媳妇房间有架三滴水雕花床的，这房间太小，摆不下。"

"噢，那我晓得你说的哪间了。"

小李领他下了走廊，穿过旱天井，路过一株苍老的梨树——她顺手摸了下悬在枝头的梨子——又跨上台阶，走进东厢房。房间很大，靠门处摆着一架镶镜子的梳洗台，窗户下有一只茶几两把椅子，除此之外别无他物，空空荡荡的。折叠式的花格窗户撑开着，看得见外面的梨树、天井、翘起的马头墙以及墙上方的蓝天。他在房间转了几圈，根据地板上的印痕找到放雕花床的位置，然后在椅子上坐下，喃喃自语："没错，就是这里。"

"这可是个有故事的房间呢。"小李笑眯眯的。

"是吗？说来听听。"

"听说，吴家小媳妇是个好乖好乖的女伢，还是个大学生呢。可惜，嫁过来就差不多等于守寡了。因为，那吴家的儿子天性好耍，一直在外打流，几年都不回家一趟。她独守空房，寂寞的时候只好写写字，绣绣花。所以，她一直怀不了孕……"

"不是这样的。"他断然道。

"当然不光是这样的，光这样，就算不了故事啦。"小李津津有味地道，"后来，她的肚子突然鼓起来了。吴家一直盼望后继有人，可是它不是自家血脉，儿子都没回来过，怎么对四邻乡亲交代啊？吴老爷大发雷霆，还将村里的后生一个一个叫来，逼问哪个是她相好。媳妇咬紧牙关，谁都不认，吴家就对她不好了。一不给她吃鸡蛋补身子，二不准她回娘家。可怜的媳妇只好整日以泪洗面。后来生产时，吴家也没请接生婆，媳妇就难产了，死在了那架雕花床上。"

"瞎说！"陈道予涨红了脸。

41

"都这么说呢。"小李道。

"都这么说就不是瞎说了？简直是污蔑。"

"你怎知是污蔑？"

"我有证据。"陈道予脱口道，拉开挎包拉链，掏出一个塑料袋。塑料袋里装着一个泛黄的本子。他取出本子，想想，又将它塞了回去，朝小李挥挥手，"谢谢你，不用你讲解了，我自己四处看看吧。"

小李笑笑转身走了，旗袍包裹的身子扭得很俗气，屁股像成了两瓣。屋里凉津津的，弥漫着陈年的气息。他感到自己凝固在椅子上。

7

小客栈后面是一片稻田，晚稻间秋虫鸣叫此起彼伏。远山蜿蜒在夜色里，黑沉沉的默不作声。山脊的那一边，仿佛就是已经过去的岁月，神秘而朦胧。陈道予站在窗前眺望了片刻，才半躺到床上，戴上老花镜，小心翼翼地拿起那本陈旧的本子，随意翻阅。

那是一个记账本，封面上有"民国三十四年"字样。里面却没有记账，而是用娟秀的字体写的日记。但不是日日有记，有一日没一日的。都是钢笔字，有些字蓝墨水洇染开去，模糊难辨。不过陈道予猜得出来，因为所有内容，他几乎都烂熟于心。他的食指小心地摩挲着有些发脆的纸页，记得最初翻这本子，自己指背上还有浅显圆润的指窝，而如今，却是骨瘦皮皱了。

吴歌啊，炮火连三月，家书抵万金，可是邮路不畅，你上封来信走了半年我才看到。我的回信也不知能否到你手里。窗前的梨花又开了，白得让人心疼呢！风一吹，花瓣们纷纷扬扬，就像我的心事落了一地。唉，我想你呢！想当初，你还不如不娶我，我还可以跟随你到处跑，而现在，我关在这深宅大院，像坐牢一般呢。这祖传的雕花床呢，就如一座牢笼。唉，唉唉……

我好怀念我们在昆明读书的日子啊，吴歌。可是，"十万青年十万军"，你一走，我就听不到你的情歌了，真的无歌了。你履行对国家的责任，却把为夫的职责丢在一边。这也是没办法的事。我只祈求老天有眼，早点打跑日本佬，你能完整无损地回来。每当拜菩萨，我都虔诚地把脑壳磕得砰

42

砰响，把你的名字告诉菩萨，求它们保佑你。

又有快一年没收到你的信了，你还好吗？你还记得我田小瑾吗？抗战胜利了，你也不打算解甲归田吗？你还不回来我就老了呢，我的吴歌！

你娘对我真好。天井里的梨子熟了，她特意摘了，削了皮，用盘子盛了端给我吃。竟然有婆婆服侍媳妇的事。可我哪吃得下呢？看到梨，就想到那个离字。哪天是个头啊……

我和你坐在屉凳上，我给你筛茶，我们相对而笑，心照不宣。雕花床就是我俩的天堂呢。我给你宽衣解带，我们像古人说的那样颠鸾倒凤，我假装把你抱在怀里，我们融为一体……可我只能抱我的枕头呢，吴歌！吴歌啊！

时局如此动荡，我只能根据报纸上的消息和部队的番号猜测你到了哪里。去年在东北，现在到江苏了吧？晓得你升职了，当少校了，可我一点不喜欢，我只要你，原来的那个你。中国人打中国人，有啥意义呢？死了多少人啊。有件事，没跟你说过，就是这些年一直有人说闲话，说我是朵不结果的谎花。爹娘嘴里不说，心里只怕也有埋怨。可这事能怪我吗？我这丘田，不可能让别人来耕啊。田园将芜，胡不归！

千呼万盼，你终于回来了。虽然你不敢见人，虽然你只待一晚，可也是金风玉露一相逢，便胜却人间无数！我不懂你为何又要离去。既然承诺有机会就接我走，你说话可要算数噢。

我给你写信了，信寄给了广州舅舅，让他转给你。不知能否到你手中。信中有个天大的好消息呢。我这朵谎花终于结果了，是的，我怀孕了。你只回来一夜，我就有了，你真的很有种。现在我只希望全家平安，早日团聚。

我肚子越来越大了，可你一去就没了消息。好在，我并不希望你回来，因为你的身份已经成了阶级敌人，回来怕有性命之虞。吴家大院的所有家产都已登记在册，可能会被没收，这是时代潮流，没办法的事。总之人平安就好。你好好的吧，我的吴歌。

43

我发作了，吴歌。娘去请接生婆了，我强忍着疼，给你写几个字。我有种不好的预感，怕是过不了这一关。这可能是我最后写给你的字了。只愿你儿子能顺利来到人世。俗话说酸儿辣女，平时我喜欢吃酸坛子菜，肯定会给你生个儿子。爹把名字都想好了，就叫吴铭宗。本来，舅舅和爹正在筹划，抛下家中一切，借道香港来与你团聚，可是我怕等不到这一天了。疼死我了！我把嘴唇都咬破了。吴歌，倘若我真的死了，莫忘记我！

本子差不多都写满了，只留下两页空白。陈道予跳着页读了这些文字，依稀听到一声女人的惨叫凌空划过，消失于暗夜深处。他打个冷战，合上本子。几点碎纸屑从本子上脱落下来。他将本子装入塑料袋，决计从此不再翻阅它，就像不再打扰一个无辜的灵魂。他早已将它逐页扫描，做了一个电子文档，存在移动硬盘里。

8

也是一个秋夜，陈道予不知动了哪根筋，从铺上翻身爬起，点起马灯，掀开晒簟，再次动手组装那架三滴水雕花床的主体部分。睡地铺总有种下坠和沉沦的感觉，还是睡床舒服，何况它还是雕花床。他乒乒乓乓的，把秋宝嫂都惊醒了。她爬上楼来，不仅没有反对，还帮他抬起板件对榫眼。多一双手，进度就快了很多，大概半夜的时候，终于大功告成。秋宝嫂帮他铺好床，拍拍手说，城里伢火气旺，啥也不怕的，做个好梦吧。又冲他眨眨眼，低声道，莫梦到那个生产鬼就是，听说挺漂亮的呢。

他没有做梦，只是好久都没有睡着。一些变幻莫测的影子在周围晃动，身边似乎还躺着别人，伸手一摸，却并没有。后来他索性爬起床来，点亮马灯，坐在床沿上出神。床头柱的榫眼旁有一个茶杯大小的木雕狮子，扭着头瞪着他，鼓突的眼睛炯炯有神，让他不自在。他伸手握住狮子，朝另一边扭。狮子凝然不动，仍固执地将头对着他。于是他加大了力气，再使劲一扭。木狮子只好扭过头去，不再看他了。他听到了木榫扭动的吱扭声，还有抽屉梭动的声音。狮子是活动的，他的手有滞重感。难道它连接着下面的什么机关？低头一瞧，只见床沿与带铜拉手的床屉之间，伸出来一个小小的暗屉。心一下蹦到了喉咙口。他轻轻地将那个小小的暗屉拉出来，发现里面摆着一个银手镯，还有一个发黄的记账本。他心颤

44

颤地将两样东西拿出来，再反方向扭动木雕狮子，小暗屉就收缩进去了，一乍看平整无隙，隐藏得很好。他欣赏一下手镯上的云纹，试戴了一下，居然大小合适。他就着灯光读那个记账本里的文字，边读边想象着那个叫田小瑾的女子，觉得她有一张与秋宝嫂一模一样的脸。直到鸡叫三遍，他才放下记账本迷糊了一会。

因为没有睡好，第二天上工时他头昏眼花，呵欠不断。那时他已到爆破队，和另两个知青组成打炮小组，他负责撑钎。爆破时他们躲在安全棚里，听到解除危险的哨声才会出棚。这天他精神恍惚出现了幻听，愣愣地钻出安全棚外。恰巧这天出现了一起延迟爆炸，同伴扯开喉咙叫他回棚里去，他还懵然不知。结果炮响了，碎石像黑色鸟群一样漫天飞起。其中一块石头掉在地上，反弹起来，碰了一下他的脸颊。疼痛瞬间划破了他的右脸，血也热热地流到了嘴角。

他捂着脸跑到工地医务室。医生给他缝了两针，包扎好伤口，还给他开了一周的工伤假。回到住处，秋宝嫂被他脸上的补巴吓着了，凑着他的耳朵低声说，肯定是得罪那架雕花床了，本来就是别人的床，随便睡得的吗？赶快把它拆了放回原处吧，不然还会报复你。说着操起木槌就往楼上去了。他只好跟随上楼，和秋宝嫂一起，再次将雕花床拆了，整齐地堆码在原处。趁秋宝嫂不备，他将银手镯和记账本放回了暗屉里。他也感到这次不测，可能与他偷拿暗屉里的东西有关。

但后来的一天夜里，他又扭动狮子头，从暗屉里将那个记账本和银镯子拿了出来，而且再也没有还回去。乡下的夜实在太漫长，而在那样的夜里，他也实在太孤独了。人都需要有进入内心的东西，给予他陪伴。

9

早晨，陈道予在粉馆里吃了碗牛肉粉，然后去浮山县城，找那个叫罗伟的人。登上中巴车，一眼就看见有福坐在引擎盖上，手里提着一个蛇皮袋。打过招呼，他在有福身后的座位上坐下，关切地问："有福，你这是干吗去？"

"朋友叫我去县里做两天小工，讨生活呢。"

"一天赚得好多钱？"

"多则两百，少则一百，发不了财，不过养活自己还是没问题的。"

"光养活自己标准太低，你眼光放远点，不能老是一个人吧？还得防病养老呢。"陈道予想了想说，"记得你娘做菜好吃，当年村子里谁家有喜事摆酒，都请她去做厨子。你就没有遗传一点你娘的手艺？"

"手艺是有一点，但村里能办几回酒啊？还不如做小工呢。"

"你那地方有山有水有竹林，风景很好，交通也还便利，可以开个农家乐啊。把新屋老屋都修整一下，连住宿带餐饮都有了。关山镇不是在搞旅游开发么？吴家大院、关山寺还有农业景观园，景点不少，以后休闲的游客会越来越多。"陈道予说着自己都兴奋起来了。

"主意是好主意，可是哪有钱呢？你投资啊？"有福说。

陈道予噎住了，脸上痒痒的似有蚂蚁爬。他的退休金还不到五千块，哪有余钱投资。他想想才说："我没钱，别人有啊，有机会的话我帮你牵牵线。你手机号码多少？"

有福望着他，犹豫一下才报了号码。陈道予将它存入手机通讯录，想再说点啥，却觉得说啥都不合适，便闭了口。中巴摇摇晃晃，两个人都看着窗外。有福显然不相信他有意帮自己，直到下车都没多说一句话。望着有福摇晃的背影消失在街头，他忽然感到十分落寞与难受。有福走路的姿势太像秋宝嫂了。

10

那天下午，秋宝嫂将有福连同枷椅搬进路边菜园，边照看伢儿边扯那些被霜打的辣椒树。辣椒树叶子都萎缩了，得扯掉栽白菜了。陈道予脸上的伤口已结痂，他不好意思在屋里闲坐，就拿了一只筲箕，去帮秋宝嫂摘辣椒。那些没长大的秋辣椒很嫩，吃起来虽带点淡淡的苦，却也是蛮有风味的，茶油炒来特别好吃，若干年后就成了城里人喜欢的一道土菜，名曰"扯根辣椒"。秋宝嫂扯出辣椒树时残叶和土粒溅落到他头发上，他也不在意。斜阳温暖，秋宝嫂打着赤脚，结实的小腿肚肉鼓鼓的，身上散发出淡淡的狐臭与奶香。陈道予时不时地抽抽鼻子，深吸一口气。

一只蜂子来捣乱了，围着陈道予的脑壳嗡嗡叫。他不胜其烦，举起手掌扇过去。但它灵巧地躲过，轻而易举地在他额头蜇了一下。他哎呀一声，额头上鼓起一个小包，火辣辣地灼疼。他举手欲揉，秋宝嫂将他的手扯开。千万揉不得，会把毒汁揉进去的！秋宝嫂捧起他的脸，张嘴含住他额上的包，狠狠地吮一口，吐掉，再吮一口，再吐掉。然后，她一把搂起衣襟，亮出一只饱满的乳房，单手抓住用力一挤，一线雪白的乳汁准确地射在他额头。她一只手将他额头的乳汁抹开，另一只手却忘了将衣襟放下。于是他清晰地看到，那只白里透红的乳房就凑在他眼前，只要伸出舌头就可以舔到……他立时满脸通红。

篱笆外有个后生大叫，啊呀，秋宝嫂你还要奶屋里的大伢儿啊？秋宝嫂毫不介意，爽朗地笑，嘿嘿，小伢大伢都要奶的嘛！你若眼红，找你屋里的去啊。后生笑道，我只眼红你的呢，翘得那样好看，哪天我敲你的后门去噢。秋宝嫂放下衣襟掩好怀，说，欢迎你来啊，只要你的脚认得路，只要你不怕打破脑壳！

很奇怪，听秋宝嫂与那后生调笑，陈道予脸就不红了，额头上的灼疼感也慢慢消失。等到秋宝嫂再次毫不避讳地掏出乳房喂孩子时，他也能平静如常了。而在此之前，只要一瞟见秋宝嫂掀衣襟，他就会害羞地侧过脸去。他想自己已经长大了吧，人大了一切都自然而然了。

两天后这个与秋宝嫂调笑的后生邀陈道予去镇上耍，还说要带陈道予去秀女那量尺寸。秀女是个守寡的女裁缝，喜欢与后生耍的名声四处流传。秋宝嫂一旁听到，鼓眼反对。陈伢子莫去，那可不是好耍的地方，更不是好耍的人！他没听，跟着后生去了。他跳下台阶时秋宝嫂很不高兴，两道细眉皱了拢来。他一点没在乎，他惊奇地发现，自己很高兴秋宝嫂不高兴。他不知这是为什么。

但是到了关山镇，他没进裁缝铺。秀女在窗内冲他挥手招呼，脸上笑得灿烂，娇声唤道，知青哥哥来撒。他没敢应。后生碰他的肩，身上带钱没？有一块就够了。他口袋里有钱，但凉风吹起来了，他打起了冷战。走啊，后生推他，他动弹不得。后生兀自去了，门吱呀一声关闭。他转身踏上回程，一路跟跄踢得路面的石子蹦跳开去。风越来越大，他不得不抱紧自己的双肩。冰凉的感觉像一件湿透的衣服包裹了他。

回到屋时他开始发烧。秋宝嫂没好气地瞪着他，就回来了，没耍好吧？他喃喃道，我没耍，我可能感冒了。秋宝嫂摸了摸他的脑门，噢，发烫呢！赶紧上楼歇着吧。他爬上楼，钻进被窝，一边喘息一边听着秋宝嫂在厨房里忙碌。后来，他迷迷糊糊地听见秋宝嫂来到跟前，将一只碗凑到他嘴边。快喝了这碗姜汤吧，你是受了风寒。他喝得咕噜咕噜响，嘴角溢出的汤水打湿了胸口。秋宝嫂又扶他躺下，替他掖好被子，唉，你也是造孽呢，这么小就下放到乡里，病了也没娘管……他默不作声，只觉着眼里一热，有一只虫子从眼角爬了出来。

他沉沉地睡了一觉，发了一身汗。第二天醒来，被窝里臭烘烘的，人却神清气爽了。秋宝嫂的脚板沿着楼梯响了上来。他忙闭眼装睡。秋宝嫂侧身坐到铺上，一只手轻轻摩挲他的额头。嗯，还好，不烧了。她手上有茧，但他仍觉得那只手很柔软，很温暖，他不想它离开。他紧闭双眼一动不动。陈伢子，醒了吧？她轻言细语。他仍不吭声。她捏了下他的鼻子。我晓得你醒了，跟我装傻，嘻嘻。他忍不住咧嘴一笑，但还是闭着眼。她语调严肃起来，我正经跟你说啊，千万莫跟那些野后生到那个裁缝铺里耍，你还小，不晓得深浅，听见没？莫到时被人耍了，你还帮人数钱。他点点头，一翻身抱住了秋宝嫂，将脸埋在她奶香四溢的怀里。秋宝嫂啊呀一声愣住了。少顷，她将一只手轻轻按在他后脑壳上。真没想到，你已经长大了……她轻轻搂着他。记着我的话啊，歪锅配歪灶，你跟他们不是一路人，莫跟他们一起……你若实在熬不住想要，有我呢。他并不十分明白她的意思，只是懵懂地、顺从地点下头。接着他脑子一热，伸手扯开了她的衣襟。他仍闭着双眼，但他准确地噙住了那温暖的一团。那一刻，他变成了一个婴儿。

11

陈道予逛了一下浮山县城的街心公园。那里有十几个买卖古玩的小摊贩，大多摆的铜钱、瓷器、旧书、像章之类。他拣拣看看，很快就没了兴趣。便踅到一棵樟树下，给县方志办的熟人打电话："老郑，好久不见啊！想请你帮个忙，打听个人。叫罗伟，是你们浮山人，大概是个古典家具收藏家吧。"

"老陈你找对人了。罗伟曾经是县收藏协会主席，我是协会秘书长，熟着呢。找他干啥？可惜你来晚了，啥都干不成了呢。他死了七八年。唉，其实他是个低调的人，可人在江湖飘，哪能不挨刀？他得了不少古物，发了大财，同时也得罪了不少人，被人设了局诱使他吸了毒，不光败光了那些古物，把家产都吸光了，家人也不认他了。他死的时候瘦得只剩下一把骨头。真是他人即命运，他人即地狱啊……"

老郑滔滔不绝。

陈道予没有心思听下去，只好打断老郑，道谢作别。思忖片刻，他再次给刘之元发短信汇报情况。过一会，刘之元打来了电话，他便口头详细汇报了一番。

刘之元想想说："这样看来，这条线索就此断掉了？那你回来吧，这事你不用管了。"

陈道予有些发蒙，严格说来，这条线索并没有完全断，还可以追下去的。

当官的真是反复无常，说不要你管就不要你管了，为什么啊？他想问问清楚，刘之元已挂了电话。

望着街头熙熙攘攘的人流，陈道予一时茫茫然不知该往何处去。

12

冬天的时候陈道予脸上的伤口完全好了，但他的虎口裂开了缝。天天双手握着冰冷的钢钎，同伴的铁锤每砸一下，他都得及时转动钎子。岩石坚硬，钢钎颤抖，铁锤的力量通过钎子震荡着他的全身，也震裂了他的虎口，看得见裂缝里鲜红的肉。他到医务室拿了胶布贴在虎口上，但不顶用。一天下来腰酸背疼，日子难熬。他早没了和野后生出去耍的心思，收工吃过饭，他就回到住处，洗脸，泡脚，歇息。

这天夜里陈道予躺在铺上，就着马灯读那个记账本。四周极静，屋后风吹茅草的沙沙声清晰在耳。忽然，有脚步声绕过柴屋，沿阶基响到了秋宝嫂的后窗下。他很警惕，马上蹑手蹑脚地走到后楼，往屋檐下面望。一个人影趴在后窗上，正往里面窥探。黄色的灯光从窗内射出，照在那张棱角分明的脸上。陈道予心头一惊：那是一张熟悉的脸，那张脸能决定许多人的命运。笃笃，那人在敲门，极轻，也极清晰。他退回几步，冲着那堆雕花床板件唱起了歌，他的声音够亮，那个人，还有秋宝嫂肯定都听到了。但是他没有听到预料中惊慌逃离的声音，相反，他的耳朵敏锐地捕捉到后门吱呀一声开了。他连忙又往檐下瞟，后门紧闭，那个人影已然消失，秋宝嫂屋里的灯也熄灭了。他有些不明白，懵里懵懂地又唱了几句，唱完他扑倒在铺上，扒开被褥与稻草，将耳朵对准楼板裂缝。黑暗中的喘息与呻吟声蟑螂一样爬进了他的耳腔。你真好吃。男人的低语像毒针刺入脑中。他坐起身，继续放声高唱……但是唱着唱着，泪水从他脸上滑了下来，好像他受了莫大的委屈。

不知唱了多久，他才停下来。世界安静了，黑夜空虚无边。灶房里有烧火声。他用棉衣裹紧自己，坐在铺上发呆。后来他收起那个记账本，将它压在箱底，和那个银手镯放在一起。账本里的故事太遥远了，那里面的女人属于另一个世界。秋宝嫂的脚步响上楼来了。她将一个盛薯片的笸箩放在他身边，讨好地说，刚炒的，你尝尝。他将笸箩推开，一声不吭。秋宝嫂说，今年新做的呢，红薯面里掺了橘子皮，很香很好吃的。他恶狠狠地闷声说，哪有你好吃。秋宝嫂惊讶地瞟一眼他，撩撩耳边发丝道，其实，你还是个伢伢呢，大人的事你还不太懂的。人在矮檐下，哪能不低头？人这一世，少不得人帮。他皱起眉头，偏过脑壳不看她。她身上的雪花膏味太浓，熏得他鼻子痒。她拿起他的右手，抚摸一下皲裂的虎口，唉，这么嫩的手，哪里经得铁来磨喽，我跟指挥长说好，你不用打炮了，到大坝上给运块石的人过磅记码去，轻松一些。他将她的手甩开，扭头倒在铺上，拿被子盖住自己的头。他想让她晓得，他并不领她的情。

但是第二天上工，喇叭里有人叫他去领记码用的本子时，他乖乖地去了。

13

陈道予回到莲城家中，儿子陈默来了，一反常态地给父亲沏茶，喜滋滋地告诉他，刘之元果然没有食言，你孙子总算进了机关幼儿园，不会输在人生起跑线上了。陈道予噢了一声，并没有多大的喜悦。陈默又问父亲的事情进行得如何，他便三言两语地说了一下。

"爸，你怎能这样跟刘主任汇报呢？"陈默手在膝盖上一拍。

"你说该怎样汇报？"陈道予冷冷地觑着儿子。

"别说雕花床线索其实还在，就是它真断了，你也不要这么快告诉他啊，你可以继续查找啊，至少会给你报销差旅费吧？凡事都要留有余地，不要啥都说，这一来不没你的事了？你想查都师出无名了。唉，说不定，他另有线索，正想把你一脚踢开呢！"陈默毫不客气地指头点着父亲，"爸呀，不是我说你，你在机关里搞了一辈子，都没学会处世为人，情商智商都太低了。难怪你总是被边缘化！"

陈道予想反驳儿子，却找不到言辞，便气哼哼地出了家门，跑到路边象棋摊上，噼里啪啦地下了半天棋。似乎为印证儿子的话，他老是动错棋子，屡战屡败，屡败屡战，把身上几个零用钱都输光了。

他的心不在棋盘上。

14

那天下了场大雪，水库工地停工了。陈道予在工棚里开了一整天的"四人帮"批判会，晚饭后踏着积雪趔趔趄趄地回住处。禾场边的梧桐树光秃秃地站在白晃晃的雪地里，墨黑的枝杈像是毛笔画出来的。一个穿劳动布棉衣的人在树下抽烟，皱眉眯眼，很不开心的样子。他想这是谁呢？那人将烟头往雪地上狠狠地一掷，接着朝陈道予挥了下手，陈伢子收工了？

陈道予这才认出是秋宝，眼皮一跳，秋宝哥你回来过年的吧？

秋宝摇头，过什么年，接到一封信才回来的。

秋宝嫂给你写信了？

不是，秋宝摇头，是别人写信说她的。

说什么呢？陈道予心里像被蚂蚁叮了一下。

秋宝不吱声，沉默片刻说，你晓得，我在铁路工地表现很好，领导说，可能让我留下来做临时工的。

他并不晓得，还是嗯了一声。

你晓得，当临时工就有可能转为正式工，拿工资吃国家粮，全家人都得到好处了。

他又嗯一声。

可是现在，这又有什么意思呢？一锅好汤被一粒老鼠屎搞坏哒！你在外面拼死拼活，她在屋里偷人。秋宝抽出插在裤口袋里的左手，手里捏着一个信封。现在，有些事我想让你告诉我，我要看看信里写的是不是真的。

我能告诉啥？他头皮发麻。

你告诉我，有没有野男人到屋里来？

他咬着嘴唇不吭声。

那些男人里有没有指挥长？

他垂头看着踩在雪里的脚，仍不吭声。

指挥长是不是进过我的房，是不是从后门进去的？

他还是不吭声。他只能不吭声。他想起秋宝哥曾将秋宝嫂托付予他，但他不能吭声。他也努过力，唱过歌的，虽然没起什么作用，但他不能说的。白色气雾从秋宝的嘴里一团一团喷出来，让他想到一头因愤怒而喘息的牛。

我再明确一点，你给我说实话，指挥长是不是来跟你秋宝嫂睡过觉？

秋宝凑到他跟前，盯着他的眼睛。

他闻到了秋宝嘴里的酒气，全身冰凉，舌头打结。

好吧，我不逼你说话，是，你就点个头，不是你就摇头。

他颈子发僵。他已经回避不了。他先摇了下头，紧接着又点了下头。

天啦，我就晓得是真的！

秋宝猛跺一脚，蹲了下去，双手抱着脑壳颤抖不止，接着，大口大口地呕吐起来，身体弯得像条拉屎的狗。洁白的雪地上溅上了一摊黄色秽物。他屏住气息，伸手去搀秋宝。秋宝腾地立起，甩开他的手，转身奔过禾场，冲进灶屋，关上了门。随即，厮打声、撞击声、咒骂声、惨叫声，还有有福的哭号声，都从门缝里迸发出来。窗户纸上人影乱晃，还没上笼的鸡在阶基上窜来窜去。陈道予手足失措。他能做啥呢？啥也做不了。他赶紧跑开了，一直跑，一直跑，一直跑到采石场才收住脚。

他在白雪覆盖的山谷里游荡了很久才回到屋里，悄悄躺到铺上。屋里已经安静了，连栏里的猪都不再哼哼。他将耳朵贴紧楼板缝，听到的是轻微而均匀的鼾声。

清早麻雀刚开始叽叽喳喳，陈道予就爬起床来。他利索地收拾好自己的所有物品，用一根竹扁担挑起箱子、棉被和一只旅行袋，轻手轻脚地下了楼。他早该住到工棚里去，和知青伙伴们在一起，决不会这么寂寞。屋里屋外都没见到人影，这很好。他快速地穿过禾场，趸上通往工地的小路。

忽然秋宝嫂在身后说，陈伢子，招呼都不打就走啊？

他只好停脚，转过身。秋宝嫂端着一筲箕刚洗干净的萝卜，一瘸一拐地从溪沟那边走过来。清秀的脸蛋肿了半边，左眼眯成一条缝，瘀青像一张枯叶贴在她脸上。她微笑着，但因为脸已变形，她的微笑显得很古怪，像戴了个傩面具。

他不知说什么好，便傻站着。

你在工地上好好表现，要有招工指标，指挥长会考虑你的。秋宝嫂叮嘱道，习惯性地撩撩头发。你有空时，就来我屋里耍吧。

他点点头，赶紧转身走了。

15

刘之元很久没有找陈道予，这让他有了儿子说的那种感觉：他被刘之元踢开了。踢开也无所谓，乐得清闲。或许并非踢开，而是不了了之吧，机关里这种半路搁置的事太多了。秋意越来越浓，他几乎天天在路边棋摊上下棋，倒也自得其乐。这天，他抓着棋子大喊一声将，就想起一个姓蒋的人来。此人是文化执法大队的，叫蒋生辉，脑子灵，门路广，平时也喜欢收藏点文物，曾有一段时间三番两次地请陈道予吃饭，想请他帮忙在《莲城风物》上发篇文章，以便积累口碑有益提拔。陈道予每次都婉拒，说只要文章好，不请吃饭也可以刊登的。电话请他不动，蒋生辉就上门拖他。只是后来饭也吃了，文章也发了，蒋生辉就再也没跟他联系过了。他翻了半天通讯录，找到蒋生辉的号码拨过去："小蒋，好久不见啊，你不是眼观四面耳听八方的吗？你见过或者听说过一张三滴水雕花床没有？"

话音甫落，陈道予愣了一下，原来自己还牵挂着那张床呢。

蒋生辉在手机里大呼小叫："啊呀是陈老师呀，你是不是有人了？没人你找什么床啊？哈哈，玩笑玩笑，晓得陈老师是正人君子，不玩女人的。最近雕花床怎这么走俏，好多人打听呢。你不晓得北郊公园那里有个百床馆正在筹备开馆吗？嗯，是私人的馆，公园的场地。听说实力雄厚，各式各样的床都有呢。你有兴趣就去那里找找吧。"

陈道予于是打车去了北郊公园。

公园很大，他弯弯绕绕地走了二十几分钟才找到那个筹备中的百床馆。那是公园的两幢旧房，被改装成了两个展览厅。三三两两的人抬着各种物件进进出出，忙碌得很。他跨入一号厅的门，马上有个戴袖标的保安拦住不让进。他只好亮明身份，我是机关里的，看看就走。那人盯一眼他的脸，放他进去了。里面已经参差不齐地摆了二十来张雕花床，他戴上老花镜，一张一张地仔细看过去。看到头了，又返身看了一遍。他晓得古典大床的主要型制有明代的架子床和清代的拔牙床，但他的文物知识实在有限，无法判眼前的床具体属于哪个朝代。尽管它们也用了雕刻、镶嵌、髹漆、鎏金、彩绘等等工艺，只怕顶多是民国时期的吧，否则它们就太珍贵了。他可以肯定的是，这里面没有他要找的，因为它们不是一道檐就是两道檐，没有三道檐的床。

那张三滴水雕花床流落到哪去了呢？怕只有天晓得了。他叹口气，打算到二号厅去看看，忽然拥进一群人，将门口的光线都遮暗了。领头的是曾志弘，陪在右侧的是刘之元，而左边那个面色潮红激动地说话的秃头汉子，大概就是馆主吧。他们边看边聊，不一会儿就走到了陈道予跟前。刘之元瞟见陈道予，诧异地张了下嘴，跟他交换了一个眼神，就转过头去了。陈道予便跟随其后，听他们说话。馆主绘声绘色地介绍着百床馆的规模、雕花床的工艺特点、传承着什么样的传统文化、在地方文物里的重要地位、目前遇到的困难以及希望市领导支持关心的各个方面。曾志弘时不时地说一两句话，或肯定，或鼓励，或指示，拿指头朝各处习惯性地指点。刘之元在一旁不停地点头，好像他是专门负责点头的。陈道予躲在人背后，尽量不让曾志弘看到自己。馆主汇报得差不多了，忽然兴奋而压抑地道："下面，我请各位领导参观下我的镇馆之宝吧。"说罢，转过身，领着一干人出了一号厅，朝二号厅而去。陈道予急忙紧随其后。

在二号厅门口，陈道予又被保安拦住了。幸亏刘之元回头对保安招手示意，才放他进去。二号厅里也摆着两溜雕花床，也都是一两滴水的床。比较特别的是里面还有一大间密室，装的防盗门。馆主掏出钥匙，亲自将它打开。密室里除了大班桌椅、保险柜外，还摆着一个罩着条纹布、几乎顶着天花板的大物件。馆主深吸一口气，抓住条纹布的一角，轻轻地将它扯下来一半，再抓住另一角，扯下另一半。众人的眼睛顿时亮了，展现在他们眼前的，正是一张镂刻精美、图案繁复的雕花床。

"曾书记，这就是您要找的那张吴家的三滴水雕花床，我费尽周折，花了大价钱，前几天才弄回来的呢！"馆主恭敬而炫耀地说。

没错，上床有三进，先经过屉凳与茶几，再上回廊踩上踏脚，然后穿过门楣，才可上床去。床布置得细致用心，不光茶几上摆了茶具，踏板上放了绣花鞋，还在回廊上放了马桶，床上也挂了帐子铺了蓝花被。它的式样与陈道予见过的几乎一模一样，所不同的是，床头没有木雕狮子。陈道予两眼睃了好几遍，确实没有。

"陈道予，你看看，它是不是吴家的那张床？"曾志弘忽然转头盯着陈道予问。

"不是。"陈道予摇头。

"你凭什么说不是啊？"馆主急得涨红了脸，"说话可要负责任！"

"我在那张床上睡过。"他本想说木狮子的事，不知为何舌头一卷吞了回去，"这床的色调比那张床浅，雕花图案也有差别。"

"不过，那是四十年前的事了吧？色调也好，雕花也罢，你还记得那样清楚？记忆也会糊弄人的。我也见过它一面，我觉得它就是。"曾志弘皱着眉头说。

"就是，书记说是就是！"馆主说。

"老陈，要慎重嘛，"刘之元拍拍陈道予的肩，"记得你写过一篇文章，论古典家具的审美意义和用途的私密性，就提到过雕花床的屉凳之类，就是从那张床得来的印象吧？这张床也都有啊，都符合你说的那些特征呀。不要轻易否定它嘛。你说不是就不是了？再说了，历史也要服务于现实嘛。一切以工作为重，我们要和曾书记统一认识啊。"

有关木狮子的话再次窜上喉头，他再次将它吞了回去。虽然心里并不认同刘之元的话，但他还是点头并且嗯了一声。数十年的机关经验告诉他，和上级争辩是有害无益的。他一直是个听话的点头族，再点一次又何妨？

一众人在雕花床前感叹一通，清谈一通，便都踌躇满志地掉头离去了。刘之元叫陈道予搭他的顺风车回去，陈道予谢过了，说他要留下再看看。等刘之元的车走后，他却没有再看看，而是搭公交车回了家。

16

最后一次见到秋宝嫂是二十年前的事。陈道予去印刷厂送校对稿，路过信访局门口，无意中朝挤挤搡搡的上访群众瞟了一眼，发现其中一张乱发遮掩的面孔有点熟悉，便定睛细瞧。那张脸牙齿一白，对他绽出一脸疲惫而熟悉的笑。他不由自主地从嗓子里挤出一声喊：秋宝嫂。

秋宝嫂怯怯地来到他面前：你还认得我啊。

他当然还是认得的，虽然她老多了，皱纹像麻线一样捆住了她的脸，但脸的轮廓没变，笑起来酒窝还在。他问，为何来城里上访啊。秋宝嫂便告诉他，有福长大了，要成家讨堂客了，可讨堂客要起新屋不？起新屋不是要宅基地不？我跟村里镇上都打了申请报告，就要自家禾场边那块地。可是报告总是批不下来，她砖瓦木料都备好了，急着动工呢。后来村会计悄悄告诉她，村主任儿子也看上了那块地，说那风水好，所以她的报告就压着了。她找村主任，找镇长，都没用，都是各种道理，各种推脱，她只好来市里上访了。

据他所知，这样的小事，上访信会被转回去，甚至可能会转回村主任手里。但他不能明说，只好道，你这样挤太累了，把信给我吧，我帮你递上去。如果有机会，看能帮你说说话不。不过你不要抱太大希望。秋宝嫂喜出望外，连忙掏出信封交给他。他郑重地将信放进公文包里，又问，秋宝哥还好吧？

秋宝嫂神情黯然，他有啥好的，本来在铁路工地有机会当工人，对我放心不下，就跑回来了。就是你考上大学离开水库的那年回来的。回来了不说，还把矽肺病也带回来了，一天到晚躺在床上，拉风箱一样出气不赢，没两年就走了。

他倒抽一口冷气，你真不容易啊。

还好，总算把有福扯大了吧。秋福嫂觑觑他，放低声音，那年你搬走后，就一直没来我家耍过了，为啥呢？我可一直没有怪过你。

他脸上一烧，不为啥，就是忙呢，图表现好，想早日调回城。

嗯，你不怪我就好。秋宝嫂点点头，就作别走了，说是还赶得上当天回去的班车。望着那个颠颠远去的背影，他鼻子有点发酸。他从印刷厂回来就去了信访局，找熟人将秋宝嫂的上访信登记在册。明知没有用，但还是要做的，因为你承诺过了。

事有凑巧，几天后陈道予出差到了浮山县，并且在饭桌上见到了时任县长的曾志弘。不善酒的他特意向老领导敬了两杯茅台酒，说了几句恭维的话，特别提到当知青修水库时的光荣历史。散席时，他相跟在曾志弘身边，期期艾艾地道，曾县长，您还记得住在竹山水库旁边的秋宝嫂吗？

曾志弘边剔牙边点头，记得记得，不就是那个脸蛋红嫩的乖堂客吗？竹山水库我去过两次，又发电又养鱼，效益还不错的。

陈道予说，当年我住她家，她给过好多照顾……

是啊是啊，曾志弘点着他的鼻子笑道，当年还有人笑你是不是被她迷住了呢。

他窘然一笑，趁机将秋宝嫂申请宅基地的事提了出来，看曾县长能不能百忙之中过问一下，予以解决。曾志弘一听，笑容没了，牙也不剔了，很认真地看了看他。我理解你的念旧之情，可是，你也晓得我有百忙，我哪一忙都比村民的一块宅基地重要吧？再说了，如今有股不好的风气，动不动就越级上访，搞得我们工作极其被动，我们可不能助长这种歪风邪气噢。好吧，有机会过问，我就过问一下。不过你这方志专家还是给我们县的修志工作多指导指导吧，干一行爱一行，还是专心致志为好！

陈道予连连点头，那是那是。明知县长可能是随口一说，他还是长长地吁了口气，好似卸下了一个沉重的负担。

17

陈道予偶然地玩了会手机，逛了会古玩微信群，才得知百床馆开馆的同时举办吴家雕花床移交仪式的消息。有个昵称叫"包子咬伤的狗"的人拍了好多条视频，在群里进行现场直播。视频里锣鼓喧天，鞭炮齐鸣，红底白字的横幅会标凌空高挂，彩色虚胖的充气拱门微微摇摆，很是嘚瑟。馆主白西装红领带，喜气洋洋地走来走去，跟各位来宾打着招呼。一辆黑色奥迪戛然而止，曾志弘满面红光地从车里出来，刚伸出右手就被馆主双手握住一阵乱摇。接着刘之元也出现了，既庄重又恭敬地和曾志弘及馆主一一握手，点头致意，只是盖在额头的一绺头发十分凌乱。或许现场的噪声太大了，他们都没有说话，显得心照不宣而又从容不迫。忽然间这些人一齐望向大门，曾志弘率先向一个戴鸭舌帽的瘦高老者迎过去。陈道予就想，这个人一定就是那个吴家的后人吴铭宗了。

视频里出现了吴铭宗的特写：高耸的颧骨，深深的法令弧，炯炯有神的眼眸，脸上的浅笑周到而矜持，双眉却微蹙着，凝结着某种不为人知的忧虑和不满。似乎被那神态感染，陈道予莫名地不安，手指头在屏幕上点来点去。当吴铭宗跟随那群人向二号厅走去时，陈道予烦躁地将手机扔在沙发上。

看来，那张冒名顶替的雕花床马上就要移交给吴铭宗了。也就是说，鸠占鹊巢，吴铭宗要将它当作祖上的宝贝来崇拜和传承了。而他手里的那个记账本，那个本子所承载的人和事，那些期盼与祈愿，那些呼唤和悲鸣，都将失去依托，都会变得来历不明了。他没想到来得这么快。这一切的造成，责任都在于他，在于他那一声顺从的嗯。而他原本是可以阻止这一切，改变这一切的。

陈道予抓起手机冲出门去。

他不知要做什么，能做什么，但此刻他想去现场。他跑到马路边，举起手招出租车，车驶过来时，他又不要了。即使不堵车，到达北郊公园也要三十分钟。等他到达，一切已既成事实，黄花菜都凉了。他颓丧地坐在路边花坛上，喧嚣的市声淹没了他，让他有窒息之感。过了一会儿，他才拿起手机，重新进入微信群翻看信息。

才瞟一眼，他就吓了一跳。那条"包子咬伤的狗"在群里大喊大叫：出新闻了，出大新闻了！雕花床移交仪式临时取消！台湾吴老板不接受那张雕花床，说它有可能是冒充的！这可是一桩大买卖，听说吴老板一百万的支票都开好了！这下可打了某些人的脸了！

陈道予急忙@了"包子咬伤的狗"："怎么回事啊你说说清楚，说不清楚你就是造谣！"

对方马上回道："谁造谣啊，眼见为实！我亲眼看见一个人跑过来跟吴老板耳语了几句，也许他得了什么情报吧，马上就跟市领导提出取消仪式了。现在移交仪式的会标都扯下来了，吴老板也走掉了，大家都在抢着观看那张冒充的床。百床馆老板脸都气得成了猴屁股呢。"

陈道予恍惚起来，手机屏幕虚化，周遭一片模糊。他感到自己就是那个耳语者，他到了百床馆，悄悄地将吴铭宗拉到一旁，贴着那只招风耳，说出了雕花床的秘密。吴铭宗却半信半疑，盯得他心里发毛，而周围的人也都投来了怀疑的目光……他赶紧眨眨眼，从幻觉中挣脱。但他还是心里发虚，似乎预感到什么，连忙关了手机。

陈道予回到家中喝了几口茶，心里安定下来。他想，只怕某人会找他了。果然，手机开机，铃声大作。他任它响了一阵才去接。

"陈道予，你不要以为你退休了，就没人管得着你了！"刘之元大声训斥。

"我没以为啊。"他很平静。

"你凭什么打乱市里的部署，跟吴铭宗说那张床不是吴家大院的？"

"你凭什么认为是我说的呢？我待在家里，根本就没到现场去。还有，我根本就不认识吴铭宗，和他面都没见过。"

"那他为何晓得你在那张床上睡过？"

"他耳目多，消息灵通呗。"

"那你刚才为何关机，让自己处于失联状态？"

"我关机的自由还是有的吧？"他不软不硬地道，"以后这事你莫找我了。"

"你以为你脱得了干系？"

"也许吧。"他淡淡地。

"不是也许，是一定，一定脱不了！明天你搭我的车去关山镇。吴铭宗不知从哪搜罗了两张雕花床，再加上我们百床馆这一张，都要拉到吴家大院去做个对比鉴定。吴铭宗说了，一定要你参加，而且要以你的意见做重要参考。到时候你可要站稳立场！怎么表态，自己看着办吧。"刘之元气哼哼地说。

"我服从组织安排。"他闷声说。

18

那天中午，陈道予正埋头赶一份材料，机关门卫给他打来电话，说有人给他送了一只土鸡，还有一封信，都放在门卫那里，让他去拿。他跑到门卫一看，鸡是只芦花鸡，装在一只蛇皮袋子里。信是秋宝嫂留的，信里说：陈科长，我家的宅基地解决了，我也没有什么好谢你的，特意送了一只鸡来，表示一下心意。新屋正在起，有福打算过年时结婚，到时你如果有空，就来喝杯喜酒吧。

是不是曾县长过问了一下，她的宅基地才得到解决的？秋宝嫂没说，他无从知晓。可能她也不晓得吧，解决了就好。他将芦花鸡杀了，炖了一锅好汤，很鲜，很甜。到了年底，他并没有去竹山村参加有福的婚礼。他把这事给忘了。

19

到达关山镇时天蓝云白，暖阳晃眼，山上红叶灿烂，风里飘着枫香。吴铭宗与曾志弘都还没到，刘之元便在吴家大院门口等候，而陈道予则迫不及待地跨入院内。这次没人要他出示门票，有过一面之交的李晴小姐候在门内，先给他戴上一朵贵宾的胸花，稍稍欠身鞠了一躬，娇声道：陈老师好，您是来的第一个嘉宾呢！

她怎知道他姓陈？他顾不上多想，马虎地点头一笑，匆忙往里走。他感到有一股吸力，或者说一只无形的手，在将他往里拉。与此同时，有低语随风拂来，快来，快来，我在这里，我在这里，你认得的，你认得的，你认得的……

三张古色古香的雕花床一字排开在戏台前的坪地里，一条黑色隔离带将它们与围观者分开。几个保安在维持秩序，他们戴着红色贝雷帽，像几朵游走的蘑菇。有福夹在看热闹的人群中，伸长颈子朝雕花床看，回头瞟见陈道予，马上迎了过来："陈叔，我听说你要来，还真来了。"很客气地握了握他的手。

"有福，那张床是你卖掉的，还有印象吧？那三张床里有没有它？"他问。

"我没有见过它组装好的样子，再说这么多年了，哪还记得啊。"有福摇头。

"嗯，也是。"他点头。

那股吸力又在将他往里拉，而且他清晰地感觉出，那吸力来自中间那张雕花床。他对一个保安指了指自己胸前的佩花，然后挑起隔离带钻了进去。他听见自己的心在狂跳，太阳穴上有个小锤在敲。三张雕花床都是三滴水，都是三重床檐，但样式和色调的区别还是很大的。即使只凭记忆，他也会排除左右那两张床。随着他的走近，那股吸引力越来越大。他仿佛是一粒遇到磁场的铁屑，身不由己地奔了过去。他激动得脸都发烫了。他看到了床头的木狮子，它还是那么憨态可掬，愣愣的小小的像一只举起的拳头。他握住它，轻轻地摩挲了一下——四十年的岁月，似乎就藏在这轻轻摩挲之中——然后他抓紧了它，顺时针方向一扭，吱吲一声，床沿下方那个约一拃宽、两寸高的暗屉悄然伸出，他再朝反时针方向一扭，暗屉又缩了回去。它还是那么机巧而隐秘。他四下瞟瞟，半蹲身体，用背挡住围观者的视线，再次扭动狮子，迅速地从怀里掏出那个记账本，再掏出那只银手镯，一并放入暗屉内，然后反向扭动木狮子。暗屉缩进去了，与雕花床浑然一体。

陈道予回到隔离带外，双手插进风衣口袋，长长地松了口气。

有福碰碰他："陈叔，是它不？"

他轻声道："到时你就晓得了。"

吴铭宗领着一群人过来了，曾志弘和刘之元都跟随在他身后。几个记者举着相机摄像机对准他们不停地拍摄。刘之元对陈道予指了一下，吴铭宗大步过来握住他的手："您就是陈先生？幸会幸会！您跟我想象的一模一样呢！"

"您也跟我想象的差不离。"陈道予微笑道。

"您来我心里就有定准了。"吴铭宗转向众人道，"各位乡亲，趁此机会，我说几句心里话吧。我吴某人千方百计想找到那张祖传的雕花床，并不想将它带回台湾去。关山镇是我的老家，常言道树高千丈，落叶归根。我就想找到后赎回来，将它放在吴家大院，放在我娘住的房间里。它本就是那里搬出来的嘛。政府不是把吴家大院保护起来了吗？这样我也放心了，我的念想就有了落脚之地。毕竟，我就出生在这张床上，它是我的人生起点。不过，我要特别声明一点：找不找得到我家的雕花床，和我投不投资没有关系。人说商人都逐利，我也不例外，但我也深知，这世界除了利，还有情，更还有义。修古镇搞旅游开发不是我感兴趣的项目，坦率地说，它基本上无利可图。但我可以考虑擅长的项目，比如现代农业园，它既可以催生新农业，为乡亲们增加收入，又可以跟旅游观光配套。另外我也可以继续支持吴家大院的保护工作，这于我来说，也是义不容辞嘛！先前我已经赞助过两百万了，今天如果能找到那张雕花床，我再赞助五百万！"

"太好了，吴先生真是深明大义啊！"曾志弘带头鼓起掌来。

"今天特意把陈先生请过来，就是想让他鉴别一下。他在那张床上睡过，我信他。"吴铭宗拍拍陈道予的肩，说，"现在摆在我们面前的有三张床，一张是百床馆的，另外两张是我最近收购来的，其中一张我特别有感觉。我查看它时，它的扶手挂住了我的衣角，好像说，你带我走啊，你就是诞生在我这张床上的伢儿啊。但现在我不点明是哪张。陈先生，您呢也不要受我影响，更不要勉强，认出哪张就哪张，认不出就存疑。最好您能指出它的特征，若是有准确无误的证据，那就更好了。现在请您仔细察看，认真鉴别吧。"

"不用，刚才我已经鉴别过了。"陈道予说。

"您有结论了？"吴铭宗眉头一挑。

"是的。"

"您说说看。"吴铭宗盯着他。

刘之元的肘子含义不明地碰了碰陈道予，他瞥刘之元一眼，不予理睬。他清清嗓对吴铭宗说："我也对其中一张床很有感觉，我甚至听得见它在低声叫我。如果我猜得不错的话，它就是您也有感觉的那张床，也就是摆在中间的那一张。"

"您怎么晓得的？"吴铭宗惊奇不已。

"就是感觉吧。不过感觉做不了呈堂证供。我也不能凭此就断定雕花床的身份。"陈道予回望一眼吴铭宗狐疑的眼神，"恰好我有它的确切证据。您瞧见床头那个小狮子头没有？那其实是个暗屉机关，您顺时针方向拧动它，床沿下方会伸出一个小小的屉子来。"

"当真？"吴铭宗眼睛瞪圆了。

"当真，那张床不光有暗屉，暗屉里还有您母亲的遗物。您快过去取吧。"陈道予说。

吴铭宗惊愕不已，搓搓手，径直奔向中间那张雕花床。他很顺利地找到了那个木狮子，抓住狮子头用力一拧，床沿下的暗屉便伸了出来。他迟疑了片刻，才小心翼翼地将里面的记账本和银镯子一一拿出。他先看了看银镯子，再将记账本翻开。刚看了一页，他就一屁股跌坐在床沿上，仿佛虚脱了一般……几个工作人员连忙去搀吴铭宗，被他推开了。

吴铭宗摇摇晃晃地走到陈道予身边，红着眼看了看他，也不说话，张开双臂就将他抱住了。抱得很紧，陈道予有点透不过气。他明显得感到吴铭宗在颤抖。吴铭宗的喘息喷出的热气将他的脖颈都濡湿了。少顷，吴铭宗平静下来，将记账本交给曾志弘等人传看，众人无不啧啧称奇。吴铭宗双手抓住陈道予的手："陈先生，家母的遗物太珍贵了！一定得让我好好感谢您！"

"我不过是物归原主罢了，您一定要谢，就帮我一个小忙吧，"陈道予灵机一动，挥手将有福招过来，介绍给吴铭宗，"这位是有福，您也要感谢他呢。他爷爷在你们吴家做过长工，土改分得雕花床后，他们家好好地保存了下来，从来没有使用过。"

"你爷爷是不是叫吴大成？"吴铭宗眼睛一亮。

"是的。"有福点头。

"那我们还是一个祠堂的呢。"吴铭宗兴奋地抓起有福的手，左右摇晃，"不仅如此，我还听家父说过，你爷爷不光种田是把好手，小时候还顽皮得很，是家父最要好的玩伴，十三四岁时就带家父上山打野猪，家父学会的打猎本领打日本人时还用上了呢！真是缘分啊！你们说，有什么我帮得上忙的？"

有福拘谨地笑，不知说啥好。陈道予忙道："是这样的，有福呢家境不太富裕，又想自己创业办个农家乐，可是没有本钱……"

吴铭宗打断陈道予的话："这个好说，我来投资，等会让我的精算师找有福做个预算。您自己还有啥要帮忙的吗？"

陈道予认真地想了想，确实没啥要帮忙的，便摇了摇头。

20

意外是在中午的酒宴上发生的。大家都很兴奋，便都轮番敬酒。众人在敬吴铭宗的时候，都不忘附带敬陈道予一下。而陈道予也一反常态地回敬个没完。于是陈道予就喝高了，不擅酒桌文化的他话也多了。有福悄悄将他杯中的酒换成白开水，他还不干，嚷嚷道，我是个真实的人，我可不喜欢这一套，酒就是酒，怎能以水代替呢？再给我来一杯茅台，真正的茅台！曾志弘也醉眼蒙眬了，一手举杯一手搭着陈道予的肩说，你小子还真有一套呢，修水库那会就晓得睡雕花床，就晓得把珍贵的东西收藏起来。陈道予想回一句，那还不是你这个领导培养得好？可话还没说出来，忽觉天旋地转，扑通一声跌倒在地。

在 120 急救车急躁的鸣叫与摇晃之中，陈道予有了意识。他觉出自己躺在一张雕花床上，床头有个小木狮子，他抓住狮子头用力一拧，暗屉打开了，他从中拿出一个本子来。本子封面上有他的名字。他翻开本子，展开的却是视频画面：他看到自己慢慢地俯下身去，扑倒在一个巨大而温暖的怀抱里，他触摸到了无边的温柔，闻到了醉人的奶香……一切都是那么美好，他脸上露出了婴儿般的微笑。

彼时彼刻，他并不知道自己在做梦中梦。

2018 年 10 月 25 日

62

鬼　柳　湾

1

季中云想去鬼柳湾看看，就去了。

也就是一念之间的事。

后来，季中云想，如果没有去呢？

但是没有如果，该发生的和不该发生的，都发生了。

2

退休之后，季中云无所事事，心里很空。他身体状态不错，闲着不是办法，却又不知干点什么好。老年大学他是不去的，这辈子听够别人的教导了。跳广场舞吧，他没音乐细胞，身体协调功能也不行。玩莲城最流行的跑胡子牌吧，他又不会，而且那是带点赌博性质，要输钱的，他有几个钱来输？到公园的露天茶馆叫杯茶，听人摆一天龙门阵？不，他才不和那些白发苍苍的人混在一起呢。他根本就不老，不仅头发乌黑，镜子里那张脸还很红润，皱纹还很隐约，四肢还很强劲，甚至于，偶尔还会有晨勃发生。他得想办法将心里的空虚填补上，否则，每天都惶惶然不可终日。

这天他到街上溜达一阵，下意识地拐到单位，看了一眼那张相伴多年的办公桌，和他的继任者闲聊了几句，就出来了。刚出单位大门，老婆吴为虹就打了他的手机："老季你怎么又跑到单位去了？别人会怎么看？退休了，你就不要干扰别人的工作了。你干什么都可以，就是不要再去单位了！"

吴为虹简直是千里眼。他才不想去单位呢，只是习惯没有纠正过来而已。自他退休，吴为虹的嗓门就更高了。吴为虹职务比他高，又年轻五岁，且还在岗，嗓门高得有出处。他无话可说，只是一口气堵在心里，把脸都憋紫了。去鬼柳湾的念头就是这个时候闪现的，就像一道闪电，刹那间照亮了他前行的路。他收拾了一个旅行包，在客厅茶几上给吴为虹留了张纸条说：我出去玩几天。然后就开着他的二手雪佛兰出了城。

3

　　沿着莲水边的公路开一个半小时车，就到了鬼柳溪与莲水交汇处的青山镇。季中云看到了山包上茶场的红砖楼，那儿曾是青山公社的知青安置点，他在那度过了两年的青春时光。几年前他随知青返乡慰问团回来过一次，还在那幢红砖楼里吃过一顿饭。但他没有停车，只是放慢了车速，拐上了那条沿溪而上的简易公路，直往峡谷深处钻。峡谷里树木葳蕤，完全不是记忆中的样子，若不是导航不断地提醒，他会怀疑走错了路。弯弯绕绕地又开了二十多分钟车，转过一个山嘴，看到山湾里那棵百年鬼柳时，他才确定，回到了四十年前代过两个月课的地方。

　　推开车门，山风飒然而至。踩在飘满落叶的地面上，他恍恍惚惚的，似乎从现实进入了梦境，又似乎从梦境进入了现实。鬼柳树还是当年的模样，倾斜着弯曲粗壮的身子，只是树干上的青苔更厚实了。树后岩坎下的水潭仍然那么清澈，小鱼的影子若隐若现。他掏出手机拍了几张风景照，从鬼柳身上撕下一小块青苔，放在鼻尖下嗅嗅，辛冽苦涩的气息直透肺腑。当他把眼光投向前面那块坪地时，不由得从胸腔深处放出一声叹息。大队小学的木屋，还有旁边生产队的牛棚，都已没了踪影，只留下一片萋萋荒草。他往草坪里走了两步，裤腿便粘上了几颗长满尖刺的苍耳籽，扎得脚杆生疼，只好退回公路上，费了老大劲，才将苍耳籽摘掉。一个背着背篓的老汉颠颠而来，穿着四十年前流行的黄绿军便服，脚上也是他多年未见的解放鞋，黝黑的脸皱得像一枚硕大的核桃。

　　"老乡好啊！"他打着招呼，拿出一盒特意带来的"芙蓉王"烟，抽出一支递给老汉，殷勤地为其点上。

　　老汉吸口烟，瞟瞟他的车："城里来的啊？找谁呢？"

　　"找我自己。"他脱口道。

"找自己？"老汉诧异地上下瞟他。

"哦哦说错了，"他忙解释，"我在大队小学代过两个月课，来看看它在不在呢。"

"那还是毛主席手里的事吧？"老汉眯起眼。

"不不，不是毛主席手里的事了。"他热切地将脸凑向老汉，"您还记得我不？"

老汉看了看他，答非所问："上头要集中办学，学校都拆了十几二十年了呢。"

"村里学生去哪上学呢？"他问。

"到镇里中心小学啊，有校车接送，只是每天来回要四块钱车费，划不来。村主任的侄儿就靠这个赚钱呢。"老汉瞟瞟他的脸，说，"猴年马月的事了，要做过你的学生，记性又好的人，才会记得你。"

"您说得对。"他又敬了老汉一支烟，老汉将它夹在耳朵后。

"不过，村里做得事的都出去打工了，剩下老的老小的小，你能找谁呢？即使找到了，记得你如何，记不得你又如何呢？"老汉眼光亮得精明。

季中云窘了一会儿才说："我也是随便一问，人老了就怀旧吧，出来溜达溜达，看看过去的山水而已。"

"那你慢慢看吧。"老汉摆摆手，转身走了。

季中云这才看到老汉背着小半篓红薯。老汉走到一个翠竹掩映的山坡旁，打开一道铁栅门，进了一个大院子。院子里矗立着一幢三层的白色楼房。它有琉璃瓦和飞檐翘角，支撑门廊的却是罗马柱，风格有点不伦不类。但即使放在城里，它也称得上别墅。屋顶的锅状卫星天线尤其显眼，乍一看，你还以为它是隐藏在深山里的某个科研机构。老汉关铁门时砰一声响，惊得山谷都颤抖了一下。

他转移目光，扫描村子。鬼柳湾山高湾小，村子陷落在崇山峻岭的包围之中。几栋新修的砖房都依傍着公路，而众多的老木屋则散落在坡上坡下，墨黑歪斜，还是他记忆中的模样。山上的树木倒是比过去茂密多了，村子也就显得愈发狭小。时间还只是下午四点半，太阳却早早下了山，阴影覆盖了整个山谷。村子里静悄悄的，连鸡鸣狗吠都听不到。也没有清脆悠扬的牛铃声——而在那时，早出晚归的牛铃总是愉悦着他的耳朵，并且一直响到他梦中去的。

他离开公路，沿着石板路走过去。路边曾经的稻田一半已经荒芜，另一半成了菜地，还有一幢毛坯房建在田畈中央，房檐上爬了扁豆藤。他往毛坯房的窗户里窥探，里面空荡荡的，既没家具也没人。老井还在村中央，但被枯黄的狗尾巴草掩盖着，被废弃的样子。村民大概都用上自来水了吧。山谷里响起汽车引擎声，他回头一看，黄色的校车驶进村来，在鬼柳树下停了片刻，放下了七八个戴红领巾的小学生，又继续往峡谷深处去了。小学生们叽叽喳喳，跳跳蹦蹦，走向村子各处，其中两个女孩经过他身边。他挥手打了个招呼："小朋友好啊！"

两个女孩很有礼貌，异口同声回道："伯伯好！"

他很开心，说："其实你们要叫我爷爷呢。"

扎马尾辫的女孩看他一眼说："一点不像爷爷，伯伯是来考察的领导吗？"

"不是呢，我老早前在你们村当过代课老师，教过你们这么大的孩子，我来看看的。"他笑着解释道。

"是吗？骗人的吧？"马尾辫女孩摇头，表示不相信。

另一个梳娃娃头的女孩扯一下她的手，低声道："奶奶交代过的，不要和陌生人说话。"

马尾辫女孩便转过身，牵起娃娃头女孩，快步走向一幢老木屋。他若即若离地跟随在后，一直走到屋前的禾场里才止步。本想进屋去跟主人聊聊家常，但一想到娃娃头女孩的话，又怕遭人误会不喜欢，他便踌躇起来。两个女孩跨入堂屋门槛，都回头看了他一眼。马尾辫女孩还朝他挥了下手。一个老嫂子从黑洞洞的门内闪出，接过女孩背上的书包，也朝他看了一眼。老嫂子头发蓬乱灰白，脸上布满疤痕，让人看不出表情，两只眼睛却很明亮，犀利的目光直刺到他脸上。他莫名地有些畏惧，便打消了进屋的念头，怏怏地转身离开。

他在鬼柳树下默默地站了一会儿。暮色隐约飘落，归家的人影无声地游移，炊烟从檐下袅袅曳出，这里那里，不时传出喁喁人声。但是这一切，与他又有什么关系呢？他忽然就兴味索然了。便上车打火，开了车灯，驱车回程。他打算到青山镇路边餐馆吃个便餐，再回莲城去。但是车顺着峡谷开出去约两里地远，就走不动了：一辆装木材的嘎斯车横在路上，木头散了一地，而村际公路极其狭窄，没法超越。也不见嘎斯车司机，他扯开喉咙喊了两嗓子，都没人回应。

等了半小时，还不见人来，他只好倒车往回开，一直开到那幢白色别墅前。他捡起一块卵石，将铁栅门敲得砰砰响。一条大黄狗蹿过来，冲他好一阵狂吠。那个核桃脸老汉过来了，喝住狗，却不肯开门。他将遭遇的情况诉说了一番，请求借宿一晚。老汉叹口气说："你也是来得不是时候啊。不好意思，不是我不通情理，我做不了这主。我只是帮人看家护院的。老板有言在先，如果我放陌生人进来，罚我的款不说，还会开了我……这样吧，我给你指条路：你去村里找望富嫂，一个脸上有疤的女人，她会帮你的。"

他只好转身往村里去。

4

当年，季中云是被公社指派到鬼柳湾来的。鬼柳湾小学的陈姓老师得重病去县里住院了，公社要知青点派个人代课，并说，如果任务完成得好，下次招工优先推荐这个代课的人。但是那时风传上面正在制定新政策，所有下放知青都快回城了，就没有人响应。知青点的带队队长做了他的思想工作，他才答应了。

那是一九七八年的春夏之交，他挑着简单的行李，沿着峡谷走了十五里羊肠小路之后，苍劲的鬼柳树招摇着婆娑的绿叶迎接了他。鬼柳湾小学有四个年级，却只有二十五个学生，是典型的复式教学，而他呢，虽然读过高中，拼音字母都记不全了。但这没有难住他，当他给某个年级上课时，就安排其他三个年级温习课文或做作业，而当他一时卡壳认不出某个拼音时，他就机智地请另一个年级的同学做示范。

他的长处是有音乐细胞，喜欢教学生唱歌，"交城的山来交城的水，交城的山水实呀实在美。"每逢唱歌学生们都特别兴奋，个个扯着喉咙喊，一张张小脸涨得通红。中午休息时，他喜欢将他的红波牌半导体收音机拿出来，放在讲台上，收听来自北京的歌声。学生们就簇拥在讲台前，跟着收音机唱："红星闪闪，放光彩，红星灿灿，暖心怀……"

所以，学生们都喜欢他。

他遇到的最大困难是没有菜吃。正是青黄不接的季节，学校菜园里莴笋、西葫芦已下季，黄瓜才开花，辣椒秧刚发杈，只有四季豆稀稀拉拉地挂着几条。而最近的集市也在十五里外，集市上也没啥菜买。

但是有一天，他正为下一顿没菜吃发愁时，发现厨房案板上多了一碗炒腌笋，又辣又脆，很是下饭。他在课堂上发问："是谁学雷锋给老师送了一碗菜啊？"却没有学生承认。过了几天，厨房里又出现了一碗炒蕨菜，糯糯的，糊糊的，

67

还是热的，很好吃。还是没有学生承认。他很想向人道个谢，把菜碗还回去，你不能吃了人家的菜，还占着人家的碗吧。好几个晚上，他都搬条板凳坐在鬼柳树下，望着村里寥落的灯火，猜测那几碗菜的来历。那几只蓝花菜碗后来自己消失了，但他很久没能解开这个谜。

5

季中云走过禾场，跨上台阶，来到那幢老木屋门口。堂屋里，一只鸭梨似的灯泡洒下柔和的黄光。一群大小不一的孩子正围着一张八仙桌吃饭，众多小嘴叭叽作响。那个疤脸女人端着一只搪瓷碗，边吃边招呼着孩子们。因为灯光的照射，她脸上的疤痕不时地一闪，面容就显出一点狰狞的意味。他硬着头皮站了一会。还是那个娃娃头的女孩先发现他，扯了扯疤脸女人的袖子，冲他噘了下小嘴。疤脸女人便转身过来，冲他点下头，闪亮的眼睛显得很和善："你有事吗？"

"您就是望富嫂吧？是别墅里那个老倌子指引我来的。"他颠三倒四地将他的处境与来由诉说了一番。

望富嫂噢了一声，目光像羽毛一样从他脸上扫过，说："你还没吃晚饭吧？不嫌弃的话，跟着我们吃几口饱下肚子吧。只是没啥好菜，我们人多，一星期才开两次荤。没办法，青山镇的猪肉都涨到二十六块钱一斤了。"也不待他首肯，她回头找出一只快餐盒，拿上筷子，盛了些饭和菜，递到他手中，抱歉地道，"不好意思，没板凳了，你就坐门槛上吧。"

他于是在门槛上坐下来吃饭。米饭软乎香糯，菜是清炒白菜和家常豆腐，清是清淡了点，但很爽口。望富嫂也坐到门槛另一端，陪着他吃。他的心情就松弛下来了，边吃边清点了下孩子，居然有八个，便问："望富嫂，你家哪来这么多伢儿？"

"都是邻居家的呢，只有毛毛是我孙女。"望富嫂拿筷子指了指那个娃娃头女孩。

"那，您儿子媳妇呢？"他轻声问。

"还不跟那些伢儿的爹妈一样，在广东那边打工，去了好多年了。"望富嫂说。

"你一个人管得过来啊？"他说。

"乡里乡亲的，求上门了，管不过来也得管啊，也就是搭个餐，洗个衣，打打招呼的事。我尽力吧，管得几年是几年。这些伢儿也是可怜，父母不在身边不说，还得当心被人贩子拐卖。有两个伢儿书都没读了，一天到晚到处野。不管不行啊。"望富嫂说着叹了口气。

他不由得看了她的脸一眼，那些疤痕后面肯定有故事。

"哎，你说你在鬼柳湾代过课？"望富嫂问。

他点头："是啊，不过那是四十年前的事了。那时你还没嫁过来吧？"

望富嫂顿了顿，点点头，又说："你还记得过去认识的人吗？"

"尽管年代久远，还是记得一些的。"他眯起眼睛道，"只是，你记得别人，别人也许记不得你了吧。"

"那也不见得，也许别人还记得你，你却不记得别人了呢？"望富嫂说。

"嗯，也许吧。"他点点头。

吃完饭，孩子们大多散去，留下几个懂事的帮着收碗。季中云欲帮忙，望富嫂拦住他，将他带进堂屋左侧的房间，说这是她儿子和媳妇的卧室，只有春节回家时才住几天。望富嫂麻利地铺好床单和被子，又带他看了偏屋里的洗漱间，那里有热水器，洗脸洗澡都很方便，嘱咐他洗漱完早点休息。

他匆匆地洗了澡，却并不急于就寝。他在走廊上坐了很久。虽是初冬季节，天气并不冷，夜气带着腐殖质的味道。在被山岭圈得很小的那块深邃的夜空，一轮皎洁的月亮正以熟悉的姿态穿过一缕缕云彩。他像当年的许多夜晚一样仰望着它。他感觉着冷清，孤独，却并不寂寞。山影里传来夜游鸟的啼号，峡谷显得很空，他觉得少了些什么。望富嫂倒垃圾从旁边过，他随口问，怎没听到有牛铃声了呢？望富嫂也随口回道，鬼柳湾没几丘水田，种田又亏本所以没人种了，不种田就不用耕田了，不耕田哪用得着牛呢？也有人也养过牛的，可是被人偷走后，就再没人敢养了，一头牛大几千呢。

他噢了一声，莫名地有些失落。

夜深了，季中云躺在床上，听着望富嫂窸窸窣窣地做事，数了好多遍羊才睡着。

早晨，校车催促的喇叭和学生们的喧闹惊醒了他。他赶紧起床洗漱，刚刚忙完，望富嫂就端来一碗热腾腾的鸡蛋面条放在桌上。她的疤脸冒着热气，看来忙得够呛。等他吃完早餐，校车走了，山村又恢复了宁静。

他也该回莲城了。

他收拾好旅行包，往身上一背，掏出一张百元钞票放在桌上。

望富嫂眼尖，拿起那张票子塞回他裤口袋："你是没来过鬼柳湾的吧？"

"此话怎说？"他道。

"你不晓得，那时候饭都没吃的，但只要有客人来，就会打荷包蛋，任何人借宿都不要钱的吗？"望富嫂盯着他说。

"我晓得，可时代变了，现在是市场经济了呢，你收钱理所应当。鬼柳湾风景不错，我建议你开个农家乐，休闲吃饭住宿一条龙，到时我好带城里朋友们过来玩。"他又将那一百元塞回望富嫂手中。

"是吗？"望富嫂怔怔的，没再推辞，喃喃道，"可是，别说没本钱，这一堆伢儿我都顾不过来呢，哪还开得了农家乐？"

季中云向望富嫂告了别。望富嫂客气地邀他有空再来玩，他答应了。出门前，看到桌上有部红色电话机，话筒上贴着胶布，上面写着电话号码，他掏出手机把号码输入通讯录。他想也许以后用得上。他开着雪佛兰出了湾口，没见校车回头，便知堵塞的公路已经疏通了，于是他心里也畅快起来。

6

那天放学之后，他吃过晚饭，坐在鬼柳树凸出地面的树根上，抱着收音机听李谷一唱歌："在我心灵的深处，开着一朵玫瑰……"他的心思随着歌声缥缈无着落之时，一串清亮的牛铃声由远及近地沿着山路响过来。他没在意，眯着眼睛瞰着村子里袅袅的炊烟。牛铃声响到他身边，忽然停止了。他转过头，首先看到一双穿草鞋的脚，外露的脚趾头小巧可爱。目光沿着腿杆上移，才见是一个穿白底蓝碎花衬衣的妹子，牵着一头黄牛站在面前。妹子扎两条刷把小辫，红扑扑的脸颊上有浅浅的酒窝，一对水汪汪的眼睛盯着他怀里的收音机，眼神闪烁。黄牛昂头挺立不动，嘴边呼出一些白沫。膻味直扑他的鼻腔。

"季老师，你的歌真好听！"妹子说。

"不是我的歌，是李谷一的歌。"他更正道。

"是你的收音机唱出来的嘛，也算你的歌。"妹子固执地道。

"这是你的牛啊？"他站起身道。

"不是我的牛，是生产队的牛，"妹子正色道，"我只是负责放它。"

他便学着妹子的口吻道："是你放的牛嘛，也算是你的牛！"

妹子眼睛就瞪圆了："报复来得这么快啊，硬是吃不得半点亏！"

他咧嘴一笑："嘻嘻，逗耍方（开玩笑）呢！"

"这还差不多。"妹子乜他一眼，将手中的牛绳呈"∞"字形绾在牛角上，熟练而利索。

"请问妹子芳名？"

"就你们城里人名堂多，什么方名扁名的。"妹子指着一只从面前飞过的白色蛾子说，"我就跟它一个名字，不过不是虫旁的蛾，是女旁的娥。"

"嗯，娥子，好名字！"他赞道。

"呃，你的收音机有多贵？"娥子好奇地戳了他手中的收音机一指头。

"不太贵，三十几块钱吧。"他说。

"啧啧，还不贵，我家劳动一年，队里年终决算还分不到三十块钱呢！"娥子咋舌。

"你喜欢它啊？想要不？"他斜眼问她。

"你送我啊？"娥子白他一眼。

"不送，你嫁我啊，你嫁给我它不就是你的了？"他自己都不明白为何突然说这话，好像一时管不住自己的嘴了。

"又逗我耍方！真想嫁你的话，你跑都跑不赢。"

娥子挖他一眼，抓着黄牛的鼻绳往牛栏那边拖，将牛赶进栏后，又将几根粗大的门杠安好，再将一根长竹签插入门杠洞眼中拴牢，然后解开一捆牛草，一把一把往栏中扔。他跟随过去，也学着她的样子扔了几把草。

"娥子，我有件事求你，你帮我到村里问问，是谁偷偷地给我送菜吃呢？"他说。

"有人送你就吃，问它干吗？"娥子不以为然。

"我总得晓得做好事的是哪个，道声谢吧？"他说。

"乡里土菜又不值几个钱，有什么好谢的。"娥子眨眨眼道，眉一扬，"不过，我可能猜得到谁做的好事。"

"谁？"

"田螺姑娘啊！"娥子笑道。

"好啊，你也逗我耍方！"他佯作生气，不轻不重地拍了她肩膀一掌。

"好哒，不逗耍方哒，你帮我个忙吧，我转身后你撒泡尿到牛草上去，有咸味牛吃得多些。牛一老就胃口差，没那么肯吃了。"

71

娥子说完，拍拍衣襟上的草屑，转身走了。

他遵照娥子的嘱咐，隔着牛栏门，憋着劲将一泡热尿射在牛草上。黄牛果然吃得很香，边吃边打着响鼻，很惬意。

7

被谁拖进比心微信群的，季中云已经记不得了。他很少到群里逛，几乎没有和群友聊过天。群里那些人不是热衷于发红包抢红包，打打情骂骂俏，就是频繁地发自拍照，或者时不时地贴几首时政题材的老干体诗，陈词滥调，没啥意思，纯粹是刷存在感。但从鬼柳湾一回城，他也将那几张手机拍的鬼柳照片发到群里了。他立即收到一串翘拇指和玫瑰花的表情符，点赞和恭维者众，都说拍得好。所谓的好，也许因为鬼柳树的姿态虬曲苍劲，树下的水潭泛着波光，还有就是它笼罩在淡淡的暮霭里，有一种神秘感吧。

未几，那个叫"吾语风"的女群主就来和他私聊了，好奇地询问了鬼柳树的来历。他便将他的鬼柳湾之行做了详细介绍，不仅说了鬼柳树，说了他的代课历史，还说到了望富嫂和在她家搭餐的孩子们，甚至还说到了望富嫂脸上的疤痕和津津汗气。

聊完天，季中云握着手机发了片刻呆。他忽然觉出，望富嫂那双被疤痕包围的眼睛，跟记忆中娥子的眼睛有些相似，都是那样清澈发亮。

难怪她的疤脸并不吓人，反而有几分亲切。

可惜她并不是娥子。

两天后，吾语风在比心群里发布了公告：为提升本群存在的意义，活跃群友的业余生活，决定选择一个星期天，开展一次去鬼柳湾观光并向留守儿童献爱心的活动，每个参加者认捐一百元，以购买书包文具和儿童读物，到时统一分发，午餐和汽油费亦实行 AA 制，费用均摊，多退少补，有意者请与群主私信报名。季中云马上报了名，并且愉快地接受了负责联络的任务。他拨了望富嫂家的电话，那部红色电话机在他想象中震响，并被望富嫂抓起了话筒。

"喂，望富嫂吗？我前几天来过的老季呢。"他清清嗓说。

"噢，季老师啊。"望富嫂的声音显得很意外，"有事吗？"

他急切地将事情叙述了一遍，有点儿语无伦次。他一急总是这样。望富嫂半晌没吱声，他感觉她的脸掩蔽在黑暗里，似乎是由于这样的原因，她才发不出声来。他喂了两声，望富嫂才回应道："事是好事，难得你们有这份心……可你们的中饭有点伤脑筋呢，乡下没啥吃的，我星期天还要管伢儿，怕忙不过来。"

他便说，如今城里人就喜欢吃乡下的家常菜，什么南瓜萝卜魔芋豆腐酸豆角泡辣椒，都是好东西，有啥吃啥，不必特别准备的。荤菜嘛，从青山镇过时带点肉和鱼来就是，他会多买点，让伢儿们也跟着开开荤。还有，他会帮她的厨，顶多也就三四桌饭，不用伤脑筋的。

望富嫂又沉默一会儿，才嗯了一声。

于是，在一个干燥而清朗的星期天，七男十女共十七人分乘四辆 SUV 直奔鬼柳湾。季中云坐在头一辆车里，边引路边向群主介绍当年下乡当知青的趣事。经过青山镇菜市场时，他下车买了六斤鲜肉和三条斤把重的鳊鱼。上午十一点，车到鬼柳湾，在鬼柳树前的公路旁依次停下，群友们迫不及待下车，纷纷拿出手机相机拍个不停。并不年轻的女士们争先恐后以鬼柳树作伴摆 pose，或搂抱，或倚靠，或飞吻，搔首弄姿做少女状，围巾帽子拐杖全成了她们的道具。季中云见状不禁莞尔，遂提了肉和鱼，兀自先去望富嫂家。

季中云直接进了厨房，将肉和鱼搁在案板上。望富嫂系着围裙正在淘米，冲他一笑，脸上的疤痕似乎也跟着亮了一下。他回报一笑，绾起袖子要剖鱼，望富嫂却将他推开："莫脏了你的手，我请了张老倌来帮忙，他的厨艺比我好。"说着，朝灶前努了努嘴。

季中云这才发现那个核桃脸的老倌子在灶前续柴烧火，便拍拍手说："那就有劳二位了。到时候还请望富嫂把孩子们招呼拢来，群主想搞个小小的捐献仪式。"

望富嫂说："伢儿们用不着招呼，到吃饭的时候自会拢来，你去招呼你的那些人吧，十二点半开饭。"

他便回到鬼柳树下去。群友们已与鬼柳树亲密接触完毕，下到溪水边去了。他们玩兴大发，除了拍照留影，还摘了野花编成花环往头上戴，还在水潭上打水漂，还翻开一块块水中光滑的石头，捕捉可能会有的小鱼虾。季中云刚到溪边，吾语风呀的一叫，举起一只螃蟹直摇。群友们都围了过去看稀奇。他忙喊："小心它夹你的肉肉啊！"吾语风却得意地道："不怕我有经验，指头捻着它的屁股后呢，夹不到我！"又说，"老季你在这代课时，也抓到过螃蟹吗？"季中云便脖子一梗道："当然啦，你把锅架上了，都来得及到溪里捉一盆螃蟹鱼虾回来呢！"其实他过于夸张，那时候田里农药就用得多了，溪里螃蟹很少的。现在

73

田土大多抛荒，自然生态却因此比过去好多了。有人唱起了流行歌："村里有个姑娘叫小芳，长得好看又漂亮，一双美丽的大眼睛，辫子粗又长……哎老季，你代课时也遇到过村里的小芳吧？你晚上备课时也有红袖添香吗？"季中云心里一咯噔，不由得烧红了脸，犟嘴道："教那个时候的小学不用备课的。你以为走到哪都有小芳啊？"就又有人帮腔："是呀是呀，即使有，那也是老芳了不是？"众人哄然大笑。一群人拉拉扯扯，说说笑笑，玩玩走走，往鬼柳溪上游而去。遇到那幢翠竹掩映空寂无人的白色别墅，便又感叹一通，羡慕一通，拍照一通。峡谷最里头还有两个自然村，风景也挺美的，但季中云领他们只走了里把路便折回村子里了。他们对那些墨黑歪斜的老木屋和废弃不用的磨盘和石臼也产生了兴趣，又是一通议论，一通指点，一通拍照，相机与手机争功，鱼尾纹与法令弧共呈，兰花指与马桩步齐出。

看看时间差不多了，季中云才领大家去望富嫂家。

堂屋里摆了三张方桌，靠背椅已围桌摆好，菜肴也已上桌。孩子们都聚集在阶基上，好奇而又怯生生地打量着城里来的客人。季中云以高亢的嗓门向群友们介绍了望富嫂和受她照顾的孩子，生动地讲述了他借宿的经历，特别强调了望富嫂对孩子们的关照和不易，又郑重地向望富嫂和孩子们推介吾语风和群友，说他们不仅仅是来送爱心，也是来寻找人生意义的。望富嫂领着孩子们鼓掌欢迎，热情而周到，像是从电视里学来的。接着，季中云自兼司仪，宣布比心群关爱留守儿童活动正式开始。他先请群主吾语风致辞，然后请八个孩子排好队，逐一来到吾语风面前，接过她逐一递给的新书包（书包里装着一盒巧克力、一个文具盒和两本童话书）。然后，所有人来到门前禾场里合影留念。八个孩子蹲第一排，望富嫂、吾语风坐第二排居中，季中云站在她们身后。孩子们帮着扯起一条吾语风带去的横幅标语，红绸布上一行醒目的白色宋体字：比心群献爱鬼柳湾。单反相机与华为手机轮流拍照，"茄子"喊了一声又一声，所有的嘴巴都咧出了开心的笑容。合影过后，群友们还舍不下那些伢儿，一个搂一个，或者几个共一个，比出剪刀手，照了又照，不少人当即就发了朋友圈。直到尽兴，大家才进屋用餐。

季中云拉着望富嫂和吾语风坐一桌。客人们的饭桌是摆了酒的，本地酿的红薯酒，酒精度不高。季中云本不善酒，但这种场合，免不了要敬酒和被敬。他连敬了望富嫂三杯。群友们也都轮流过来敬望富嫂，敬酒词五花八门不一而足，但他们都小心翼翼地避免看望富嫂的脸。季中云很快就晕晕乎乎了，醉眼蒙眬中，望富嫂的脸也红通通的了，脸上的疤痕因发亮而愈发明显，令他不敢直视。

酒席直到下午两点才散。季中云红光满面，特别兴奋，他好久没有这么兴奋过了。该回城了，望富嫂送他们上车。他故意落在所有人后面，悄悄掏出一个事先准备好的红包，塞在望富嫂孙女毛毛的手里。毛毛却转身将红包悄悄塞进奶奶手中。望富嫂又悄悄地将红包塞回他口袋。

"一点心意而已。"他说。

"心意我们领了。"望富嫂顿了顿，皱了皱无眉的眉头说，"季老师，以后我还是欢迎你来玩，但是这样带人来搞活动，就免了吧。"

"为什么？"他颇感意外。

望富嫂想了想说："一是村里的留守儿童不止这几个，你只慰问我，不慰问别人，别人会说闲话的；二呢这些伢儿缺的不是书包，他们缺的东西你们弥补不了；三是怎么说呢，你们这一来，搞得我心里很累。说不出的累。"说着，深深地叹了口气。

季中云一时哑口无言。

8

那个遥远的星期天，季中云没有上课，也没有回知青点。他一个懒觉睡到十点钟才起床，下了碗面吃后，端着脸盆去溪里洗衣。路过牛栏门口，忽听见娥子在牛栏阁楼上哼歌。他便扯起喉咙喊："娥子，你在上面干啥？"

娥子的声音飘落下来："我拿稻草垫牛栏呢！"

他问："你的牛呢？"

娥子说："它耕田去了，牛栏刚出完粪，我得帮它垫上。稻草捆码得好紧啊，我怎么抽都抽不出，你上来帮下忙好不？"

他往上瞟瞟："好是好，可怎么上来呢？"

娥子说："爬上来啊，我一个妹子都上得来，你后生家更不在话下了。"

他于是放下脸盆，踩着牛栏门上的横杠爬了上去。阁楼上的稻草垛堆得很高，差不多抵着了杉木皮盖的屋顶。娥子倚靠稻草垛站着，天气有点热，她的脸红得像一个硕大的桃子。他观察一下说，你要抽最上面的稻草才能抽得出来呢。娥子说，可我手短够不着啊。他想了想，蹲下身子说，来，你踩我肩膀上，就够得着了。娥子便双手扒着稻草垛，小心翼翼地将一只脚踩到他左肩上，又小心翼翼地将另一只脚踩到他右肩上。他闻到了她脚板散发的汗香味，不由得吸了口气。他亦小心翼翼地挺身，慢慢地，颤颤悠悠地，肩扛着娥子站立起来。娥子双手抓住最上面的稻草捆，用力一拉，一捆稻草就抽出来了。但与此同时，她失去了平衡，身体朝后一仰，啊呀一声惊叫，和那捆稻草一起滚落下来。他被砸倒了，眼冒金星，匍匐在地，脑袋里嗡嗡响。愣怔一会儿，他侧转身体，瞪大眼睛。娥子躺在旁边一动不动，他以为她受伤了，却发现她沾了满头的稻草屑，咧嘴笑着，两眼盯着他，眸子像两朵火苗在闪耀，显得很顽皮。她的身体喷着炽热的类似炒米的香气，与牛粪和稻草的气息羼杂在一起，熏得他些微晕眩，却又格外陶醉。他强烈的心跳像一只鼓槌敲得胸腔嘭嘭作响。娥子的左手掌搁在他面前，几根手指动了动，他啥也没想，就伸手抓住了它。它汗津津的，他用力捏着，也不怕娥子被捏疼。接着他将它拖到自己胸前，伸出舌头舔它。但他刚尝到一点咸味，娥子就将手抽回去了，低声道，沾得有牛屎呢。这话似乎给了他某种借口，不再贪恋她的手，而是撑起身子，将自己的脸投入到她柔软灼热的怀里。他在她胸口拱动，用脸蹭她的胸脯，呼吸她身上的芳香之气。她的手抚在他后脑壳上，他于是胆子更大了，一手搂住她的颈子，另一只手蛇一样从她衣襟下面钻了进去。她的的确良衬衣里，套着一件贴身的短袖娃娃衣。那时，女知青中间已流行起被男知青戏称为武装带的乳罩了，而乡下女子，都还以这种娃娃衣当内衣。她扭动了一下身体，并没有制止他。于是他的手开始一次惊心动魄的旅行，直到他握住她的乳房，两张嘴也噙在了一起，才停住不动了。

不知过了多久，娥子推开他，低声说："你下去吧，我还要做事。"

他坐起身，凑过嘴去，想来个告别吻。

"呸，一口洋藿味！"娥子轻拍一下他的嘴。

"昨晚不知哪个送了碗酸洋藿来，放在面条里很好吃。"他解释道，又问，"那个好心的田螺姑娘不会是你吧？"

"你说呢？"娥子白他一眼。

"不管是不是你，我都深深地感谢你。"

话刚出口，他眼睛忽然有点发辣，泪也流出来了，便赶紧溜下阁楼，跳落到牛栏门口。端起脸盆欲去潭边，又冲阁楼上说："娥子，你不是喜欢听收音机吗？夜里来学校吧，我专门放给你听。"

"好啊，只要你不怕人说闲话。"娥子说。

"你都不怕我怕什么。"他说。

于是，一整天他都在等待天黑。吃过晚饭，他心神不宁地在鬼柳树下徘徊，眼睛往通往村里的石板路上睃。他晓得饭后是女人们最忙的时刻，他得耐着点性子。天彻底黑了，他回到房中点燃一盘蚊香继续等待。但是，娥子并没有来。

第二天晚上，他已经不指望娥子来了。他就着马灯看了一会新版的《红岩》，门笃笃响了两声，像是被鸟啄了两下。他心头一跳，赶紧打开门。娥子不看他，低着头进了门。他关上门，抓起她的手握着。她的手像只温暖的小老鼠。她穿的还是那件白底蓝碎花的衬衣，素雅干净，全身散发着肥皂与她身体特有的炒米气息。她将脸贴在他胸前，他便搂住她，低头亲她的脑门与头发。接着他的手不老实了，欲往她的衣襟里钻，她拦住他，往窗户望了一眼。他心领神会，关上窗户，吹灭马灯，然后牵着她，坐到床沿上。他捧起她的脸。她的眼眸在黑暗中羞涩地闪烁。他们搂抱着，两张嘴咬在一起，吮吸，喘息，不知有多久。后来他们身上都被汗濡湿了，便七拉八扯地脱下了衣服。他发现她并没有穿娃娃衣，她的身体在暗夜里闪着迷人的白光。他们倒在床上，翻滚，舔舐，抚摸，颤抖。他还是个黄花伢子，并没有经验，只是无师自通地乱动。他身体鼓胀，两眼灼热冒火，一边亲她一边想往某个神秘的地方去。忽然，她哎呀一声轻呼，伸手抵住他。

"弄疼你了？"他歉疚地低声询问。

"没事！"她埋着头，声音轻得像蚊子叫，"你莫进去，好吗？"

"为何？"他嘴里喷着炽热的气息。

"我……要留给我男人的。"娥子说，"你要不是知青就好了。"

他嗯一声答应了她。他懵懵懂懂的，却又好像理解了她的心思。他不怨她，反而以更大的激情搂抱她，磨蹭她，亲吻她，将她的身体弄得到处都是涎水。情欲并没有烧焦他的脑子，他用全部的心力恪守着承诺，不让自己进入那块禁地。他只是将她和自己折腾得大汗淋漓，疲惫不堪。控制不住地抽搐过后，他们手拉手静躺了一会。夜深了，他才将娥子送出门外。

这时，他才发觉他们忘了听收音机，而且他还发现，他大腿上沾有一点点血迹。

9

吾语风就鬼柳湾之行写了篇文章，配上十数张照片，不仅贴在微信群，还发到了莲城网的论坛版块上，一时赚了不少的赞美之辞。《莲城晚报》的记者据此发了一条消息，说这是群众性公益活动的新气象，表明新时代的道德水准在提高。吾语风又把这条消息链接到群里，便又引来一大波点赞和献花。季中云潜水静观，没有吱声。在他看来，那些文字都有些矫情和夸张。不同的立场，就有不同的看法。就像那棵树的俗名叫鬼柳，而它的学名却叫枫杨树一样。吾语风私信他，说有别的群也想搞一次同样的活动，想请他再做一次向导和联络人。他立即婉拒了，他不想也不能违背望富嫂的意愿。

他庸庸碌碌地过着日子，上网，溜达，或者去街边棋摊上下棋。不时地，他会想起那棵老态龙钟的鬼柳树，想起望富嫂那张瘢痕累累的脸。不过，他暂时不想去鬼柳湾了，或许，再也不会去了。

这天季中云去单位参加党员政治学习，规定人人都要发言，为避免打扰，他按要求将手机设成了静音。学习完后，才意外地发现望富嫂给他打过电话。他没有告诉她手机号码，大概是翻了她座机的来电显示回拨过来的。如果不是有啥急事，她应该不会找他，毕竟，也就是两面之交而已。他连忙回了望富嫂的电话，可是没人接。她招呼伢儿们吃饭的忙碌身影从他脑子里一闪而过。晚饭过后，他关上书房门，再打电话，通了。

"望富嫂，找我有事？"

"有件急事，你见识广，想找你讨个主意……"

"啥事啊？"

"我后来一想，你可能也没啥好办法，就不烦你操心了。不好意思，打扰到你，有空来玩吧！"望富嫂很客气地说，啪嗒一声响，搁了电话。

望富嫂的口气不光变得生分，还透着股无奈。这愈发勾起了他的好奇心。反正他也没什么事，第二天一早，就又开着他的雪佛兰出发了。连去三次鬼柳湾，已经是熟门熟路，汽车引擎响得均匀，车头像个楔子直往峡谷里钻。季节已到深冬，溪边鬼柳树比上次更苍老，老到一片叶子都没有了，唯高高的树杈上挂着一个浑圆墨黑的老鸹窝，整棵树就像画出来的，而老鸹窝就像画家挥毫时不小心滴上去的一滴墨。

他直奔望富嫂家。

见了他，望富嫂多少有点意外，眼睛连眨了几下，给他冲泡了一碗自制的擂茶。她显然也知道他的来意，指指禾场说："看到她吗？"

有个穿红色羽绒衣的女孩沿着禾场边缘转圈，边走边踩踏自己的影子，嘻嘻傻笑。脸像苹果一样红润光滑。

季中云点了点头。

望富嫂叹息一声道："她叫菊英，是个可怜的女伢呢。两三岁的时候得了一场重病，不晓得是脑膜炎还是什么症，把脑子烧坏了。也读不了什么书，勉强读了个一年级。她妈就不喜欢她了，有一年跑出去打工，从此杳无音信，再也没有现身。她爹呢，把她扔给她奶奶带着，也跑出去了，边打工边寻找她妈，只在过年时回来。可是屋漏偏逢连夜雨，去年，她奶奶又中风死了，她爹王大贵便将她托给我带。我也老了，能力有限呢。我还没答应，王大贵将她往我屋里一丢就跑掉了。有啥办法，都是邻居。一个女伢，总不能让她像野猪一样散养吧？一个月才给我四百块钱托管费，哪里够？这都不算啥，人家把女伢交给你，你得负天大的责任呢。这女伢，倒是胃口好，有啥吃啥，每餐都吃一大钵饭。她不长脑子长身体，十四岁的人，看得十八九岁的黄花闺女了。可是……"

"怎么了？"季中云问。

望富嫂皱起眉头说："这一向，她老是作呕，前晚我招呼她洗澡，老是感觉她肚子有点大。"

"你怀疑她怀孕了？"季中云愣了神。

"有点像呢，"望富嫂焦虑不安，"要真怀孕了，我怎么对她爹交代啊！"

"你先别急，有怀疑对象吗？"

"村里的人大多打工去了，留在村里的男人都没几个。"望富嫂说着望了望那幢白色别墅。

"那个守屋的张老倌？"季中云很敏感。

"我可不敢乱怀疑。张老倌也算个好人，我有啥事都肯帮忙，伢儿们也喜欢到白屋里去耍。有时我要上山做工夫，不放心菊英一个人在家，就托他照看一下。张老倌还时常给伢伢们买棒棒糖吃……可是人心隔肚皮，天晓得哪个畜生作的孽啊。季老师，我可怎么办？"望富嫂双手在围裙上乱搓，已是六神无主。

"还是先让医生看下吧，也许得病了呢？确诊了再说。"季中云建议道，"我带你们去镇上卫生院吧。"

"要去去县医院，远不了几步路。镇卫生院都是熟人，菊英不晓得怕丑，我还怕人嚼舌头呢。"望富嫂说。

季中云匆匆地将那碗擂茶喝了，然后带望富嫂和菊英去浮山县医院。上车前，望富嫂还不忘用电饭锅煮上饭，将两碗腌菜也热在锅里，那是给两个没上学的伢儿留的午饭。他让望富嫂坐副驾驶座，可她屁股刚落座，又跳下车，坐到后排去了，一只手紧紧搂着菊英。她生怕菊英乱动，弄坏了车上的东西。为了赶时间，季中云把车开得飞快。乡间公路虽然狭窄，却来往的车少，几乎不用会车。

用了不到五十分钟，就到了县医院。季中云飞奔到窗口挂了号，才转身带着望富嫂和菊英去妇科诊室。这时候诊的人已经不多，不一会儿，广播里就叫了菊英的号子。望富嫂牵着菊英进了诊室，他在门外等着。隔着门，他听见医生问菊英的年龄，望富嫂怯怯地回答十九了。有人诧异地朝季中云看，目光虫子一般在他脸上爬，痒痒的不舒服，他只好绷紧了脸。

望富嫂很快就带着菊英出来了，手里捏着医生开的单子。她神色慌张地附着他的耳朵说，十有八九是怀孕了，但还得验血做 B 超，以便确诊。季中云已经在手机上百度过"验孕"一词，晓得这两个项目不会少。他去窗口交了费，带领她们直奔这两个地点，赶在上午下班之前给菊英抽了血，做完了 B 超，只待下午看验血结果了。然后，他又到隔壁餐馆点了几个菜，陪着望富嫂和菊英吃了中饭。

下午两点半，他们拿到了验血结果，又去问了门诊医生。菊英怀孕确诊无疑。医生似乎深知究里，意味深长地道，回去想想，好生招呼吧。

回鬼柳湾的路上，望富嫂搂着菊英一言不发。季中云晓得她深陷在忧愁里，便也默不作声，专心开车。菊英傻里巴机，对自己的困境一无所知，不时对窗外的景物指指点点，嘻嘻哈哈。进入峡谷，车速减慢，望富嫂才说："这一趟花了你大几百吧？算个数记下来，到时我找菊英她爹结账。"

季中云说："这都不算个事，你拿菊英怎么办呢？"

望富嫂说："我要知道怎么办就好了。"

季中云想想说："我看，你还是先跟村里汇报一下吧。"

望富嫂嗯了一声。

太阳已经下山了。失去阳光的山谷格外阴沉，而且寂寥。鬼柳树站在老地方，挥着稀疏的枝条迎接他们归来。在望富嫂的指引下，季中云将车直接开到了村委会的红砖楼前。堂屋里几个人在打跑胡子牌，望富嫂在门口叫了一声胡主任，一个红脸膛的中年人立即站起出门来，没理望富嫂，却一把握住季中云的手直摇："啊呀，季老师来了！您可是稀客啊。我胡旭伟，鬼柳湾的村主任。我上过您的课呢，还记得不？四年级坐第一排的，那时我是光脑壳，调皮得很，有次逃学，在潭里游水耍，你要拉我去学校，我犟着不肯，你就把我的衣服抱走了，我只好赤条条地跟在后头，小鸡鸡都被女同学看到了！哈哈。"

季中云想了想，似乎是有这么回事，便也热情地摇他的手。寒暄过后，季中云将胡旭伟拉到一旁，把菊英的病历本给他看。望富嫂则凑到胡旭伟耳边，把事情轻言细语地说了一遍。胡旭伟的两道浓眉慢慢聚拢，鱼尾纹变得格外深刻，将病历塞回望富嫂手中，严肃地说："不是我说你，望富婶，上次季老师他们一帮人到你那里送爱心，都上报纸了你也不跟村里报备一下，镇里问起都不晓得怎回事，搞得我们很被动。若是和村里联合一起搞，都宣传了，多好！看不起我这芝麻官不要紧，可我们也是一级组织嘛！平时不烧香，临时抱佛脚，遇到麻烦，就晓得找村委会了？"

望富嫂忙不迭地说："是是，是我不对，这不跟你汇报请示来了。"

胡旭伟缓和了语气，挠挠头说："这事，其实是你跟菊英家之间的事，她搭餐，你收钱，实际上形成了契约关系。现在出了事，你得首先和她爹王大贵协商如何处理。你是负有监管责任的。"

望富嫂眼里闪出泪光："我晓得啊，可我怎么对王大贵说？"

胡旭伟说："你们既然去了县医院，怎不顺便做个人流，把麻烦解决掉呢？"

望富嫂说："这么大的事，我怎好背着她爹自作主张？"

季中云插嘴道："胡主任，该负责任的是那个造孽的人，他才是最大的麻烦。不把那个人找出来惩办，也许还会伤害别的女孩。"

胡旭伟想想，点头："嗯，季老师说得有理。不过，这种事情又敏感又复杂，没有证据乱说不得，你们呢也不要乱怀疑，本来就麻烦了，不要再把麻烦搞大。其实这种涉及隐私的事，村里可管可不管的。这样吧，你们先回去，我们开会研究下再说。"

也只能这样了。

季中云和望富嫂回到车上，季中云把车开到鬼柳树下，把望富嫂放下车。

望富嫂隔着车窗挥手："累了你一天，赶紧回莲城吧。"

他说："好。"

10

代课快一个月的时候，季中云回知青点挑粮食。队长说你回来得正好，某

81

军工厂有两个招工指标,公社决定把其中一个指标给你,你不用回鬼柳湾了,准备参加体检吧。事情很突然,他怔了一下才说,谢谢领导关心,住院的陈老师还没出院,我再代一段时间,这次的指标就让给别人吧。队长有些意外,问他的真实想法。他于是坦诚相告,招工对他吸引力不大,他向往的是上大学,想参加七月份的高考,家里人把复习资料都寄来了。知青点太吵闹了,他可以在鬼柳湾一边代课一边安静地复习。

说出"安静"这两个字时,他红了脸。

因为娥子,他心里早已经不安静了。

娥子才是他愿意继续代课的重要原因。

第二天一早,他挑起二十斤口粮回鬼柳湾。到达湾口涉水过溪时,听到坡上牛铃叮咚叮咚响,定睛一瞧,竹林里现出黄牛的屁股,很悠闲地甩着尾巴。他猜放牛的娥子一定在附近,便放下担子,站在石墩上喊了一嗓。果然,娥子清脆地应了一声,从竹林里钻了出来,手里捧着刚摘的刺泡儿,用桐子叶包着。

闻到娥子身上的炒米味,他的心扑腾起来。

"季老师,你身上好乖啊!一看就晓得是个知青。"娥子咧着嘴说。

他往潭面上里照照,绿色军便服敞着衣襟,里面蓝白条纹相间的海魂衫已经汗湿,确实有一种知青做派。

"你是说我衣乖人不乖喽?"他撇一下嘴角。

"都乖都乖,乡里妹子不会讲话。"娥子将那包刺泡儿递给他,"尝尝甜不甜。"

他尖起手指拈了一颗,刺泡疙里疙瘩红红的肉肉的样子令他想起她身体的某个部位,脸上便有点烧。他用两片唇含住刺泡,舌头舔了舔,再用牙齿轻轻将它咬破。甜津津的汁液立时溢满口腔。

"好吃不?"娥子问。

"好吃,"他点头,鬼使神差地说,"可是没你好吃。"

娥子脸一红,揪了他胳膊一把,转身回竹林里去。他四下瞭瞭,没人,便跟在后边。她抱着一棵楠竹站定,望着天,仿佛在看竹梢如何打扫空中的云彩。他将那包刺泡放在地上,然后将她连同那棵楠竹一起抱住。他的嘴凑近她的脖颈,嗅她的体香,又亲她的嘴,和她交流甜蜜味道。两个人纠缠在一起,很快都气喘吁吁的了。当他试图解开她的裤腰带,将她的娃娃衣往上掀时,她抵开他的手:"别,竹林里蚊子多。"

她这一说,果然有蚊子在他脖子上叮了一口,痒痒地难受,伸手一挠,马上起了一个小包。她搂住他，伸嘴含住他脖子上的小包吮了几下，吐掉，又涂了些口水在小包上，替他轻轻地揉。

他的冲动慢慢平复下来。

"娥子，怎不来我那听收音机了？"他问。

"村里有人说闲话了呢，"娥子低声道，"我妈都说，我对你太好了，对你对我影响都不好。你很快就要离开鬼柳湾的。"

"你舍得我吗？"他抚着她的头发问。

"舍不得又如何？"娥子仰头看他。

"你能等我四年吗？"他说，声音发虚，"我要考大学，四年后就毕业工作了。"

"我等不了你四年，即使我等得了，到时候，你也不会要一个乡下老姑娘。"娥子说。

季中云一时无语，只好以抚爱代替语言。他搂紧她，右手变成一只贪婪的蛇，再次钻进她的衣襟里。但她坚决地将他的手抽了出来："走吧，还不走蚊子咬你一身坨，城里人肉嫩。你的粮食还在路边呢，当心别人拿走了。"

他只好一步一回头地离开她。

11

回到莲城，过了十来天，季中云给望富嫂电话，打听事情的进展。望富嫂说，村委会还没开会，不是村主任外出，就是别的人有事，总也凑不齐人。菊英的肚子一天天长大呢，她很焦急，找过胡旭伟几次。胡旭伟说，这么重大的事，他不能搞一言堂，必须集体研究决定，要她再等等，她若等不了，怕担责任，就自己先跟王大贵通报一下吧，不过王大贵的火爆脾气她是晓得的，莫要搞得你脱不了身噢。她又找了村里的治保主任，治保主任却说，他听村主任的，村主任说要开会研究，那就研究了再说。季中云说，那你就只有再等等。望富嫂说，除了等，我也没别的办法。

又过了一周，季中云再次电话询问，仍然没有结果。

望富嫂说这几天村主任人影子都不见了。

季中云说："他是不是有意拖延啊？"

望富嫂说："他也是怕得罪人，不晓得怎么搞好，先拖一下再说吧。"

季中云追问："他怕得罪谁啊？"

望富嫂细细地诉说起来："你看见那幢白楼了的，晓得它是哪个的吗？王雄诚的……对，就是那个省城的房地产大老板。以前呢，他还在县里的建筑队做泥瓦工，后来几搞几搞不知怎么就发财了，电视上都看得到他和领导开会握手了。他几年都难得回来一次，却在老家修了这幢别墅。对村里还不错，前些年村里的公路硬化，他捐了几十万。他一回来，湾里人都会收到他的红包。人是蛮讲客气的人。可是，你晓得那个帮他看屋的张老倌是谁不？他舅舅。"

"哦"，季中云思忖片刻说，"难怪村主任缩手缩脚。"

"可是菊英肚子一天天大，怎么办啊？"

"你也只能依靠组织，再等等吧。"

"我也只有等了。"望富嫂叹口气又说，"不好意思，让你跟着劳心费神。"

"这倒没啥，我反正一闲人，路见不平一声吼是应该的。只是可怜了那孩子，我也帮不了更多的忙。"季中云说。

望富嫂沉默片刻，说，"季老师，以后你就别管这个事了。"

季中云想，可能是他电话打多了，给她增加了心理压力，便说："行。"

放下电话，季中云感觉怪怪的，有点儿轻松，又有点失落，似乎有点不对头，又说不出所以然。脑子里一会儿是望富嫂愁云密布的疤脸，一会儿是菊英稚气无知的傻笑。他打开微信，去比心群瞎逛。也不说话，潜着水，看人家发各种表情符，互相调侃或打情骂俏。有人发了红包，他好玩似的伸手抢了一个，居然是最大的一个红包，只好发了一个谢谢的表情。他一露头，吾语风便来找他说话，问他这一向在哪做隐士，不会是又到鬼柳湾去了吧？他没有否认，不由自主地说了一句，群主，你若遇上乡下留守女孩被性侵了，会如何面对？刚刚发到群里，立觉不妥，马上撤回了它。吾语风随即大叫，你什么意思啊，忽然说这么沉重的话题还秒删？按群规谁撤消息谁发红包，赶快！

他只好发了十块钱的红包。

这天天气阴沉而干燥，季中云散步去了体育馆。一群人在学鬼步舞，他也跟着鬼跳了一会，折腾出一身的汗。但他还是没有办法不想那件事，于是再次拨通了望富嫂的电话。他刚喂一声，就听到有女孩在哭，便大声问："望富嫂，谁在哭啊？"

"我家毛毛呢。我打了她一巴掌。唉，这帮女伢真不懂事，要她们莫去白楼里耍，我一转背，她们就又去了。还不是张老倌的棒棒糖哄的？要不是发现她兜里的棒棒糖，我还蒙在鼓里！怎么办呢？我又不能把她们拴在裤腰带上啊？"望富嫂焦急万分。

"村里还没开会研究吗？"他问。

"没有呢。"望富嫂说。

"那不能再等了，你赶紧带上菊英和她的病历本去派出所报案吧！"季中云急促地说。

"好，我听你的，明天我们就搭校车去镇上。"望富嫂说。

12

娥子好久没来找他了，连从窗户里看他上课都没有过了。他只能凭牛铃声来判断她的行踪。牛铃由近及远，那是娥子牵牛出去了；牛铃由远及近，那是娥子放牛归来了。他觉得娥子是有意不打扰他复习高考功课。她为他的前途着想呢。于是那叮叮咚咚的牛铃声，慢慢地把他的心敲安静了。

这天夜色静谧，黄牛和它颈下的铜铃都已睡着，只有萤火虫在他桌前飞舞。他埋头做着数学题，忽然感到外面有人影移动。凭窗一望，只见娥子站在鬼柳树下，月光照亮了她半边身子。见她并没有过来的意思，他便出门迎了过去。一到她跟前，他就情不自禁地抓起她的手。她的手不安地抽了一下，并没有抽脱。他将嘴凑在她热乎乎的颈子里，嗅了嗅，然后去亲她的嘴。

但是娥子伸手挡开了。

"季老师，我要嫁人了。"娥子捏着衣角说。

"嫁给谁？"他有些发蒙。

"你可能认得，公社供销社的老赵，下巴上有块胎记的那个。"娥子说。

"他不是有堂客吗？"他讶异得很。

"前不久得病死了。"娥子低下头。

"你这是填房呢，他比你还大这么多。"他嗫嚅地说。

"可是，他是吃国家粮的啊。"娥子说，"他要我下个月就过门。"

"那，那，那恭喜你啊！"他结巴起来，松开娥子的手。

娥子抬头看看他，转身欲走，他扯她的袖子："等下，我要送你一个礼物。"说罢，急忙跑回屋里，提起收音机返回娥子身边，再将收音机的皮套带子像书包一样挂在娥子肩膀上。但是，娥子随即将收音机取下，挂回他的肩上。

"它抵老赵一个月工资呢，这么贵重的礼物我不能收。"娥子说。

"我的礼物，你必须收。"他发起犟来。

"我不能收。"娥子噘起了嘴。

"真不收？"他瞪着她。

"真不收。"娥子说。

"那好，你不收我就砸了它！"

"真砸？"

"真砸！"

他声音沙哑，两眼发烫，抓起收音机，高高举起就要朝鬼柳树干上砸。

娥子夺过收音机道："我服了你好不？比黄牯还犟……你以为，只有你心里不舒服？"他心里一股热浪往上涌，将收音机皮套背带重新挂在她肩上。他想给她最后一个拥抱，但手臂抬起来，却变成了招手再见的动作。透过夜色，他看见娥子眼里闪着泪光。娥子转身走了，摇晃的身影慢慢变小，模糊，最后融入墨黑的山影里。

第二天下午，厨房饭桌上又有人送来了一碗菜。娥子从没明说是她送的，但他晓得是她。屋后有条小路与她家相连，她总是趁他上课时送来，不让他看见。这回是一碗姜末炒魔芋豆腐，还是热的，又香又软很有弹性，含一片在嘴里，就像含着了她的唇。他吃着吃着，一串热泪簌簌滴落在胸前。

这是他最后一次享用"田螺姑娘"送来的菜。

13

季中云想知道望富嫂报案的后续情况，给望富嫂打电话，没人接。在不同时段连打了三次，都没人接。到打第四次的时候，望富嫂接了，但不说话，迟疑了一下就挂掉了。

他听到了她的喘息声。

她为何不说话呢？他纳闷得很。

纳闷中的他却意外地接到了胡旭伟的电话。

"季老师吗？我胡旭伟呢，我找望富婶要了你的号码。是我要望富婶莫跟你联系了的，一呢，是村里有些闲话呢，你对鬼柳湾的感情，对望富婶的关心，我都理解，但别人的口我又堵不上；二呢，这件事太敏感，把你牵扯进来不好，再说你又不了解情况，出不了什么好主意。报案的主意就是你出的吧？当然合理合法，但是呢，不合适。你们以为，我不管不问一拖了之？发生在我地盘上的事，我躲得了吗？得容我慢慢想办法嘛。原本想把事情悄悄解决掉，也不会带来啥负面影响。这下好，你一报案，派出所就只能传唤张老倌了，张老倌不承认，你又没证据，凭什么就认为作孽的是他呢？你也不能冤枉好人是不是？事情张扬开来，不就搞得各方都没面子了？维护稳定是头等大事，现在我只能尽量消除影响，封锁消息。我已经陪望富婶带菊英去县里做了人流，也没跟王大贵说。我认为，这才是对受害者及其家属的保护，以避免他们受二次伤害。菊英虽说脑子不清白，长大了还是要嫁人的嘛，没人知道，就等于没有发生。万幸的是，村里晓得此事的还只有我们几个。我给您电话的意思，就是请您也帮我们保密，最好，您不要再来鬼柳湾了，您就抽身吧，不要搅和在这些麻烦事里了，城里人和乡下人的想法毕竟不一样的。"

胡旭伟语速快得让季中云插不上嘴。气愤令他血压增高，脑子嗡嗡响，到后来几乎听不清手机里的声音了。他觉得胡旭伟所有的话都在掩盖真相，庇护那个不该庇护的作孽者。胡旭伟还没说完，他就摁掉了电话。

居然还不让他去鬼柳湾了，他偏要去。

谁没有个脾气呢？他的犟脾气上来了。

第二天，季中云开动他的雪佛兰，再次去鬼柳湾。路过青山镇时，他到小超市里买了两罐澳洲奶粉一篓本地鸡蛋。做了人流手术的女伢得补补身子。车入湾口，黝黑的鬼柳树像个人似的，远远地迎了过来，像是有话要说，却又站在一旁默不作声。冷风飕飕，路边枯黄的茅草摇曳不已。一进望富嫂家，就见菊英坐在堂屋里看电视，脚搁在电烤炉上，回头冲他笑了一下。他也冲她笑了笑，听见隔壁菜刀响，便循声去了厨房。望富嫂在砧板上剁腌菜，一见他，就将菜刀放下："怎么又来了？"

"我不能来吗？"他说，将奶粉和鸡蛋放在案板上。

"又让你破费了。"望富嫂叹口气。

"这件事，就这么不了了之？"他盯着望富嫂的眼睛。

"我一个乡下堂客，有什么办法？只能听村里的。"望富嫂双手在围裙上搓。

"那个人没有绳之以法，你就不担心毛毛也受祸害？"他问。

"村主任说了，会跟王雄诚商量，换个人看屋，把他舅叫回老家去。"望富嫂说。

"他舅老家也有女伢的。"他说。

"作孽的还不定是他舅呢。"望富嫂怔了怔说，"求你莫来了，不关你事，惹一身骚不值。我虽然一脸的疤，但还是要面子的。我不需要别人可怜，更不想别人说三道四，沾一脸口水沫。"

"好，我不来了。"

他心里一堵，便转身出了门。埋头一阵乱走，抬头一看，竟来到了白色别墅前。他并没想来，是他的脚擅自带他来的。铁栅门上的小门半开着，院落里空空荡荡。他钻进小门，穿过两排黑绿的罗汉松，探头探脑地来到别墅走廊上。一个穿蓝色羽绒衣因而显得很臃肿的人从屋内闪出，叫一声："喂，姓季的你走错地方了吧？"季中云定睛一瞧，才认出是守屋的张老倌。脸还是那张核桃脸，却泛出一些红晕，好像刚喝了酒。脚上的解放鞋也奇怪地变成了年轻女子穿的棕色雪地靴，露出白绒绒的毛，显得很滑稽。两只深陷在皱纹里的眼珠闪着诡谲的光。

"走错地方不要紧，但有些事做错了，那就有大麻烦了。"季中云说。

"确实，管闲事的人总有一天会惹麻烦。"张老倌道。

"做人是有基本底线的，人在做，天在看。"季中云盯着他说。

"莫跟我打官腔，我只晓得某些城里人自己一屁股屎都没擦干净，还说别人臭！跟那么丑的老堂客搞到一起，胃口还真的不一般啊。"张老倌咧着一口黄牙说。

"你！"季中云举手指着他，浑身乱抖，"混账东西！"

"我混不混账，都不关你事！请你滚出门，不然我叫黄狗赶你了！"张老倌说着便唤了一声，"黄儿出来！"

立时，大黄狗从屋后蹿出，冲着季中云汪汪直吠。他赶紧转身，可他刚到铁门前，还没迈过门槛，就被黄狗咬住了裤腿。他朝后猛踢了一脚，纵身跳到门外。由于用力过猛，他失去平衡跌倒在地，右手掌在地上蹭破了一块皮，生疼。他爬起身来，跌跌撞撞地走向鬼柳树，走向他的车。不知何时，天上飘起了雪花，一片一片落到他灼热的额头上，冰凉冰凉像虫咬。山谷间很快就迷迷茫茫一片混沌，他只能压抑情绪小心驾驶。汽车引擎轰隆作响，将他满腔的气愤发泄了一路，直到进入家门，他都没有平静下来。

夜深了，季中云还意绪难宁，便打开电脑写了一个帖子，以"流浪的风"的网名发布在莲城网的论坛上。他没有发比心群，他觉得让那些群友知道没多大意义。他仿照某些网络大咖的行文风格，给帖子取了一个惊悚的标题叫"鬼柳湾有鬼"。他简略而又杂乱地写了事情经过。他还是谨慎的，除了鬼柳湾这个地名是真的，所涉及的人都用了化名。其实鬼柳湾的名字都不太真，它只是口头称呼，书面称呼是贵柳村。并且，他没有把自己摆进帖子里去，只说晓得有这么一回事。他想引起某些实权人士的注意，同时也发泄一下自己的激愤之情。他的结束语是反问句：难道我们可以让作孽者逍遥法外，让留守女童继续留在被性侵的危险之中吗？

14

娥子出嫁那天他正在上课。听到唢呐锣鼓响，出门一看，一行人摇摇晃晃从村里迤逦而来。响器班子在前，娥子和送亲的人在后。来到鬼柳树前，有人将一挂千子鞭扔在树下，噼噼啪啪炸出一片红色碎屑和蓝色烟雾。学生们拥出教室，和他一起站在走廊上，向新娘行注目礼。娥子穿件短袖红衬衣，手里撑把红尼龙伞，脸蛋映得红彤彤的。她从他很近的地方走过去，但她不看他。他很想她望自己一眼，但她固执地低垂着头。他嗅到她的气息飘然而去。他只能看到她瘦弱的背影了，忽然她手中的伞往左一偏，回过头来，朝他笑了一笑。他的心霎时像被猫爪抓了一把：她笑得很难看。他呆木地望着她的背影消失在湾口之外。傍晚的时候，他一如既往地听到了悦耳的牛铃声，但放牛人变成了一个佝偻的老倌子。望着黑黢黢的牛栏和同样黑黢黢的鬼柳树，他心里想，娥子有没有把他的收音机也带走呢？

15

帖子发了也就发了，季中云没有多想。

翌日下午，他正躺在沙发上小憩，被微信语音通话铃吵醒了。

吾语风用她那与肥胖身体极不谐调的尖细嗓子连珠炮地发问道："老季啊，莲城论坛上那个帖子是你写的吧？那个流浪的风就是你吧？这个鬼柳湾就是那个鬼柳湾吧？写的就是上次我们捐过书包的望富嫂和她托管的女伢儿吧？唉呀呀可不得了啦！"

他很惊讶："你怎么晓得的？"

吾语风说:"我怎么不晓得呢?有人都转到群里来了呢!论坛上更是炸翻了天,跟帖的都有十几页了,说啥的都有!不是我说你啊老季,你太没政治敏感了,这种负面新闻在网上说得的吗?会惹麻烦的!你这是给别有用心的人提供口实呢,搞不好连我们比心群都会封掉!转到群里的链接我都删了,我还是那句话,群里不准乱议时政、不准乱议时政、不准乱议时政,重要的话说三遍!你赶紧上论坛去看看吧,我强烈建议你也马上把帖子删掉!"

他连忙去书房上网,进论坛一看,跟帖已增加到二十几页。他匆匆浏览了几页,确实说啥的都有,有咒骂作孽者的,有同情哀叹受害者的,也有指责发帖人只顾发帖吸引眼球,却不自己报警的。更多的是批评当地干部和稀泥不作为。他想将所有跟帖看完,但眨眼之间,所有的字和图都不翼而飞。不但跟帖没了,他的原帖也没了。

他立即意识到,被版主或者网管删帖了。

他莫名地一阵轻松,紧接着又一阵莫名地不安,太阳穴隐约作痛。只好去煮了一杯黑茶,大喝了几口,让自己冷静下来。

未几,手机振动,老婆吴为虹来电话了。

"季中云,你搞的什么名堂?"

"什么意思?"

"你什么意思啊,跑到网上写些乱七八糟的东西!"

"你怎么晓得?"

"不光我晓得,有关部门都晓得了。网络不是法外之地,你以为,网警是吃素的啊?若不是看在我面子上,警察就请你去喝茶了。现在我代表组织严肃地告诫你,以此为戒,再不许到网上说三道四!"

"你,你们这是典型的不解决问题,却要解决提出问题的人!"

"你怎么晓得不解决问题?解决问题也得有个过程嘛。我提醒你,不要忘记自己的身份!你即使退休了,也还是个老干部,要有基本的思想觉悟,为人处事,且不说给组织上增光加彩,至少不要添堵抹黑吧?三番五次去鬼柳湾,还以为你只是去玩,哪晓得搞出这么一番事来。都年过六十的人了,心智还这么不成熟!你若不是我老公,我才懒得管你呢。你以前的正义感,也不见得有多强吧,偏要管这些个闲事,发神经啊?"

吴为虹愤愤地挂了电话。

季中云的太阳穴疼得更厉害了,并且伴以嘤嘤耳鸣。他仰靠在沙发揉着脑袋，回忆与望富嫂交往的情景。吴为虹的话没错，他的正义感也好，悲悯心也罢，其实并不太强的。在街上看到人摔倒，都不敢贸然下车去扶，怕遭人讹。可遇到望富嫂和她的女伢们，就忍不住地想帮她们。是的，望富嫂清脆明亮的嗓音几乎与娥子一模一样，好几次与望富嫂说话，他都幻觉在与四十年前的娥子交谈。也许，他的所作所为，不仅仅是为弱小发声，还包含对青春恋情的歉疚和留恋吧？

　　为分散自己的注意力，他开始做饭。淘米，煮饭，择菜，炒菜。饭菜都上桌了，吴为虹发来短信说有应酬不回家吃了。他只好一个人胡乱吃了几口，就裹上羽绒衣，戴上连衣帽，出门散步。他穿过流光溢彩的街道，进入人影寥寥的公园，在积雪的草地上乱走。有雪末从树枝上掉落，撒到脖子里，他也不介意，倒喜欢那种凉滋滋的感觉。不管如何，他的帖子还是触动了一些人的，能否达他希望的结果，另当别论。雪被他踩得嚓嚓作响，公园很小，霓虹灯的光从两侧楼顶映射在雪地上，显得光怪陆离。耳朵冻得发冰凉，身上却暖和起来了。望富嫂家是没有空调的，她和那些孩子们，大概是围着火塘取暖的。他朝西南方向远眺，迷茫的夜空下，隐约有远山起伏，鬼柳湾就夹在那片大山的皱褶里。

　　季中云转回小区，看到一个黑乎乎的人影站在楼道门禁前，不停地跺着脚。刚刚趋近，那人取下帽子，冲他点下头，叫声："季老师！"

　　他吓了一跳，凝神细瞧，居然是胡旭伟。

　　"胡主任啊，走错地方了吧？"

　　"我来莲城办事，顺便看看您。"胡旭伟郑重地说。

　　"你怎么找到的？"

　　"嘿嘿，这还不容易，如今是信息社会了嘛。"

　　"来找我兴师问罪的吧？"他盯着胡旭伟说。

　　"您是说那帖子的事？哪能呢。虽然有一些负面影响，搞得我们有点被动，但也是对我们工作的促进嘛！我会正确对待。我非常非常理解和尊重您对望富婶，还有留守儿童的关怀之心。其实呢，我和您目标是一致的，只是方式不一样而已。就比如，有个马蜂窝，我想先捂住它再说，而你呢是想捅开它。我也是不想伤到更多的人呢，特别不想连累望富婶，还有您。"胡旭伟说着咳了一声。

　　"我？"

"嗯，我就怕那张老倌看了，会反告你网络诬陷呢！镇上都开了紧急会议，采取了一些措施，一方面要加紧破案，另一方面尽量封锁消息，消除影响。所以，您就不用为此担心了。我会帮你搞定张老倌。今天我来，一是对您的批评与督促表示虚心接受和衷心感谢，二呢，希望您一如既往地关心鬼柳湾，帮我们一个忙……噢，村里也没啥好东西，给您带来一点板栗和几只土鸡。"

胡旭伟说着让开身子，季中云这才看到地上有两只纸箱。

"帮得上的忙一定帮，我可不敢无功受禄。"季中云连连摆手。

"您帮得上呢。"

胡旭伟说着从挎包里掏出一份报告书，告诉他，村里计划启动一项水利建设，在鬼柳溪上筑坝，建设一座小水电站，不仅可以发电，还可以利用人工湖搞旅游开发，前景十分看好。问题是要能立项，并且得到有关部门的资金支持。而要达到这个目的，首先要游说市领导签字同意，否则，很难打通道道关口。

"我人微言轻，又不在职，这个忙帮不了。"季中云直摇头。

"我们晓得你不擅长这个呢。可是有季师母啊！都晓得她是政府组阁局的局长，而且受市长器重，您让她去帮我们找市长签字，十有八九能成。谋事在人，成事在天嘛，即使成不了，我们也不会怪您。我晓得，您和鬼柳湾有缘，对鬼柳湾有感情，您一定会帮这个忙的！我先代表望富婶、代表贵柳村两千三百六十六名村民，对您表示深深的感谢！"胡旭伟鞠了一躬，然后将报告递给他。

季中云只好接过报告，开了门禁，带胡旭伟上楼。

胡旭伟提着两只纸箱，吭哧吭哧地往门里一放，就告辞走了。季中云让他进门喝口茶，他也不听。季中云感觉，这个村主任还真是不一般。

吴为虹应酬到夜里十一点才回家。季中云一直等着她，见她进门，一反常态地替她挂外套，掸去头上的雪花。吴为虹奇怪地瞟瞟他，也不作声。待她坐下，季中云才拿出报告书，轻言细语地把事情说了一遍。吴为虹气哼哼地道："你看你惹的这些事！我自己单位的扶贫点都没帮他们找过市长呢！"但她还是把报告书收了起来，放进了她的公文包里。

16

那年夏天季中云如愿以偿，考上了莲城师范学院中文系。他带着录取通知书去青山公社办理了户口迁移手续。他在那条短促的小街上徘徊，不时地瞟供销社的大门。在他极渴望看到娥子的身影又感到无望之时，街旁一扇有裂缝的木门砰的一声打开，姓赵的供销社干部将娥子拖了出来。

街上的人们立即围过来看热闹。

老赵一手揪着娥子的头发，另一只手提着那台他送给娥子的收音机，冲着娥子大吼："你说，当着革命群众的面说，这收音机是不是野老公送给你的？"

"不是的。"娥子低声道。

"还不承认！"老赵涨红着脸，给了娥子一个耳光。

娥子一个踉跄，默不作声。围观的人越来越多，将娥子和老赵团团围住。他站在一个后生的背后，离娥子只有几步之遥。血往他脸上涌，他很想冲过去将娥子拉走，但他全身发软，迈不开步。

老赵像举一块砖头一样将收音机高高举起："承认不？不承认我就砸了！"

有人说："老赵，难道她承认了，你就不砸了吗？"

又有人说："还是莫砸，可惜了，毛主席说，贪污和浪费是极大的犯罪。"

接着又有人在一旁嘀咕："莫怪收音机，只怪新婚之夜没落红……"

老赵全身颤抖，便又给了娥子一耳光。蓬乱的头发遮住了娥子的面孔。他攥紧了拳头，感觉许多蚂蚁在发烫的脸上爬，并且叮他的脸。

这时公社武装部长拨开人群走过来，厉声叫道："老赵你也太不像话，三番五次当街打堂客，还像不像个国家干部？影响太恶劣了！内部矛盾内部解决嘛！要打你关起门打去！都散了都散了！"

围观群众遂纷纷散去。

老赵悻悻地将娥子拖进屋里。

娥子回身关门时，一眼看见了他，他也一眼盯住了娥子发红的眼睛。

他和娥子同时愣了一下，随即，门板截断了他们的视线。

那是他和娥子最后的对视。

17

无所事事的日子过得很快，眨眼就要过年了。

季中云已经理智地将鬼柳湾从日程里删除了，不再去也不再想。吴为虹找了市长，顺利地在贵柳村的报告上签了字，胡旭伟来拿报告时激动不已，又送来一大堆土特产。性侵菊英的人还没查出来，但也是迟早的事，至少受到威慑，不敢再犯了的。季中云感到轻松，有个清静的心境真好。

于是这天，他毫无准备地接了胡旭伟的电话。

"季老师，告诉你一个不幸的消息。"

"怎么了？"

"望富婶和王大贵起了争执，她被打了！"

"啊？是怪望富嫂没看管好菊英吗？"

"不光是，主要是怪她报案没保密，搞得尽人皆知，坏了他女儿的名声。当初我们想瞒着他，就是出于这个考虑，哪晓得他还是晓得了。"

"望富嫂伤得厉害不？"

"一条胳膊折断了。到医院看过，上了夹板，却不肯住院，怕屋里那几个伢儿没人管。她儿子一时不得回，你来看看她劝劝她吧。毕竟，你们是老感情了。"胡旭伟说。

"你这话什么意思？"他讶异得很。

"季老师，您也不用遮遮掩掩的了。当年娥子给您送菜吃，您和娥子相好，村里人都晓得的。"胡旭伟说。

"你是说，望富嫂就是娥子？"

"是啊！当年她嫁给那个老赵后，两人感情不好，姓赵的老打她。有一次她烧了锅开水，准备焯红薯片做薯馃子时，两人起了争执，老赵硬说两岁的儿子不像他，一把将她推倒在锅里，一张脸就被开水烫坏了。后来她就离婚回了娘家，好久都不敢出门见人，再后来，才招了望富叔做上门郎。难道您没有认出她来？"胡旭伟惊讶不已。

"我……"他说不出话。

"您真不晓得望富婶就是娥子？那我真的更敬重您了。我以为您只是旧情难忘，没想到……季老师，您来吧，鬼柳湾欢迎你！"胡旭伟说。

季中云没有回答。

手机从他手里滑脱，掉到了地上。

2020 年 1 月 20 日于常德

陀　螺

1

郑元泰想，如果不去摸小李的手，小李也许不会提出替她打人的要求。

小李不小，五十出头，但比郑元泰小了十岁，自然就叫她小李了。小李有双不可思议的手，肥腴白皙，没有皱纹，指背上隐约有圆润的指窝，鲜嫩得像反季节蔬菜。一瞟见它，郑元泰心里就无端生出揪它一把或者亲它一口的欲望。更何况，那天小李使用了著名护肤品，双手喷着奇异芳香，熏得郑元泰鼻子痒，人就变得有些冲动。小李坐在他右侧，左手放在沙发上，指尖撮拢，掌心中空，像一只拱着背的小白鸽，慵懒地蜷伏在那里。郑元泰的右手起先老老实实地待在自己的右腿上，后来就忍不住滑了下来，向那只小白鸽游移过去。只要抓住那只小白鸽，轻轻摸捏一下，它若没有反对的意思，以后的事就顺理成章了。但距小白鸽还有十厘米的时候，小李严肃地瞥了他一眼，他的手便停住了，红着脸道：我能摸摸你的手吗？

话一出口，他就晓得自己愚不可及。在遥远的青年时代，某次约会时，他也曾这么问过一位心仪的女车工，结果女车工横他一眼：想摸就摸，问什么问！再也不理他了。哪有这么不长记性的人？于是他不待小李回答，果断地抬起手放到小白鸽身上去。但是他刚触摸到那团温香，小李就抽走了她的手。没有听到翅膀扇动的声音，小白鸽却已然飞走。

小李将抽回的手掌插进自己并拢的大腿之间，侧脸盯着郑元泰，目光像鼻涕虫一样在他脸上爬来爬去。他不敢正视小李，垂头看着自己那只蓄谋已久却功亏一篑的手。小李端详他好一会，才抬起手拢下耳边发丝，一本正经地道：

你能帮我抽那个人一鞭子吗？

什么？郑元泰有些蒙。

那个跟你一起打陀螺的老陈头，你帮我抽他一鞭子，打背打脑壳都行。

为何？他更蒙了。

帮我出出气。小李绷起了脸。

出什么气？他还是很懵懂。

你帮不帮？不帮就算了。小李扭过脸去了，同时将左手从腿间抽出放在了沙发上。

我帮我帮，你的忙我哪有不帮的。他忙不迭地应道，再次抓住她的手。那手真软和，他感到自己一下就陷进那软和里去了。

但小李只让他抓了两秒钟，再次抽走了她的手，站起身说：那帮了再说吧。

郑元泰愣怔着，不知说什么好。他是在粮店门口遇到小李，帮她扛了那袋十斤重的米来她家的。她家是住五楼，又不是电梯房，若不是他帮忙，够她攀爬喘息一阵。其实小李待他很客气的，进屋之后给他沏了茶，削了苹果，说有说的，笑有笑的，还将她小白鸽似的小手放在距他很近的地方，否则他也不一定有胆量去抓。但现在那只小白鸽叼块抹布在桌上擦来抹去，提醒他该走了，该去落实你的承诺了。

恭敬地道了别，郑元泰走出小李的家。他很是恍惚，下楼梯时摇摇晃晃，墙上急开锁和疏通下水道之类的小广告分外刺眼。胸中憋闷，仿佛也需要疏通一下了。拐弯时他回望小李紧闭的门，叹了口气。他有点后悔操之过急，这才是第二次去小李的家，居然就想摸她的手了……可再不摸，他又怕别人插一杠子捷足先登。

郑元泰是搬来望月小区的第三天认识小李的。作为一个退休钳工，他将在这个安置小区打发掉人生的最后一段岁月，和物管人员熟悉是必要的，所以那天他一直在物管办公室聊天。聊着聊着小李来了，投诉说楼道里的声控照明灯坏了，半个月也不见换，晚上开门都找不到锁孔。

物管人员说，不好意思，电工这几天请假回乡下奔丧去了。小李就起了高腔，电工请假我就不回家开门了？你这么大个男人就不能换个灯泡？物管干什么的？只管收物管费吗？物管人员说，那不是他的事，他确实只管收费。小李说，我不管，现在就得给我换！一张白脸涨得通红。

那物管员却犟着不再理她。

96

郑元泰连忙插一嘴，不就是换个灯泡吗？小事一桩，让我来吧！

物管员做了个顺水人情，给了郑元泰一只灯泡和一架铝合金梯子。郑元泰扛了梯子跟着小李吭哧吭哧上了五楼。那天小李穿的是旗袍，衩开得很高，上台阶时雪白的大腿不时地闪现。但郑元泰注意到的是她的小手。那只手娴静地垂落在大腿旁，捏着一条现时少见的白手帕，随着步子轻柔地摆动，姿态很优雅。换灯泡时，小李帮他扶着楼梯，显得很贴心。换完灯泡，小李很自然地邀请他进屋坐会。他坐在沙发上，捧着小李沏的茶，两只眼睛到处乱睃。屋里家具不多，却干净整洁，一尘不染，斜眼一瞟，微风吹得雪白的窗帘飘飘欲飞，便晓得，这是个很讲究的女人。

待他再来物管办公室闲聊，小李便是个绕不开的话题了。于是郑元泰晓得了，她是个提前离岗的中学老师，跟他一样，也是个单身独居者。物管员还一语双关开起了玩笑，老郑，我看你干脆把她家的灯泡和她都承包了吧，以后有啥事就不用找我们了。他脸上一烧，心里却是十分舒适，像是挠痒挠对了地方。此后他就不来物管办公室了，改去门卫室聊天。门卫那儿与小李相遇的概率要大得多。

果然，那天刚到门卫处，就见小李提着个菜篮子出来了。这年月，都用塑料袋了，谁还用那种乡下人的竹篮呢？这也是小李特别的地方，看上去既怀旧，又亲切。他急忙迎了过去，觍着脸道，真巧啊，我也想去买菜，一块走？

小李微笑道，好啊，好帮我砍砍价。

他便随小李出了小区，并且顺手接过了她的篮子。那样的竹篮，还是让他这样粗糙的手提了合适。

到了菜场，小李却并不砍价，只是对每样蔬菜都很挑剔，拿起放下，左看右看，有疤眼有虫蛀的都不要。郑元泰很想提醒她有虫蛀的青菜反而证明它没打农药，但忍着没开口。不能显得自己太能，那是对别人的贬低。篮子慢慢地沉了，他在小李耳边感叹一声：一个人开伙，真是不好做菜啊！多了浪费，少了又不像回事。

小李头也不回地问，你也一个人？

是啊，一个人吃饱全家不饿。

小李边挑菜边说，有机会让你尝尝我的手艺。

他忙点头，好啊好啊！

这之后，他就时不时地与小李结伴去菜场，帮她提着菜回来，送她到四号楼下，再拐弯回到自己住的十一号楼去。三番五次之后，小区里就有了风言风语，门卫见了他们，就会暧昧地笑。他并不在意，相反，有点小小的窃喜。他一直期盼着品尝她的手艺，那样就会去她家。他喜欢在她家的感觉，更喜欢闻嗅她身上的气息和欣赏她那双圆润丰满的手。可谁想到，终于有机会到她家了，摸到她温软的手了，她会交给他一个意想不到的任务呢？

2

搬来望月小区之前，郑元泰住在城西的一幢红砖楼里，是房改时工厂卖给他的一套两居室福利房。那地段原本是郊区，楼后就是大片的菜地，忽然之间，城市就扩张到了那里，开发商将红砖楼拆了，他得了六十万的拆迁款，一夜之间发了笔横财。独生女郑茵茵大学毕业后留在省城，在一家公司做文员，年过三十才有了男朋友，男方家也是工薪阶层，买婚房正愁钱不够，郑元泰便慷慨地给了女儿三十万，余下的留给自己养老。老伴去世两年了，女儿不放心他独居莲城，多次动员他去省城同住，他都拒绝了。他不想给女儿增加负担，也想要有自己的生活空间。

因为是政府安置项目的缘故，望月小区租金很便宜，他还是托厂长儿子帮忙，找了关系才得以入住。搬家那天，郑茵茵特地带着男朋友从省城赶来，装箱打包，联系搬运，到了新居又调摆家具，扫地抹桌，汗爬水流地忙了一整天。完事后三个人在小区餐馆里吃了一顿，喝了三瓶啤酒。乔迁新居，本是件喜庆的事，饭桌上的郑茵茵却显得很忧虑，不时交代父亲，手机要时刻不离身，有啥事随时给她电话；远亲不如近邻，要和邻居搞好关系；想吃啥就自己买，不要舍不得钱，等等等等，诸如此类。

郑元泰拍着胸脯说，茵茵你就放心吧，老爸没别的长处，就是身体棒棒的，上山打得老虎呢！为人处世更不用你操心，这把年纪了，啥没经历过？你过好自己的日子，你爸就心旷神怡了。

闻听此言，准女婿含蓄地笑了一下。郑元泰马上觉得用词不当，自嘲地撇了撇嘴角，吞了一大口啤酒。郑茵茵说，爸，您并不算老，身体又好，最好能找个合适的伴，身边有人，我们才放得下心呢。

郑元泰挥着筷子说，你老爸并不古板，遇到合适的我一定会考虑；遇不到呢，我一个人也会过得很好的，你们就放一百二十个心吧！

他的独居生活确实过得很好，唯一的不好是空闲太多，心里空荡荡的没着落。即便是天天陪小李买菜，也不过一两小时吧，别的时间他该如何打发？也不能像泥菩萨一样，白天黑夜都枯坐在电视机前啊。他背着手东奔西窜，将小区的各个旮旯都检视个遍，发现除了两家小便利店外，还开了几家麻将馆，里边人头密集，烟雾缭绕，麻将搓得哗哗响。小区里的很多人闲时都聚集在这里。他会打麻将，但连进去看热闹的兴趣都没有，何况还要输钱呢？他才不搞这种事。他问过小李，小李也说她从不打麻将，不就是玩算计嘛，有啥意思。他马上文绉绉地附和，英雄所见略同呢。

老陈头是在他无所事事乱逛时认识的。小区隔壁就是本市著名的月亮湾，一个所谓成功人士聚居的所谓高尚社区。里面全是依坡而建错落有致的独栋别墅，一概的红屋顶掩映在一概的绿树之中，漂亮得像是外国画报上裁下来的。月亮湾与望月小区之间夹着一座小公园，稀疏地分布着一些樟树、竹丛还有栾树，林间躺着半个篮球场。这天郑元泰看到一个穿背心的老头在篮球场打陀螺，鞭子抽得陀螺噼啪作响。于是，怀念的虫子从心头爬了出来。年少时在乡下老家，他就最喜欢在禾场里打陀螺了。那是乡里伢子最常见的游戏，几个人聚在一起，抽着自己的陀螺，撞得别人的陀螺老鼠一样乱蹦乱窜。你撞赢了，就能往幼小心灵里添上一些欢喜。不过那时的陀螺不过茶杯大小，是自己用山茶木削的，细细的鞭子也是麻丝搓成的，木陀螺旋转速度不快，圆顶上的花纹会旋出一个个小圆圈。而眼下老头打的陀螺是不锈钢的，形体巨大，直径怕有十公分，锥形的陀尖立在水泥地面上，边旋转边发出细微的嗡嗡声。老头也特别傲娇，昂首挺胸睥睨左右，脑门汗光闪烁，左手背在背后，右手抽打一鞭之后就垂直不动，让鞭绳蛇一样盘绕在地上，静止片刻，才举起鞭子在头顶抡两圈，再准确地抽到陀螺身上去。啪的一声脆响，陀螺蹿出个弧形的半圆，加快了旋转。老头则又静止不动了，继续昂首挺胸睥睨左右，享受旁观者的欣赏与赞叹。

郑元泰起先也站在围观者当中，看着看着他就蹲下来了。他闻到了泥土和谷物的芬芳，他感到自己抽打着同样大小的不锈钢陀螺，旋转在儿时的禾场上。他将小伙伴所有的木陀螺都碰死掉了……忽然噼啪一声，他的右肩一麻。抚肩一看，暮色苍茫，树影摇曳，围观者只剩下他，打陀螺的老头已变得面目不清。老头蹲过来，摸了下他的肩膀说，还好还好，没破皮，只怪你挨得太近。说罢又拿来一小瓶随身带的红花油，给他搽了一些。

郑元泰有些感动，忙说，没事没事，怪我看入迷了。

老头问，是不是你也喜欢打陀螺？

郑元泰点头，是啊，换下开裆裤后就喜欢了。

老头抓起他的手紧紧地握了握，那太好了，找到志同道合的了！你姓啥？噢，老郑。我们差不多大吧？你就叫我老陈头好了。这样吧，明晚你来，我有多余的陀螺和鞭绳，送一套给你。我们一起玩，要不我太孤单，只能独孤求败了。

好啊。他爽快地答应了。

第二天傍晚他兴冲冲地去了。老陈头果然送了他一套健身牌陀螺与鞭绳。陀螺同样是粗壮的不锈钢柱体，合金的耐磨尖头，鞭绳呢同样是尼龙加橡胶的材质，又长又有劲道，抽打起来很是过瘾。当晚他就和老陈头玩了个尽兴，他奋力地抽打着陀螺，陀螺旋转着他的愉悦，噼啪的鞭声响彻夜空——他根本想不到，没过几天，小李就会叫他用老陈头送的鞭子去抽老陈头的脑袋或者肩背。

3

郑元泰晚餐时吃了半个盒饭。盒饭是中午叫的，分量很足，他就留了一半晚上吃。他一心烦就懒得做饭。往窗外瞭瞭，晚霞在西天弥漫，栾树举着的簇簇黄花在霞光和微风里起伏。林间的水泥球场依稀可见。他提起那个装陀螺的白色塑料袋。该去打陀螺了，只是他的鞭子该不该往老陈头身上去呢？这是个问题。

他不明白，自己为何没细想就答应了小李的要求。

走到门边，他叹口气，又回到桌前坐下。要不今天就不打陀螺了，明天再说吧。他将塑料袋放到桌下。这时裤口袋里的手机震得大腿发麻。他赶紧将手机掏出来。

爸，吃晚饭没有？茵茵在手机里清脆地叫。

吃了吃了。他说。

你莫又吃餐馆里的盒饭啊，那都是潲水油炒的菜。茵茵好像有千里眼。

没呢，我会对自己不好吗？他撒谎道，又问，有事吗？

没事就不能打你电话啊？我不打，你是不会主动打过来的。茵茵埋怨道。顿了顿说，其实有点小事呢，我同学樊小丽她妈不是也住望月小区么，今天她来小丽家了，跟小丽说起你，说你跟一个阿姨好上了，天天去买菜，出双入对的。我想问，是不是有这回事？

100

他脸皮发热，是有这么回事，可还没好上呢。

茵茵急切地说，那你赶紧啊，阿姨人怎么样？

人倒是不错，就是……他语迟了。

就是怎么了？快告诉我，我给你参谋参谋。

郑元泰迟疑了片刻，还是将小李交给的任务告诉了女儿。她要我帮了这个忙再说呢，其实意思是说，若不帮这个忙，就没啥可说的了。可她为何要我去打人呢？你爸想不通。

郑茵茵想了想说，其一，阿姨可能跟那个老陈头有过节，想出口气；其二呢，她纯粹是作，想让你以此表忠心，听她的话。爸你不懂现在的女人，她若作的话，是不需理由的！她越喜欢你，就越作呢。

可我怎能无缘无故地打一个人呢？何况老陈头对我不错，我的陀螺都是他送的。爸好为难呢。他揩了把脑门上的汗。

也没啥好为难的，你假打嘛。你用借位法，插在阿姨和老陈头中间，挡住阿姨的视线，然后朝老陈头抽过去，莫落到他身上就是。万一失手，老陈头也可以谅解的。反正交代得过去就行了，她不一定要你真打呢，打不打是态度问题。

郑元泰沉默了，心里有点乱。女儿说些啥都听不见了。

他挂了电话，提着塑料袋出了门。不管怎么说，身体还是得锻炼的。一天不运动，关节就像生了锈，浑身都不舒服。身体若病了，自己难受不说，这楼梯就爬不动了，就只好去敬老院，把这一百三十斤肉交给别人处理了。楼道里光线灰暗，下楼的脚步很沉闷。走出楼道口，绕过两幢楼房，他往小李的窗口瞟了一眼。窗户关着，白窗帘隐而不见。再将眼光下移，却见小李站在甬道上，白脸盘上两只墨黑的眼睛幽幽地盯着他。

郑元泰冲小李点了点头，不知自己笑没笑，若是往常，他肯定一脸笑得稀烂。小李通常是去街边跳广场舞的，今天肯定会随他而去。他回头往前走。夕阳将他的影子拉得很长。小李踩在他的影子上，他有莫名的微疼感。

出了小区，远远地听到了鞭子抽打陀螺的噼啪声。有一声没一声的，节奏缓慢，但很清脆，很有力道。老陈头早早地到了呢。他循声踅入小公园，穿过林子。微风拂过，几点细碎的栾树花落到头上。小李的脚步响得清晰，每一声都烙在他的背上。

半个篮球场展现在面前，泛白的水泥地面散发着热气。老陈头背心短裤，很神气地抡着鞭子，啪地抽一下，然后若有所思地眺望远方，全不把或站或蹲的围观者放在眼里。郑元泰一现身，老陈头就对他招了招手。郑元泰窸窸窣窣地从塑料袋中拿出陀螺和鞭子，将鞭梢在陀螺上缠了几道，在把陀螺平平放在地面的同时，用力一拉鞭绳，陀螺便摇摇晃晃地旋转起来。再猛力拦腰抽一鞭，陀螺加快旋转，也不摇晃了，陀尖笔直立在地上，陀体白光闪闪，转得嗡嗡作响。

郑元泰慢悠悠地抽打着，节奏缓慢而均匀。眼角余光却不时瞟着场边。小李抱着双臂站在那里，黑亮的目光不时划过他的脸颊。她在等待，也在督促。他该将鞭子朝老陈头抽过去了。可他手臂发僵，举鞭越来越费劲，汗水也从额头淌下来了。

等天色再暗一点吧，他想。

天色很快暗下来，场边的照明灯亮了。小李脸色苍白，两片面颊垮了下来，明显对他很不满意了。树影让地面变得斑驳，陀螺像老鼠一样四处乱蹿。他艰难地咽了口痰，持续地抽打陀螺。像女儿说的那样，假装抽老陈头一鞭子，完全可以做得到，但万一失手打到老陈头身上，就说不过去了。他叹息一声，哀求似的看了看小李。小李不满地瞪大了眼，将一排白牙咬住了下唇。他只好举起鞭子，既朝陀螺，也朝老陈头的方向狠狠抽去。但是，他的鞭梢没有挂到老陈头，只是让自己的陀螺碰向老陈头的陀螺。无奈之中，他做了这种替代性选择。他一轮又一轮地猛抽陀螺，陀螺疯狂地旋转，一次又一次地腾跳起来向老陈头的陀螺撞去。两只陀螺撞得砰砰作响。老陈头非但不恼，反而兴奋地大叫：好啊好啊，就这样玩，看谁的陀螺是不倒翁！老陈头也抽打着陀螺来碰他的陀螺。两人你一鞭我一鞭地轮流抽打，鞭声此起彼伏，两只陀螺交替碰撞对方。但他心慌气短，老是感觉小李的目光在抽打他，手就有些发软。而老陈头比他有经验，鞭子更有劲道，陀螺也比他的大。连续碰撞几回后，他的陀螺就立不住了，蓦地弹跳开去，旋转几圈，倒在了场边。他麻着头皮将陀螺捡了起来，同时麻着头皮朝场边的小李看了一眼。

夜色里的白脸盘已消隐不见。

郑元泰的心直往下沉。小李显然是拂袖而去，他们之间或许没有什么再说的了。老陈头冲他喊：再来，再来，三打两胜！他只好让他的陀螺重新旋转起来。但他感到力不从心，也没有兴趣去撞老陈头的陀螺了。他有气无力地，时断时续地，慵懒而颓丧地抽打着陀螺，维持着它的旋转而不至于死（倒）掉。

老郑，为何情绪不高了？老陈头大声问。

没啥。他说。

是那个白脸女士走了的缘故吧？老陈头问。

不是不是。他连连摇头。

哈哈表情不自然了，否认就是承认！老陈头举起鞭子抡了两圈，嗖地抽了下去。陀螺画个弧线猛地蹿了过来，郑元泰敏捷地腾空跳起，才没撞到自己的脚杆上。

老郑眼力不错嘛，那女子白得有味，水蛇腰凹凸有致。嘻嘻，老郑你还晨勃吧？老陈头说着狠抽了一鞭。

啥晨勃？郑元泰问。

不懂你到网上搜索一下。有需求有想法你就大胆去追，莫委屈自己。我们这把年纪，有错不犯都来不及了呢。你若是畏畏缩缩，莫怪我不客气啊！老陈头刺激他道。

那是你的自由。

他心里有些不爽，还想反驳一句什么，往林间一瞟，不由愣怔住。一群中老年妇女叽叽喳喳过来了。就是那群常年在街边跳广场舞的人。小李的白脸夹在其中，这群人的突然到来显然与她有关。大约有二十余人拥进了场，打陀螺的空间忽然就压缩到了最小。有人打开了便携式功放机，《小苹果》的舞曲节奏欢快地响了起来。妇女们展开队形抻脚摆手地开始跳舞。留给他们的地面很狭小，打陀螺已施展不开，一不留神鞭子就会抽到人。老陈头和郑元泰缩手缩脚，不得不收起了鞭绳，两只陀螺越转越慢，倒在了地上。

喂，你们怎回事？也不讲个先来后到吗？以为这是钓鱼岛，想占就占啊？老陈头大声呵斥。

这是公家的地，谁说只准你们打陀螺，不准我们跳广场舞了？一个瘦高妇女站出来叫道。我们人还多些呢，难道要让我们几十个人让你们两个人？

这是比人数的事吗？真理还往往掌握在少数人手里呢。老陈头很生气，铁青着脸，冲到场边将功放关了，粗着嗓门道，这样吧，不听我们的，也不依你们的，我们让城管来裁定吧！说着，从口袋里摸出手机，打了一个电话。

裁定就裁定，莫非还怕你们两个老倌子不成。就是，陀螺到处可以打，硬要跟几个堂客们争，还是男人吗？妇女们七嘴八舌，纷纷停下舞步，将两个男人团团围住。郑元泰有点心慌，蹲在了地上。他感到小李的目光戳在背上，侧身一望，小李却并没有看他，而是盯着老陈头。老陈头倒是镇静，抹抹额头的

103

汗，钻出人圈，在场边的石凳上坐了下来。

不一会儿，两个穿制服的城管队员跑步过来了，其中拿电喇叭的那个恭敬地握了握老陈头的手：陈区长对不起，让您受惊了！

没事没事，这里没有什么区长不区长，都是平民百姓，你秉公处理就行了，莫要激化矛盾。老陈头摆摆手。

妇女们面面相觑，郑元泰也怔了一下，不由得看老陈头一眼。

有人嘀咕，秉公个屁，谁不会站在当官的一边？

城管队员站到石凳上，举起喇叭喊道：大妈、大嫂、大姐们，大家有所不知，这位就是陈区长，左右的两个住宅区，还有这座小公园，都是在他的领导下建成的。他现在退休了，应当说比别的人更有资格使用它。但这也不能成为他霸占这块水泥地的理由。这是块功能性用地，虽然只是半个球场，但它首先是用于打篮球的。在没人打篮球的前提下，它既可以用来打陀螺，也可以用来跳广场舞，或者别的什么舞。但是也要有个先来后到，做啥都要讲个秩序嘛，这么大的中国，没秩序不就乱套了？所以呢，今天就先打陀螺，明天呢，谁先来谁先用。好不好？

没人应，妇女们窃窃私语，但态度软下来了。

另外，我顺便说一声，无论是打陀螺还是跳广场舞，都不要在早上七点前和晚上九点后搞。已经有人多次投诉了，扰民呢，搞得周边的居民睡不着觉，想做个梦都做不成。陈区长，你打陀螺的鞭声响得一两百米远呢，太惊人了。城管队员冲老陈头说。

我接受批评，保证不在你规定的时间里打陀螺！老陈头说。

嗯，区长到底是区长，境界就是不一样啊！城管队员环视妇女们，哎，我有一点不明白，你们不是喜欢在街边跳舞吗，不是喜欢有人围观吗，不是看的人越多你们跳得越来劲吗，今天怎么跑到偏僻的地方来了？

这里安静嘛，空气好嘛。有人回道。好几个人望向同一个人。郑元泰顺眼望去，那个人是小李。她双手交叉搁在小腹上，恨恨地望着老陈头，白白的圆脸像一轮圆月嵌在夜色之中。

好了好了，你们散去吧，再聚在这嚷嚷就有扰乱社会秩序的嫌疑了！再不走，你们原来跳舞的地方也会被别人占去呢，莫扁担没扎，两头失塌！城管队员挥着手。

妇女们三三两两地离去。小李跟随在其中，没再看老陈头，也没看郑元泰，她低着头看着地面。城管队员也尾随走了，球场里安静下来。老陈头扬起鞭子打起了陀螺，郑元泰却将陀螺和鞭绳收进了塑料袋里。

老陈头诧异地道：你就不打了？

我有点累了。郑元泰说。

那你明天还来吗？老陈头问。

大概会来吧，陈区长。

我早不是区长了，还是叫我老陈头吧。老陈头说。你不来我一个人没味呢。

那我尽量来。郑元泰提起塑料袋，快步向前走去。他想追上小李。但那个摇晃的背影早已消失在夜色之中。

4

郑元泰一连几天都没见到小李。没见她上午出来买菜，也没见她晚餐后出来跳广场舞，就连她的窗户也紧闭着，看不到飘然欲飞的白窗帘。季节还是秋天，天气还有点燥热，她就窗都不开了，摆明了在回避他。

她不愿理他了。郑元泰伤感地想。他变得十分懒散，几天没去打陀螺。干啥都提不起劲。心情不好，身体锻炼得再好，又有啥意义？人活的是心情。

郑元泰去菜场买了两条鲫鱼，沉甸甸地提了回小区。门卫暧昧地笑，老郑今天怎么落了单啊？他舔舔嘴唇，啥都没说，一扭头进了门。走到岔道口，一抬头，眼皮一跳：小李的窗户打开了，白窗帘飘得老高，像是在招手。下坠的塑料袋将他的手都勒疼了。你一个人，怎会买两条这么大的鲫鱼？原来是有原因的。送一条给小李，不恰恰好吗？你提的哪是什么鲫鱼，是上楼见小李的理由呢。

他径直走向四号楼。在楼道口，遇到两个面熟的人，目光在他脸上溜来溜去，很不礼貌。他木着脸进了楼道，拾级而上。膝关节僵涩，脚步的回响很有意味。淡淡的臭味迎面扑来，像臭皮蛋味，又像是田野里腐烂的死蛇味，熏得鼻子痒。他不由得皱起了眉头。越往上走味越浓，前后查看，楼道里很干净，啥都没有。到得小李门前，那味才淡了点。小李那样讲究的人，肯定忍受不了这种不洁的气味。他咽口痰，咳嗽了一声，弓起指头敲了敲门。里面没有回应。他再敲，小李在里头问，谁呀？声音有点沙哑。

我，老郑。他说。

你来做啥？小李拉开门。她头发有点乱，穿一件白底蓝花的睡袍，回身坐到沙发上去时像一只移动的青花瓷瓶。

他赶紧进门，反手将门关紧，说，我来向你道歉，我答应帮忙的事没有做到，对不起。

不怪你，你心善，毕竟是我自己的事，不该把你扯进来。小李抬起手掌在面前扇了一下，似赶走一只苍蝇。

他傻乎乎地立在她面前，你生气了吧？

起初有点，后来感冒了几天，也顾不上了，几天没下楼了。小李蹙起眉头。

吃药了吗？他关切地看了看她的脸色。不下楼也好，你们楼道里一股臭味，熏死人。他举举手中的塑料袋，刚好，我多买了一条鲫鱼，我给你做个鱼汤吧，多放点姜，你发发汗就好了的。

也行，我浑身酸疼不想动，两天没开火了，都是吃方便面。干脆你也在这吃吧，帮我做顿午饭。小李拢了拢耳边的散发。

好啊好啊！

郑元泰喜出望外，看看墙上的挂钟，十一点多了，便踅入厨房，手忙脚乱地做起饭来。先用电饭锅煮上饭，再将两条鲫鱼都剖了，去掉内脏清洗干净，然后切了生姜和红辣椒。隔着一道门，小李不时和他说话，告诉他厨具和调料在哪，但后来就不出声了。他回头一看，她竟仰靠在沙发上睡着了。她对他毫无戒心呢。郑元泰心里不由得感动，赶紧找了条毛巾被搭在她身上，才继续做饭。

除了酸辣鲫鱼汤，他还做了清炒苦瓜和西红柿炒蛋。饭菜都摆好了，他才将小李轻轻唤醒，请她上桌。他盛了一大碗鱼汤，递到小李手中。小李咂咂嘴说，你看，我还说请你尝我的手艺呢，结果先尝上你的了。

呵呵你欠着我就是，下次再尝你的嘛。郑元泰开心地说。不嫌弃你就多喝点鱼汤。

似乎为表示鱼汤可口，小李端起碗一口接一口地喝。不过很斯文，几乎不发出声音，嘴唇与碗也贴得严丝合缝，没有一滴汤汁溢出。不一会儿，热汗从她额上冒了出来。她用餐巾纸擦了擦，眼角现出了清晰的鱼尾纹。郑元泰感觉心被那些皱纹扯动了一下。

老郑，我跟你学打陀螺好吗？小李说。

你不跳广场舞了？郑元泰有点意外。

我想跟你一起玩，不欢迎啊？

欢迎欢迎，我求之不得呢。郑元泰兴奋地道，你买个中等大小的陀螺就行了，大陀螺打起来费劲。

吃完午餐，郑元泰又督促小李吃了药，然后洗好碗筷，将装满的垃圾袋搁到门外。一开门，那股异味涌入屋来，他赶忙把门关紧，嘀咕道，这楼道里怎这么臭？转身去窗前，将窗户打开。更加浓郁的异臭随风飘入，小李呛了一口，咳了几声，一只手捏住鼻子，另一只手冲他直摇，快，快关上窗户！

他连忙将窗户关上，把白窗帘也拉严实了。回头一瞧，小李侧躺在沙发上，嘴里咬着睡衣衣领，脸色发青，浑身发抖。

你怎么了？郑元泰迅速奔到她跟前，一条腿跪下去，摸摸她的手，冰凉冰凉。

她呼吸急促，费力地从喉咙里挤出话来：我不要紧……你赶紧报告物管处，查看下面402魏大妈家，她是孤老婆子，好久没见人了。

郑元泰依嘱而行，赶紧拿出手机向物管处说明了情况，转告了小李的话。然后给小李倒了杯温开水。喝了几口水后，她平静下来，脸色转白，呼吸也舒缓了。

过了一会儿，嘈杂的人声透迤而来，进了楼道，咚咚咚咚来到了四楼。郑元泰将门半开，侧身出去，依着楼梯栏杆往下窥探。只见物管在敲402的门，砰砰砰，震得耳膜发痒。屋里没人回答，物管便叫来锁匠打开了门，一干人拥了进去。片刻之后，那些人大呼小叫地退了出来。郑元泰从那些惊慌失措的神色和杂乱无章的话语中得知，魏大妈死在床上不知多少天，尸体都已经腐烂了。

郑元泰关上门回到屋里。小李端坐着，身体又微微颤抖起来。他过去坐在一旁，小心翼翼地扶扶她，又把手拿开，轻声道，魏大妈也太造孽了。小李抽搐一下肩膀，没有吱声。他说，老伴老伴老来的伴，身边还是要有个人啊，不然烂在床上都没人知道。

小李低头回了一句，是人都晓得。

他鼻音很重地嗯了一声。

回去休息吧，累了你一中午了。

不行，这个时候我怎能走开呢？我陪着你。他坚定地说。

那，我得睡会去了，头晕得很。你就在沙发上迷糊一会吧。

好。郑元泰起身，殷勤地扶她去卧室，让她慢慢地躺到床上，给她盖好被子，再回到小客厅。他躺倒在沙发上，闭了双眼，可翻来覆去睡不着。抓过毛巾被嗅了嗅，她的体息芬芳诱人，便愈发地清醒了。汽车引擎由远及近地响过来，停在了楼下。是殡仪馆派来的殡葬车吧？他躺了一会儿，听到楼道里有喧闹声，便轻手轻脚地起身，脚尖点地走到门边，再次打开门朝外打探。楼道里的异味已经很淡。只见殡仪馆的工作人员将装在裹尸袋里的遗体从402抬出来，颤颤悠悠地下楼去了。几个穿白大褂的人拿着喷雾器进了402，看样子要进行防疫消毒。不一会，消毒水的香气就沿着楼道升了上来，盖过了原先的异味。

郑元泰回到屋内，侧耳听听卧室里的动静。小李的鼾声均匀而安详。他重新躺到沙发上，懒懒地摊开手脚，不知不觉睡着了。

他是被小李白胖的手摇醒的。他抓住那只手，一个激灵翻身坐起，瞟一眼墙上的钟，已经是晚上六点半。忙说，小李你睡好了？是不是饿了？饿了我来做晚饭。

我不吃晚饭的，减肥，你饿了就自己下碗面条吃吧。小李面容严肃，我想告诉你一件事。

嗯，你说吧。郑元泰正襟危坐。

你晓得我为何对那气味敏感吗？因为，那年我妈死了，也是这样的味道。小李坐到他身边，双手抓紧了衣角。

噢。郑元泰心中一颤，瞪大了双眼。灯已拉亮，窗户也已打开，秋风将夜色吹入屋内，凉意爬上了他的脊背。

我妈和我住的时候，还在老房子里。小李开始低声讲述，灯光镀亮了她的发丝。似乎承受不了回忆的沉重，她将脑袋横侧在沙发背上，鼻子在脸上投下了阴影。我有哥哥弟弟，但我妈只愿跟我住，她总是和儿媳搞不好关系。那年老房子拆迁，得了一笔拆迁补偿款，其实也不多，五十多万。很少来往的哥哥弟弟都打上门来要求分钱。我说，谁照顾老娘谁得大头。他们不干，一定要平分。我老娘绾起袖子跟他们吵，只差没有动手……最后我还是各给了他们十五万。我妈被气糊涂了，得了阿尔茨海默病，也就是老年痴呆症，连我都不认得了。搬来望月小区没多久，她就失踪了。我报了警，从学校请了假，满世界去找她。我的兄弟当然也帮忙在找，但谁知他们是真心还是假意呢？我去了老房子，去了乡下外婆家，还去了周边几个县。找了二十来天，一直都没找到她。我学校的岗位也被人顶了，没办法，只好办了离岗手续，实际上就是提前退了休……忽然有一天，警察找上门来，通知我去认尸。我心颤颤地去了，都没敢往我妈脸上看，因为都已经烂掉了。我从她戴的银手镯还有穿的衣服认出了她。那气味刺激得我当场晕倒……警察告诉我，是商住房工地开挖基坑时，从老房子的废墟里挖出来的。通过他们验尸与侦查，判定是拆毁老房子时施工人员没有仔细检查，把我妈埋在里面了。我估计，我老妈在外游荡几天之后，才寻到老房子里去的，不料正碰上挖机拆房。老房子推倒后，遗体埋在里面好多天，所以就腐烂了。拆迁方对此负有不可推卸的责任。我请了律师，准备打官司。但拆迁指挥部派人上门来做工作，说他们工作有失误，会严肃处理直接责任者，但我们自己也要负一部分责任。他们慷慨地答应，负担殡葬费之外还赔偿八十万，还说指挥长将亲自上门赔礼道歉。于是我就没有起诉。赔偿款很快就到了账，我和哥哥弟弟三一三十一分了它。只是，我儿子不理我了。他是奶奶带大的，两人感情深。他认为奶奶的死我脱不了干系……还有，那个说了上门道歉的指挥长一直没来。起初说是去国外公干了，后来又说工作忙，还没有空。总之就这样不了了之。我估计，他早把这事忘到九霄云外了……你晓得他是谁吗？他叫陈解放。

谁？他眼皮跳了一下。

就是跟你一起打陀螺的老陈头。

原来是他！郑元泰身子一挺，挥手道，你不早说，早告诉我了别说一鞭子，十鞭子我都抽下去了！

你说他该不该打？

该打该打，谁让他不尊重平头百姓？弄死人了连个歉都不想道。

不过是该我来打，不是你打。小李习惯性地拢拢头发。我想明白了，我自己动手才解气。

难怪你想跟我打陀螺。

行不？

行。

你说行就好。小李觑觑窗外。不早了，你回去休息吧。

我陪陪你吧，就睡这沙发上。郑元泰说，魏大妈刚抬走，我怕你害怕。

我妈那样的死我都经历了，还有啥好怕的。小李看看他，不过你喜欢留下，那就留下吧。

太好了。他拍一下手。

小李冲他微微一笑，眼里放出两缕柔光，抬起一只手说，你不是想摸摸我的手吗？给你。

他连忙接过那只手，双手捧着，感受着它的温热与柔软。然后，试探性地将它举起，慢慢放到嘴边，轻轻舔了一下。小李一动不动，两眼幽幽地看他。他受了鼓励，便将嘴唇压到她手心，尽情地呼吸它的芬芳。接着，他就沿着手掌、手腕、手臂一路亲了上去。眼看到了她唇边，他却不敢亲了。他抱住了她，而她也向他倾倒过来。好一阵手忙脚乱，他们纠缠在一起。他喁喁低语，你真好，真好。她轻声呢喃，你也好，人好，身体也好。他说，你比我更好。她说，我哪里好？他说，你哪里都好，哪里都是软的，热的。她扑哧一笑。他不言语了，使劲将自己往她身子里嵌。晕眩之中，他莫名地想到了那道叫泥鳅钻豆腐的菜。大面积的温柔包裹了他。

5

一场秋雨过后，天气变得凉爽。郑元泰提着陀螺迎着晚霞来到四号楼前时，小李提着一个小塑料袋沿甬道过来了。他并没有联系她，看来是心有灵犀。他站立不动，等她跟了上来，才继续往前。

出了小区，只见街边跳广场舞的人在聚集，有人向小李招手呐喊，小李视而不见，听而不闻。探询的目光不时投到他们身上。似乎满世界的人都晓得他们要去做什么。进入公园，抽打陀螺的噼啪之声清脆震耳。一片叶子打着旋从空中飘落，好像是被鞭子打下来的。老陈头总是到得早。郑元泰瞟瞟小李，小李看看他，都没吱声。隐秘的默契缠绕着他们。

到了球场边，但见老陈头昂首挺胸，左手背腰，右手将鞭子抡得溜圆，仍是一副鞭扫天下舍我其谁的傲娇模样。地上那只硕大的不锈钢陀螺转得稳当而安详，眼神不好的话还以为它静止不动地立在那里。

郑元泰恭敬地叫了声：陈区长。

别这么叫，我不会答应的。还是叫我老陈头吧。

陈区长。郑元泰发现自己改不过口来了，尴尬地笑笑，我带了个打陀螺的伴来了。他指了指小李。

欢迎欢迎，我们的队伍壮大了，好事啊。老陈头说，我们一起找回童年的乐趣吧。

小李不朝老陈头看，拿出她新买的陀螺，用鞭绳缠好陀螺后，抛出陀螺的同时用力一拉，陀螺却倒在地上。郑元泰连忙上前，要给她做示范。小李却将他推开，重新将鞭子缠在陀螺身上，双腿半蹲，先将陀螺平放在地面，右手再轻轻一拉鞭绳，陀螺便平稳地旋转起来。

不错不错，有悟性。老陈头赞道。

没吃过猪肉还没见过猪走路。小李说，不紧不慢地抽打着她的陀螺。

郑元泰便不去管她了，将自己的大陀螺拿出，用力抽打起来。眼角余光不时地瞟她和老陈头。他发现小李赶着她的陀螺向老陈头靠近。难道她要用小陀螺撞老陈头的大陀螺？稍一碰触就会被弹倒呢。

小李靠近老陈头了，但并没有去撞老陈头的陀螺。她边抽陀螺边问老陈头，你还记得一个叫李英姿的人吗？

谁？老陈头皱眉想想，摇头。

那刘复珍呢？

这名字有点耳熟。老陈头若有所思。

只是耳熟？若是忘了，让鞭子告诉你吧！

小李扬起鞭子，打着陀螺后再顺便朝老陈头扬过去。老陈头闪躲开了。小李赶着陀螺继续抵近。老陈头退到场边灌木长成的篱笆墙前，再无退路，嘴里叫着，你这人怎回事？小李抿紧嘴巴，也不抽陀螺了，照着老陈头的脑袋抽了过去。老陈头哎呀一声捂着额蹲下身子，旋即站起，声嘶力竭地喊：你凭什么打人？哪来的女恐怖分子？

小李指定老陈头，白脸通红：告诉你吧，李英姿就是我，那个你本该亲自向她道歉的人！而刘复珍是我妈，就是那个被你们的挖机推倒的房子埋了，烂得不成形了的人！人都被你们弄死了，连个歉都不肯给我道，你还是人吗？以为赔了钱就一了百了，老百姓的尊严就可以不要了吗？

老陈头浑身一抖，惊愕地张大了嘴，脸也黑了。小李继续咒骂，骂着骂着眼泪鼻涕都下来了，边骂边牵起衣襟擦脸。两只旋转的陀螺失去了动力，先后倒在地上。郑元泰默默地听着，看着，感觉站在一幕戏前。老陈头再没有回嘴，丢下鞭子，垂手而立，脑门上现出了一条血痕。小李越骂越悲伤，声音小了下来，最后捂着脸蹲在了地上，双肩微微颤抖，仿佛被抽了一鞭的不是别人，而是她自己。

我想起你来了。老陈头惭愧地道，我确实是因为工作忙，就把上门道歉的事给忘了，但并没有不尊重你的意思。当然，客观上造成了这样的效果，我十分的不应该，所以，我真诚地向你说声对不起。说着，老陈头双手并在大腿上，一本正经地向小李弯曲的背鞠了一躬，又鞠了一躬，再鞠了一躬。

小李双肩不抖了，仍蹲在地上。

郑元泰轻按一下她的肩，小李，陈区长向你道歉呢。

小李一声不吭。

郑元泰欠下身子还想提醒她，老陈头将他拉开，绕到她面前说，若是道歉还不能解气的话，你再抽我两鞭子吧，认真地抽，刚才那一鞭子不算数。只要你能原谅我，抽十鞭子都行。说着，老陈头环顾一下四周，见暮色四合，并无他人，便扑通一声跪在小李面前。

郑元泰吃了一惊，忙扯扯小李的衣袖，小李，陈区长都给你跪下了呢，你就原谅他吧。

小李仍不理人。

老陈头说，要不老郑你就替她抽我几鞭子吧，狠狠抽，越狠越好。

郑元泰不知所措。小李抬头看了他一眼，似乎首肯了。他犹犹豫豫地拿起了鞭子。自己的鞭子是打大陀螺的，比小李的鞭子粗得多，抽上一鞭可不是好玩的。小李又看了他一眼，好像在催促他，又好像在观察他。他可不能再错过机会，心头一硬，举起了鞭子。但还没等他往下抽，小李腾地站起，夺过了鞭子，一侧身，准确地抽打在老陈头瘦削的肩背上。唉哟！老陈头夸张地叫了一声，全身摇晃一下，跪稳了，嘴里又叫，再来，再来！

小李却丢下了鞭子，收拾好自己的陀螺和鞭绳，转身走了。

郑元泰傻不拉叽地站着，无所适从。老陈头起身拍拍膝盖说，你快陪她回去吧，天黑不安全。

郑元泰赶紧收拾好陀螺和鞭绳，向小李追过去。她的背影摇晃不止，忽儿被树木阴影掩盖，忽儿被灯光闪映出轮廓。他跟随其后，默不作声。他们穿过夜色回了小区，上了四号楼。楼道里隐约还浮着一丝异味。小李开门进屋。郑元泰跟进去一只脚，接着又退了回来，谦恭而体贴地问：需要我陪吗？

不用了，你回去休息吧，我要静一静。

小李慢慢关上了门。

6

当晚，从不失眠的老钳工郑元泰失眠了。失眠有什么要紧，死后自会长眠，失眠实际上是增加人生的长度呢，睡着了是算不得真正的人生的。麻烦的是人

112

一失眠就会胡思乱想。老陈头几乎整夜都跪在他脑子里，而小李则反反复复地举起鞭子抽打着老陈头的脊背，只是没有声音，像是演无声电影。他老感觉，那跪不像真跪，打也不像真打。树隙的灯光不时映照出小李和老陈头的脸。他瞪大双眼仔细端详，企图从那两张脸上看出点名堂来。但他看不出所以然。他敏感到这件事的背后，有另外的事情发生了，是什么事，却又不甚了了。

他在床上烙饼一样翻来覆去，直到天麻麻亮才睡着。

回笼觉睡醒，已是上午十点半。他急忙起床，匆匆洗漱，冲了一杯豆奶，吃了几块饼干，就把自己打发了。这个时辰，小李大概已买菜回来了，他想去看看她在不在。她应该在的，难道还会像她娘一样失踪了不成。但他还是想去看看，不看不踏实。

他去了四号楼，来到502房跟前。举手欲敲门，听见里面乐曲悠扬，电视在播MV《我们的生活充满阳光》。那是一首滚瓜烂熟的电影歌曲，小李跟着低声哼唱，咿咿呀呀的。他的手便放了下来，侧耳聆听。他眼前浮现出电影里的慢动作画面：女主角扬起红纱巾在前面奔跑，男主角在后面紧追不舍……喉咙里堵塞了一口痰，他费力将它咽了下去。歌声止息，他才再次举手敲门。

小李开了门，脸上浮着淡淡的红晕：真是来得早不如来得巧啊。

是啊，难得你这么高兴，我第一次听见你唱歌呢。他说。

唱歌有啥稀奇的，我本就是音乐老师。小李目光闪烁。我是说老陈头前脚刚走，你后脚就到了呢。

他来干什么？他惊讶得张大了嘴。

说来你也许不相信，他是来登门道谢的。小李将他让进屋内。

道谢？难道他来谢谢你打了他几鞭子？他不解地望着她。

不是，还是过去的事，你坐下听我说。小李拉了一下他的袖子。

郑元泰看了眼沙发，上面隐约有屁股的印痕，也许是老陈头刚坐过的。他迟疑一下，才将自己的屁股压上去。小李给他沏了茶，牵枝连叶地给他说起来龙去脉。

原来还是因她母亲的意外死亡事件。拆迁指挥部在做通了她的思想工作，让她签了赔偿协议的同时，还签了份谅解书，其主要内容是谅解几位直接责任人，同意免去他们的刑事处分。她原本是要追究他们的法律责任，不想签字的，但经不住家属的磕头求情。那个开挖机推房的司机，还有那个负责检查却疏忽了检查的安全员，都是乡下来的农民工，也都是家里的顶梁柱，他们若坐了牢，家人怎么活啊？特别是那个挖机司机，家里有三个孩子，刚凑齐一大笔超生罚款，老婆又因做绝育手术而得了后遗症，他再判刑，那不是惨上加惨吗？况且，他们也不是有意弄死人，那幢老房子推倒前还是检查过的，谁知道你妈又钻进去了啊？你妈是糊涂人，你不糊涂啊，你也没尽到监护人的责任呢。事情本来已经够悲惨的了，就不要把这悲惨扩展到更多的人吧。还是要宽宏大量，得饶人处且饶人。于是她就签了字。昨晚她一鞭子将老陈头抽醒了，原本遗忘了的事被他想了起来，所以就又亲自登门，不仅再次道歉，而且还代表当事人和他自己向她道谢。

他还送了我两瓶鸿茅药酒，说是老年人喝了好，怕要好几百吧？小李指指桌上摆着的红色酒盒。

那他是要好好感谢你，你真是谅解他们了。直接责任人都免除了刑事处罚，他们这些负间接责任的领导，责任就更轻了。郑元泰说。

不过老陈头还是挨了个严重警告，并且因此而再没有进步，虽然享受正处待遇，却一直没能任正职，退休时还是个副区长。小李说。

你还真是个替别人着想的好人。郑元泰说。

你说，我应当原谅他不？小李望着他。

这要看你自己了。郑元泰说。

平心而论，老陈头也算个实诚人吧，若是别的官员，事情都过去这么久了，谁理你？他居然还跪在地上任我鞭打，一点官架子都没有……人情如纸薄，退休之后，就没人理他了。跟他玩到一起的，就是你我这样一些被专家称为低端人群的人。你想想，还有第二个跟你打陀螺的处级领导没有？这个老陈头哇。

你就这么一直叫他老陈头？

他不喜欢叫他陈区长，说早不是了，叫老陈头亲切。

郑元泰瞟一眼她的嘴唇，明显抹了唇膏，鲜亮而饱满。她的话也比往常多。他的情绪往下沉，低声道，看来相逢一鞭泯恩仇了。

冤家宜解不宜结嘛，再说人家不是有意耍赖，是工作太忙才忘了。有句禅语说得好，一念放下，万般自然。人还是要学会放下才好。小李说。

郑元泰感到头皮箍紧了脑袋，不想说话了。

老陈头还说，有空请我们去他家玩。小李说，当官的也孤单寂寞呢。

到时再说。他捧起茶杯喝了一口，起身欲走。

就在我这午餐吧。小李挽住他的左臂。

下次吧。他将小李的手解了下来。莫名的怨气在胸中鼓胀，促使他坚定地迈出步子，走出门外。

晚上打陀螺去啊。小李冲他背说。

再说吧。他头也不回，心说你还上瘾了呢。

下了楼，他没有回家。那个空荡荡的家没啥好回的。他往小区外走。又是那个喜欢调侃他的门卫冲他笑得暧昧：老郑，怎么一个人呀？他懒得理。麻木着脸咚咚咚地走出去。秋阳灿烂，天高气爽，风吹树摇，人来车往。他漫无目的地四处游荡。在树荫下的一溜象棋摊前，他收住了脚，放下了屁股。先当了一会观棋不语的真君子，看看别人的水平很一般，便邀了个对手厮杀起来。肚子饿了，就叫个盒饭，边吃边杀。不知不觉一下午居然就过去了。如果找对了事，时间还真是好混的。肚子又饿了，便再叫个盒饭。直到棋盘看不怎么清楚了，摊主要收摊了，他才收手。

他回头望了望公园深处。往常这个时间，他该去那里打陀螺了。隐隐约约的，他听到了抽打陀螺的噼啪声。他不自觉地循声走了一段，在林间的石凳上坐下来。鞭声已经很明显，一声快一声慢，一声大一声小，是两条不同的鞭子在交替抽打，就像是两个人在热烈交谈。鞭声活泼地勾画出小李和老陈头打陀螺的样子。他不想参与其中。他感到了自己的多余。他不必去看，也用不着去看。但他还是没忍住，轻手轻脚地走拢去，躲在一棵栾树后往里看了一眼。

不是小李和老陈头，是两个陌生人。就连他们的陀螺也是陌生的，是那种能闪光的陀螺，像两朵飘移的鬼火。那两个人做什么去了呢？他觉得，担忧着的事情，确确实实地发生着了。

7

接到小李的电话时，郑元泰刚好在棋盘上将了对手一军，并且一步就将死了。小李要他陪她去买菜。他棋摊上沉迷了半月，无论是买菜和打陀螺，都好久没做了，听上去都有了生疏感。他有些不情愿，但还是起身而去。还没到小区门口，手机又响了。小李交代道，喂，到菜场会合吧，我们还是分开走好些，怕影响不好。他心里很不爽，想说那你自己去好了，但小李已挂掉了电话。

他只好去了菜场，站在门口等着。小李拖着一辆两个轮子的购物车来了。他也不说话，接过小车，跟在她身后进了菜场。每买好一样菜，他就接过来，整齐地码在小车里。辣椒、四季青、扁豆、牛腿肉、五花肉、白鳝、大闸蟹……后来他忍不住多嘴：够了，你一个人能吃多少啊。

三个人吃呢哪就够了，今天老陈头在家里请客，菜钱都给我了，挑想吃的买就是，别帮他节省。小李说。

要去他家？你怎不早说！他绷起脸。

怎么，人家正处级领导给你面子你还不要啊？小李不看他，只顾查看抓在手中的蘑菇新不新鲜。

他缄默片刻，嘀咕一句，请客还要客人来做。

老陈头昨天把保姆炒掉了，只好由我来做。你不是还没尝过我做的饭菜么？既吃了他的筵席又品了我的手艺，一举两得嘛。小李冲他咧嘴一笑，露出两排白牙。你还没进过月亮湾吧？正好去开开眼界，那些别墅漂亮得很。

将小车装满了，他们才出了菜场。他像个小跟班似的跟随在小李身后。进入月亮湾别墅区时，小李微笑着朝门卫招了招手，门卫则举手回了一个礼。显然，她已是熟门熟路。他们顺着花坛围簇的黑色油路来到缓坡上的一栋别墅前。小李掏出一串叮当作响的钥匙，取出其中一把，打开镂花的铁艺院门，进入院内，再用另一把钥匙打开三层小楼的大门。

他站在空空荡荡的客厅里发了一会呆。没见到老陈头。小李把他叫到厨房帮她择菜，告诉他，老陈头到老年大学上课去了，学手机摄影，中午会回来。老陈头兴趣可广泛呢，不光打陀螺，有时夜深了还跑到露台上吹口琴，挺有情趣的一个人。可能太孤寂了吧，一个人守着这么大一幢别墅。哦，这房子不是老陈头的，是他当大老板的儿子的，儿子在深圳有公司。他哪有这么多钱，当官的工资并不高。

你了解得真清楚。郑元泰说。

嗯，他姑妄说之，我姑且听之嘛。

择完菜，小李让他歇着，或者参观一下，别的事都不用他沾手了。他便回到客厅，打开了电视。有好几个外国频道，但语言不通，便拿着遥控器乱按了一气。他心思恍惚，又索然无味，就起身上了楼。二楼有间巨大的书房，顶天立地的书柜里摆满了精装书。他抽出一本，却翻不开，原来只是书模。书桌上的电脑没关，显示器的屏保图案变幻不止。桌后白墙上挂着一幅又长又窄的黑白照片，是在人民大会堂出席某次会议时的合影，密密麻麻的足有数千人，根本无法找出哪个是老陈头。落地窗外是阳台，站在阳台上，透过远处的树梢，

116

他看到了自己住的那栋灰色楼房。阳台上摆着一套古色古香的茶具，茶几旁边的红木雕花椅上，搭着一件绛红色的女式外套。他一眼认出，那是小李的衣服。许多念头顿时像蜂子一样在脑子里乱飞。他拿起衣服嗅了嗅，莫名的怨气在胸中鼓胀。他丢下衣服，离开书房上了三楼。三楼是卧室，门虚掩着。他摸到了门把手，但他没有把门推开。你想看啥，想证明啥呢？他镇定一下情绪，下得楼来，悻悻地把自己扔在客厅沙发上。

心里的怨气持续膨胀，弄得他头昏脑涨，思绪混乱。后来旁边的座机响了，他抓起话筒，老陈头爽朗的声音震得他耳朵发痒。老郑啊，欢迎你来我家做客啊！真是不好意思啊，本想下了课马上回家的，不料书记给了个临时的接待任务，要陪来市里考察的台湾老板午餐，因为台湾老板认识我，推也推不掉啊！只好向你表示歉意，下次再弥补了。麻烦你叫小李听下电话喽。

他叫来小李。老陈头又噼里啪啦说了一通，小李嗯嗯嗯地嗯了一通，才搁下话筒。小李说，老陈头要我代表他跟你道歉呢，再三说对不起呢，公务为重嘛，没办法。他要我好好招待你，想喝啥酒随便拿，酒柜里白的茅台红的拉菲黄的青岛啥的都有。

他嗯了一声。

除了嗯他还能说啥。

小李拉着他去了餐厅。她居然还拉他，用她软绵热乎的手。饭菜已经做好，连小酒杯都已摆好，倒上了茅台。我晓得你喝不惯外国的马尿的，还是茅台好，来，我借花献佛，先敬你一杯。小李双手举杯，冲他忽闪忽闪眼睛，仰头喝了下去。他也敬了小李一杯。白鸽似的小手不停地给他夹菜。她的菜确实做得好，色香味俱全。

老郑啊，有件事我想听听你的意见呢。小李说。

你说。他瓮声道，放下筷子。

是这样的，老陈头原来请的保姆手脚不干净，家里经常缺东少西。老陈头眼里容不得沙子，就把她炒掉了。你看，他也是一孤老，身边得有个人照顾不？而我呢，又做得一手好菜，他对我也信得过，所以就想让我搬过来住。你觉得合适不？

他是要你做保姆还是做……？

他只说了半句话。

当然是做保姆啊。每月给我开两千块钱工资，算是很高的了。

会不会是醉翁之意不在酒呢？他给自己倒满酒，一口干了，又说了半句话，你就不怕……？

我晓得你的意思，我相信他。小李正色道，再说了，我有啥好怕的？我又不是黄花闺女，有啥可失去的？我们年少的时候，广播里不是经常说，无产阶级失去的只是锁链，而得到的将是整个世界吗？

既然这样想，那还有啥不合适的？我祝贺你啊小李。他猛地将酒杯举起，几滴酒液洒在桌上。祝贺你遇到恩主，雇入豪门啊！

看你说的。小李嗔道，脸上笑容洋溢。

这笑容像烧红的烙铁，把郑元泰的心烙疼了。胸中那股气兔子一样蹿了起来，再也按捺不住。他鸟一样偏着头，邪笑道，小李，我就想问你一句，陈区长的身体好，还是我的身体好？

小李怔怔，将手中酒杯磕在桌上：你什么意思？我可是人民教师！

嘿嘿。他阴笑着。

老郑，你说，我承诺过你没有？小李盯着他问。

没有。他摇摇头，继续喝酒。可在他看来，只要亲密过了，就是互相在对方身上盖了章，那是一种无言的承诺。

那你有什么好抱怨的？小李盯着他说。

是啊，我没资格抱怨。他低声嘟哝，一杯接一杯地喝酒。脸色已经通红，眼眶发烫，头也开始晕了起来。他再次自己斟酒时小李夺过了酒杯，拍着他的背说，再喝你就醉了！他将酒杯夺回，醉我也要喝，再不喝，就喝不到你的酒，吃不到你的菜了！说着去倒酒，却全洒在了桌上。我真没卵用。他喃喃自语，双肘撑在桌上，用两只粗糙的手掌将脸捂住，以免她看到他眼里的泪。

8

郑元泰去了省城女儿家。他不想待在望月小区，甚至都不想在这座住了大半辈子的城市生活了。女儿按揭买的婚房交房了，他正好去帮女儿搞装修。为节省费用，女儿没有找装修公司，请的是所谓的装修游击队。他负责购买装修材料，监督装修质量，每天起早摸黑的，累虽然累，却也让他无暇胡思乱想，脑袋一挨着枕头就能呼呼睡着。他心中只藏着一件事：只要女儿表示让他与她同住，他立马答应搬来。

可是直到年底装修完工，女儿都没有这方面的表示。曾经有次吃饭时，女儿问，爸，你跟那个李阿姨怎样了？

他说，没怎样。

女儿有些奇怪，为什么啊？

他说，你老爸没钱没地位，还能怎样？爸这把年纪，也不想怎样了。趁爸身体还好，到时我来给你们带孩子吧。

说完，他眼巴巴地望着女儿，希望女儿接过话题，说出他想听的话。女儿却埋头吃饭去了，再没搭这个茬。后来有一天，他分明听到女儿脆声说，爸你干脆搬来和我们一起住吧。他欢快地应道好啊。定睛一瞧，却没有女儿的踪影，原来只是他的幻觉。

装修完了，女儿家没他什么事了，元旦过后，他只好回了家。

薄暮时分，他背着双肩背的包走进望月小区，习惯性地望了望小李的窗口。那窗户关或开都对他没有意义了，只是望一下而已，所以他不待看清楚就将目光收了回来。但他落下的目光意外地碰到了小李。她坐在花坛边沿，脚边竖着一只拉杆箱，还有一只鼓鼓囊囊的旅行袋。因背光而坐，她表情模糊。

是你。他说。

是我。小李点头。

怎回事？他问。

你能帮我拿上楼吗？小李指着箱子央求道。回屋了细说。

他便一只手拖起拉杆箱，一只手提起旅行袋，步履沉稳地往四号楼去。小李默默地跟在后边。上楼时他扛起了箱子，像登山一样往上爬。他呼吸粗重，膝盖发酸，似正经历一场遥远而艰难的跋涉。

进了小李的家，他坐在沙发上喘息。突如其来的兴奋使他的眼睛发亮。小李双手贴膝低头站在他面前。灯光映照之下，她的脸细皱密布，晦涩无光，枯燥的嘴唇翕动着：不好意思，让你看笑话了……老陈头进去了，我又被他儿子赶了出来。

他"哦"一声，感到自己竖起了耳朵。

事情随着她呻吟般的讲述逐渐呈现。某个房地产开发商为争得某个项目而向四个区领导送了两百万，每人五十万。身为区领导班子第四把手的老陈头是其中之一。收不收这笔钱，四个人私下开过一个会，陈副区长明确表示不想要，但拗不过其他三位的共同决定。别人收了，你也必须得收，这是潜规则。人在

119

官场，身不由己。但老陈头从没想过动那笔钱，他又不缺钱花。结果数年之后，开发商涉案被捕，供出了行贿之事，于是东窗事发，半个月前，老陈头被逮捕，关进了看守所。她找老陈头的律师了解了情况，律师说，受贿金额不大，情节也不严重，认罪的态度又很好，还交代了检察机关并未掌握的其他线索，判缓刑的可能性很大。但不管会不会坐牢，她都会不离不弃，守着房子等老陈头出来。可惜的是，老陈头的儿子并不领她的情。

是这样啊！他的口吻多少有点幸灾乐祸。也许他外面还有相好的年轻女人呢，你不会那么傻吧，真要等他？

当然等他。坦白说，他的身体确实不如你……但我还是要等他回来。她斜眼瞟他。现在你心理平衡了吧？

没有。他摇头。但他自己都不明白，是说心里没有不平衡呢，还是没有平衡。

那你要怎样？

你说呢？

你想怎样就怎样吧。

她说着就脱去了外套，接着又脱去毛衣，在他身边坐了下来。他鼓起鼻翼吸吸，她身上温香如故，芬芳之气直透心底。他抓起她那只喜欢窝起掌心的小手，发觉它比过去粗糙多了，颜色也深了，根本不像小白鸽，而像一只大灰鼠。他怜惜地抱了抱她，但很快就松开。她的身体僵硬得像一截枯干的木头。他眉心一辣，眼里有只虫子爬了出来。

他起身抚抚她的肩膀说，好自为之吧，然后赶紧离开了。

回到家里，他灯也不开，在窗前站了会。夜色层层包裹着他，寒气像蛇一样钻进了他的脖颈。他看到了远处林间的半个篮球场，忽然就又有了打陀螺的兴致。于是晚饭也懒得吃，提着陀螺下了楼。可是他刚出楼道，雪花就像白蝴蝶似的漫天飘舞起来，天地之间一片迷茫。

他只好退回家中。

9

雪花断断续续地飘了两天两夜。厚实的白雪装饰了城市，也掩盖了污泥浊水。太阳出来，雪光刺眼，到处响起了融雪的滴答之声。郑元泰清早起来心情不错，早餐过后，正想邀小李去买菜，小李的电话就来了。

小李请他作陪去看守所，给老陈头送件刚买的厚羽绒衣。

他心里一堵，说，你这个小李啊，陈区长有家人呢，还怕家人不给他带衣？

家人是家人，我是我。她说。

拜托，你只是陈区长家的保姆，看守所会让你见吗？

我跟律师说好了，跟他一起去。

你倒是会找路子啊。他压着嗓子说。

你要是怕影响不好，那就算了，我一个人去。她说。

我一孤老，黄土都埋了半截的人，还怕啥狗屁影响？他发了高腔，我去！

郑元泰下了楼，陪着小李出了小区，招了辆出租车，径直去了位于郊区的看守所。他很想看看穿囚衣的老陈头是什么样子，但他显然不能进去。于是便在门外候着。他无所事事，先在路边堆了个雪人，又到旁边的菜地里扯了根胡萝卜，给雪人装上个红鼻子。然后搓了几十个雪球，一个一个地向雪人掷过去。

雪球掷光了，小李也出来了。

不知是因为冷，还是因为兴奋，小李的脸红彤彤的。她果然如愿以偿，把羽绒衣交给了老陈头。老陈头见了她很高兴，精神状态好得不像个犯人。老陈头要我谢谢你呢，谢谢你陪我来，也谢谢你过去陪他打陀螺。小李两眼放光，嘴里呵出团团白气。还特别让我带话给你，别看不起他，等出来后还一起打陀螺。还说，他是有错，但每个人都是一个陀螺，命运的鞭子却不在自己手里。你看，他这话是不是很有哲理？

郑元泰没有回答，心想是有点哲理，但也像个借口。

当天晚上，郑元泰做了一个奇怪的梦：他变成了一个陀螺，孤独地躺在塑料袋里。他想钻出袋子透口气，却立不起来，他的双脚变成了锥形的陀尖。他四下寻找鞭子，一道鞭影凌空抽来。他倏地弹跳而起，落到地面旋转不止。噼啪之声不绝于耳，他的身体感受着一道又一道火辣辣的疼……

早上起床，梦境无存，鞭挞的疼痛却不仅清晰在背，而且渗入到肩胛深处去了。他诧异不已，梦见的鞭子竟然也能伤人？他站到镜子前，将内衣掀到颈脖上，侧身扭头往镜子里瞧，心头不由一惊：背上果然有一条尺余长的紫红色鞭痕，而且还鼓起了一溜黄色水泡。

他赶紧去了医院皮肤科，向医生叙述那个噩梦。但他还没说完，就被医生打断了：什么梦不梦的，一眼就晓得是带状疱疹，是疱疹病毒感染引起的，抓紧治疗吧，若是留下神经痛的后遗症就麻烦了，不是我吓唬你，有的人十几二十年都没好！

　　郑元泰噤了声。医生给他开了一堆阿昔洛韦和龙胆泄肝丸之类的药，他取了药回家，赶紧内服外搽。但是他发现一个问题，疱疹长在背上，手够不着，无法给它搽上软膏。左邻右舍都不熟，话都没说过，只好找小李帮忙了。他拿起手机，打开通讯录，翻出小李的号码。但是，他迟迟没有拨出去。

　　他不知道，还该不该找她。

2017 年 9 月 21 日

饮 月 楼

　　那天晚上，女人的惊叫刀子一样划破了西山的夜色。当时，我在饮月楼书房里喝茶上网，叫声惊得我端茶杯的手一抖，几滴茶汤滴在了桌面上。但我没有理会，继续浏览新闻并品我的小青柑。西山不高，是座开放式公园，夜里出没的男女不少，这样的叫声并不罕见。我不是个管闲事的人。当然，我若知道那是姜小曼跌下悬崖时的呼喊，我会像别人那样立即报警，并且冲过去营救她的。

　　是的，我认识姜小曼。

　　不过，还是让我先说说饮月楼吧，如果不是饮月楼，我可能也不会认识她。饮月楼是我取的名字，之前它就是个半山腰的茶楼，是我从别人手里转让而来。那时它只有三层，顶层这个有飞檐翘角的三角形木屋顶，是我从乡下拆来加盖而成，它原本属于一座风雨桥，有人要拆了它，我就把它买来了。木屋顶下就是我的书房，三面是旧木板装修的板壁，面向山下的一面是落地玻璃窗，所以它十分敞亮。它是我的私人空间，并不对茶客开放。在三楼通向顶楼书房的楼梯口，我特意贴上了"私人场所，茶客止步"的告示。经营茶楼的事我交给了领班，几乎是撒手不管，整天泡在书房，一日三餐都由服务员送到书房里来。但书房都由我自己打理，扫啊抹啊整理啊，每天至少一次，不把它弄得一尘不染心里就不舒服。书房里的一切我都不让服务员染指，垃圾都不让别人倒的，别人代劳了我就会很生气。我也不知这是什么心理。

　　是一个夏末的傍晚，天光尚明亮，我在书房里练字，姜小曼闪现在门口。

　　"老师，我能进来参观一下吗？"

　　我本想拒绝她，但她恭敬的态度获取了我的好感。特别是她叫我老师而不是老板，就像挠痒痒挠对了地方。她穿白底起蓝碎花的夏布衬衣，深蓝色的百褶裙，白色的长袜和黑色平底布鞋，一只手抓着肩头的画板背带，另一只手捏着胸前的一粒襟扣，活泼而又带点拘谨，活脱一个民国少女形象。我点头应允了。她小心翼翼地进门来，走到玻璃窗前，抬头伸颈，仰望着那个翘起的屋角，说："刚才在楼下，我看到月亮挂在你屋角上，好有味。"

"它怕你摘它，跑到树顶上去了呢！"我说。

"是吗？它真的不见了呢，"姜小曼眨眨眼，转身跑到书房一侧的露台上，朝山顶一指，"哈，月亮果然坐在树杈上呢！老师怎么知道的啊？"

我笑而不语，沏了两盖碗茶端去露台。露台上摆着一个茶几两把藤椅，平时都是我一个人在此独饮。我请她入座。她取下画板竖在茶几旁，双手将裙子顺腿捋直坐下，双膝并拢，抻平裙裾盖住膝盖。坐姿优雅而端庄，一看就很有教养。我喝着茶，眺望夕晖里的城市与河流，感受着从未有过的宁静。凉爽的山风掠过面颊，带来她身体的淡香。我一无所思，倾听着世间的一切动静。她揭起碗盖时碰叩了碗边，发出清脆声响。

"我晓得为何叫饮月楼了！"她捧起盖碗惊喜地道。

一弯白月在褐色茶汤里荡漾，莹莹闪光。

"我都舍不得喝了。"她噘起嘴唇往盖碗里吹了口气。

"舍不得就把它带回去吧。"我说。

"知道带不走你才这么大方。"她嫣然一笑，起身将盖碗高高举起，"这就是举杯邀明月，对影成三人吧？"她吸一口气，美滋滋地喝了一大口，重新坐下，再惬意地舒出一口气。好像她将那枚月亮喝下去了，遂了心意似的。

我们不再说话。我凝望着天际线上空那抹变幻不已的霞光出神。远处林立的高楼与蜿蜒的河水笼罩在绯红的氛围里。市声遥远，四围寂静。虚无的静谧中，传来炭笔摩擦画纸的簌簌声。我坐直身子，将自己的侧脸显露给她……她的目光虫子一样爬过我的脸，微微的痒。我很享受这样的时刻。待到霞光熄灭，她的素描也完成了。她准确地捕捉到了我的脸部特征，耸起的眉骨，笔挺的鼻梁，紧抿的嘴角和括弧般的法令纹。

"如果老师喜欢，就当我的茶水费吧。"她将素描递给我。

"不收你的茶水费，就当你的通行证吧。"我说，"你随时可来，只要我在。"

"那太好了！"她欣喜地双手一拍。

天真与老成的神情在她脸上交替出现，十分奇妙。夜色降落到我们身上，山下街灯星星般闪现。回到书房，她又在我书架前流连了好一会，才恋恋不舍地告别。

临走时她提了个建议：既然这是一个怀旧的主题茶楼，服务员应该穿上统一的民国风便服。我接受了她的建议，当即就将领班叫来认识了她和她的服饰，给每个女服务员定做了一套。过了两天我还往大厅和各个包房挂上了民国老照片。自那以后，我的茶楼就有了民国风格，吸引了不少茶客。

其实，那时我还不晓得她是姜小曼。她的名字是后来才知晓的。认识之后，她就时不时地来我书房喝茶了，有时带着女伴，有时独自一人。有次她说，一进我的书房，就感到心静。我回应说，也只有她来书房我才心安。她皱眉抱怨道，那说明我没魅力，打扰不了你呢。我便说，这正说明你与众不同，有另一种魅力。她这才笑笑，不作声了。

这是我们第一次比较深入的谈话，似乎有点互相触动的意思，但也仅此而已。我与她的交往很单纯，没有你们以为的男女之情。和她有情感纠葛的是我的同学谭欣荣。如果不是因为谭欣荣，姜小曼也许不会从那座悬崖上掉下去。

说到谭欣荣，我就会嗅到狐臊气与臭袜子味。读大学时，他就睡在我的上铺。他是个沉默寡言的人，似乎为了表示他的存在，才散发出那么强烈的味道。除了爱打篮球却不爱洗澡，好像也没有别的什么不良习气。他在上铺很安静，不像别人那样，窸窸窣窣弄出些可疑的声响来。所以起初两年，我们基本相安无事。后两年就更没事了，他找了个外语系的女朋友，叫颜若琳，他们到外面租了房，实习婚姻生活去了。

据说，是颜若琳追的他。他三步上篮的英姿还是很吸引女生的。他向我通报他的情事时，我曾不无嫉妒地说，难道你女朋友没长鼻子，不嫌弃你身上的狐臊味？谭欣荣却精辟地反驳说，你懂个屁，那不是狐臭，是荷尔蒙的味道。

毕业后很多年，我都没有再嗅过他的荷尔蒙味。他在市府机关做公务员，我在生意场上混，用时下的热词说，他在体制内，而我在体制外，没有什么交集。只是不时听闻他的消息，晓得他与颜若琳结了婚，当了多年科员之后，终于做了什么研究室的副主任。而颜若琳，也从导游做到了旅游局局长。我在本地电视新闻里见过谭欣荣三两次，他总是跟在书记或者市长的屁股后，不是视察某个企业，就是慰问什么人，还总是手里拿着个笔记本，很谦恭很敬业的样子。

大约在认识姜小曼个把月后，我见到了谭欣荣。应当说是他来找的我。那天我在饮月楼右侧的菜园里忙乎。菜园是随茶楼一起转让给我的，是我第二喜欢待的地方——如果我不在书房，就在菜园里，或者在前往菜园的路上。种菜的同时，你能种下许多心思。我平整好一畦菜土，撒下一些萝卜籽，有个穿运动服的人隔着篱笆对我挥了挥手。

　　我说："你找错人了吧？"

　　"只要鼻子不错，人就不会错。"他说。

　　羡慕我鼻子的人不止于他。据说挺拔的鼻子与某男性器官相对应，象征高昂的性能力。当然是很荒唐的说法。多年不见，谭欣荣变得口齿伶俐了。

　　"怎么没有荷尔蒙味了？"我走近他，抽抽鼻子说。

　　"不瞒你说，早做了切除术，"他抬了抬胳膊，"不好污染办公室的环境，也算是对同事的尊重。"

　　"夫人的主意吧？"

　　"你眼光还是那么毒。"他含蓄地一笑。

　　他手里提着一个黑色扁平的包，大概是个公文包，新闻中常看到，好像是机关人员的标配。我带他回了饮月楼，进了我的书房。我给他沏茶，碧螺春。其实我不懂啥茶道，只是喜欢闻各种茶的香味，自己瞎摆弄。他端详我书房的摆设，有点心不在焉。

　　"什么风把你吹来的？"我问。

　　"组织部下文，我扶正了。"他答非所问，坐进沙发里。

　　"可喜可贺！"我举起茶杯与他碰了一下。

　　"有啥可喜的，颜若琳三年前就是正处了。"

　　他并不高兴。喝口茶后，就王顾左右而言他，东拉西扯地问我这些年的情况。我也就东拉西扯地应付他。后来他沉默了，半闭眼睛，像是变回了大学时代的他，懒得说话了。我闻到了淡淡的狐臭味——可能他腋下的腺体并没有切除干净吧——是纯粹的狐臭，跟荷尔蒙毫不相干。一只蛐蛐在书架下奇怪地叫，说它奇怪是我从没在白天听它叫过，它好像是为调节我们之间的气氛而来。再后来，谭欣荣总算睁开眼了，却又打开包，拿出一份报纸翻阅，目光久久地停留在某个版面上。如果无所事事，你可以走的，不必客气。我对所有来访者都是这样的态度，无论男女。但是他不走，他就那么赖着，也不理你。直到天色暗了，我要留他吃饭，他才匆匆地走了，说是晚上还有应酬，是职务性质的。

他把那张报纸遗留在沙发上。他浏览的那个版面，登的是某个被判刑的市委书记与几个情妇的故事。人在无聊时，都喜欢这样的八卦吧。

后来我才晓得，谭欣荣来我这是为躲颜若琳。颜若琳拉他去拜谢一个市领导，因为这个领导的提名他才升了职。但他不愿去，特别不愿与颜若琳同去。颜若琳谢礼都备好了，在家等他，他却关了手机（借口没电了），跑到我这来了。

自这以后，谭欣荣跟姜小曼一样，也时不时地来饮月楼。如此，他们的相遇相识就成了某种必然，否则也不会发生后来的事。所以，我也是有责任的。我去医院看望姜小曼时，忍着泪向她说了声对不起。我真的很抱歉。可惜她听不见。

记得也是一个下午，谭欣荣开着车来了，一进书房就将身子往沙发上一扔，仰躺着不说话。当了正职之后，他就有了相当的自由度，只要不开会，跟下属交代一声，就可随心所欲地外出。我一如既往地给他沏茶。他长久地沉默不语，我也懒得理他，抄起毛笔练自己的字。他不说话，说明他心事很重。对这样的人你不必理会，到了他忍不住的时候，自会将心事掏出来。

夕阳沉没，书房暗淡下来，他还没走的意思。自然要留他共进晚餐了。我让厨房炒了几个菜，拿了两瓶二锅头。大学时，我们就喜欢喝这酒。我们频繁地举起酒杯，碰一下，干一杯，也不说啥酒令。在机关混了这么久，他的酒量并不见长，三杯过后，脖子以上就红了。

"印兄，能不能问你一个隐私问题？"他忽然问我。

"那要看啥隐私了。"我说。

"这饮月楼，除了你和厨师，员工都是年轻女子，你有没有打过她们的主意？"

"当然没有。"我正色道，"不是我有多高尚，兔子不吃窝边草的道理我还是懂的。"

他摇了摇头，眯起眼睛："窝边草又如何？更容易吃呢。你一单身男人，就不馋嘴？比如你那领班朱晓月，小蛮腰一扭一扭多性感。你这儿楼梯走廊都窄，当你们擦身而过时，你就没想碰一下她的身体，甚至把手放到她屁股上？"

"那是性骚扰，我是这样的人吗？"我说。

"甭管是不是性骚扰，是人就有需求，你怎么解决你的需求？"他斜眼瞟我。

"依照弗洛伊德的学说，压抑欲望会得病，但欲望也是可以通过性之外的途径得到宣泄和满足的。"我说。

　　"所以你开茶楼、读书、写字、种菜、休闲、沉思，就满足了？骗鬼去吧。"他再次摇头，撇撇嘴角。

　　"这个东西其实是用进废退的，孤独久了，也就淡忘了。"我说。

　　"这话我有点信，其实我也早废退了。"他屈起左手指头数着，"09，10，11……我至少有四年没挨过老婆了。"

　　"怎回事？"我多少有点诧异。

　　他不吭声了，埋头吃菜喝酒。他像头闯进菜园的牛，大口大口地咀嚼，一点不斯文。酒也是整杯整杯地往嘴里倒。汤汁与酒液溢出了嘴角，沿下巴流下来，搞得他又脏又猥琐。我递给他纸巾，他却只擦眼睛不擦嘴。接下来他也不斟酒了，操起酒瓶就往嘴里塞。小酒杯被他碰到了地上，摔了个粉碎。他的脑袋开始晃荡，似乎沉重得举不起来。他喘着粗气，一把将我拉到身边，将那张酱红的虾公脸凑到我跟前，口齿不清地、前言不搭后语地嘟哝了好一阵。我扶住他，不断地点头回应，又不时地询问于他，总算搞清了一件事：若干年前的某一天，他顺路去接颜若琳下班，因时间充裕而没有乘电梯，而是从另一侧的楼梯拾级而上。到了楼道里，他恰好看到颜若琳陪着某领导从办公室出来，背对他往电梯门而去。楼道里并无他人，于是他看到了不该看到的一幕：某领导的手蛇一般揽了揽颜若琳的腰，接着又按在她的屁股上。他看得很真切，颜若琳微翘的臀部就在那只贪婪的手掌下起伏不已。颜若琳没有任何不良反应，谈笑风生地陪着该领导进了电梯……他目瞪口呆。他对颜若琳的欲望也在那一刻死去。自那以后，他再也没有碰过妻子。

　　"这对颜若琳不公平吧？她能怎样？这也不能说明发生了别的啥啊。"我说。

　　"但在我感觉里，啥都发生了。"他搂住我的肩，将臭烘烘的嘴凑到我耳边，"两人躺一张床上，却互不碰触，像两具尸体一样，是啥味道，你晓得吗？"

　　我将他推开一点："受不了就分手嘛。"

　　"分手那么容易？顾虑得太多了，我只能'一不做，二不休'……最操蛋的是他妈的你还得靠那人来提拔！他给你乌纱帽的同时给你顶绿帽子，你还只能老老实实戴着，还得假模假式地感谢他！是啊，那帽子是隐形的，别人不一定晓得，可你自己晓得，它是你生命中不可承受之轻啊。印某，你看不起我了

128

吧？"他两只血红的眼睛圆溜溜地瞪着我。

"没有没有。"我摇头。

"真没有？你看看我的脸还在不？"他抓起我的手放到他脸上。

我拍拍他发烫的脸："放心，脸还在，酒后吐真言，不丢脸。"

"是吗，你说不丢就不丢？"

他操起酒瓶还要喝。我夺下酒瓶，他伸手又夺了过去，我顺手推他一把，他仰天跌倒在沙发上，抱着酒瓶骂："你他妈这么小气，酒都不让喝好？开个破茶楼就以为自己了不起了！"没骂两句，脖子一梗，哇地呕吐了起来。呕吐物脏兮兮地糊在他胸口。我冷眼觑他。那一刻我很反感，很嫌恶，他将我的书房弄得污秽不堪了。他用手去抹，沾染了秽物后，又不知所措地举起手放到眼前，似乎想观察一番。

我只好拿来毛巾扔在他手上："你赶紧擦干净吧！"

但他仍傻呆呆地望着我，不知做啥好，眼神茫然而散乱。

这时姜小曼来了，先用纸巾替他擦掉秽物，又打来一脸盆热水，帮他将脸也擦洗干净了。姜小曼眉都没皱一下。他倒安静下来，醉眼迷离地问她："你是谁啊？帮我擦脸做啥？"

我冲他大叫："姜小曼不帮你擦，你真的没脸了呢你这酒鬼！"

他不吱声了，任我们摆弄。我从他口袋里找出他的手机，翻出颜若琳的号码拨了过去。我也没介绍我是谁，只说你老公在饮月楼喝醉了呢快把他接回去吧，就挂了电话。

他差不多醉成了一摊泥。是我和姜小曼两个人将他搀下楼去的。下楼时他似乎清醒了点，跌跌撞撞地说："印兄，我没胡说啥吧？酒后的话，作不得数的噢，我不承认的噢！"

我说："你啥都没说，说了我也没听见！"

楼梯拐弯处，他侧脸盯着姜小曼："你长这么漂亮干啥呢？"话音刚落，他一个趔趄，直往姜小曼怀里倒。

我急忙拉住他，警告道："你莫借酒耍疯，否则饮月楼不欢迎你来！"

他抽出一只手，用指头点着我："我就晓得你并不欢迎我，你他妈就别跟我装清高了吧。你的清心寡欲是假的，做给人看的！这不，你金屋藏了娇呢。"

他将那根瘦指头指向姜小曼，我一巴掌将它打开了。

我和姜小曼将谭欣荣搀到他的车跟前时，颜若琳也乘出租车赶到了。她麻利地从他包里找到车钥匙，打开车门，将他放到后座上，然后就开车走了。颜若琳自始至终没看我一眼，也没说一句话。她可能没认出我来。当然如果我在街上遇到她，也会认不出来。当年的俏丽女生已蝶变成一个端庄老练的女干部，只是丰韵犹存。

当那台黑色别克消失在夜色中时，姜小曼在我身后低声说了一句："老师，你怎么有这样的朋友啊？"

我相信谭欣荣酒后吐的是真言。那几天我正读匈牙利作家凯尔泰斯·伊姆莱的一本叫《另一个人》的小书。书的开头，伊姆莱引用了兰波的话："我：是另一个人。"他也引用了自己的话"'我'：是一个我们顶多可能成为他的合著者的家伙。"他还说："一切都是伪造的（通过我，在我的身上：我的存在伪造了一切）。"我不是哲学家，也不是作家，我只是个开茶楼的，但刹那间，我以我的理解，读懂了这几句话。在我们自己身上都藏着另一个人，在某种特别的时空里，我们会以另一种面貌说话行事。毫无疑问，来到饮月楼后，谭欣荣就不是主任谭欣荣，而是另一个谭欣荣了。而他的到来也改变了我们，使我变为了另外的我，使她变为了另外的她——没错，我说的是姜小曼。

姜小曼帮过我一个大忙。

那天午后，我正在书房临摹兰亭序，忽听得楼下一阵喧哗，到窗前一瞟，只见许多茶客从楼内仓皇跑出，四散开去，有一些人还跑上了后山。我急忙下楼查看。刚下到三楼，朱晓月惊慌失措地上楼来告诉我，派出所民警抓赌的来了。我埋怨了她一句："你不是说处理好关系了吗？"

"是啊，该打点的都打点了的。"她委屈而慌张，"要不老板你躲起来吧？"

"躲起来能解决问题啊？"我瞪她一眼，急匆匆下楼。

我可以负责任地说，我们这座城市几乎所有茶楼都聚集着打牌摸麻将的人。很多人不是来喝茶，而是来打牌的。我也不知为何有这么多的闲人来此消磨。且据我观察，他们大多并不属于富起来的那一部分人。当然，在大厅里打牌的赌头并不大，也就两块一炮，主要为了好玩，所谓小赌怡情。赌注大的都躲在包房里。如果小赌都不允许，茶楼就没生意可做了。我并不喜欢那些大赌的人，多次交代朱晓月，发现有人大赌就婉言劝离，以免惹火烧身。

我来到门口时，几个参与赌博的茶客被带上了警车，几张自动麻将桌也被

130

搬到了一辆皮卡上。派出所的徐副所长手里抓着一根警棍，挥来挥去地呵斥着。我忙赔着笑脸迎过去："怎么回事啊徐所长？"

"我正要问你呢！"徐副所长瞥我一眼，"跟我去一趟所里吧？"

"他们赌博我并不知情啊。你要搬走我的东西，我可亏大了！哪家茶楼没打牌的，哪里打牌不兴钱？凭什么没查别人单查我饮月楼啊？"我急了。

"你这么说就没意思了，难道我徐某光为刁难你？没人举报我会来查？我历来都是文明执法。麻将桌是赌具，当然得没收。"徐副所长拿警棍戳了一下我右肩。

"以往有人赌大钱我都劝离了的，你得视情而定嘛！"我说。

"你的意思我不实事求是喽？那好，人赃俱获，依据《治安管理处罚法》第七十条，以营业为目的，为赌博提供条件的，或者参与赌博赌资较大的，处五日以下拘留或者五百元以下罚款；情节严重的，处十日以上十五日以下拘留，并处五百元以上三千元以下罚款。"徐副所长用警棍打节奏一般打着自己的手心，很麻利地说。

"不是，我并没有为赌博提供条件，麻将桌只是娱乐设施……"

我还没说完，徐副所长就打断了我："还犟嘴，你是想进去待几天吧？"

我当然不想进拘留所，只好闭了嘴，跟姓徐的走一趟，随他处理了。我刚踏进车内，还没来得及收脚，就有人将我拉了下去。回头一看，是姜小曼。她问我原委，我将事情简单说了一遍，也没指望她能帮我什么忙。

姜小曼随即面向徐副所长说："徐所长，能不能给我一个面子？"

徐副所长立即变出一副笑脸："你姜小曼的面子哪能不给？"

姜小曼说："那你放下麻将桌和印老师，赌博与他无关。"

徐副所长皱眉："这可让我为难。"

姜小曼掏出手机："那好，不让你为难，我找人了难。"

"不用不用，我想办法好了。"徐所长觑觑我，问姜小曼，"你们熟啊？"

"岂止是熟，他是我老师，待我很好的老师。"姜小曼道。

"那真不好意思，差点大水冲了龙王庙。"徐副所长将我和姜小曼拉到一边，压低嗓门，"这样吧，众目睽睽，影响不好，麻将桌我还是先拉回去，晚上再送回来，好吗？"

我和姜小曼都点了点头，徐副所长便带着车走了。关车门之前，他举起两个指头碰碰太阳穴，冲姜小曼行了个礼。毫无疑问，他们是熟识的。我也意识到姜小曼的身份和能量都不一般。但我没有问，她自然也不会说。我们脸上都云淡风轻。我们相跟着进了书房，又来到露台上。我给她沏了茶，她开始画她的素描。朱晓月送点心过来的时候，我给她介绍说，姜小曼是我的学生。朱晓月奇怪地瞟了我一眼。我啥也没教过姜小曼，她却叫我老师，而我也心安理得地接受了，这也蛮奇怪的，更奇怪的是，我没觉得奇怪。

　　暮色笼罩饮月楼的时候，徐副所长带着皮卡车将麻将桌送回来了。他往我口袋里塞了包芙蓉王烟，笑嘻嘻地拍下我的肩："你是姜小曼的老师，怎不早说呢？以后有啥事，咱们互相关照啊！"我没有接话，也没有客气地请他喝茶，只是很勉强地点了下头。我不晓得自己从哪获得了某种定力。

　　一个爽朗的周日，谭欣荣提着他的黑包，又来到了饮月楼。姜小曼在露台上写生，不知她在画山顶的枫树，还是楼左侧的悬崖，这两个地方的景致都很有特色。她专注得像一座雕塑，我没打扰她，兀自在书房里喝茶上网。我给谭欣荣沏了壶安化黑茶，据说黑茶消脂暖胃，是秋冬之季适宜的茶品。谭欣荣板脸蹙眉，厚实皲裂的嘴唇不断地触碰着精致的茶杯，啜饮之声不绝于耳。沉默像一片荒芜的原野横亘在我们之间。

　　喝掉半壶茶后，似乎已掂量清楚某件事了，谭欣荣问："印兄，你说我该怎么办？"

　　"啥怎么办？"我反问。

　　"你莫明知故问好不好？"谭欣荣说。

　　"谁知你想放什么屁。"我嘟哝道。

　　他欲言又止，扭动下臃肿的身子，揪着头上的乱发揉了片刻，又说："是不是离了婚，才找得回尊严呢？"

　　"每个人不一样。"我将他怼回去，"你问我干啥？"

　　他扬扬手："我这不是向你请教吗？好好，我不问你，比我还敏感！"

　　"你的事我已听得耳朵起茧了，说实话我很反感，像吃了苍蝇一样。"我噗地将一点茶末吐在茶洗里，冲他瞪眼说，"一个大男人，能忍则忍，不能忍，就用你自己的方式去找回自己的尊严。莫像个怨妇似的到处博同情。"

　　我的话很冲，呛得谭欣荣脸都红了。但他没生气，开悟似的眨眨眼，又像一休那样摸了摸脑门，涨红的脸慢慢变白，神态竟开朗起来。他仰躺在沙发上，望着屋顶假寐沉思。我不知道他想些啥，他后来那些不同寻常的想法与做法是不是这时萌发出来的，只有他自己知道。无论如何，我的话很正常也很逻辑，并没有教唆他的意思。

"印兄，你是不是也有心理洁癖？"无语了很久，谭欣荣忽然坐直身子问。

"此话怎讲？"

"是不是嫌女人脏，所以你一直单着？"

"话不能这么说，脏的人都脏，不分男女。"

"我以为你不喜欢女人了呢。"

"以前我也这样以为，现在不了。"我冲露台努努嘴，"比如那个画画的姜小曼，是个美好女子，不喜欢的话，我不会放她进门。"

谭欣荣眼睛一亮，起身走到通往露台的门口，伸长颈子望了一会，回头低声说："这么说你想要她？"

"喜欢，就在一旁欣赏好了，何必要占有？我劝你也不要有这个心。那天你喝多了，她还帮你擦过脏污呢，不要脏了她。"我告诫道，将谭欣荣拉回沙发上。

我告诉他，姜小曼并非像表面那么单纯，也是个心里有很多事的人，这从她时常微蹙的眉头和低垂的眼帘看得出来。再说，找美女是有风险的，不是你伤害了她，就是她伤害了你，或者是两败俱伤。还有，她身上有着某种不可低估的能量，一般人似乎驾驭不了。我把饮月楼被警察抓赌，姜小曼帮我要回了麻将桌的事告诉了谭欣荣。哪知这愈发勾起了他的好奇心，端着茶杯在书房里转圈，朝露台上张望了几遍，央求我介绍他俩正式认识一下。

"你说她是美好女子，那就大家共同欣赏，雨露均沾，美美与共嘛。"他手舞足蹈，兴奋得散发出淡淡的狐臭来了。

我只好给姜小曼沏好茶，叫她过来休息。此时天上云彩厚重，光线也晦暗下来，姜小曼就收起画板过来了。我郑重其事地将谭欣荣介绍给她，姓甚名谁、职业身份之类，她亦郑重其事地与谭欣荣握了握手。

谭欣荣容光焕发，觍着脸说："不好意思，那晚醉酒失态，让小姜见笑了。"

姜小曼抿口茶说："没事。"

谭欣荣盯着她的脸："我怎觉你面熟呢？是不是在机关宿舍区碰到过？"

姜小曼盯着茶杯点点头："有可能，我妈住在那，我有时去看她。"

谭欣荣继续凝视她的面容，脸上光彩悄然熄灭，搓了搓手，颤声问："你是不是……那谁的谁？"

"我谁的谁也不是，我只是我自己。"姜小曼看都不看他，起身背起画板冲我说，"老师我还有事，先走一步。"也不待我回应，她就转身出了书房，急促的脚步声沿着木楼梯一路响了下去。

我和谭欣荣面面相觑。

"怎么回事？"我问。

谭欣荣木着脸不吱声，趴到我书桌电脑前，往搜索栏里输入"莲城姜小曼"几个字。点开一条搜索结果，只瞟了一眼，他就将电脑关机了。他端坐不动，眼睑急剧地跳着，眼眸里闪出躁动不安的神采。我拍拍他的肩，他从厚嘴唇里吐出四个字："冤家路窄。"好像负重了似的开始喘息。接着，他低声告诉我，姜小曼父亲，那个被机关圈子里的人唤作二老板的秃顶男人，就是他的顶头上司，也就是那个在办公楼里用手摸颜若琳的臀部（当然也会摸别的部位），严重损害了他的家庭幸福的人。

换言之，姜小曼是他情敌的女儿。

谭欣荣开始习惯性地沉默。我坐在他身边，听着自己的心跳，感受着他的隐痛。天光阴暗，远处传来汽车喇叭冷漠的鸣叫。窗外的世界似乎退缩到了一张巨大的银幕里。我们坐在一盆叫作寂静的冷水里，被无奈、隐忍、焦虑、急躁、狂乱、嫉妒、愤懑、忧郁、幽怨、仇恨等负面情绪团团包围。凉风穿窗而过，鸡皮疙瘩布满全身。谭欣荣胸膛大起大伏，双手交叉相握，将手指捏得喀喀响，听上去有什么事物正在碎裂。

不知过了多久，他终于平静下来，脸色恢复如常，抓着他的黑包站起，冲我笑笑："印兄，你真没打算追姜小曼？"

"啥意思？"

"你真没追就好，那我就不客气了。我怕两个人的脚伸到一条裤子里，那就没意思了。"他舔一下嘴唇，似乎想尝尝某种滋味。

"你说清楚。"我心中一凛。

"我打算遵循印老师的开导，以自己的方式找回自己的尊严，从今往后，你不用同情我了。"他用戏谑的口吻说，掸掸袖子，拍拍一下衣襟，再以一个正处级领导的庄严姿态，稳重地走了出去。

"她可是无辜的。"我冲他背影说。

"我更无辜。"他头都没回。

我明白谭欣荣的意思，但我没有制止他，因为我也制止不了。每个人都有自己的选择，最终都要替自己的选择买单。我不知他会拿出什么样的手段与本事，他多半会枉费心机。姜小曼并不是无知少女。但同时我也为姜小曼担着心。我不愿她受到伤害。

我走到露台上，望着谭欣荣的车气哼哼地离去。夜幕下的城市闪着荧光，警笛隐约鸣响。深秋的冷风吹得背脊发凉。谁给我披上了外套，我浑然不知。我想起了生活在精神病院的前妻，我们十几年没见了。

那座悬崖有十几米高，矗立在饮月楼左后方临江的山坡上，直线距离也就三四十米，沿着游道穿过一片竹林就可到达。春天的时候，悬崖的缝隙里会开出几簇血红的杜鹃花，而深秋之季，白茸茸的茅花就在崖底摇曳。这是我除书房与菜园之外，另一个喜欢待的地方。那天晚餐后，我带着口琴来到悬崖下，采了一大把茅花（我打算将它插在书桌旁的落地大花瓶里），然后顺路爬上了崖顶。我坐在那块突起的石灰岩上，默默地欣赏了一会风景，接着操起口琴，随意地吹一首老歌："远方的大雁，请你快快飞呃……"乐曲有点忧伤，不知随风飘去了哪里。不一会儿，姜小曼爬上来了。我怀疑是我的口琴声把她引来的（若不是我把她引来了，她也许就不会知道这个地方，后来就不至于再次来此，从悬崖上跌下去。不幸中的万幸，她是从悬崖侧面跌下去的，灌木丛挡住了她，虽然头部遭到岩石撞击而暂时昏迷，总算没有性命之虞。若是正面坠落，只怕滚到崖下的江水里去了）。

姜小曼在我身边坐下。我边吹边瞟着她。夕阳的余晖映照着她的半边脸。她真是年轻，面颊上的茸毛纤细可见。淡淡的体香袭入我的鼻腔，我忍不住抽了抽鼻子。我猜谭欣荣已有所作为，她可能就是为此来的。

吹完一曲，我用琴布擦干口琴，然后看着她，做倾听状。

"老师，我晓得很多事。"她说。

我点头："嗯，你到了知事的年纪。"

"但有一件事我不知道。"她直视着我，"我想要你告诉我。"

"啥事？"我问。

"老师有没有喜欢过我？"她捏着衣襟说。

"当然喜欢啊，否则我不会和你交往，看到你我很开心。"我说。

"那你为何不追我？"她的眼睛灼灼闪光。

"不合适啊，我大你十几岁吧？大叔级呢。"我严肃地板起脸。

"那别人也大十几岁，别人为何会追？"她咄咄逼人。

"人和人不一样，我得对你、也对自己的行为负责。"

"算了吧，你就是太老派，顾虑太多，人首先得对自己的感觉负责。我真羡慕五四时期的青年男女，为了爱和自由大胆私奔出走，根本不在乎别人怎么看……"她双手托着下巴，眺望着远方，仿佛天际线的那边就是民国，就是以往。

"要说大胆，还是现在的人吧，什么事做不出？"我说。

"那倒是，只不过那时的人为情，如今的人为利，从这角度看，世道人心是不是越来越坏了？有时候，为了对付别人的坏，你也不得不变坏。"她拍拍手，从岩石上跳下，黑亮的眸子瞪着我，"我话已说白了，老师，你不追我，我就让别人追了。"

我当然晓得别人是谁，脱口道："你了解他吗？"

姜小曼点头："我肯定比你了解得更多。"

"你晓得他的动机吗？保不齐在利用你。"我说。

"我不在乎，我也可以利用他嘛。我若是掉进什么坑里，老师你也有责任噢，是你不要我，才把我推进别人怀里的。"她撇撇嘴角，捡起我采的那把茅花，"不打扰老师了，我要约会去了。"她一转身，沿着游道一路小跑走了。

我滑动喉结，将一口痰还有一些想说的话咽下肚里。别人的事无关于我，但我心里五味杂陈。环顾四周，暮色笼罩，山下灯光如鬼眼眨闪。这个世界还会发生些什么，谁也不知道。我拿出手机欲拨打姜小曼的电话，却发现，我并没有保存她的手机号码。其实，就是能通话我又能说啥呢，说啥都晚了。我垂头丧气地下了游道，回到饮月楼。进书房一看，我采折的那把茅花已插在了花瓶里。我接着拨打谭欣荣的电话，通了，但很久没有人接。不知是人机分离，还是他故意不接。那个人所共知的公共嗓门清脆地说："您所拨打的用户无人接听。"我只好挂了再拨，这次呼叫音只响了两声就被人掐断了。他们在哪个私密场所幽会吧，正忙着呢，自然无暇听我这个第三者啰唆。我承认，我心中有一阵钝疼。

大约有个把月时间，无论谭欣荣还是姜小曼都没有来饮月楼。我想他们一定是有了某种进展，腻在一块了。不来就不来吧，我更省心。我一如既往地过我自己的闲散日子，每日上上网，品品茶，读读书，种种菜，想想心思，连茶楼的经营情况都懒得多问。

我没料到颜若琳会找上门来。

她不是专程而来的。据说市里要对西山进行整体性的旅游开发，她陪同有关领导和专家围着西山转了一圈，官方的说法是视察或者考察。他们说诗人屈原流放时曾在此处停留，《涉江》一诗就涉及此地风景，所以呢，山顶可建一座古色古香的怀屈亭，以纪念三闾大夫的坚贞不屈，而现成的饮月楼，也可以改造成屈原纪念馆。我在书房读书懵然无知时，饮月楼已被他们指点规划了一番。视察完毕，专家们回迎宾馆休息去了，颜若琳瞅空上了饮月楼，并且径直进了我的书房——由此可见，她对我已有相当了解。而我呢，也从她那张充满忧虑的脸看出她要跟我说什么。

我们没有客套。我请她入座，像个熟客似的给她沏茶。而她，开门见山地问我："最近谭欣荣是不是常来？"我还在考虑如何回答，她又说，"你不说我也晓得的，其实来得也不多，来你这只是借口。"

我说："你们当公仆的都很忙，可以理解。"

她将我递过去的那杯热茶双手捧着，好像借此取暖。接着她就沉默了，这一点他们夫妻很像，似乎不沉默片刻，就显得没有思想深度，就不像个机关干部。待她将茶杯放下，我就晓得，她要郑重其事地说话了。

"老印，我想请你帮个忙。"她态度相当诚恳。

"我一介布衣，能帮你啥？"我说。

"你是他老同学，他相当尊重你，你是可以影响他的。这几年，他的三观出了问题，既偏激，又消极，说话阴阳怪气，想找他的时候，人毛都看不到……我甚至感觉到，他都有点病态了。家家有本难念的经，莫看我们这种双干部家庭，面子光彩，里子也是乱七八糟的。这几天我心里慌得很，生怕他会出点啥事。我想拜托你，多给他点正能量，让他凡事多为家庭、事业、前途着想。我们都是农村出来的，走到这一步不容易。"她殷切地望着我。

我噢一声，既没有答应，也没有拒绝。因为我不知说啥好。她的话让我心底有所震动，但我能做什么呢？我只好模棱两可地道："我尽量吧。"

"那太好了。"她站起身来，双手抓住我的右手用力摇了摇，"我先谢谢你了。我晓得这些年来你也不易，但你也在积极地生活嘛！这饮月楼开得多有特色啊，算得上我们市里的一张旅游名片呢！以后有啥困难，你可以找我。"

颜若琳告辞走了，我沏的茶她一口都没有喝。

她一下楼，我就给谭欣荣打了电话。

谭欣荣正在水星楼请姜小曼吃海鲜，让我也过去，鲍鱼、石斑、白鳝随便点，不用担心花费，在那里他是可以签单的。我说我有痛风的毛病，海鲜就不吃了。我告诉他颜若琳找过我了，说她正担心着你，找不到你的人毛呢。谭欣荣在电话里大声反驳（可能避开姜小曼了）："她担心我？担心她自己吧？下次她再找你，你就跟她说，我谭某人要以自己的方式重塑自己的人生，谁也影响不了我！"粗糙的嗓音震得我耳腔嗡嗡响。我开始担心起事情的走向。我显然影响不了谭欣荣，我也预料不到会有什么样的结局。

北风凛冽之时，枯萎的枫叶会从山上飘下，像一些飞翔的老鸹，而当真正的老鸹上下翻飞的时候，它若不啼叫，你就以为只是一些随风飞舞的落叶。每天早起，露台上、菜园里都会看到飘落的暗红枫叶，像陈年的血，也像死去的蝴蝶。我的闲适生活便增加了内容，得把它们打扫干净。有事做的时候，心里反而能放下许多东西。打扫露台很容易，操起竹扫把几下就完了，菜地里却有点费工夫，得一片一片地捡拾。那天我捡拾了几片树叶之后，将几棵尚没卷心的白菜苗也扯了，扔进了垃圾篓，惹得朱晓月捂嘴嘲笑："老大，还是我来捡吧，你的心被狗叼走了呢！"

我只好站到篱笆边，看着她捡。她穿件红毛衣，弯曲的腰肢很有线条美。天气这么寒冷，她为何脱掉羽绒衣呢？这枸骨和竹片编织而成的篱笆想防着谁，刺着谁呢？路边刨食的翻毛鸡也太丑了，难怪从事那类古老职业的女人被人叫作"鸡"。我乱七八糟地想着，姜小曼隔着篱笆站在面前了，我都没把她认出来。

朱晓月捅下我的腰，我才如梦初醒。

"小曼，你好久没来写生了。"我说。

"没这个心思了。"姜小曼脸稍稍一红。

"去楼上坐会吧。"我拉开篱笆门走出菜园。

"不了，我还有事。我在古玩市场给老师淘了个茶洗，希望老师喜欢。"

姜小曼将手中的塑料袋递给我。我掏出茶洗一看，翡翠绿的色泽晶莹透亮，底部还有"大清乾隆"字样。毫无疑问是赝品，但她的心是真的，我很喜欢。我说，下回就用它给你泡茶时洗茶。她点了点头，转身就走。刚走两步，又回过头走近我，看着地面低声说："老师，答应我，以后我若出了什么事，别把我往坏里想。"

我点头答应了她。她的模样你无法将她往坏里想。冷风斜扑过来，缭乱了她的额发。她转身离去的背影慢慢变小，像一片树叶般飘走了。她的话在我脑际不停地盘旋。那是一种暗示，抑或一种预兆，她肯定会出什么事，或者，那事已经在来的途中了。

我的担心和好奇心愈发地重。但除了找谭欣荣这个当事人，我没有别的了解途径。当天深夜，后山的夜游鸟都不再啼鸣的时候，我给谭欣荣打了电话。我说，厨师新学了做狮子头，欢迎他来品尝；我又说，从云南网购了普洱茶，邀他共饮。我还想说说竹林里有冬笋挖，却被他粗暴地打断了："行了，我还不晓得你心里有几条毛毛虫？还东拉西扯的，你不就是想晓得我和姜小曼怎么样了？"

"怎么样了？"

"我们现在是一条战壕里的战友。"他说。

"不光是一条战壕里吧？"我说。

"你的意思还是一个包房里、一个被窝里？"谭欣荣从鼻子里挤出一声冷笑，"别把我们想得那么庸俗！"

"这么说你的动机很高尚喽，是为了纯洁的爱情喽？"

"至少不是你想象的。你不懂的，我们已经升华了，不是一般的男女之情可以比拟的了。这世界，还是会有因果报应的。前几天，我陪她去看她妈，你想象得到，她爸也就是二老板，跟她妈已经分居十五年了吗？一张黄皮寡瘦的脸，五十出头的人看得像七十岁。姜小曼还没出门她就在屋里哭开了……不说了。事情总是出乎人们意料。我和姜小曼会按照自己的心愿走下去。你的茶，我下次来喝吧！"

谭欣荣挂了电话，手机里的嘟嘟声拒绝了我更多的疑问。

我喜欢看西片，特别是惊悚悬疑片。我们的日子平庸而沉闷，需要意外之事带来刺激与乐趣，而逻辑推理能提高我们的智商，厘清事物的脉络与本质。那天是周六，当我吱呀一声推开书房通往露台的木门，恍若踏入了一部惊悚片里。远山迷茫，天空灰暗，风声飒飒，光秃秃的树枝在风中摇曳，老鸹沙哑的啼叫让人毛骨悚然……我下意识地缩起了肩膀。我眺望着山脚那条直通城市中心的灰白色大道，隐约看见故事的主人公姜小曼与谭欣荣，正在大道的尽头忙碌。他们沉默寡言，那是因为他们心照不宣。他们匆忙地、敷衍了事地去商店买了点礼品，或曰伴手礼。买的是啥无关紧要，那就是一个上门的礼节而已。

他们象征性地手拉手，旁若无人地走过熙熙攘攘的步行街，然后，上了姜小曼的白色雪佛兰。谭欣荣显得稍许不安，又有稍许兴奋，他写过的好几篇报告（他曾故意写进一些难读的字，比如熟稔的'稔'，那个人读作 niǎn，他便有小小快意），都被那个要去看望的人在大会上宣读过，但他从来都不晓得，那个人住在哪里。他紧张得竖起耳朵，听姜小曼边开车边给那个人打电话："爸，我带男朋友过来看你啊！女儿的终身大事，你得给我把把关。什么？你还在办公室？那你办完事赶紧回来吧，我们在你家等你。"车轮沙沙作响，碾过铺满落叶的街道，驶向僻静的城郊，驶向不可知的混沌之境。车轮下的枯叶像垂死的蝴蝶，扑了扑翅膀又寂然不动了。

他们进了那个所谓的高档社区。不，那个人没住别墅，只是复式楼，越是位高权重，越晓得低调的重要。姜小曼掏出钥匙开了门，进门之前，她和谭欣荣交换了一下眼神。既像互相鼓励，也像互相安慰，更像互相告诫。客厅没人，姜小曼唤了几声也没人应。谭欣荣便将礼物随随便便放在茶几上。姜小曼以主人的姿态给谭欣荣倒了杯饮料。他象征性地喝了一口，是橙汁还是椰奶都没分清。他还是太紧张了。

在虚无的静寂中等待了一会儿，门外响起脚步声。姜小曼拉着谭欣荣迅速地进了一间卧室。从鲜艳的床品来看，那是她的闺房。是的，尽管父女关系冷淡甚至于对立，在父亲这儿还是有她的位置的。他们让门虚掩，留着一拳宽的缝隙，然后各自手忙脚乱地宽衣解带。姜小曼比谭欣荣冷静，脱衣之前还记得打开空调。他们将衣服扔在地毯上，互相都没看上一眼就上了床。有人开门进了客厅，他们急忙用被子遮盖住身体。姜小曼脱得只剩下文胸，谭欣荣要帮她解背后的襻扣，可他的手被姜小曼推开了（谭欣荣后来一直想不明白，上面比下面更重要吗，或者说上面才是贞节之所在）。

他们没有按部就班，而是急匆匆地直奔主题，做那件已经商量好了的事。他们动作幅度很大，并且故意弄出很大声响，其目的当然是吸引客厅里的人。姜小曼发出尖厉的哎哟之声，仿佛她正经受真正的刺戮之疼。细汗从她圆润的额头上渗出来了，她的眼睛却盯着那条门缝……果然，他们惊动了客厅里的人。那人凑近卧室门，从门缝里瞅了床上一眼，马上将门拉上。在门关严实之前，姜小曼认出了那双眼睛所呈现的保姆式的惊慌。

懂昧的保姆上楼去了，她的惊慌转移到了姜小曼身上。她打个冷噤，将谭欣荣从身上推了下来。谭欣荣没在意，因为他也正想下来了。姜小曼拉过被子掩住胸口想了想，重新镇定，摸到手机，给那个人打了电话："爸，你到哪了呢？快到了？那好，我们等你。我们已经等一会儿了。"接着她溜下床去，将卧室门重新拉开一条缝，再回到床上。谭欣荣轻轻地搂住她，她再次将他的手推开。

他们望着天花板，倾听这个世界发出的任何细微的声音。车轮声，脚步声，开门声，次第而来。姜小曼这才主动地将谭欣荣的手拉到自己身上。他们重新开始做那件商议好的事。这次比较从容，但他们身心分离，注意力大部分在门外。随着那个人的脚步临近，他们的动作与呻吟越来越夸张，整个房间充满了狐臊与荷尔蒙的气息。他们期望的时刻终于到来，在谭欣荣爆发出不可克制的叫唤之时，半掩的门被推开了。那张平素庄严无比的脸惊愕地嵌在门口。

姜小曼仓促地叫了声："爸，你别进来。"她再次将谭欣荣从身上推下去。

刹那之间，愉悦的闪电划过谭欣荣的脑际，眼前一片光辉灿烂。他用右手肘支撑着身子，裸露出肥实的上身，举起得意的脸，冲着门口绽开胜利的微笑。他清楚地看到，那个人似被五雷轰顶，嘴巴大张，脸色铁青。那一刻，他所有的羞辱都得到了补偿。接着，他旁若无人地掀开被子下了床，慢条斯理地穿上内裤，与此同时，不忘拎起那件75B的黛安芬文胸，体贴地放到姜小曼手上。他不再关心那个人脸上的表情（其实那个人此时退到客厅去了，聪明人不会让自己陷在尴尬里出不来），自己穿戴好，又悉心地侍候姜小曼，帮她翻出外套的领子，拈去她肩头的发丝。

收拾完毕，谭欣荣牵起姜小曼的手，准备以情侣的姿态出门。他下意识地朝床上瞟了一眼，不由一惊：雪白的床单上竟有几点鲜红的血，如同几朵凋落于雪地的红梅。他将不解的目光投向姜小曼，却发现姜小曼低垂着头，用乌黑的短发遮住了自己的脸。他搂搂她的肩，将她牵出房门。

那个人笔挺地坐在客厅沙发上，一张老脸被愤怒烧得像一张烙焦的饼，颤抖着说："谭欣荣，你究竟想干什么？"

谭欣荣很平静："您不是都看到了吗？"

那个人用那根指点过无数事物的指头指点着他，无比地羞恼："你、你……"

谭欣荣不再理那个人，转身抚抚姜小曼的肩，极其温柔地说："我先走一步，再联系吧。"

他留下了姜小曼，就像以往在那个人的办公桌上留下他新撰写的文章，但这一次，他晓得那个人不敢在这篇文章上自作聪明地乱批乱改。他穿过小区大门，感觉就像穿过巴黎的凯旋门，他昂首阔步在想象中的香榭丽舍大道上，无

141

比地快意。

以上场景出自谭欣荣的叙述和我的想象。还在离开那个小区的途中，谭欣荣就迫不及待地给了我一通电话，说了事情经过。当然不像我说的这么细。想象力再丰富你也虚构不出这样的狗血情节，它完全在我的猜测之外，但我相信它的真实性。分享了谭欣荣的兴奋与喜悦，我多少有点欣慰。他总算洗刷了他的耻辱，找回了自己的尊严。尊严是什么东西？有时就是一种主观感受而已。只是一个悬疑才理清，另一个悬疑又铺开了，接下来将会发生什么呢？他们会向何处去？而那个人，会善罢甘休吗？

我以为，谭欣荣会来饮月楼跟我饮酒庆贺一番的，但谭欣荣当天没有来，当晚没有来，次日也没有来。我心神不宁，前所未有地在茶楼里巡查了几番。我发现包房里有打大牌的，也就是有下大赌注的，便将朱晓月叫来狠狠训斥了一顿，责怪她放任不管。厨房里的煲仔饭煲焦了，我骂了厨师的同时也横了朱晓月几眼。她唯唯诺诺不敢分辩，只好将嘴唇翘得能挂衣服。晚上她给我做了银耳莲米羹，亲自送到书房，见我迟迟不吃，还拿起调羹喂了我一口，好像那样就可以消除我心头的无名火。

心情复杂，所以我睡得早。枕边的手机铃声将我惊醒时，我感到整个饮月楼都在旋转。

我冲着手机叫："都啥时候了，谭某人你还让不让我活？"

"找不到姜小曼了我还活个屁呀，活什么活！"谭欣荣瓮声瓮气。

我忙问他怎回事。他说，一整天都找不见姜小曼的人毛，手机关机，家里没人，单位没人，她母亲家也没人。那个人家也不会有人的，她说过，昨天是最后一次去父亲家。所以想问问我，她是不是来过饮月楼。

我明确告诉他，姜小曼没来饮月楼。你谭欣荣都没来，她怎么会来呢？这种时候，她应该和你在一起，和你互诉衷肠，谋划未来。如果出了意外失踪了，那可不得了，你得赶紧报警。人家连童贞都给了你，还有啥说的。

"什么童贞啊，那是她制造的效果，刺激那个人的！起先我也以为呢，昨天她告诉我真相了。但是说实话，她的敢想敢做比真给我童贞更让我感动，不是谁都做得出来的。所以，昨天我就表达了与她走下去的坚定决心。"

"你还想往下走？我看还是适可而止好。你不会以为自己真爱上她了吧？"

"凭啥不爱？你以为啊？"

"别说你大她十八岁，也别说你们的复杂关系，就凭你丑陋的大肚腩，你也不配。再说爱是两相情愿的事，她同意不？"

"她当时也没表示反对啊。"

"那她现在用行动表示了。放心吧，她失踪不了，就是躲着你而已。"

"那我更放心不了啦！"

"你个猪脑子，只想着那点私情，你的家庭、事业还要不要？我可是答应过颜若琳给你正能量的。你不会真想离婚吧？你们这么报复二老板，就没想过后果？随便给双小鞋，就够你受的，分分钟的事！"

"嘿嘿，心里恨得要死，脸上却笑靥如花呢！你想象不到，中午在机关食堂吃饭时，他特意将我叫到包房里，当众表扬我，说我新写的报告理论水平高，下了不少功夫，唯一的不足是还不够口语化，不太接地气。那亲热的口气，那柔和的眼神，哪里像个二老板，简直就是我的亲岳父！"

"怎么会？"

"怎么不会？"

"那我就真不懂贵圈的人了。"

"你也不需要懂。昨天的事，除了当事人和你这个第三者，别人都不知道，相信你也不会外传。所以不会有流言，不会有绯闻。一切如旧。我眼下最重要的是找到姜小曼。她若是来饮月楼了，你得帮我做做思想工作。我和她有了这样的经历，我晓得你不会有想法了的。拜托啊。不多说了，还得找她去，你继续做你的梦吧！"

谭欣荣挂了电话。

我哪里还睡得着，索性穿衣下床，拉开窗帘，眺望城里的万家灯火。我不知哪一盏灯照着姜小曼，但我知道，她的人生有别样的艰难。我来到露台上，寒冷的夜气包裹了全身。我瑟缩着摸了摸姜小曼写生时坐过的椅子，居然感受到一丝温热，仿佛她刚刚还坐在这里。零星几点雪花飘然而下，我仰起脸，承接着点点冰凉。

有一点谭欣荣说得不对，一切并不如旧。天下没有不透风的墙，我偶然地从一个包间门口过，听到里面的人在热议那件事。这一点不奇怪，茶楼就是各种信息的集散地。当事人的名字从人们的舌尖毫无顾忌地弹跳出来。而对那件事的描述，比我晓得的更细致、更情色、更刺激也更离奇。这种事往往能最大地调动人们的想象力。只不过，传闻只是传闻，民间舆论即使鼎沸，只要那个人权杖在握，就无伤他的大雅。从这个角度来看，谭欣荣说得也没错，一切如旧。

日子不知不觉就到了意外来临的那一天。日落时分，我站在书房窗前望着山下的城市与河流发呆。一辆白色轿车瓢虫似的沿着山道爬了上来。我想可能是姜小曼来了。车在饮月楼前停下，车门一开，姜小曼果然从车内钻了出来。她一身鲜红的长款羽绒服，在萧瑟的冬日背景上，显得格外艳丽夺目。她一下车就仰头朝楼顶观望，正好与玻璃窗后的我对上眼。我冲她点点头，立马转身，拿出最好的茶具和刚网购来的小青柑，做泡茶的准备。

我用她送我的茶洗洗茶之时，她进了书房。她没带画板，肩上挎着一个宠物袋。我们对视一笑。她自顾自地放下宠物袋，从里面掏出一只纯白色的波斯猫，轻轻放在沙发上。书房暖气充足，她脱下羽绒服，露出里面的白毛衣。这样一来，屋里就像有一大一小两只猫了。波斯猫无声地跳到沙发后背上，蜷伏着不动，拿圆溜溜的眼睛盯着。她略显疲倦地坐下，微吁一口气。我沏好茶端给她，她双手接过茶盅，轻轻啜了两口，然后告诉我，她带着母亲去了省城舅舅家。她并不是刻意玩失踪，只是想清静几天，所以关了手机，谁也没告诉。她刚回莲城，从宠物店接出寄养的咪咪，还没回家就直接来饮月楼了。

"老师，我是不是很贱？"她盯着我问。

"不要这样说自己。"

"有时我就这样觉得啊。"

"我多少理解你，只是觉得，你不要把自己赔进去才好。"我说。

她不言语了，拢拢耳边的发丝，起身打开通往露台的门，张望了一阵，说："刚认得老师的那会多好，我在这安安静静地画画，无有顾忌，无所挂碍，无比安宁。"

我说："你可以继续来画啊。"

她回到沙发上，怅然道："再也没有那种心境了。"

我默然，一遍又一遍地给她倒茶。有些话不宜说，可又忍不住，于是端起杯子闻闻茶香，佯作不经意地问："你们，以后怎么办？"

"不知道。"她摇了摇头，"我没想过。"

"我是乡下长大的，小时候进山砍柴，若是迷路了，我们就会停下来，问清白了再走。否则，会越错越远，就有可能走不回来了。"我说。

"所以，我来请老师指点迷津啊。"她说。

"虽说旁观者清，可这个清毕竟是旁观者角度的清，还是要遵循自己内心的指引吧。就像别人指了路，你若不想往那边去，走得也别扭，到达的也不会是自己希望的境界。"我掂量着说。

"说得五迷三道，其实老师的想法我猜得到的。"她淡淡一笑，转移话题，"老师是不是真的嫌弃女人？"

"不能这么说，还是看人吧。"

"真不相信爱情了？"

"我不是相信爱情的年纪了。"

"嗯，我晓得了，老师其实给出了建议。"她说。

"我可没建议，毕竟是两个人的事，你们还是商量着办吧。"我说，"你好久没来了，给你接个风，就在这吃晚饭？"

"嗯。"

她点下头，往后一仰，疲惫地靠在沙发上。

我下楼找到朱晓月，吩咐她去厨房安排几个特色菜。朱晓月翘起她的领班嘴说，又来了啥贵客啊？我没理她。从她表情看，她早知道谁来了。我回到书房，姜小曼已经倒在沙发上睡着了，看上去就像一只蜷伏的大猫。那只叫咪咪的波斯猫坐在一旁守着她，两眼幽幽闪光。我拉亮灯，拿过她的羽绒服嗅了嗅（有股很温馨的气息），再盖在她身上。然后，我走到露台上，打了一个后悔终身的电话，通知谭欣荣来饮月楼晚餐。

假设我没打那个电话，事情会怎样呢？

但假设只是假设，于事无补。接我电话后，谭欣荣很快赶来了。看姜小曼还在沙发上酣睡，也就没有叫醒她，我们在露台上悄声说话。待服务员将餐具摆好，菜也上齐了，我才将姜小曼轻声唤醒。她睁眼看到谭欣荣，脸色微微一红，也没啥特别的表情。谭欣荣自然是异常欣喜，又是搀她入座，又是嘘寒问暖，十分殷勤。我开了一瓶红酒，互相敬过一轮之后，就都自便了，爱喝就喝，不爱喝就吃饭。谭欣荣不停地给姜小曼夹菜，不时地用胳膊肘碰她。话倒不多，两人不约而同地回避着某些话题。显然，我的存在让他们拘谨。于是我加快了进餐速度，吃完饭就到楼下两层转悠去了。我不想当电灯泡，同时也想给他们说话的机会。他们也该好好聊聊了。

145

但是，我才转悠了半小时，就看到姜小曼匆匆下楼来了，高跟鞋踏得木楼梯笃笃响。我很诧异，叫了她一声，她没听到。我追出门去，只见她站在路边，左右望了望，往悬崖方向踱步而去。我赶紧爬楼回到书房，问埋头吸烟的谭欣荣："你们谈崩了？"

他挥挥手："没事。"

我说："你赶紧陪她去吧，她一个人上山去了。"

谭欣荣这才起身，匆忙下楼。我一转眼，看到咪咪还坐在沙发上，一副孤独无助的样子，连忙抱起它，小心地将它装入宠物袋，再交给朱晓月，嘱咐她追上谭欣荣，让他带给姜小曼。朱晓月很不情愿地翘起了嘴巴，但谁让我是她老板呢，她只好悻悻地去了。

我来到露台边缘，举目察看。天色已黑，路灯已亮。我清楚地看到朱晓月奔出楼来，沿着游道追上了谭欣荣，将宠物袋交给了他。谭欣荣拎着袋子继续往悬崖上方走，他的身影就像一条黑色的虫，慢慢地爬进了竹林。姜小曼已经坐在悬崖上，一轮朗月挂在她的头顶，她的剪影就像那座墨黑的山崖长出了一只角。过了一会，那只角的旁边长出另一只角来——谭欣荣坐在了她身旁。我吁了一口气，回到我的书房里。

接下来的事大家都知道了。我在书房喝茶上网，女人的惊叫划破了西山的夜色。我端茶杯的手一抖，几滴茶汤滴在了桌上，但我没有理会。西山夜里出没的男女不少，这样的叫声并不罕见。我不晓得那是姜小曼发出的声音，我以为她和谭欣荣早回去了。我继续在网络世界里漫游，对救护车急促的鸣叫充耳不闻。

直到第二天下午，我才晓得姜小曼出事。就在这天凌晨，饮月楼失了火。起火点在厨房，可能是电路老化引起的。消防车来得还算及时，大火烧到二楼之后就被扑灭了，三层与我的书房得以幸存。还好，我买了保险的，不然损失就大了。我处理完各种紧急事务之后，开始打听姜小曼的消息。姜小曼与谭欣荣的手机始终处于关机状态。姜小曼是住进了医院昏迷不醒，谭欣荣呢，是不是进了派出所？我不知道。我再也没能联系上他。

现如今，说什么的都有。

有人说，姜小曼是谭欣荣推下悬崖的；有人说，是争吵中姜小曼自己失足跌下去的；也有人说，姜小曼是被一只死猫吓得掉下去的——这怎么可能呢？

我装进宠物袋中的咪咪明明是活的，这一点朱晓月可以证明——当然，找不到朱晓月人了，失火的那晚是她值通宵班，她怕担责，一早就跑掉了。

甚至还有人说，是我暗中捣的鬼。说是若干年前，当副区长的那个人将我的新婚妻子叫进办公室谈心，而我妻子一心求进步，于是被诱奸了，从而导致我的婚姻破裂，我一直怀恨在心。说得有鼻子有眼。但那个新婚的妻子叫王莉莉，而我前妻叫黄莉莉，拜托不要王黄不分，大家帮我辟辟谣吧。事已至此，我只能祈求警方保护好姜小曼，不要让她再出什么意外，而姜小曼呢也要尽快好起来。只有她清醒了，一切才会真相大白。

我晓得的就是以上这些，怎么看那是你的事。

事实与看法从来就不是一回事，你懂的。

2018 年 4 月 15 日

无 帆 之 河

1

时间流进二十一世纪都五年了，他却试图在莲水上找到一条帆船，真谈得上是痴心妄想。当然，若是你晓得他来自香港，离开本地已有整整三十年，也就没啥好奇怪的了。

我陪着他，站在莲城码头的青石阶上，俯瞰着平缓东去的莲水。码头旁拴着一艘老态的趸船，一艘海事局的白色快艇，下面一点还泊着三艘巨大的运沙铁驳船。再下游一点，有人驾着划子在钓鱼。而河心，一艘运沙船突突突地驶过，船头的输送带铁架长长地伸出，像一条银鱼尖尖的长喙，不断地刺入闪闪的波光里。河水不安地荡漾，船体推开的波浪慢慢地卷向岸边，在礁石上拍打出雪白的浪花。五颜六色的油迹彩带般漂在水面上。

我负责任地告诉他，不光是莲水上找不到帆船了，在我成年之后见过的所有江河之上，都没再现过白帆这种诗意的事物，所以那种"孤帆远影碧空净"的意境，只存在于唐诗和宋词之中了。

"那年我从河上漂下来时还有的呢。"他皱起眉头，迷惘地望着远方，仿佛对时间之手施展的魔法深表不解。

而我不能理解的是，你是商人，而不是诗人，何必对家乡的大河上还有无张扬的白帆那么耿耿于怀呢？时至今日，难道帆船这种古老的运输工具还在你的商业考虑之内？由于陆路运输的发达，现今的莲水之上，除了目力所及的这些船只之外，别说是帆船，就是机动货船，也很少见到了。

所谓的那年，不过是随波流逝的岁月，一去就不再复返。

那年，我还见过双桅船呢。

日光慢慢白亮起来，河风吹得他稀少的头发摆动不已。他左手加额眺望对岸，眸子里闪出惊喜的光泽，伸出右手的一根手指："就是那，那年我搭排顺流而下，就是从那起坡的！"

家乡调脱口而出，而且，把上岸说成起坡，典型的船古佬腔。顺着他指的方向看去，对岸废弃的轮渡码头和堤坡上的石板台阶都隐约可见。他急遽地眨着眼睛，双手抓住西裤的背带勒住自己，似乎想控制住内心的激动。此时的我对他还一无所知，所以对他的反应很不以为然。

一小时前，我还不知来莲城考察的港商代表团里有这么个人。在浮山县双龙镇当镇长的表哥一个电话，一定要我悄悄找到他，在第一时间里代表家乡领导邀请他回乡观光。当然，观光的目的是鼓动他回乡投资兴业。表哥说，之所以要我出面，是我这个所谓的作家比他有面子，同时也因为我就在莲城，而他还在上游一百多公里的地方，不能捷足先登，只好有劳我了。县里有政策，如果引资成功，是会按投资额的百分之三奖励的噢！我是个散淡之人，这种利益诱惑对我作用不大，只是家乡人几乎没求过我什么，这么件小事，是我应当做的。事情很凑巧，代表团下榻的望江宾馆就在我家隔壁，而表哥早把他的房间号都摸清了，于是，我轻而易举地找到了他。他刚早餐完，想到码头上走走，我就陪他来了。

阳光出来了，他保养得很好的脸庞愈发地红亮。他沿阶而下，来到河边，蹲下身子，伸手探了探河水，似乎想探知它的温度。接着他捡了块小石片，打起了水漂。虽说看上去已是知天命的年纪，劲头却还很足，石片在水面上有力地跳跃着，漂出去很远才钻入水中。

我也效法于他。可我刚打出去一个石片，他翻起手腕看一眼表，就返身往回走："我得跟团参观去了，再联系吧。"他边走边从身上摸出一张名片给我。我赶紧也递了张名片给他。我把他送进宾馆，才端详他的名片。香港太平洋集团总裁孟大庸，头衔和名字都很有气魄。

我以为，我的任务就此完成，再也不会跟他有任何交集。

2

我破天荒地关注起本地媒体来了。一连几天，电视和报纸都在密集地报道港商代表团的活动，不是领导接见宴请座谈，就是参观重点投资项目。但是，既没看到孟大庸的身影，也没有关于他的只言片语。

仿佛这个人并不存在。

我给表哥打电话，问他孟大庸是不是回双龙镇了。表哥说没有，你都不晓得我哪晓得啊。我说表哥你太没诚意了，都不亲自来接他。表哥却说，我本也想来，但分不开身啊，正好来了两个考察项目的大老板，我在县里陪着呢！那个孟大庸，我问过市招商局的朋友了，发给他的投资咨询表都没有填，天晓得是来投资的还是来游山玩水的。再说了，双龙镇从来就没听说有姓孟的，他到底是不是双龙镇人，也不是十分确定。随他去吧，来了就来了，不来就不来，你也不用管他了。

不管就不管，我本就是图清静的人。

但这天中午，我收到了孟大庸的短信："作家，有兴趣陪我回一趟老家吗？三十分钟后出发。"

我的兴趣立即就来了。我敏感到这个人身上有故事。我收拾好简单的行李，背起双肩背的登山包，径直去了宾馆，上了他租来的奥迪车。他坐在副驾驶座上，对我微笑着点点头，神定气闲的样子，好像早料定我会来。

然而，车出了城区，却没有上高速公路直奔浮山县，而是沿莲水左岸的乡村公路溯流而上。大概是孟大庸想顺访旧地吧。我坐在司机后面，瞟得见孟大庸的半张脸。光滑的面颊泛着红光，太阳穴上青筋突起，恍若蠕动的蚯蚓，显示着他内心的兴奋。

大约一小时后，车在一个山坡上停住。我随着孟大庸下了车。阳光有点耀眼，他眯起眼睛，舔了舔嘴唇，仿佛要把看到的景物都吃下去。莲水浩荡西来，到此形成一个巨大的洄水湾，称作大泖，而排列在上游岸边的那些房屋，就是大泖镇了。半个世纪前，水路运输兴旺，大泖镇为莲水流域的物资集散地，商铺林立，繁华一时。过去临水皆为吊脚楼，而现在，全被红砖楼所代替。洄水湾畔的滩涂，曾经是有名的排场与储木场，而现在是砂卵场，巨大的砂卵堆像一个个小型金字塔。河风从坡下吹来，带着清新的水腥味。我听到孟大庸吁出一缕长气，恍若从胸膛深处发出了一声感叹。

我以为他会往水边去，他却转过头凝望着右侧山脚的一片废墟，那里荒草丛生，瓦砾遍地。他冥想片刻，打开后备厢，从里面拿出一束香，沿着一条若隐若现的小路往废墟走过去。直到没路可走了，他才停住。草籽沾满了他的裤腿。他蹲了下来，将香插在地上，拿出打火机点燃。接着他又拿出几张港币烧在地上，大概是充作冥币吧。然后他起身作了三个揖，嘴里念念有词。我紧贴在他身后，屏息凝神，想听他念的啥，但一个字也没听清。

他回过头时，我瞟见了他眼里的泪光。

他指指那片废墟："你晓得这是啥地方吗？"

我说我晓得，那是原来的莲水木材放送局，隶属于省林业局的管理运送木排的机构，但是二十几年前，它就撤销了，房屋都拆掉了。那些放排工，也就是俗称的排古佬，都安置四散了，莲水之上，早就没木排的踪影了。

"好几年前，我托人找过魏伯，但没找到。听说回了老家，早去世了。也不晓得埋在哪。所以，只好在这给他烧几根香了……他是我的救命恩人。"

他声音低沉，似乎怕惊动了荒草中的亡灵。几缕蓝色的细烟从隐燃的香头上曳出，袅袅升出草丛。默立片刻，他转身往坡下去。路坑坑洼洼的，我紧跟其后，随时准备扶他一把。但他走得很稳当，连个偏脚都不打。

我们越过公路，下到砂卵场，来到河岸边。河水流得极其缓慢，波平如镜，也比下游干净得多，微碧的水面粼粼闪闪，清爽的水汽扑面而来。他伸手舀了一巴掌水，举起来，又让它晶晶亮亮的滴落下去。他鼓鼓鼻翼，好像在嗅江水的气味。

随后，他立起身子，觑着这片浩大的洄水湾，慢慢抬起手指："那年，这里泊满了木排，上游发来的木排都要在这里重新连成大排，再顺流漂过月亮湖和洞庭湖，进入长江，放到汉口、南京去。那晚我正在排上的棚里歇觉，快转钟的时候，魏伯突然把我拍醒了……"

透过他的讲述，我看到了那个人影纷乱的深夜。手电筒的光柱交错晃动，持枪的基干民兵们跳上了木排，围住了排上的窝棚。他们用刺刀挑开了被窝，被窝还散发着热气，人却消失不见。他们四下寻找，骂骂咧咧，并且审问了魏伯半天，终是没有结果。他们一点都不晓得，要抓的那个人，其实就躲在排底的河水里，只将鼻孔露在排缝里出气。折腾了一个多小时，民兵们才悻悻离去，他也才从水中爬出来。正是春末夏初，江水还很有些凉，魏伯帮他搓了半天，身子才暖和过来。第二天一早，他就怀揣着魏伯塞给的二十元钱，搭上了另一挂顺流而下的大排。排过莲城时，他跳下水，游上了南岸，从那里搭车去了长沙。

"您就是从长沙去香港的？"我问。

"是啊，那时长沙就有往香港运货的专列，我就偷偷扒上了火车。"他说。

"民兵为何要抓您？"

"公社干部说我是坏人，当然要抓的；再说我本就是被关押之后逃跑出来的。"他说。

我默然，心里却抽动了一下。

他眺望着莲水上游，右手缓慢地往后抹着头发，仿佛在梳理脑子里的往事。一条大驳船靠岸抛锚，高昂的皮带架转向江岸，黄沙源源不断地从皮带上流泻下来。运沙的卡车空哐空哐地开过来了，灰尘四下弥漫。我连忙拉他回到车上。

我们继续沿莲水左岸往上游走，车窗外时而是水，时而是山。他很久很久都不说话，偏着头，好像睡着了，但我转脸一瞧，他的眼睛是半睁着的，眸子里的光亮得像一根针。

3

孟大庸假寐许久，突然回头问我：

"你认得一个外号叫'纠把木'的人吗？"

"我老家那地方，外号叫'纠把木'的人多着呢。"我说。

纠把木是指那种歪扭着生长、纹理纠结、木质硬韧不便做成农具或木器的木头，乡下常以此比喻那些性格执拗、不太好打交道的人。

"你家在双龙镇哪个地方？"

"就在青龙桥东头院子里，我爹叫陈中立。"我说。

他想了想说："没印象，太久了……你方便的时候，帮我打听打听那个纠把木吧。"

"他是什么人？"我问。

"一个我忘不了的人。"他扭过头去，不再言语。

乡间公路越来越窄，车子颠簸得厉害。在山峡里转悠了一阵之后，车头一昂，冲上一个坳口，莲水便又闪现在面前，只是比起下游来，河面窄了许多，河水也没有那么充盈。两岸山峰拱卫，河道深切下去，水浅浪急。太阳已经西斜，半边河面浮光耀金，另半边河面却因山影覆盖而水波幽暗，只是那些绽开在礁石上的浪花，愈发地雪白醒目。

车子驶进岸边空地，在一家河鱼馆旁停下。这地方我来过几次，是一条古纤道的下端，一个有待开发的旅游景点。路边的崖壁上，新刻上了"莲水古纤道"五个大字，还用红漆涂描了。

孟大庸一下车就直奔纤道而去。

河岸全是悬崖和陡坡，纤道就弯弯曲曲地开凿在岩壁之上，最窄处仅可一人侧身而过。陡峭的石壁上还拴着生锈的铁链子，那是给纤夫用的抓手处。纤道拐弯处突出的岩石上，可看到光滑的石槽，那是纤索摩擦出来的。想起那首红遍 KTV 的情歌，什么妹妹你坐船头，哥哥在岸上走，浪漫是浪漫，却也虚假而矫情。纤夫负重蹈险，劳累至极，有时须绷直身体伏地爬行，分分秒秒都难挨，哪有心情谈情说爱？而留在船上的妹妹也是没有闲暇调情的，她必须握紧舵把，或者撑篙相助。

孟大庸走到岬角处，摸了摸纤索磨出的槽，一个弓箭步，身体前倾，摆出拉纤的姿势，用力往前摇晃了两下。眨眼之间，他似乎被沉重的纤索套住了。

"一看就知您是拉过纤的人！"我冲他翘了翘大拇指。

"岂止拉过，拉过很多次呢，当年，就靠帮人驾船拉纤赚几个钱。船运货到莲城或汉口之后，回程到此，就要靠拉纤了。即使那时有了机帆船，也要靠拉纤才能回到上河去的。"他蹲下身子，摸了摸地上一块突起的岩石，"你看，它还在这里。那年拉一艘帆船回浮山，货重船笨，我拉的头纤，拐弯的时候，三纤四纤都悬空了，重量都落到我和二纤的身上，纤索猛地把我们往后头一拉，若不是我拼死踩着这块岩头撑住，就被拖到河里去了！"

他感慨地抚摸着那块岩石，仿佛很珍爱，仿佛给予问候。

"您吃过很多苦哇。"我感慨道。

"吃苦倒不怕，最怕的是被公社干部晓得了，就会抓起来批斗。"他眯起眼觑着上游，宛若看着过去的岁月，"晓得么，我都是偷偷跑出来，帮人开黑船，赚点力资……后来，我就用自己赚来的钱买了划子，也是艘黑船。你不晓得啥叫黑船吧？"

我告诉他，我明白啥叫黑船。黑船就是既不归公社管理，也不属县航运社所辖，是船古佬自己用来从事运输或捕鱼的私人船只。不光船没有登记注册，一些驾船人甚至连户口都没有。那时，虽然黑船为官方所不容，在莲水和洞庭湖上，还是有许多这样的船只自来自往，自生自灭。当然，那个年代里，以黑为前缀的事物还很多，地下市场是黑市，偷开的荒是黑土，不中听的话叫黑话，说不中听的话的人是黑帮，没经允许生下之后上不了户口的婴儿叫黑人。

153

他沿着纤道走了一程，攀爬到河边，坐到一块岩石上，眯眼觑着急泻而下的河水。溅起的水花打湿了他的裤脚。古纤道是莲水凶险处之一，在以往的岁月里，有不少纤夫在此落水，尸首难寻。

他在冥想那些随波逐流的亡灵吧？

我默立在他身后，欣赏着两岸景色。清凉的河风蛇一样从耳边溜过去，而山的阴影眼见得遮盖了整个河面。

"这儿是回上河的第一个鬼门关，没人不愁性命回不回得去……不过，它越险，船老大付的力资就越多，让人喜欢呢！那时肉才七角二分钱一斤，米粉才一角五分钱一碗，驾船往返莲城一回，就赚得几十块钱。到莲城吃饱了牛肉米粉不说，还能给你喜欢的人扯上几尺花布，买几双尼龙袜子，偷偷地塞给她，好舒服啊……"他微笑着，眼角皱纹辐射开去。

我有些意外，他似乎还憧憬着过去的艰苦生活。

他从岩缝里扯下一片苔藓，放到鼻尖下嗅了嗅，起身爬回纤道上。他踱着方步，不时回头瞟一眼奔流的河水。水声哗哗地摩擦着我们的后背。

回到河鱼馆前，只见我们的车旁又停了一辆越野车。我瞟一眼牌照，认出是双龙镇政府的车，表哥曾用它带过我。孟大庸钻进了车里，我往河鱼馆门口打量。表哥和两个老板模样的人坐在走廊上，热烈地交谈着，旁边还陪着两个打扮时尚的女子。

我朝表哥挥了挥手，大声说，王镇长你怎么也来了？朝他走过去。表哥自打当上副镇长之后，就要求我在人前称呼他的职务，说有利于工作，官场上也讲究这个。现在他当镇长了，也快要退居二线了，面子问题就更马虎不得了。习惯成自然，叫得多了，不管人前还是人后，我都叫他镇长了。

表哥有点喜出望外的样子，下了台阶迎过来，抓住我的手作古正经地握了握，呵呵，我是陪两个深圳老板来吃黄金鱼的呢，他们也听说这家河鱼馆的黄金鱼正宗。

黄金鱼是莲水上特有的洄游鱼类，嘴巴、鳍和尾部都呈金黄色，无鳞少刺，肉质鲜美。也不知它啥学名。其实以前它是叫黄荆鱼的，近几年才演化为黄金鱼。人们吃黄金鱼往往不仅为饱口福，还图个彩头，说是吃了黄金鱼，就有黄金运，会发财。只是自从莲水梯级开发之后，数座拦江大坝截断了鱼类洄游产卵的通道，黄金鱼越来越少了。有些餐馆就以假乱真，将别的鱼染了色当作黄金鱼来卖。

我说，这儿还有真黄金鱼？

表哥微微一笑，管它真假，老板有要求就得满足。

我瞟瞟那两个时尚女子，还带着女秘书来的啊？

表哥压低喉咙，屁，我给他们临时找的，他们好这一口。陪他们玩了几天，累死了，要不是为招商引资，老子屙屎都不朝他们看。

我忙朝车上努努嘴，我是陪孟老板来的，你见见他吧。

表哥却说，双手只抓得一条鱼呢，他又没投资意向，就算了吧。再说，他真是双龙镇出去的人吗？

我说，肯定是，一口的乡音，还跟我打听一个外号纠把木的人。

表哥眉毛一挑，他打听这人做啥？

我说我又不是他肚子里的蛔虫。

表哥想想又问，你跟孟老板出来，费用谁出？我可不会认账啊。

我拍拍王镇长的肩，这你就放心吧，人家叫我陪，自然人家会管，哪像你这么势利。

表哥走了几步，朝车里的孟大庸看了看，回头说，那就好，你就好好陪他吧，套套他的口气，他万一有投资意向，镇里还是愿意出面的。弄成了，你的好处也少不了。然后招招手，回河鱼馆里去了。

我回到车上，孟大庸问："跟你说话的是哪个？有点眼熟。"

"双龙镇的王镇长。"我说。

孟大庸噢了一声，让司机开了车，将后脑枕在靠背上，微眯双眼，陷入了沉思之中。

4

天擦黑的时候，奥迪车把我们送到白浪滩电站招待所就回莲城去了。孟大庸开了个双人标准间，两人同住，说是夜里好和我聊天。我心里不免嘀咕，也好省下点钱吧。有钱人越有钱越节俭，这是可以理解的。

放下行李，我就带孟大庸去了河边的小餐馆。若干年前我来白浪滩电站工地采访，在此地住过半月，因此比较熟悉。让我惊讶的是，小餐馆仍是旧时模样，连老板都没换，只是老板的头发少了许多。一说起来，老板居然还记起了我，高兴得直抠半秃的脑门。老板特地给我们煮了一条两斤重的黄金鱼——这可是真的黄金鱼噢。嘿，它每年都洄游产籽，游到这里就被大坝拦住了，上不去了，鱼也是有记性的嘛，下次就不来了，所以就越来越少了，不过，在坝下面还是可以捕到一些的。要是你们明年来，只怕真的吃不到了，下游又在建大坝了！

鱼汤像牛奶一样又白又浓，加上姜末与紫苏的香味，真是鲜美得不得了。孟大庸赞不绝口，直说还是过去的味道，喝得滋滋有声，满头大汗。我叫了半斤米酒，和孟大庸干了几杯。一顿饭吃下来，只花了不到八十元，我想付款做一回东，却被孟大庸推到了一边。

出了小餐馆，我带孟大庸去江边散步。河谷寂静得很，波光幽幽闪闪，对岸墨黑起伏的山影似乎伸手可触。孟大庸四下辨认了一会，说："这儿到白浪滩还有十几里，中间还隔着个黑鱼潭呢！电站为何要叫白浪滩呢？"

我说："也许是图白浪滩的名气吧。黑鱼潭名气也不小，但不太吉利。"

孟大庸点头："是的，黑鱼潭在白浪滩下头，是收尸的地方。白浪滩上打烂的船也好，落水的人也罢，都会冲到黑鱼潭里来。驾船过时，你若看到潭边肿胀的浮尸，得赶紧烧纸作揖，悼念死者，也免晦气缠身……那一年，我也在白浪滩打烂了船，差一点就浮在黑鱼潭了的。"

我噢了一声，想听他继续述说，他却闭了嘴，默默往前走着。

手机嘟一声响，表哥发来一条短信：你离他远一点，通个话。

我便停住脚，待孟大庸走远几步，回拨了过去：镇长有何指示？

表哥急促地道：你看过《基度山恩仇记》吧？

我说，看过啊，怎了？

表哥并不正面回答，又说，你还记得那年我戴大红花吗？

我说，你一提我就记得了呢，平时记不得的。

表哥说，我就是那个孟大庸要找的"纠把木"，孟大庸那时叫不叫孟大庸，我记不得了，但他的外号叫"水上漂"；公社吴书记那年在批斗会上提出一个口号，叫以革命的纠把木来对付反革命的水上漂。我刚刚想起来，你还记得吗？

回忆让我沉默。

我记得那年，表哥背着半自动步枪从双龙镇的石板路上走过的时候，连他的影子都是很威风的。他年纪轻轻，只十八岁就做了基干民兵。我屁颠屁颠跟在他背后，想摸摸他的枪，他都不准，鼻子一鼓说，你以为是人就可以摸得的吗？也不看看你什么成分！他一提成分，我就很惭愧地收了手，我家是中农，当然是比不得他家贫农光荣的。

让表哥戴上红花大出风头的是割尾巴运动。屋前屋后，种瓜点豆，勤劳人家哪能让方寸之地闲着呢？特别是阴沟旁、禾场边，正好种上丝瓜苦瓜黄瓜南瓜茄子辣椒，瓜菜半年粮呢。但公社吴书记说，每个人口只能在屋前屋后种五蔸菜，超出的部分都是资本主义尾巴，得统统割掉。表哥成了割尾巴的民兵小分队队长，揣着人口花名册，奔向各家各户。那年头还有句话，叫革命先从自己起。表哥首先到自己家，数都不数，袖子一卷，往手心吐口痰，就将屋前屋后所有的瓜菜全部扯了。丝瓜秧都往架上爬了呢，嫩黄瓜都有一拃长了呢，生生扯掉，好造孽呢。舅妈一把眼泪一把鼻涕都拉表哥不住。表哥一走，舅妈又将秧子栽上。但表哥晚上一回，又将它们扯了，不光扯了，还将秧子都丢进猪栏里喂猪了。由于吴书记的及时汇报，双龙公社的割尾巴工作得到了县领导的表彰，表哥也成了先进典型，戴上了绸子做的大红花。从县里回来，他还舍不得将大红花从胸口取下，特地在石板街上，还有青龙桥和白龙桥上，很气派地来回走了好几遍。有人笑他，大红花能当饭吃吗？表哥傲然不理。实际上，大红花不仅能当饭，而且能带来铁饭碗——当年秋天，表哥就被推荐上了农学院，毕业后回到公社做了国家干部。

我清楚地记起了那天傍晚，我在双龙河边玩水，看到表哥带着民兵押来一条划子，用索子将一个精瘦的黑皮后生牵上了岸。那个叫水上漂的后生在双龙河和莲水上驾黑船运货，用吴书记的话说，是逆时代潮流而动，大搞资本主义复辟。吴书记派表哥带民兵前去埋伏缉拿，逮了个正着。水上漂左手托着右臂，皱着眉头呻吟不止，据说是反抗时被英勇的表哥一枪托打脱了臼。但他从我身边过时，忽然就不呻吟了，还深深地盯了我一眼。我得承认，他的脸，还有眼神，都是我熟悉的，却是我不喜欢的。我晓得他这一眼的意思，但我不想遂他的意。没有人知道，水上漂的被抓，在我幼小的心灵里引起了小小的快意……我光着脚板跟在后面，眼见着他去了卫生院，医生来给他装上脱臼的膀子；又眼见他被关进了公社礼堂后那间黑洞洞的杂屋。进屋之前，他和我都不约而同地往对面坡上的小学张望。我晓得，我们在望同一个人，那个代课的燕儿老师……第二天上午，水上漂就被押上礼堂的舞台进行批斗。水上漂双膝跪地，颈上挂着块现行反革命的纸牌子，而站在一旁的表哥则肩背钢枪，胸佩大红花，神气得不得了。水上漂一抬头，表哥就将他的头狠狠地按下去。

虽然形象改变得很厉害，但记忆里那个叫水上漂的精瘦后生与现实中的孟大庸还是对上号了。

表哥声音低沉下来：以为他早死了呢，没想到他还成了港商。又没投资意向，他这个还乡团，究竟意欲何为？你得帮我套套他的底细。

我说，试试看吧。

收起手机，往前一望，孟大庸站在河边，黑黢黢的像根石桩。我走到他身后，掂量着问："孟先生，双龙镇大概也算不得你故乡吧，这次回来，有啥心愿要了呢？"

他抹抹头发："我也只有这么一个故乡了，不算也得算的。这次回来，就是想见几个人，有恩报恩……"

他的神态，还有语气，却不像他说得这么简单。他吞回肚里的后半句话，叫有怨报怨吧？我与他一起默默地眺望着河谷上游。有种熟悉的气息，正从他身上散发出来。峡谷深处，墨黑矗立的拦河大坝截断了莲水，看上去，它蓄积的仿佛不光是流水，还有诸多往事与怨怼。

5

当晚，在床上，孟大庸絮絮叨叨地跟我聊了很久。他提供了回首往事的另一个视角。我很恍惚，也不插嘴，只是偶尔嗯一声，表明我在倾听。我感到我在旧时的河水上漂浮。

他出生在一艘船上，怎么说呢，他家是没户口没籍贯的黑人。他们驾船在洞庭湖和莲水之上漂来漂去讨生活，没人来管，也不想有人管。他的记忆里没有母亲，母亲在他两岁那年得血吸虫病死了，照片都没留下一张。大约是在他五岁的时候，父亲驾船来到莲水上游的双龙河。他记得，那年闹饥荒，有一天，一群逃荒的人爬上了他家的船，要搭船去下游讨饭。人多船小，船舱压得快进水了。父亲求人下船，可没人愿意下，你又不能拿竹篙赶。这时，公社民兵赶来了，要把逃荒的人抓回去。人们便擅自起了锚，将船推离了岸边。父亲无奈，只好硬着头皮开了船。当时河里发了桃花汛，水很大，急流飞泻，很快就把船带入了莲水。船是在一座突出的岩石上撞翻的，他在水中翻了几个跟斗，呛了几口水，被父亲一把抓住提到了岸上。他抹把脸上的水，看到父亲的背影一闪，又跃入水中，去救其他人去了。那是他最后一次见到父亲的影子。他在岸上等了很久，父亲再也没有回来。若干年后他总忍不住想象，许多尸体像下的饺子一样沿着双龙河漂进了莲水，漂下了白浪滩，聚集在黑鱼潭的涠水里，沉沉浮浮，浮浮沉沉，其中一具的形状他很熟悉……

后来，他坐在礁石上，盯着空空荡荡的河面冷得发抖的时候，有个戴眼镜的人牵着了他。他啥也没问，就跟着那人沿河岸走了整整一天，来到了双龙镇。那人收他做了养子，还给他取了名字，让他随了养父的姓。但养父是省城下放来的，不能也不敢给他报户口，他还是个黑人。养父省下口饭给他吃，还亲自教他认字直到十一岁。《新华字典》上的字他都学过，所以，他虽然没上过一天学，认得的字却不比中学生少。只是，他生性顽皮，水性又好，时常招呼都不跟养父打一个，就跑到船上去玩，几天才回。养父起初还生气，后来也就随他去了。水上漂啊水上漂，你就是个水上吉卜赛的命！养父文绉绉地说他。十四岁那年他跟着一条双桅船去了莲城——那是他头一回去莲城——他帮船老大扯帆、撑篙、拉纤，得了一份力资，便高高兴兴地买了盒桂花糖，想孝敬养父一回。他回到那间搭在祠堂墙脚的偏屋，见门大敞四开，养父的眼镜还有门钥匙，都搁在小桌上，人却不见了。

他只好回到双龙镇，天天将小屋的门敞开着。他一反常态地守着小屋，一个多月没出门，直到缸里没米了，才不得已到船上找活去了。他即使外出了，也不锁门，怕万一养父回来进不了门。他由此养成了不锁门的习惯。一年，两年，他越长越大了，可养父再也没有回来。

不仅养父没有回来，某天他从船上回家，发现养父的小屋以及小屋所依托的祠堂都被公社拆掉了。他没户口，小屋的所有权本来就是公社的，他理所当然地失去了安身之所。幸好，此时他用驾船赚来的钱买了条小划子，他可以住在船上。买套铺盖和炊具，再加个篾篷遮风挡雨，就是个不错的家了。

此后，他就驾着小划子在双龙河和莲水上自由自在地漂来漂去了。有时扳扳罾，有时摆摆渡，养活自己并不太难。有人雇他驾大帆船，他也会欣然接受。他喜欢顺莲水去往莲城或更远的汉口，因为越远越赚钱，赚钱总是件很惬意的事。但只要有空闲，他就会回到双龙镇来。他已经不奢望见到养父，他只是舍不得这地方。他喜欢把划子泊在吊脚楼下，和岸边洗衣洗菜的人说说话。这镇子里的大部分人都善待他，叫他水上漂其实都带有喜欢和赞许的意思。夜里来他划子上扯谈的人很多，还时常有人从园子里扯了菜直接往他船上扔。他喜欢这里的人，若不是那年，公社吴书记要把他往县里押送法办，他是不会逃离这个地方的……

159

他没有提到我表哥，更没有提被表哥一枪托打脱了臼。很显然，他在回避，回避的往往才是最深刻的。他的返乡之旅肯定与此有关，也肯定与另一个他没有提及的女人有关。

他停止诉说时已是凌晨，我听到了他不规则的呼吸。我晓得他的眼睛睁着，晓得他在想燕儿老师，只是，他不晓得我的晓得而已。

燕儿老师是代课老师，没代课之前，我是叫她燕儿姐的。燕儿姐家在镇子后面的山坳里，她家木屋的一半其实是个凉亭，亭廊两边装有歇脚的长板凳，还放置着一只杉木茶桶。茶桶上拴着一只竹茶筸，渴了的过路人可以随意享用。据说，凉亭一百多年前就有了的。我常去凉亭玩耍，燕儿姐没事的时候，就陪我跳房子、抓子儿，还带我到刺蓬里摘三月泡。我脑壳上头发稀少，像一撮菖毛，就是山里那种像韭菜的植物。燕儿姐便叫我菖脑壳。我喜欢燕儿姐摸我的菖脑壳，她的手软乎乎的，总是散发着雪花膏的香味；我还喜欢闻她身上热烘烘甜丝丝的烤红薯一样的味道。她做了代课老师之后，我更喜欢她了，因为她上课时常让我回答问题，常表扬我回答得很好；下课之后有事没事她都特别地对我笑，她手掌上染的红墨水常常让我想起红色的三月泡。她教的歌也特别好听：夜半三更哟盼天明，寒冬腊月哟盼春风，若要盼得哟红军来，岭上开遍映山红。她如果用鼻音哼唱，那就更好听了，好听得让人想睡觉。她喜欢去河边洗衣服，学校厨房里有装满筧水的大缸，还有大脚盆，可以在那洗衣服的，她为何还要跑到河里去呢？我悄悄在一边观察，终于发现，只要她去了，那个叫水上漂的驾船后生就会出现。他们虽然不说话，但总是你瞟我一眼，我瞟你一眼，想笑又忍着的样子。水上漂还会趁人不注意时，在她面前打水漂，让水溅到她身上去。我晓得他们在玩两个人的游戏，他们玩得有滋有味，我在一边也看得有滋有味。

但后来，他们把游戏玩到山上去了。那天本来是劳动课，所谓劳动课其实就是捡柴火，把捡到的柴火交给学校烧茶喝。我在山坡上东走西窜，没有捡到柴火，却碰到了他们。看上去他们在打架，燕儿老师被他抱住压倒在地上。燕儿老师气喘吁吁，满面通红，眼睛眉毛皱成一堆。我很气愤，想帮燕儿老师的忙，冲过去照他的后脑壳猛踢一脚。我把脚都抬起来了。但是燕儿老师看到了我，很害羞的样子，冲我笑了笑，挥挥手让我走开。我忽然之间明白是怎么回事了，我感到脸上爬满了蚂蚁，叮得痒痒的难受死了。我转背跑进了林子深处，也不晓得为什么，委屈得流了一脸的泪……

他在黑暗中打起了鼾。三十年后，他仍然不晓得我晓得他的隐秘——当然，他更不晓得我的隐秘。隐秘像夜色一样弥漫在房间里，笼罩了我，也笼罩了他。

6

早上起来，我带孟大庸去小餐馆吃了碗牛肉粉，然后叫了辆三轮车，把我们送到大坝内侧的码头上。下得车来，望着拦河大坝造就的人工湖，孟大庸似乎吃了一惊，嘴巴张开半天都没合上。浩渺的湖水陡然高涨，淹没了峡谷，抹平了沟壑，两岸高山矮了下来，露出半截山头浮在水上。湖面苍茫而开阔，薄雾纱巾一样在水天之间飘荡。莲水河谷已然不是他认识的模样。

码头上泊着汽艇和机船两种船。乘汽艇速度快，四五十分钟即可到达浮山县城，但不允许乘客坐在舱外；而搭机船，则要花两个多小时，但好处是可以坐在船头甲板上，细细地品味两岸风光。

我们上了一艘机船。船舱里坐了几位妇女与老人，他们都背着背篓，里面装着一些笋干、蘑菇之类的山货。孟大庸与他们攀谈了几句，接受了一个妇女塞给他的灰黑色的蒿子粑粑。

船工抽了跳板，将一只三爪锚扔上船头，要起航了。孟大庸忽然抓起一支竹篙跳下船，一脚蹬住船头，一篙撑在岸坡上，双手握篙用劲一撑，船就徐徐退离了码头。当船离岸到一米多远时，孟大庸才篙子往水中一点，跃上船来。

他的动作有点笨拙，但我还是跷起大拇指："好身手啊！"

孟大庸摸摸微凸的肚子，直摇头："老喽，没劲喽，肚子也大喽！"

机船开动了，船体微微震颤。我找船工要了两把矮竹椅放在船头，然后，和孟大庸坐下来，一边分吃着那块别人送的蒿子粑粑，一边欣赏迎面而来的湖光山色。湖风飒然而过，带走了蒿子的清香。

湖面慢慢收窄，山影在水中荡漾。

孟大庸眯眼观察，蓦地站了起来，手指着湖水："这，这下面应当是白浪滩了！"

俯身下看，湖水碧绿，深不见底。那条礁石林立、雪浪翻滚、威名赫赫的白浪滩没有了一点踪影。

白浪滩电站工程截流之前，我是见识过这条凶险长滩的。那年夏天，我因心情压抑得了植物神经紊乱症，睡不着觉，便遵医嘱放下思考与写作，背着牛仔包沿莲水旅行。我搭乘的机帆船来到白浪滩滩尾时，一些乌鸦正在浪尖上乱飞，斜射的阳光在起伏的波涛上拓下了它们的影子。船只开足马力顶浪而行，船工则操起竹篙，将铁篙头投进河底，再将篙子另一头抵在自己肩胛上，用尽全身力气撑它，慢慢地俯下身去，直到几乎与舱板平行……另有船工跳上岸，弓身拉起了纤。水急浪高，满耳喧哗，船却似乎凝滞不动，你须找个参照物，才会发现船在一点一点地游移，有时会忽然后退，才又极慢地向前浮进。右岸是悬崖，崖下有纤道和伏波庙，庙是用来纪念经此西去征蛮的伏波将军马援的。左侧则是大片绵延不绝的柱状礁石，犬牙交错，阴森骇人。大浪撞碎在礁石之上，散落的浪花溅回到船甲板上来。为让螺旋桨始终压在起伏的浪头下，船长让乘客尽量坐在船舱后部。白浪滩长达十余公里，要行进到只剩三分之一时，才能将纤索挂到绞滩机的牵引绳上去。只有在这时，船员才会松下一口气，停止拉纤撑篙，把出力的事交给电力和机器。

其实，对上滩的船只来说只是难，下滩才是险，特别是丰水季节，水大浪高，船只难以控制，如果看不清暗礁，撞上去就是船毁人亡。礁石间长年散落着腐朽的破碎船板，显示着不为人知的船难。

那次上白浪滩，无论是滩流的凶险还是船工的剽悍，都给我留下了极深印象。而现在，这一切都被埋葬在一湖死水下了。

孟大庸盯着湖面，波光反射到他脸上，凝重的脸色晃动起来。

"狗头礁！"他再次指了指湖水深处，"那年我驾着划子逃到这里，水大心慌，就是在这撞了礁的！"

他伸出的手指颤抖着，湿漉漉的往事仿佛从他的指尖滴落下来。

于是我看到，逃亡的划子像一片柳叶漂流在泱泱洪水之上。那年发了端午水，浑黄的水流从双龙河汹涌而下，汇入更加汹涌的莲水。水腥气遮天罩地，红蜻蜓追着他飞舞。他打着桨，只能尽量调整方向，而一点都掌控不了船速。噢，不必减速，他正需要速度呢，民兵们在后面追他呢，追上了他就只能坐牢了。划子听天由命地漂进了白浪滩，水太急了，像竹筒倒油一样倾泻而下。而高耸的浪头又将划子举起来了！拐弯处，狗头礁阴险的身子倏然闪现。他欲打桨回避，但划子不听他的，直直地撞了过去……在划子发出砰的一声闷响的同时，他纵身飞向另一座礁石，像只青蛙似的趴在了那块礁石上。他两脚踩住石缝，双手紧紧抓住岩石的棱角，惊魂未定，转头望去，只见他的划子贴着礁石高高地翘起，剧烈地抖动了几下，倏然倾覆，沉没在翻滚的白浪之中……他困在礁石上，浑身湿透，孤立无援，饥饿开始刮扯他的肠胃，四肢酸疼疲软。水性再好的人，也不敢在白浪滩下水，它会用无数的急浪与礁石呛你淹你捶打你，最后像吐掉一口痰似的，将你吐进黑鱼潭，将你变成一具无知无觉的死尸。此时岸边纤路上，隐约出现了民兵追捕的身影。难道只能坐以待毙？坐都不能坐呢。他的忧愁在眉上打结……好在，一张大木排从滩头顺流而下，救命恩人打着赤膊，摇着长桡，飘然而来。魏伯发现了礁石上的他，向他招手，撕开喉咙大喊，后生家，想活命就快跳！快跳！快跳哇！快跳到排上来！他当然想活命，趁木排一掠而过的时候，再次纵身而起……他落到排上时一个趔趄，几乎要跌回水中，幸亏魏伯及时地拉住了他……

他站在了排上，更重要的是他站在了后续的生涯里，也站在了回乡的船上。风吹乱了他的鬓发，阳光镀亮了他的目光，而蒸腾的水汽包围了他和我，以及这艘引擎突突作响的船。

他不再吱声。

他的心仍在记忆之河上流浪。

大片湖水滑向身后，两岸青山逐渐敞开。双龙河与莲水交汇处，鳞次栉比的楼房悄然闪现，慢慢地越来越大，越来越清晰。浮山县城到了。

孟大庸半张着嘴，盯着河岸，讶异不已，半晌才问："是这里吗？河边的宝塔呢？还有那些吊脚楼呢？"

我告诉他，这是从老街后撤，在山坡上建设的新县城，老街的吊脚楼啊，石板街啊，还有他说的宝塔啊，都被水淹掉了，成了过去时了，因为那些老建筑旧风景，大都在白浪滩大坝的蓄水线之下。

他瞪大了眼："那双龙镇呢？也这样吗？"

我点了点头。

他眸子里的光泽就暗下去了。机船减了速，晃荡了起来，我赶紧扶住他的胳膊。我感到他也在晃荡，好似一下子没了定力。

码头向我们迎了过来。有个西服革履戴眼镜的后生站在码头边缘，满面笑容地朝我们招手，孟大庸也朝他挥了一下手。我很诧异，他在这有熟人？船一靠岸，那年轻人就跳上船，把孟大庸牵了下去。

上完码头的石阶，孟大庸才介绍说，年轻人是他的助理，姓唐，是他派来打前站的。我噢了一声，与唐助理握了握手。孟大庸又说："今天我就不去双龙镇了，还有些事要办，谢谢你的陪同啊作家，要么你等我一起去双龙镇，要么你先回，请自便吧！"

我感到了他的客套，便说："我也有事要办，孟老板也自便吧，再联系。"

唐助理带着他上了一辆出租车，一溜烟走了。

我站在码头上，身前车流熙熙，人群攘攘，身后青山隐隐，湖水茫茫，一时竟十分失落。

7

我在浮山酒店的大堂里与表哥会了面。表哥正坐在沙发上，等两位深圳老板下楼来，再带他们去吃中餐。表哥一脸的疲惫。我说，王镇长你也用不着事必躬亲，派个人陪不就得了。表哥摇脑壳，你晓得屁，我不亲自陪，书记就插手了，他一插手，招商引资的成绩就算到他脑壳上去了。我还指望着这点政绩帮我提一级再退居二线呢。莫说我了，快说说那个孟大庸，他究竟来做什么？

我把我所晓得的说了一遍，特别告诉他，孟大庸没有提到他，一句都没有。

表哥面色阴沉，摇摇头说，不可能，他不可能忘记我，换了我，会把打得我肩膀脱臼的人记到骨头缝里去。他不是还派助理打前站了吗？他是要搞点啥事呢，有仇不报非君子。

我说不会吧，陈芝麻烂谷子的事，他不像记仇的人，再说他又能把你怎样？

表哥想想说，他要报复也容易，跟县领导说说当年的过节，就够影响我进步了。

我说王镇长你多虑了吧。

表哥却说他不得不防。

深圳客人下楼来了，表哥邀我一起用餐，我却不想参与应酬，嫌说话累人。而且，我感到这两个深圳老板有点不对味。我以另外有约为由婉谢了，自己到街边小餐馆吃了个快餐，然后到一家小商务宾馆开了房，摊开四肢睡了一觉。昨晚听孟大庸聊得太久，睡眠严重不足，实在是太困了。

太阳偏西的时候，我被手机闹醒了。

来电者居然是唐助理，他惊慌失措地说，他的老板被警察带走了，说是有人电话举报，孟大庸在房间里嫖娼，要带他回派出所调查，现在他已打不通老板的手机，只好向我求助了。

这事太扯了，你宁可说公园门口的石狮子嫖娼，也不要说孟大庸召妓，我不会相信的。我赶紧起床，召了辆出租车去莲水大酒店接了唐助理，然后直奔城关派出所。

唐助理面色苍白，着实吓着了，反复地念叨，怎会这样呢，怎会这样呢？说他就住在老板隔壁，正休息呢，听到异响，开门一看，警察要将老板和一个衣着暴露的女人带走。老板解释说，他听到有人敲门，以为是服务员，门一开，那女人冲进门就要给他脱衣按摩，他拒绝，她就和他纠缠到了一起。警察不听，说有话到所里再说，老板只好随他们走了。唐助理也要跟着去，往车上挤，警察喝退了他。更狗血的是，那个女人却趁机跑掉了，警察都没追上。这一来，老板就更说不清了！

事情太蹊跷，我在车上给表哥作了电话通报，他路数多关系广，或许要他才能帮得上忙。表哥显得很吃惊，大着嗓子直吼，他们也太乱来了，也不看看是啥人！你别急，我就到派出所去，城关镇虽然不是我的地盘，但所长是老熟人。

到达城关派出所时，表哥已经到了，正跟所长递烟套近乎。孟大庸伏在桌上，很认真地在讯问纪录上签字。表哥皱着眉头说，所长，你看这个字就不签了吧？讯问纪录，还有那些你们拍的照片，是不是销掉算了？事情已经清楚了嘛，不是那么回事嘛。留着的话会让孟先生心里不爽。

所长为难地说，既然有人报了案，就得有个交代啊，留着也没关系的。

表哥说，孟先生可是市政府请来的著名港商，损害先生名誉事小，破坏了投资环境，事可就大了！若是在我双龙镇地盘上，孟先生就是座上宾，招待都来不及呢。都是人嘛，别说没这事，就是有这想法，我们也该满足他是不是？

所长连连点头，明白明白，请孟先生多包涵！

孟大庸看来还是受了惊吓，绷着脸一声不吭，默默地握了握表哥的手以示感谢，转身出了派出所。表哥说要给孟老板洗尘兼压惊，请我们上他的车，孟大庸想了想，才低头钻进车去。

表哥将我们带到河口酒楼，进了二楼临河的包房。表哥让孟大庸坐主宾席，孟大庸固执地在窗口的位置坐下，扭头望着双龙河上游。他的脸色慢慢恢复了红润，只是一直默不作声。也许他又在回想往事了吧。表哥很活跃，不停地说话，腔调也比平时高得多，眉飞色舞显得很夸张。见孟大庸不怎搭理，表哥又将两位深圳老板也叫来作陪。表哥给他们做了介绍，互相交换了名片。待菜上齐，酒斟满，表哥便频繁地向孟大庸以及深圳客人敬酒，平时常练的好话说了几箩筐。孟大庸被敬酒时还是不说话，只是点点头，抿一抿酒盅。总之，酒桌上只听到表哥一个人的嘴巴忙个不停。

趁表哥给我敬酒，我附在他耳边问，王镇长你这唱的是哪一出啊？

表哥眼睛一瞪，我啊是遇到哪出唱哪出！

我心里明白了几分。

表哥又东南西北乱扯了一通，见孟大庸还是没啥回应，便和深圳老板聊起投资项目来，什么网箱养鱼、黑茶基地，还有竹木加工，甚至还有造纸厂。言语间，他们似乎过两天会签个约，已经在讨论请哪家媒体做报道了。

这时孟大庸端详了一下深圳老板的名片，忽然说话了："噢，真是巧了，你们公司也叫太平洋？两个太平洋汇到一块了！"

一个深圳老板谦恭地道："我们哪能和您相比呢？我们是公司，您是集团，不在一个档次上呢！不知孟总是怎么做到这一步的？说来也让我们学习学习！"

孟大庸面容平静，眼里却放出光来，弯着食指在桌上轻啄了两下："说来话长啊……不是说，在深圳，抓把石子往天上一抛，落下来砸中的，不是董事长就是总经理吗？其实，随便哪个总经理或者董事长，都比我起点高啊。因为当初，我只是个逃犯。扒火车到了深圳，想逃港时，差点被边防警察抓住……我是抱着两个吹胀的猪尿泡游到海上去的，被一艘香港渔船捞了起来。也是我要转运了吧，船老大留下我做了水手，后来又做了大副、船长，再后来我有了自己的船，自己的公司，从打鱼做到远洋运输、房地产，一步一步才走到今天。"

两个深圳客人深表敬佩，马上起身敬酒，孟大庸一反常态和他们干了一杯。深圳客人讨教经商诀窍，孟大庸便笑道："其实哪有啥诀窍，我就是在水中闯荡惯了，知水性，勤做事而已。再加上我鼻子灵，能嗅得到商机吧，碰到人和事，鼻子鼓一鼓，就嗅得出好歹来……呵呵逗耍方（开玩笑）啦，我要真嗅得出好歹，今天也不会给那个女子开门，被警察抓到派出所去了！"

众人便笑了起来，气氛一下轻松了不少。

表哥再次举杯敬了孟大庸一下："听孟总说家乡话，真是无比亲切啊！孟总财大气粗，肯定会为家乡经济建设做贡献吧，二位深圳老总可遇上竞争对手了噢！"

孟大庸却摇头："投资之事，只能视情而定，顺势而为；我离乡三十年，这次回来，只为拜访亲朋好友。"说着，他掏出钱包，从里面拿出一张两寸的黑白照，递给我，"不知你们认得这个人不？"

照片已经泛黄，照片上的年轻妹子短发齐耳，穿着白衬衫，虽然面容有点模糊，我还是一眼就认出来，是燕儿老师。但是我摇了摇头，表示不认识。表哥将照片拿过去辨认，我希望他也摇头说不认识，但他只瞟了一眼，就扯开喉咙叫了起来："哎呀，这不是吴县长堂客？"

孟大庸愣了一下，问："哪个吴县长？"

表哥说："就是当年双龙公社的吴书记啊，后来做了副县长！"

孟大庸噢了一声，收回照片，又不说话了。他不时地回头望着窗外，望着晚霞映照下的双龙河。直到酒席散去，他再也没多说一句话。

8

自从父母随我到莲城生活之后，我就没有回过双龙镇。在我意识里，故乡仿佛已经被时光之水淹没掉了。

现在，我迫切地想回去看看。

从浮山到双龙镇三十公里，有中巴，一个小时就到了，但我不假思索地选择了机船。或者说我选择了双龙河。似乎只有沿着这条丧失了急流险滩的河谷，才能回到我和孟大庸共同的过去。

我没有和孟大庸打招呼，我想他大概不会回那个地方了吧。

站在船头，清风水一般掠过全身，熟悉的山影迎面而来。作为莲水的支流，双龙河已变成一条湖汊，安静地躺在山谷之间。水面如镜，映照出我的影子，让我想起当年，燕儿老师的身影，也是这样投在水面上的。

那是双龙镇的码头，清早，或者傍晚，燕儿老师来洗衣洗菜，放下桶子或篮子前，她总要站在石墩上，朝河下游望一阵。同样，当她洗刷完毕离开时，还要回头望几眼。有时即便没有菜和衣服要洗，她也会坐到风雨桥边的礁石上，望着远方发呆，直到暮色湮灭了小镇，才回学校去。我晓得她在望谁，有时悄悄地在她身后打水漂，我喜欢小石片在她面前幸灾乐祸地跳跃。我不知不觉，就模仿了水上漂曾经喜欢做的事情。

当年在公社大礼堂，驾船的水上漂被当基干民兵的纠把木押上台批斗时，我曾特别留意燕儿老师的表情。她脸憋得通红，眼睛里像涨了水一样闪着湿湿的光，跟着大家一起举起拳头喊口号。她似乎不太敢朝台上看，可又忍不住，不时地瞄一眼。台上的水上漂也在看她，眼光像针一样尖锐闪亮。表哥不时按下水上漂的头，让他低头认罪，他总要倔强地抬起头来。他甚至还朝燕儿老师笑了一下，好像他不是挨斗，而是在演戏。批斗完后，水上漂被关进了礼堂后的一间杂屋里，门关上之前，他还冲我笑了一下——他是想让我把他的笑传递给燕儿老师呢。我才不，我偏不跟燕儿老师说。

放学之时燕儿老师却把我叫到她房里去了，问我是不是喜欢她。我咬着嘴不吱声。她却说，我晓得你喜欢燕儿老师，你若是真喜欢，就帮我一个忙，送几只粽子给那个人，唉，还不晓得他有饭吃没呢。我说，那人是坏人呢。燕儿老师说，那个人是燕儿老师喜欢的人啊，喜欢上了，就不管他是啥人了，你大了就晓得了的。再说，端午节就要到了，坏人也要过节是不是？

我就没话说了。

燕儿老师递给我一串粽子，有八个。关押水上漂的杂屋没有窗户，别人是没有办法把粽子送进去的。燕儿老师似乎晓得我有办法，才有求于我吧。我出门时，她还信任地抚了抚我的蓇脑壳，让我感到莫名地温暖。

礼堂的大门通常是不关的，我的办法就是从礼堂舞台下面的架空层爬过去。舞台与乐池之间的隔墙是红砖砌出的花格，并没有封死，平时就有鸡啊鸭啊钻进去，在架空层下栖息、刨食、生蛋啥的。我和几个小伙伴曾经拆掉几块砖，爬进架空层捡过鸡蛋。那下面弥漫着干燥的灰尘和老鼠屎的气味。而在舞台的另一边，那间杂屋与架空层之间，仍然是砖砌的花格。我爬过架空层，轻而易举地，就将那串粽子通过花格的空隙塞进了杂屋里。只是这之前，我心有不甘地将那串粽子狠狠地吃掉了一个。

我听到水上漂在杂屋里喊了一声，哪个送来的粽子？我没有吭声，我才不告诉他呢。我承认水上漂驾船的样子很好看，特别是打桨的时候，手臂上的肉一鼓一鼓的，很有劲，但他压在燕儿老师身上的样子太让人心堵了。我四肢着地迅速地爬出架空层，回到学校，表功似的冲燕儿老师点了一下头，又赚得了燕儿老师的亲切抚摸，才觉得做这件事一点也不亏。

水上漂即年轻的孟大庸，关了几天后，要送到县里继续批斗，据说还可能会判刑坐牢。押送的前夜，燕儿老师决计要救他，她再次找到我，并且忧伤地抚摸我蓇毛一样的头发，差点掉下泪来。我心里一软，说出了上次送粽子的路径。燕儿老师抹抹眼睛，忽然把我的头发拨个稀乱，就让我回家了。我回了家，可我吃完晚饭就守在学校门前的路口了。那天雨过天晴，夜色里飘着许多的萤火虫。萤火虫打着金色的灯笼，在黑色的夜里寻找光明——这是我多年后想着那个夜晚写出的一句诗。而天上的蛾眉月呢，像燕儿老师半闭的眼睛留下的一条缝，若有所思地觑着我。我守了很久，可能深夜了吧，蛾眉月和长庚星都沉没在山后了，才看到燕儿老师的影子飘了出来。朦胧的星光下，她的影子像幽灵一样轻薄透明，变幻不已。她手里抓着一个东西，是不是锤子我不能确定。我也变成一个影子，无声无息地跟在她身后。我感到自己飘了起来，并且没有任何人能看见我。清凉的风从河谷飞来，燕儿老师的影子被吹进了礼堂门缝里。我也从门缝里滑了进去。我嗅到了燕儿老师身上的雪花膏味。她的影子忽然抽长，变成一条乌黑的泥鳅，钻进了舞台下的架空层里。不一会儿，就从架空层下传来了沉闷的钝响，砰、砰、砰，声音不大，却弄得整个镇子都在震动。那是在敲打舞台与杂屋之间砌花格的砖头呢，只要先敲下一块，其他的就好拆了，用句成语来说，那堵隔墙就分崩离析了。拆出个供人爬出的洞，根本不成问题。那天晚上，燕儿老师就带着年轻的船古佬水上漂，像狗一样从舞台下爬了出来，乘着月色急速奔向河边，去为日后的孟大庸寻找自由。

他们寻到了被公社扣押在码头的划子。水上漂从划子上找到把柴刀，手起刀落，几下就将拴船的篾缆斩断了。接着他一脚踏住船帮发力一踢，划子就移离了码头。这时两个人的影子忽然合成了一个，他们像打架一样抱在了一起。划子离岸几尺远了，水上漂才松开燕儿老师，纵身跃起，跳到了划子上。他冲着燕儿大喊，等着我，我会回来的！到时我要送你一……后面的话我没听清。一个坏分子，人还没逃掉呢，就想送燕儿老师东西，口气真大。双龙河里洪水湍急，划子飞快地流走，影子愈来愈小，眨眼之间就不见了。燕儿老师的手一直在空中招摇，很久没放下来。后来，她就摇摇晃晃地走回学校了。我在校门口轻轻叫了她一声，她不理不睬，没听见、也没看见我一样，兀自回房里去了。她眼里没有我呢，忽然间，我感到很孤独，也很愤懑，若不是我，他们根本成功不了，还以为我不在场呢，我啥都看得清清楚楚。我趁着稀淡的星光狠狠地踢石板街上的小石子，边踢边走，又回到礼堂门前。燕儿老师，你怎连摸都舍不得摸我的蒜脑壳一下？那个坏人值得你这么……这么啥？我不晓得。我心里憋得很，忍不住冲着夜空大叫了几声，才闷头闷脑地回家去了。

第二天一早，我看到燕儿老师站在河边古柳下眺望，而表哥则带着他的基干民兵，沿河追捕逃跑的坏分子去了。三天后表哥才回来，带回来一件水上漂的白衫子，说是在黑鱼潭边找到的。逃跑的人十有八九淹死了。但也难说，这家伙水性好得很，不过就是不死也得脱层皮，也不敢再回双龙镇了的。

人们都这么说。但任凭别人怎么说，燕儿老师就是不理不睬，时常到河边去，望着远方。

她这一望就是好多年，直到后来嫁给了吴书记。

机船放慢速度靠了岸，双龙镇到了。只是，此双龙镇不是彼双龙镇了。过去的风雨桥、石板街、吊脚楼、大礼堂，还有码头上的古柳，都已沉入水底。新楼房高高矮矮地依坡而建，红瓦白墙，整齐划一，漂亮是漂亮，但没有吊脚楼有味道。新码头很小，只几十级台阶就到了马路上。很多居民都迁走了，所以镇子里行人稀少，有点冷清。

我回望墨绿的湖面，想着湖水掩埋的一切，顿生隔世之感。

9

我想去看看燕儿老师。但我想午餐后再去。于是我在镇子里转了一圈，看看到中午了，便进了一家面街背水的小餐馆，点了两样菜，开了瓶啤酒，一个人慢慢地喝着，吃着，想着。

饭没吃完，表哥的电话来了。他气急败坏地大叫，说他上了有生以来最大的一个当，那两个深圳老板招呼都没打就跑掉了！不，不是什么老板，就是两个混混，专门来骗吃骗喝骗玩的。妈的装得倒挺像，可你要跑也签个约了再跑啊，哪怕那约也是假的，也好让老子有个交代啊！老子招待费都花了一两万呢，还给他们请小姐呢，太不地道了，可恨！幸好这笔钱还有地方报，要不老子可就亏大了！

我嘲笑他，这么精明的王镇长，怎么也上这么低级的当啊？

表哥连连自责，可不是，招商引资的心情太迫切，功利心害人呗！

我说，你也真是，孟大庸这么大的老板、这么好的资源，你不理不睬，反倒去侍候两个骗子，教训深刻了吧？

表哥却说，你就不要提孟大庸了，别说投资，莫找我麻烦就烧高香了。来者不善，善者不来。我刚打过电话，说是在船厂，天晓得他要做啥。我希望他回头是岸，莫回双龙镇，免得生出事来。

我说，人家不回双龙镇，千里迢迢的来做啥？你以为，派出所找了他麻烦，你又让他晓得他最爱的女人跟他最恨的男人成家了，他就不来了？

表哥说，也是，他现在发达了，更要来显摆显摆了。

170

我没再接腔，表哥所有的想法，似乎都跟孟大庸搭不上。

吃完饭，我就去燕儿老师的家。确切地说，是吴县长的家，吴县长退休之前修的一栋二层小洋楼就在镇尾，依山傍水，位置很好的。燕儿老师的父母都还健在，还住在山坳上的凉亭屋里。前些年有人考证穿亭而过的石板路是古驿道，飞檐翘角的凉亭也是本县难得的一景，宣传开后，常有城里人来此休闲度假，燕儿老师便顺势办起了农家旅馆，让父母打理，自己在照顾老公之余，也抽空帮点忙。

远远地，就看见燕儿老师在露台上忙乎。露台上有个遮阳架，架上爬满了葡萄藤和牵牛花。她将一张竹躺椅搬到遮阳架下，又将瘫痪了的吴县长背出来放到躺椅上，让他见见阳光透透气。接着，又将一张报架紧靠在吴县长面前。我朝她挥了挥手，她便颤颤地下楼来了。

我说："燕老师，忙着啦？"

她说："也不忙，就是些琐事。你还是叫我燕儿老师吧，有那个儿字，听着亲切。"

我笑道："怕不恭敬呢，那是小时候叫的。"

她拢了拢鬓发说："你叫燕儿老师我才觉得自己年轻呢，我还不老吧？"

我仔细看了看她，面容光洁，眉目舒展，快五十的人了，只看得四十出头，忙说："不老不老，年轻着呢！"

她嘴巴一咧，开心地笑了。

我想了想，轻声说："那个人回来了呢。"

她不经意地："哪个人啊？"

我看着她的眼睛："那个叫水上漂的船古佬。"

她的嘴巴慢慢地张开，过一会儿，才又慢慢地闭上。诧异像云影一样掠过她黑亮的眼眸，继而，法令纹括弧般张开，惊喜如鲜花般绽开在她的脸上："是吗？真是他吗？我就晓得他死不了！太好了！"

我告诉她，水上漂现在叫孟大庸，是香港的大老板，已经到了县城里，他也从我表哥嘴里晓得了她现在的情况，只是，他没说回不回双龙镇。

"大老板不大老板，活着就好啊！"她点点头，"他会回双龙镇的，肯定会回！"说着，她下意识地望了望河面。

我想，往事在她心中汹涌了吧。

她静默了一会儿，才说："这下好了，不用再去猜想他如何了……你上楼

171

看看老吴吧。他一听到我跟人说话，就要晓得是哪个。他也造孽，全身只剩下一张嘴还利索。现如今，除了看看电视剧，研究研究报纸社论，他也没有别的爱好了。噢，你别叫他吴书记，叫吴县长吧，县长职务高些，他在乎这个。"

我与这个现在的吴县长过去的吴书记并无太多交往，也就认识而已。既然燕儿老师要我去看看，那就看看吧。看来，燕儿老师还是很在意他的。想起过去，吴书记在镇子里踱着方步走来走去时，总是背着一个军绿色的帆布挎包，上面印着"为人民服务"五个红字，后来则是手里提着一个有塑料套子的玻璃水杯，更后一点则是腋下夹着一个扁扁的皮公文包。像是不同时期乡镇干部的标配，他也算是与时俱进的吧。其实，他指挥纠把木抓捕水上漂的时候，镇子里是有过一些流言蜚语的，有人说他公报私仇，追燕儿老师不到手，就想借此将她和水上漂分开。而且是一箭三雕呢，因为纠把木也看上燕儿老师了。还有人说吴书记脸上的伤痕是燕儿老师抓出来的。更有人不怀好意地说，吴书记偷了燕儿老师晾晒的内裤，放在鼻子下闻来闻去。

燕儿老师怎会和一个大她十五岁、又跟她有过节的人成为夫妻的，一直是个谜。水上漂逃走后，吴书记还把燕儿老师抓起来亲自审问过。在礼堂舞台下的架空层里，民兵们找到过一只发夹。燕儿老师是最有可能放走水上漂的人，但她矢口否认与此有关。我也被叫到公社让吴书记问过话，当时我想起了电影《闪闪的红星》里的潘冬子，意志坚强地摇晃着我的鬒毛脑壳，说我啥也不晓得。燕儿老师被取消了代课的资格，据说还要送到县公安局去审讯。但有一天她忽然被释放了，吴书记亲自打开关押室的门不说，还亲自把她送回了山坳上的家。

更戏剧性的事发生在我参加高考的那年。那时国家实行改革开放政策了，不仅允许而且鼓励经商做生意。燕儿老师起初在镇子里开了家杂货店，做点小买卖，后来她到浮山做了几笔钢材生意，一不小心，居然成了万元户！接着，她被吴书记树成了发家致富的先进典型。吴书记带她到县里出席表彰会回来，还特地在礼堂里为她召开了庆功大会。她就站在舞台上水上漂站过的位置，戴着吴书记亲手授予的大红花，满面通红，眼睛都不敢朝台下看，双手抓着衣角绞来绞去。散会时，她也像当年的纠把木一样，舍不得取下胸前那朵红绸布做的大红花，招摇而又羞涩地走过风雨桥，走过镇子里狭长的石板街……

就在那年年底，吴书记上调县城当了副县长，妻子因病去世，燕儿老师就嫁给了他。但燕儿老师一直住在双龙镇，她不愿离开父母。她也一直没生育，有人说，是吴书记没有播种的能力，也有人说，燕儿老师以前流过产，流产时得过产褥热，还差点死掉，所以丧失生育能力了。说什么的都有。吴县长退休回到镇里，一天到晚无所事事，燕儿老师便教他打跑胡子牌。哪知他一学会就上瘾了，整天泡在茶馆里不归屋。有一天他输了不肯出钱，与人起了争执，硬说别人做了手脚。吵架无好话，别人说他耍赖，玩得起，输不起，你以为还是你当官时啊，堂客都可以赖得来的啊！做报告他是一把好手，论吵架可就不是对手了。他一堂堂副县长，哪能咽得下这口气？便中了风，瘫在床上起不来了。

从此，也就苦了燕儿老师了。

我沿着楼梯上了露台。吴县长仰坐在那张特制的竹躺椅上，升得很高的靠背支撑着他，他一动不动，微胖的脸像是蜡做的，没一点活色；眼光却明亮而尖锐，直直地盯着面前那一叠报纸——报纸是用夹子夹那张像乐谱架的报架上的。燕儿老师真是煞费了苦心呵。但是，身边没人的时候，他怎么翻阅报纸呢？我正猜想，他伸长颈子，舌头一舔，就将报纸含在了嘴里，头往左一偏，就将那页报纸翻了过来，利索而熟稔。

我轻轻叫了声吴县长，他把眼睛斜到我脸上，问："你是哪个？"

我说了名字，还说我就是当年那个小名叫蛊脑壳的。我想唤起他的某些记忆。可他茫然得很，想了一会儿，才说："噢，你就是那个在市里当作家的吧？"

我说："是啊，就是我。"

他眉毛一扬，领导的口气就出来了："都写些啥呢？你可要好好地反映这个时代啊！"

我点头："是啊是啊。你晓得不，水上漂回来了呢。"

他又茫然了："哪个水上漂啊？"

我提醒他："就是那个驾黑船的、您指挥民兵批斗后来又逃走了的水上漂啊！"

他瞪大眼睛："有这样的事吗？"

我不知道，他是真不记得了，还是选择性遗忘。

燕儿老师过来冲我眨眨眼，示意别再说这些，移开报架，又揭开他身上的被单，褪下他的裤子，给他换尿不湿。空气中飘浮起酸腺的气味。天气有点热，燕儿老师背上都汗湿了。真难为她了。我看看无法动弹的吴县长，又瞟瞟忙个不停的燕儿老师，心中涌起难言的悲悯之情。我的燕儿老师，你完全应当有另一种人生的。

我离开燕儿老师的家，听从她的叮嘱，住进了山坳上她父母开办的农家旅馆。我从她父亲那问到了她的手机号码，把孟大庸的手机号发给了她。她给我回了条两个字的短信：谢谢。

10

翌日，早餐后，我就沿着石板路下了山坳，来到湖边散步。镇里人还是习惯性地称这片湖面为河，它也确实就是过去的双龙河谷，但依我之见，它应当是叫湖了。没有急流险滩，只是一潭死水，哪有资格叫河呢？

往南走半里地，湖面被卧龙岭的山嘴迎面劈开，分成了两个湖汊，它们就是过去的白龙溪与青龙溪。白龙溪流程短险滩多，只能流放木头不能通航，在高坡上望去，一路白浪翻溅，故有白龙之名；而青龙溪则源远流长，长潭连接，清波荡漾，不仅能放排还可行船。两溪会合便是双龙河之起始，也是双龙镇之所在，全镇又靠两座横架溪口的风雨桥连为一体。其中那座青龙桥，由一位著名的清代富绅、也就是我祖父的祖父牵头捐款修建而成。只是，现在，它们都被时代的潮流淹没了。

我站在岸边，睁大眼睛直视碧绿的湖水，试图看清过去的青龙桥的时候，收到了孟大庸的短信。他说他驾船回双龙镇，大概在十点左右抵达。三十年前的水上漂果然要回双龙镇来了，而且，居然，是驾船回来！我立即敏感到，他是要做点啥事了，表哥的猜测一点没错。

时间快到了，我赶紧转回码头。一看，燕儿老师已经站在那儿了，显然，她也得到了消息。我们心领神会地相互笑笑。过会儿，表哥也匆匆地赶来了，冲我点了点头，表情却有点复杂。

我们一齐望着湖面，望着浮山的方向。碧波浩渺，青山环卫。微风吹过，湖面稍微起皱，波光粼粼，耀人眼目。忽然，水平线上，现出一片白帆，它被风吹得鼓鼓的，沿着墨绿的湖面无声地滑行……我有点蒙，这景象，好像在某个梦境遇见过呢。

白帆眼见得愈来愈大，愈来愈近。我终于看清，虽然船很小，也是艘多年不见的帆船。与旧时的帆船不同的是，船尾装有悬挂式推进器。唐助理无所事事地坐在舱口桅杆旁，四下张望。孟大庸则站在船艄，右手牵着帆绳，左手掌控着舵把，老练地操纵着帆船。引擎声戛然而止，船尾的浪花消失了，那片鼓鼓的白帆也悄然降下，帆船在水面划了条弧线，慢慢悠悠地向码头靠过来。

孟大庸走到船头，举起一只手向着码头上招摇——我相信，那是朝燕儿老师招摇。

船靠岸了，孟大庸跳下船，将船缆往石桩上拴好，拍拍手，走到燕儿老师面前。

燕儿老师说："你来了？！"

孟大庸点点头："嗯，我来了。"

燕儿老师沉静地一笑，拉住孟大庸的手，转身就往家中去了。

我们没有跟着去。让久别重逢的两个人说说话吧。表哥把我和唐助理带到镇政府喝茶，聊了一会儿天。我和表哥都心神不定，王顾左右而言他。我想，燕儿老师大概是不会把孟大庸带上楼引见给吴县长的吧？唐助理倒变得很健谈，细细碎碎地说着他的见闻。我这才晓得，孟大庸派唐助理打前站，主要一件事就是在浮山县船厂买了这条划子，然后将它改造成一条帆船。还有呢，就是打听曾经相识的故人。

没过多久，孟大庸转回来了，将我们带到了临水的酒楼上。他要在这宴请过去的熟人和朋友。我们在包厢里坐下，说着话，等燕儿老师安顿好家人再过来。孟大庸不时地朝窗外眺望。很显然，燕儿老师是他最重要的客人。

燕儿老师终于等来了。令我意外的是，她请了四个后生，将吴县长连同那把竹躺椅一起，磕磕绊绊地抬来了。她指挥大家把躺椅深深地探到桌下，然后将靠背高高撑起，让吴县长以端坐的姿态矗立在桌前。调摆完毕，她才抱歉地一笑："不好意思了，不让他来，他偏要来，还差点哭脸呢！真是越老越像小伢了！"

"去去去，我一个县级领导，还会哭脸？你们莫听她的奇谈怪论！"吴县长眼睛一瞪，又朝四周环视一回，把目光准确地投到孟大庸脸上，"你就是那个叫水上漂的后生？"

孟大庸笑笑："啥后生啊，都老生喽！"

吴县长盯着他："那你也还记得那年的事喽？"

孟大庸点头："记得的。"

吴县长又问："晓得我是哪个吗？"

孟大庸又点头："晓得。"

吴县长绷起脸："看来你还记我的仇喽。"

孟大庸摇头："其实，若不是听燕儿老师介绍，我都不记得你这个人了……

那个时候，谁都一样。你抓我也是一种职务行为，又不是个人恩怨。"

吴县长的脸一下就松开了，眉开眼笑："好、好，你这种认识很好，境界很高嘛！那时抓你，要你做阶下囚，是形势的需要；现在鼓励成功人士回乡投资，成了我们的座上宾，也是形势的需要嘛！我们要与时俱进，抛弃历史恩怨，团结一致朝前看嘛！同时呢，我们也要以辩证的观点来看问题，你想想，那时若不是抓你，你就不会逃走；你不逃走，就不会跑到香港去；你不跑到香港去，就做不了总裁发不了财嘛！不是有句话，叫青春无悔，感谢苦难吗？说得真好啊！……"

身体僵尸般不能动弹，嘴巴却如此会说，吴县长的形象十分怪异。燕儿老师赶紧拿起餐巾纸，借替他揩嘴角的唾沫，止住了他的滔滔不绝。

孟大庸想了想说："其实呢，我回双龙镇来没想太多，就想看看过去生活过的地方，感谢几个人。大家晓得，我水上漂算不得双龙镇人，但我是在双龙河里长大的，我把双龙镇看作自己的家乡。在香港我的办公桌上，放着一个帆船的模型，它寓意着生意一帆风顺，也象征着我，一艘在外面闯荡的船，总想某天会回到家乡的河上来……不多说了，首先我想感谢的，是燕儿老师。那年她救我出去，告别的时候我就说过，等我回来，要送她一艘帆船。今天总算遂了我的心愿，兑现了我的诺言。虽然不是艘正规的帆船，也请燕儿老师笑纳。"

"谢谢、谢谢，有你这份心，我就知足了！"燕儿老师已是两眼噙泪。

表哥在一旁说："有了这艘船，燕儿老师你出行就方便了！你还可以用它来招揽游客，开到河上让他们拍照呢！"

孟大庸走到表哥身边，看了看他左耳后那个发亮的疤："嗯，就是你，纠把木，我要感谢的也有你。"

表哥惊愕不已："感谢我？我还以为要找我报复呢，那年拿枪把打得你脱了臼……"

孟大庸摇头道："打我的不止你一个，脱臼是因为我自己跌了一跤。我要感谢你的，是那年关在杂屋里时，一帮小伢在晒箪搭的顶棚上撒尿，搞得我躲又没处躲，臭死我了。你把他们赶走后，就再也没来过了。"

表哥如释重负，呼口气道："好像是有这么回事。"

孟大庸变戏法似的掏出个金戒指套在表哥无名指上："生意人，也只有拿这个谢你了，俗是俗点，请包涵吧！"

表哥说："这怎使得呢？"

孟大庸笑道："是不是要改送一朵大红花？"

表哥有点尴尬，却也情不自禁地咧嘴笑了。

孟大庸转身向我走来。我意识到了什么，耳里嗡嗡作响。

"若不是燕儿老师证实，我还真想不到陪我回双龙镇的作家，就是那年给我送粽子的矗脑壳呢！至今我还记得，那是我有生以来吃到的最美味的粽子！太谢谢你了！"孟大庸抓起我的左手握了握，将一只金戒指往无名指上套。

我的手像是被咬了一口，蓦地抽了回来。胸中有股热辣的东西直往上涌，怎么也压抑不住。我的嘴巴好像不属于自己了，它不管不顾地说："不不，我不敢当，因为往顶棚上拉尿的小伢也有我。那天夜里我还大喊……"话没说完，嘴就被坐在旁边的燕儿老师捂住了。我嗅到了三十年前的雪花膏味。她严厉地瞪我一眼，大声说："那天夜里就是你送的粽子嘛！别的就不要说了，小伢不懂事嘛，谁都是从小伢过来的，还能不犯点小错？快收下吧，不要辜负了孟先生一片好意嘛！"

我头皮一麻，顺从地伸出手去。原来，那件自以为很隐秘的事，燕儿老师早了然于胸。一股热潮从眼中泛起，模糊了我的视线。我听到自己稚气的声音在空中回荡：抓坏人啊，坏人要逃走了！我气喘吁吁地在阴暗的石板路上奔跑。金戒指再次像一条蛇咬住了我的手，我感到了疼。我只好继续跑。我逸出窗外。我跑到码头。我跳上了一艘漂亮的帆船。我驾着一叶孤帆滑行在雾气弥漫的河面上，不知何来，亦不知所往……

2015 年 10 月 28 日

177

最后的交谊舞

1

在梦巴黎舞厅，江英杰被人打脸了。

其实不是真的打脸，在舞厅这样的地方，打脸的意思是你邀人跳舞被当面拒绝，丢了脸面。但江英杰真的感到有只手打在了脸上，面皮火辣辣地发起烧来。他悻悻然，愤愤然，盯着那张有几分冷艳的妇人脸，你以为你有多高贵吧？一张脸板得跟死人似的，不跳舞就莫站在舞池边啊；怕合不来？合不合得来，要跳起来才晓得啊；你有伴？那为何只斜一眼，一声不吭？嫌我老了？你也不年轻嘛，至少近五十了吧，要不是看你身材还不错，又穿了件墨绿色的旗袍，有点上海滩女人的味道，我才不会邀你呢，哼，哼哼。

慢四舞曲水一样漫开，打他脸的女人被一个瘦高的黑衣男人牵进舞池，翩翩起舞。他脸上愈发挂不住。其实他并不是第一次被人打脸，但却是第一次耿耿于怀，以至于幺妹向他伸出了手，他也视而不见。幺妹拍了他肩膀一下，他才回过神来。他跟着幺妹进了舞池，边舞边盯着那个女人看。

幺妹说，脸打疼了吧？你没长眼睛啊，人家有固定舞伴的。待在那边几个卡座里的人都是有伴的，你没见那些人有时跳有时不跳，坐在黑角角里吗？

不跳舞，坐到黑角角里有啥味？

黑角角里有黑角角里的味啊。

幺妹暧昧地笑了一下。

江英杰不笑，严肃地板着脸，左手一抬，让幺妹转了个圈，再去瞟那个女人。人影纷乱，绿旗袍已隐没不见。

他忍不住又说：不跳就不跳，眼睛横什么横。

她是圈子里有名的毛老师，一般都不拿眼睛看人的，眼睛横你就算看得起你了。

老师就了不起？

幺妹搭在他右肩上的手捏了捏他，其实莫说人家，你也有股了不起的味道。

我有吗？我从不打别人的脸，别人跳得再不好，我也善始善终，不会跟人家说舞曲太长了。

你虽不打别人脸，可你别的地方显得了不起啊，比如，你跳啥舞都正儿八经，端着个架子；问你做啥的，你说你是下岗工人；找你要电话号码呢，你报个假的。晓得别人怎说你不？说你像只骄傲的公鸡呢！

江英杰脸上一热说，跳舞是高雅活动，要有绅士气质，当然要把舞姿搞规矩点，特别是旋转时，身子要拔起来嘛，脑壳要往后仰嘛，就是要像只骄傲的公鸡嘛。

你跟她有点像呢。其实跳舞嘛，就是来健身开心的，要那么多规矩干啥，要规矩你不如跳国标去；人啊看起来各式各样，脱了衣服还不一样？有啥高贵不高贵的。到了这，你要像一滴水落进了池塘，跟大家不分彼此了才好。

你的意思，我不像一滴水喽？

你像一滴油。

幺妹手指头在他左手掌心里轻轻挠了挠。自认识之后，只要做他的舞伴，幺妹就时不时做这个小动作。起初他很讨厌，现在已习惯了。幺妹一直很热情，但他一直装糊涂，保持着不远不近的距离。他从不主动邀她，但她过来邀他跳，他也不会拒绝——总比一个人傻待在舞池边要好。都叫她幺妹，其实也是五十左右的人。她的舞步没啥韵味，嘴巴又太碎，而且，腰间的赘肉也太多了。

慢四跳完，江英杰在舞厅右侧的镜子前练起扭胯的动作来。这是一种姿态，表示暂不接受别人邀请。伦巴舞曲响起，他一边扭着胯，一边从镜子里窥视舞动的人影。灯光昏暗，旋转彩灯洒下的光斑在游动。倏然间，那件绿色旗袍闪现在镜子里。他赶紧转过身子。那女人仍与黑衣男子为伴，虽也是跳的交谊舞，但加入了一些摩登舞的动作，一看就知功夫很深。他们旁若无人地跳着，忽开忽合，时缓时疾，一会儿转圈，一会儿探海，舞姿曼妙，韵味十足。女人的腰被旗袍束得很细，而那双细长光滑的腿，不时地从旗袍的衩口处闪现出来。她的脸仍然毫无表情，你却可以感受到饱满的情绪在她纤细的四肢内奔涌鼓突，

179

而舞曲仿佛纠缠在她的腰肢上，并随之柔软地扭动。江英杰眼都看直了，直到他们逆时针方向旋舞而去，隐匿在了晃动的人影之中，他才醒过神来，不由自主地舔了舔嘴唇，好似刚刚品尝了某种美食，那味儿还沾在他的嘴唇上。

他释然了。被这个女人打脸是理所当然的，他的舞技远不如那个瘦高黑衣男。他不可能带她跳得这么好。美好的舞姿，是不应该被委屈和被埋没的。以后即便她孤身一人来舞厅，他也不会邀她；即便她主动邀他，他也会婉拒。不为报复，他是真心觉得，他配不上她，即便是做临时的舞伴。

这么想着，江英杰就舞兴索然了，接连两支舞曲都没跳，站在舞池边观看。绿旗袍的毛老师久不现身。幺妹几次从他面前舞过去，冲他抿嘴笑，好像晓得他心思似的。当快三舞曲，也就是维也纳华尔兹舞曲响起来的时候，他的脚痒了。这是他最喜欢的舞曲，他能左右开弓地旋转，很少有女士能配合得好。四下瞭瞭，没见到合适的人，他只好继续在舞池边待着。

跳快三的人不多，且没几对跳得好的。几对舞伴忽然往一旁躲避，一团绿光顺着舞厅边沿旋转而来。正是那个毛老师和她的舞伴。或许因为他们太出众了，一些跳舞的人停了下来，站在一边观摩。留给他们的空间更大了，他们也似乎更来劲了，一个接一个地旋转，整个舞池都被他俩搅动了。江英杰心里却有些发紧。穿紧身旗袍是不太适合跳舞的，它对身体束缚太紧了，旋转起来多有不便。她的舞步是不太流畅的，一不小心，只怕会跌倒的……他的心提到了喉咙里。她在快速旋转中打了个趔趄……她果然跌倒了！就倒在他面前。四周一片哗然，所有人停止了舞蹈，一齐围向她。满世界回荡的舞曲戛然而止。她的旗袍衩口撕开了，露出一大截雪白的腿。而她原本白皙的脸霎时一片绯红。她尴尬地挣扎着，左手撑起上半身，右手向男伴长长地伸出去，乞求男伴拉她一把。而那男伴顾望四周，自嘲地笑着，正努力地化解他自己的难堪，根本就没看她那只手。

江英杰感到血冲上了自己的脸，啥也没想就走拢去，抓住那只手，一使劲，将她拉了起来。

她应当会说声谢谢的，但他没听到，也许说了他没听清楚。意想不到的事情即刻发生了，她冲过去推了男伴一把，哭叫着：我说了不跳的非要我跳！

男伴顺势反推她一把：叫你莫穿旗袍你硬要穿！

她一个趔趄差点再次跌倒，抓住男伴的胸脯摇晃，叫骂。男伴恼羞成怒，扬手就给了她一巴掌。她脸上就零乱起来，头发与眼泪搅和在了一起。江英杰赶紧从身后搂住她，扭转身，用自己的背挡住瘦高黑衣男。她是那么娇小，几乎被他的怀抱包裹住。有人对黑衣男发出斥责之声。她在他的怀里瑟瑟发抖，但片刻之后，她就奋力一挣，奔出了舞厅。

围观的人们散开，舞曲重又响起。幺妹牵起他的手进了舞池，嘿嘿，没想到你还会英雄救美呢，有种！他没有听清幺妹的话，脑子嗡嗡响，整个人还在愕然之中。

2

接下来几天，江英杰都没有去梦巴黎。

他也没去别的舞厅，不知为何，跳舞的兴趣一下消减了很多。

他晓得，那个毛老师暂时是不会去那个伤心地的。

但几天不跳舞，他就会觉得自己老了。举手投足都很迟钝，早上起床也会迟很多。镜子里的那张脸皮肉松弛下来了，抬头纹愈发地深刻，脸色发暗，鬓角的几根白发有了衰败的味道。他忍不住想，有生之日不多了呢。

说起来，他的跳舞也算是历史悠久了。大学时代，他就热衷于周末舞会，在学生食堂的大餐厅里，踩着油腻的地面，搂着穿布拉吉的女同学，跳得十分起劲。倒是参加工作成家之后，就把舞艺荒废了。及至几年前，发现自己除了血脂高超体重外，还得了颈椎病，于是深刻地认识到，办公室坐了几十年，再不运动健身只怕是不行了，才又重下舞场。

现在他退休了，老婆也到深圳女儿家带外孙去了。他原本也想跟去帮忙，只因亲家母也住在女儿家，那边没有了他的生活空间。女儿说，爸爸，你就安心在家做自己喜欢的事吧，你不是喜欢跳舞吗？那就天天跳舞去吧，我妈开明得很，不怕你找年轻舞伴的！你身体好过得快乐，就是帮了我们的大忙！女儿的话很实在，也深谙他心。只是，他这个人对舞伴很挑剔，稍有不如意，就会失去与人共舞的兴致。严格说来，他的舞艺也就中等偏上，并无太多挑剔别人的资本，但他的心气很高，遇不上合意的，他宁愿在舞池边傻看，也不愿轻易上别人的手。舞厅去得多了，那些跳舞的老面孔也都熟了，晓得哪个合不合意——可惜的是，完全合意的一个没有，勉强过得去的也就幺妹而已。

无兴致不舞，那干吗呢？事还是有干的吧。起床之后，细心洗漱整理一番，将头发梳得丝丝直顺，再往脸上擦点润肤霜，冲杯牛奶煎个蛋吃个早餐，开启电脑上个网，跟老婆外孙视频通个话，逛逛网站微博论坛看个新闻，再点开交谊舞教学视频，学一两个花样，然后就快十一点了，然后就兴味索然了，然后，就下楼溜达了。独自生活的最大好处，就是自由自在，随心所欲，饿了随便买点啥往肚子里一塞了事，一切都不必计划。他早已厌弃了按计划行事的日子。

他溜达出小区，溜达到了河边。正是秋高气爽，河边林荫下，坐着上百位打牌的老人。四人一桌，麻将或者跑胡子牌，玩得热火朝天。摆摊的老板提着茶壶在一片白花花的脑袋之间穿梭，边收盘子钱边为客人续水，忙得不亦乐乎。在这座城市，跳交谊舞其实还是很小众的行为，打牌才是最大众化的娱乐，牌友数量之庞大，完全不是舞友可比。老人们尤其喜欢到这片林子里来打牌，或者看别人打牌，只要不下雨，往往一坐就是一整天。这里江风轻柔，空气新鲜，中午会有人送来盒饭，林子边还修有简易厕所，吃和拉都很方便。这片不大的柳树林子，也被人称作夕阳林。江英杰以前来河边散步，总是会绕开这片林子。他不喜欢看见那些布满老年斑的脸孔，它们仿佛一面面镜子，照见了他晦暗的未来。不，他才不会这样，靠打牌了此残生呢。"残生"这个词令人心头发冷。他坚信，他跟别人不一样，在他人生旅途的末端，一定还有别具意义和韵味的事物出现。

这次，江英杰却没有回避，他径直来到了老人们中间。他的目光掠过那些蓬乱的白发，伛偻的腰背，以及握牌的虬曲的手，心中不由涌出莫名的悲悯。粗糙沙哑的话语，犹豫不决的咳嗽，骨质麻将闷钝的拍击，还有衣服的窸窣之声和板凳的吱呀之声，次第传入耳鼓。枯燥的头发味缭绕而来，衰老的气息令人窒息。恍惚之间，悠扬的华尔兹舞曲《月亮河》于苍穹深处隐约起伏，盘旋而来……它带动了他，他的身子不由自主地抽拔起来，下意识地往后一仰，端起手做了个揽住舞伴的动作。但随即，他就放下了手。能让他感到与别人不一样，这就行了。他绷直膝盖，迈着优雅的碎步穿过人群。快要到林子边缘之时，他看到曾经的同事老伍埋头于牌桌前。本想打个招呼，但见老伍舔一下手指头，起一张牌，又舔一下手指头，再起一张牌，一线鼻涕悬在鼻尖上，颤颤欲滴。他有点恶心，赶紧走开了。

他可千万不要老成这个样子。

来到莲水大桥引桥下，太阳已经当顶。桥下是个露天舞场，有人在收拾衣物，有人在摆脚摆手地练舞。上午场已经收工了。露天舞场是水磨石地面，一般只有学舞和舞技不好的人来此，稍有讲究的都会选择去舞厅。在光滑的木地板上翩翩起舞，那才是一种享受呢。他瞟了场内一眼，幺妹在里面指点别人跳舞。她背上长了眼睛似的，马上转身冲他扬手：江哥你过来！

江英杰不想过去，但还是过去了。

幺妹迎向他，与他一搭手，摆了一个起始舞姿，然后冲那几个学舞的男女说：看好了，我和江哥的姿势才是标准的舞姿！那几个人点头称是，羡慕不已的样子。江英杰瞟瞟那些陌生的脸，都有不少的褶子，看上去并不比自己年轻。他松开幺妹，转身离开。

幺妹牛皮糖似的粘在他身后。

江哥怎几天没见你了？不见你心里就缺了一块呢。

就你嘴巴甜。

甜不好吗？总比嘴巴毒好吧。中午了，肚子也饿了，我请你吃盒饭吧，我家就在前面，我叫人送盒饭上门。

他瞟瞟她，摇头，不。

嫌盒饭不好，还是怕我绑架你？幺妹两眼盯定他。

他避开她的目光，看着前面那幢陈旧的五层楼房，不太合适吧？

嘿嘿，我晓得你心里哪条虫在爬，老哥老妹了，有啥不合适的？放心，我跟你一样，也一个人住。谁爱嚼舌头，就让他们嚼去，我都不怕，你还怕什么？

他挠了挠后脑，脑壳木木的。

幺妹抓起他的手往前拖。

他只好跟随往前去，边走边挣开她的手。

他们进了那幢旧楼，沿楼梯往上爬。楼道里阴暗得很。幺妹的臀部在他眼前扭动不已。空间逼仄，幺妹身上的香水味与汗味浓重起来。他抽了抽发痒的鼻子。幺妹在401房前站住，麻利地掏出钥匙，将那扇贴满小广告的防盗门打开，把他请了进去。跨进门的刹那，他有种进入鲨鱼嘴巴的感觉。幺妹拉开窗帘，阳光透进室内，那种感觉才消失。

他四下打量，是那种一室一厅一厨一卫的旧式住房，收拾得整洁干净。摆设很普通，小彩电，旧沙发，跟幺妹的身份是蛮吻合。据说她曾是电线厂的工人，后来改制买断工龄下了岗，之后当过收银员也端过盘子，现在呢是在超市里做导购，有时白班有时夜班。

幺妹给他沏杯茶，打电话叫了盒饭，就到卫生间去了。先洗个澡，莫熏到江哥了。进去前还冲他笑了笑，眼睛亮得格外。他坐在沙发上喝茶，有些手足无措，便又打开电视。屏幕上，打扮时尚的男女正在调情，眼神妩媚而热辣。幺妹还没洗完，送盒饭的来了。他开门接下盒饭。幺妹在卫生间喊，你先吃吧，趁热。他打开塑料饭盒。辣椒炒肉、苦瓜炒蛋，还有莜麦菜，可口好吃，只是油多了点。

幺妹穿了薄睡衣，清清爽爽地出来，坐到他身边，端起另一盒饭。吃得惯吧？

经常吃的，哪能不惯？

挨着幺妹的那半边身子有点发僵，他挪开一点。

他吃饭的速度原本是很快的，但他延长了咀嚼的时间。他怕手中没饭盒了，手会没地方放。

他与幺妹同步吃完了盒中餐。他瞟见茶几玻璃下压着一张全家福。照片上有她，她的儿子，儿媳，还有一个剪刀制造的人形的洞。那个不见了的人无疑是她老公。幺妹迎着他的眼睛，坦然道，自己没几个钱，居然还去找小姐，所以我就把他开除了。儿子也不争气，没考上大学，也没个正经工作。好在我只管自己，钱多钱少都是过，开心就行。

他噢了一声，不自觉地站起身来。

你没啥事吧？有午觉的习惯吗？有就去我床上睡会吧，我下午上班，打个盹就行了。

他忙摇头，没事没事，又说，不必不必。

幺妹笑得牙龈都露了出来，哈哈瞧你紧张的样子，生怕自己犯错误吧？

他再摇头，不是，这把年纪了……

是啊，都这把年纪了，再不犯错误，都没机会了！

幺妹手在他肩上一按，他不由自主地坐下去。

要走也歇会再走吧，先发会饭晕。她在他身边坐下，把他的左手抓在手里。窗帘在飘扬，好像有人在窥探。他默然不动，她的手有点粗糙，这是他早就知道了的。她身子向他靠过来，他还是没动，此时此刻不动才是比较恰当的吧。他不想伤了她。她温热的身体喷发着沐浴露的清香，软软地靠在怀里，还是很温馨很舒服的。但仅此而已。他没有动静，心里没有，身体也没有。他不晓得自己的欲望哪儿去了。他只是觉得自己很空，很茫然。

不知过了多久，幺妹叹了口气，将他推开。算了，放过你。

他喃喃道，对不起。

不怪你，是我自己太丑没有吸引力，要不，是你心里有人了。

他摇头否认，都不是！真的，我是老了。

我心里有数，你身体还这样强壮，老什么老。我晓得你心里装的哪个。你走吧，我等会就上班了。

184

幺妹拉他一把，他顺势立起走出门外。回头看看幺妹板着的脸，眼里似乎闪着泪光。他心怀歉疚，手在衣襟上擦了擦，说，你还会跟我跳舞吧？

放心，我不会打你脸。幺妹说着就要关门，门关了一多半，又伸出脑壳来说，你有空就到城西罗曼舞厅去吧。

为何？

那个穿绿旗袍的毛老师，长年在那里教舞。

砰一声响，门关上了，楼道里回声荡漾，他有被摇晃的感觉。

3

江英杰能理解幺妹的心情。任何人自尊心受伤之后，都会有应激性反应吧。他应当给幺妹以某种安慰与补偿。于是，第二天晚上他就到梦巴黎去了，他想邀她多跳几支舞。

幺妹果然在，穿了条枣红色的短裙，跳得满场飞。每当舞曲一停，他就急忙向她靠拢。但总是在他出手相邀之前，她不是被别人邀走了，就是主动邀别人跳去了。直到快散场时，他才有机会与幺妹共跳了一支慢四舞，而且若不是幺妹主动向他靠拢，他还是会邀不到她的。

一入舞池，他就凑在她耳边说，我一直在找你。

幺妹说，找我干啥，你又不欠我的。

他说，对不起。

对不起有屁用，又不值钱。幺妹转个圈，盯着他道，我替她更正一下吧，她并不姓毛，姓冒，感冒的冒，她还带学生呢，你找她去吧。

他说，你怎把我往别人怀里推呢？

幺妹瞪大眼，你不愿到我怀里来，就往别人怀里推啊，人总得有个怀抱才温暖吧？这叫成人之美晓得不？真是不识好人心。

他噎住了。幺妹不再言语，舞步变得拖沓慵懒，一点韵味都没了。两人别别扭扭地跳完一曲，幺妹招呼也不打，扭头就出了舞厅。他也没有兴趣再跳，闷头闷脑回了家。

平心而论，江英杰确实被冒老师的气质和舞艺所吸引，但他从没想过跟她怎么样。他最大的愿望，也不过是再次偶遇，和她共舞一曲，享受一回高超舞艺的美妙而已。他不否认，每天都会想起她，那张因蒙羞而扭曲的脸让他难以忘怀。还有那个躲在他怀里的娇小身子，多么楚楚可怜。但迄今为止，她还只是个陌生人。幺妹平白无故的嫉妒心真是又好气又好笑。

或许是由于幺妹的数次提醒，冒老师的身影愈发频繁地闪现在他脑子里。既然幺妹如此猜度，找找她又何妨？她不是带学生嘛，多学几个花步，提高一下舞艺，在舞友们中间炫舞一番，不也是件惬意的事吗？人生至此，开心的事不多了，而快乐，是需要自己去寻找的。

于是一天下午，他骑了那辆除了铃铛不响全身乱响的自行车，吭哧吭哧去了六公里外的城西罗曼舞厅。到门口一看，才知那只是一个曾经的舞厅，招牌还在，但风吹雨打得不成样子了。它已不对外营业，单纯是培训班练舞的场地。一块黑板挂在墙上，彩色粉笔写着两行字：想学摩登舞，请找冒老师。下边是一个189打头的手机号码。他把号码输入到自己手机里，然后进了门。

里面场地不大，木地板很陈旧，靠门处已残缺不全。窗户很小，高高在上，光线斜斜地射进来。落地镜很大很气派，十来个男女正在镜子前练舞。他眼睛扫了几个来回，没见到他想见的人。欲打道回府，有人朝他走过来，你找哪个？

他定晴一看，正是梦巴黎那晚，那个与冒老师扭打在一起的黑衣男。仍然是一袭黑衣黑裤，裤腿是喇叭口，走起路来冷峻而飘逸的样子。一张刀削脸，两眼如豆，炯炯有神。

我找冒老师。

想学摩登舞吧？冒老师不在，找我就是，我是周奇，我跟冒老师一起的。

那，冒老师几时会在呢？

她办完事就来了，我们轮流教的。两个月为一学期，学费每期一千元。你来得正好，这期刚开学，想学就先交五百元报名费吧。

他犹豫了一下，拿出钱包把报名费交了。周奇收下钱，也没给他开收据，就把他叫到落地镜跟前去了。镜子前的学员都比他年轻，瞟瞟他，都有些诧异。

周奇先给他开起了小灶，教了一下架型，又教基本步，挺胸、收腹、提臀、绷腿、松膝。毕竟是跳过几年交谊舞了的，他学得有模有样，还得到了周奇的表扬。看不出来，姿势摆得不错嘛。嗯，有根跳舞的筋，跟着大家一起练吧。周奇把他叫进了队伍里，他就跟着大家很认真地练起方步来。右手抬平齐肩，左手上扬，握住想象中的舞伴。慢三节奏。迈左腿，松膝的同时右腿跟上再往右迈，收左腿；迈右腿，松膝的同时左腿跟上，收右腿。嘣、嚓、嚓，嘣、嚓、嚓，循环往复，无穷无尽。

大概学了一个小时，汗水濡湿了他的上衣，腿脚也酸疼起来了。出汗是好事，出汗之后人就轻松爽快。腿脚酸疼也不怕，忍得住。但是，他在这傻练傻练，冒老师若是不来，那还有什么意义呢？这么想着他的动作就松弛走样了。周奇并不在意，也不来调教他。时间变得难熬起来，当窗口的光线暗淡，周奇拉亮灯光的时候，他心里已经打起了退堂鼓。

　　这时冒老师来了。娇柔小巧的身影树叶一般飘到镜子前，黝黑的目光羽毛一样掠过他的脸。装束很平常，贴身的粉T恤，宽松的黑色练功裤，不平常的是脑后一束马尾式长发，透露出对青春的留恋。

　　他的动作立时认真起来。冒老师肯定注意到了。他希望她过来指导他。她在场边与周奇说着话。那个周奇，与她啥关系呢？他胡乱想着，冒老师转过身来，冲他招了招手。

　　他走过去，恭敬地哈哈腰，冒老师好！

　　您这把年纪，为何来学摩登舞？冒老师问。

　　他心里想，你年纪也不小了吧？嘴里却说，我喜欢跳交谊舞，想学了摩登舞后，提高一下水平。

　　摩登舞和交谊舞不是一回事，交谊舞跳着跳着就会了，如果只是娱乐健身，不去比赛的话，是用不着学的。要学你找教交谊舞的去。再说，学摩登舞很枯燥，练好基本动作就要好几年，你坚持不了，也没必要的。回去吧，报名费退给你。

　　冒老师拿出钱包，掏出五百元塞给他。

　　他推开她的手，我是真的爱这个呢，让我学一期吧。

　　冒老师将钱直接塞进他口袋，瞥一眼他说，可我是真的不爱教你呢江科长！

　　江英杰傻眼了，嘴巴张了几下才说出话来，您认识我？

　　岂止是认识，差不多二十年前就打过交道了。你当然不记得的，可我记得一辈子。那时我想跟朋友合伙办个舞蹈学校，申请报告交到了你那里，我找过你好多次，你都不正眼看我，总要我再等等，再等等。礼也送了，饭也请吃了，就是迟迟不批！

　　汗从脑门上下来了。他牵起袖子揩一下脸，对不起了，其实批不批，都由分管领导定，我做不了主的……不过只要材料齐备，我记得都批了的。

　　是批了，可那是半年之后了。同时交的报告，别人却在我之前获批，学校早办起来，我已经没生源了。所以，我一没兴趣，二没义务教耽误我商机的人跳舞。请你离开吧。

187

冒老师幽亮的眼睛令他不敢正视。他前胸后背一阵发凉，汗水和衣服粘在了一起。

他再次被她打了脸，而且打得比上次更重。

还有啥好说的呢，他只能离开。

他默默地出门，骑上那辆与他一样老态的自行车，两腿沉沉地回家去。进小区的时候，他差点撞在一个路人身上。他终于见到了冒老师，却不承想，是这样的结果。他认可冒老师辞退他的理由，他确实没必要学摩登舞；他也理解冒老师对自己的反感。他深感遗憾的是，冒老师认出了近二十年前的江科长，却没有认出几天前晚上那个将她从地上拉起并用身体护着她的人。

4

他几天没下楼，吃饭都是打电话叫快餐店送上门来。一天到晚，不是上网就是看电视。近半月来没跳几次舞，运动量骤然减少，身体就变得沉重，膝关节都不灵活了，小腹也微微鼓了起来。站到体重秤上一称，七十公斤，原本减掉的三公斤又长回来了。心情呢也是有些郁闷，日子过得没味道。他反复回想冒老师的样子。她怎么还和扇她耳光的人在一起呢？好奇心挥之不去。

这日他把玩手机，忍不住翻出冒老师的号码，将她加为 QQ 好友，并在加友留言里说明了自己的身份。她多半会拒绝，试试看吧。他久盯着 QQ，眼都花了，也没见有回应。她无暇回应吧，或者，她根本不屑于理睬。他有些丧气，正想关掉 QQ，幺妹夸张的卡通头像却闪烁起来。他打开对话框。

江哥，找冒老师学舞去了吧？

没有。

那怎么几天没见你的影子？

我在家，她又不收我。

又打你脸了？一颗热情的心受伤害了吧？

你想安慰我啊。

你对我的安慰又不感兴趣，你感兴趣的是冒老师，想听她的故事不？

你说。

你请我喝茶我就说。

就在这里说。

不，我难得在手机上戳字，你就这么怕见我？我不会吃了你的。

话说到此，他只好应允，约了喝茶的地点，就下了楼。

他们在那片坐满打牌老人的林子里见了面。他让摆摊的人搬张小桌搁在林子边缘，又拿来两把竹椅，沏了两杯绿茶，再加上一碟瓜子，总共才三十元，很便宜。幺妹鼻子一鼓，真会替自己省钱，茶楼都舍不得去。

他呵呵一笑，这儿热闹嘛，茶楼里太冷清了。

我晓得你心里的虫儿怎么爬的。幺妹一扭屁股，竹靠椅吱呀作响。好吧，听故事吧，你还记得三十多年前的事吗？大码头那有家航运公司，公司里有个会计，据说他是第一个把交谊舞引到莲城来的人，六十年代就带人偷偷地跳舞了。他姓冒，一个很古怪的姓，他就是冒老师的父亲……

幺妹絮絮叨叨的声音像一块抹布，将他的记忆擦亮了。小时候，他家就住在航运公司附近，那时就见过那个经常一身笔挺蓝色中山装的冒会计。冒会计走路很轻盈，人都戏说他怕踩死蚂蚁；待人很礼貌，逢人就点头致意，也不管人家理不理他。他还曾趴在文化馆的窗口，看冒会计跳过舞——那时叫交际舞——冒会计将女伴轻轻一揽，翩翩起舞，举手投足绅士味十足。现在他还依稀地记得，冒会计的手一打开，就会呈现出兰花指的形状。但他只看冒会计跳过这一次。后来他当知青下乡了，再后来又上大学了，就有好多年没见过冒会计。直到大学毕业，参加工作回到莲城，某天经过一条窄巷，迎面过来一个白西装红领带、头发梳得油光水滑的人，风度翩翩的样子。他仔细一端详，发现就是多年前的冒会计。严酷岁月居然没有在冒会计身上留下摧残的痕迹，面容仍然那么白皙干净，身姿还是那样温文尔雅，这让他惊奇不已，也羡慕不已。但这种羡慕只是刹那间的事，在随后开展的严打运动中，冒会计被人举报了，说他开办地下舞会，专门诱惑年轻女子来跳贴面舞，趁机猥亵并强奸了某个女子。冒会计被押在卡车上游街示众，然后关进了看守所，然后再也没有出来。他没有见过站在卡车上游街的冒会计，幽暗的窄巷子里那个光鲜生动的身影，是冒会计留给他最后的形象，而记忆中冒会计颈上的领带红得触目惊心。据说，在看守所，冒会计就是用它结束了自己的生命。

唉，冒老师也真是造孽，摊上这么个父亲。幺妹道。

她父亲的事我也晓得一些，你别光说他。

我晓得你只关心冒老师，可父亲就是子女的命呢，谁能绕得开父亲呢？幺妹吐了一口瓜子壳，其中一瓣粘在了嘴角。冒老师那时在师范学校读书，父亲出事后，同学都指指点点，说她是老流氓的女儿，老流氓的女儿就是小流氓。她待不住了，只好退了学。她妈早就因病去世了，无人可以依靠，只能各处打点零工养活自己。好在后来又时兴跳舞了，她办起了舞蹈培训班，日子才好过一点。她父亲走了都三十年了吧？可怜的她也快五十了，至今都没有成家……

怎么，她也单身？

是啊，是不是感觉自己有机会了？

屁话，我又不是单身。

江哥你现在是事实单身啊，有机会发展一段亲密关系啊。

他皱起眉头，你怎么有点像拉皮条的啊。

幺妹习惯性地白他一眼，别说得那样难听，我顶多有点媒婆的爱好而已。

他想想说，还以为她舞伴就是她老公呢。

舞伴就是舞伴，哪能成老公呢？你没听圈子里人说吗，找舞伴可比找配偶难得多。要求不一样嘛。

难怪他们跌倒了，打架打成那样，两个人还在一起。

据说他们配对好多年了，还到广州比赛得过奖，肯定有好多故事。

愿闻其详。

我哪晓得呢，她的故事只有她自己最清楚。你听她自己说吧。

我哪有机会听她说。

没机会要创造机会啊！我晓得江哥有这个进取心的，加油！

幺妹学着电视上娱乐节目主持人的样子，举起拳头往下拉了拉，笑得露出了牙龈，一些白色的瓜子末糊在嘴角。

他撇撇嘴，不吱声了。幺妹身上的化妆品味很浓。他眼睛越过幺妹，望着林子里密集的人影。他又闻到了随风而来的枯燥的头发气味。夕阳沉没，晚霞舒卷，光线暗下来，老人们开始离去。摆在小桌边的手机响了一声，是 QQ 消息提示音。他拿起手机一看，冒老师通过他的好友申请了，还发来一条留言：你还有什么要说的吗？

他确实有好些话想说，却又不知从何说起。而且，他也不愿当着幺妹的面说。他反复看冒老师的 QQ 名，冒小雨，很有意思的昵称，有点像网名，又有点像真名。女网友来的消息吧？幺妹伸过头来查看，他忙将手机收起。时候不早了，回吧，下次再聚。他起了身，招来茶摊老板买了单，向幺妹摇了摇手，很果断地转身走了。

190

在楼下快餐店吃过晚餐，他才回到家中。冲了个澡，换上干净的衣服，才坐下来打开手机QQ，很慎重地给冒小雨写下一句话：我要为二十年前的事再次向您道歉，对不起，是我耽误您了。点击发送之后，他就凝望着西边天际线上的一幢高楼，仿佛冒小雨就住在那幢楼里。

冒小雨回话了：若是为这事，就不必了，道歉又没啥用。

他回道：我自己想求个心安吧，其实我自己也痛恨官僚习气的。我希望别人忘掉我的不好，记得我的好。

冒小雨说：那么，你有什么好值得我记得呢？

他本想忍住不说那件事的，但他实在忍不住了：比如那天晚上在梦巴黎，你不小心跌倒了，是我把你从地上拉起来的。

冒小雨很惊讶：原来是你？请原谅，灯光太暗我没认出你来！你的这个好确实值得我牢牢记住！我得好好谢谢你，你说，怎么个谢法？

他说，很简单，陪我跳一场舞。

冒小雨语迟了，这……其实不简单呢，我从来没有陪舞伴之外的人跳过一场交谊舞……你为何要这个呢？

他说：因为我很欣赏很喜欢你跳舞的样子，很美很动人，我现在最大的理想就是跟你跳一场舞，我想会很舒服很享受，会开心得飞起来。不过你要是为难，那就算了，我不想勉强你。我理解你，你拒绝我也不会有打脸的感觉的。

冒小雨想了一会才说：那好吧，如果我安排得好，就跟你联系。

他说好，又从表情符号里选了支红玫瑰发过去。不是挑逗，他完全没有挑逗的想法，他只是想，她值得他献上最美好最真诚的祝愿。他关了QQ，站到窗边，像个年轻人一样张开双臂往上一蹦，感觉自己飞进了温柔的夜色里。

5

耐心地等待了十来天，江英杰终于如愿以偿。冒小雨在QQ上留言，约他晚上去梦巴黎。他有点不解，为何要再走麦城，不怕引起难堪的回忆吗？也许于她来说，这是最偏远的舞厅，不易遇见熟人吧。他细心地收拾了自己，白衬衫红领带，笔挺的藏青色西服，黑皮鞋擦得贼亮，头发梳得顺溜，还往脸上手上抹了厚厚的护肤霜。这样他就香喷喷的了，双手也滋润柔软了很多，冒小雨的右手搭在他左手心时，就感觉不出他的粗糙来。

他在舞厅右侧卡座里找到了冒小雨。她坐在沙发上，用一件黑外套包裹着自己，冲他微微一笑。他心里有些紧张，手心都出了汗。好在舞厅总是那么昏暗的，便于隐藏表情。慢四舞曲响起，冒小雨起身脱去外套，他才看清她上身是紫红色的长袖T恤，下身是黑色的紧身裤，腰间系条黑短裙。很普通，很低调的装束，往人群中一站就会淹没不见。他以为她会穿条长裙的，那样旋转起来就会像一朵怒放的喇叭花。她是刻意为之吧？

她缓缓地迎向他。两人一搭手，他就觉出身高十分匹配，架型端庄而舒适。他微微后仰，右手掌轻轻贴在她后背肩胛下，不紧不松，恰到好处地搂着她。她的身子十分轻巧，仿佛与他贴成了一体，又仿佛她并不存在，没有任何阻碍与分量。他们随着节奏悠悠地晃着，沉浸在音乐之河里。

你练过的吧？她问。

这话无疑是对他的赞许。他兴奋地摇摇头，没有，真没有。

你舞感不错。她仰头瞟瞟他，不过你还可放松点，身体有点发僵。

他将绷紧的四肢放松开来，动作更加流畅了。他不再顾忌与她身体的碰触。不过他觉察到，她自己并不放松，眼睛不时地往四周瞟，明显放不下某种顾虑。她身上的气息温热而甜美，他不禁深吸了几口。

交谊舞其实并不要太多花步，跳出韵味来就行了。她说。

是啊，我就是喜欢享受跳舞的韵味。

跳完慢四，他们又跳了一曲欢快的伦巴。配合越来越默契，每一个舞步都韵味十足地踩在点子上。他手稍一抬，她就晓得转圈；他身子一侧，她就明白往哪个方向走。他把所有会做的花步都做了一遍，她没有跟不上的，只有发挥得比他好的。但毕竟是首次配合，又毕竟他只是个业余爱好者，免不了有生涩迟滞的时候。可她并不被他的生涩迟滞所束缚，她会从他的生涩迟滞里跳脱开来，展现她自己的轻灵生动。她反弹时的身型动作真是美极帅呆。而在合作并蒂莲开的花步时，她右手打开，优雅地扬起，他仿佛从她花瓣般的指尖听到了莲苞开放的声音。

连跳了五支舞，他们才停下来歇息。而之所以歇息，并不是因为他们累了，而是响起了三步踩的舞曲。这个从湖北传过来的舞种，正在莲城大行其道，而他惊喜地发现，他和她都不喜欢这种固定程式的舞。它太呆板，太俗气，并且太像广播体操了。共同的不喜欢拉近了他们的距离。他们坐在幽暗的卡座里，瞟着舞池里那些杂乱无章的人影，断断续续地说话。

那晚，您没伤着吧？

她摇头，没。

您穿旗袍特别好看，只是不适合跳舞。

嗯，那天晚上本要去参加旗袍协会的走秀活动……被他拖来了。

他不该那么对您。

他别的都好，就是脾气不好。

嗯……听说，您在广州得过奖？

不过是个右腿奖。

啥奖？

最佳女伴奖，只能算半个奖。

江英杰想，因为这半个奖，她的舞伴周奇就耿耿于怀了，就不许她做跳舞之外的活动了吧。给她的褒奖就是对他的贬低。双手只能抓一条鱼，周奇肯定是要她一起苦练，获一个共同的奖之后才放开她。于教舞的人来说，获奖是耀眼的名誉，也是块含金量很大的招牌。江英杰忽然有些担心，周奇若是得知冒小雨来和他跳舞了，会对她行不利——她显然是瞒着周奇出来的。

三步踩的强烈节奏戛然而止，舒缓的慢四舞曲再次响起。他牵她入池，翩然起舞。他们在音乐声中融为一体，不再说话，只用肢体语言无声地交流。接下来是探戈。她当然是会跳探戈的，只是为了照顾他，依从了他的领舞，和所有舞友一样，将探戈跳成了自由步。探戈完了又是伦巴，伦巴完后，《多瑙河之波》悄然响起，这是快三，也就是维也纳华尔兹舞曲。乐音由远及近，由低至高，高雅而优美的旋律波浪一样漫地而来，席卷而去，裹挟了他和她。江英杰蓦地紧张起来，呼吸变得急促了。这是个需要真功夫的舞，他不知能否带得好她，弄不好，也会跌倒出丑。他只能使出浑身解数了。他将右胯与她的右胯紧贴，上身后仰，架好身型，领舞的脚深深地探出去……很好，他们与对方、与音乐融为了一体，旋舞得很流畅很舒展。起伏、摇荡、左旋、右转，继而扬起左手让她连续转圈，他们就像是一朵花飞转在风中，分不出你我。他还用上了无师自通的留头动作，这样连续旋转就不会头晕，还有专业的味道。飞旋之中，冒小雨给了他惊奇的一瞥，目光如电划过他的面颊，仿佛触动到了他的心灵深处。他身轻如燕，感觉自己荡了出去，飞了起来，在蓝天白云之间滑翔……他依稀地听到了掌声……

音乐止息，他从兴奋的顶点徐徐降下，引冒小雨回到卡座。中场舞曲响了起来，中场舞基本就是广场舞，冒小雨和他都不会跳的。他满脸发烫，仍陶醉在华尔兹的余韵之中。冒小雨眼眸闪亮，面颊绯红，显然也十分开心。他到吧台买了两杯茶过来，殷勤地放一杯到她面前，鬼使神差地说了句：冒老师，其实我认得你父亲呢！

冒小雨脸唰地一白，眼睛急遽地眨巴眨巴，叫道，我父亲是被冤枉的！遂将外套一披就站了起来，对不起我有事要走了。

他愣住，才跳了半场呢。

算我欠你半场舞吧。

她两眼泪光闪烁，匆忙跨出卡座，穿过跳中场舞的人群，左闪右避的身影给人以仓皇逃窜的感觉。不该提她父亲的。江英杰懊悔不已，懵懵懂懂的，直到被人牵下舞池，都还没醒过神来。

6

江英杰在 QQ 上留言，向冒小雨郑重道歉，表达了自己的懊悔，并说自己相信她父亲是被冤枉的，那样一个绅士风度的人，不可能做出龌龊事来。但冒小雨没有回应，几天过去都没有。她可能再也不会理睬他了。

江英杰很消沉，不能与她共舞了事小，生活变得乏味了事大。近一个多月来，是冒小雨的出现赋予他的退休生活以某种意味，某种念想。他想，假如冒小雨就此远离，他是不是该想办法搬到女儿那边去算了。生活如果失去意味和念想，那就不叫生活，叫等死。

他不想那样。

但他的好奇心没有消沉。他偶然想起，有个叫曾爱社的中学同学在公安局工作，现在也退休了，或许会晓得一些冒小雨父亲的事。他翻出几年前同学聚会时得到的一份通讯录，查到了曾爱社的手机号，拨了过去，却是空号。只好又从另外的同学那问到曾爱社的新号码，再拨。曾爱社终于接了电话，两人好一阵寒暄，这才晓得，曾爱社到海南岛过退休生活去了，茶叙的愿望落了空。他仍不死心，直截了当地说，他想知道那个爱跳舞的冒会计的案子的有关情况。

曾爱社问，你怎么对这个感兴趣，都三十年前的事了。

他坦率地说，因为最近认识了他女儿，他女儿说他是冤枉的。

曾爱社很敏感，呵呵，你跟他女儿有情况了吧？

不是，他断然说，我见过冒会计，只是对他人的命运无常很关切而已。

194

嗯，这个理由合乎情理，也很冠冕堂皇。你运气好呢，问对人了。当年我就参与办理过此案，冒小雨几次来找过我。噢，最初找我时还是个扎小辫子的小姑娘，十七八岁吧，见面没说上两句话就鼻涕一把眼泪一把地哭开了。后来，事情过去了几年，她还想查看案卷，还想晓得报案的人是谁，这当然是不可能的了……她的心情可以理解。也只怪她父亲太脆弱了吧，挂牌游街又有啥了不起，不至于寻短见嘛。也怪那时看守所不规范，没收掉他的领带。他要是挺过那几天，法院也许只会判几年，证据并不充分……人死又不能复活，我劝她忘了这事，好好过自己的日子。她显然忘不了，过一段时间，又会来找我，还真有点烦人。听说她为此还上访过多次。

真是个可怜的女儿……那个举报她父亲的人，到底是谁呢？

其实讯问举报人时我在场的，只是记不得那个人名字了。时间太久了，又不是我做的记录。当然即使记得，也不能告诉你的。只记得那是个嘴上没毛的小青年。那时还没有颁发身份证，那小青年是带着户口本来报的案，还带来一条被扯烂的胸罩。说是冒会计带他女朋友跳贴面舞，趁机撕烂了她的胸罩，猥亵她之后又强奸了她，女朋友怕丑，不敢出来报案。冒会计矢口否认，说那女子是他的女徒弟，他只是在教她跳舞而已，别的事都是女徒弟的男朋友出于嫉妒心理捏造出来的。现在看来举报的事疑点很多，很难证实，但那时宁信其有，也难信其无。我个人的看法，冒会计被诬陷的可能性要大于作案的可能性。

江英杰心里忽然冒出来一个想法，问，那个举报的小青年是不是很瘦？

是很瘦，下巴尖尖的。

是不是姓周？

也许是，也许不是。

江英杰莫名地打个冷战，挂了电话。

曾爱社透露了很多信息，他觉得有义务转叙给冒小雨，于是在 QQ 上写了条长长的留言。但他看着对话框里那些密密麻麻的文字，又觉有些不妥。他说得太多，而且说得并不太清楚，也不能说得太清楚。他想了半天，还是统统删除了，另写了一句话：我晓得您父亲案子的一些情况，如果有兴趣面谈，请通知我。点击发送之后，他长舒一口气，仿佛完成了一件历史性的大事。

但冒小雨的 QQ 头像固执地灰暗着，一直灰暗着。显然，她一方面是不想理他了，另一方面呢，也许没兴趣再翻旧事了吧。毕竟，于她来说，那是很痛苦也很耻辱的回忆。他衷心希望她走出了过去的阴影，每天都过得像跟他跳华尔兹一样，乘着快乐的旋风飞翔于天地之间。

只是，他还是摆脱不了对她的念想。某天他又骑着自行车到了城西罗曼舞厅。他没有进门，在门旁往里窥探。他看到冒小雨在教课。她的脸色白皙清秀，她的身影楚楚动人。

7

江英杰总算又有机会见到冒小雨跳舞了。这天傍晚他正想去河边散步，幺妹来了电话，说为庆祝市交谊舞协会成立二十周年，晚上梦巴黎舞厅中场舞时会有摩登舞表演，邀他同去。他犹豫了一下，幺妹马上说，你有可能见到心中的女神呢，一句话就点了他的穴，便半推半就地答应了她。

他换上西服革履，到了舞厅门口，才发觉忘了带钱包。搜遍所有口袋，也没找出两元门票钱来。正欲离开，幺妹来了，见了他的窘相，抿嘴一笑，代买了门票，拉他进了舞厅。

他们来得较晚，舞池里较平时多了不少人，挤挤搡搡的跳不开。幺妹一现身就被人邀走了，这正合他意。他在晦暗的角落里坐下来，悄悄地观察那些移动的人影。彩灯投射的光斑在地板和舞者身上游弋，音乐之波四下漫溢，窃窃私语夹杂其中。左侧拐角练功镜前，聚集着一群摩登舞爱好者，女的身着大摆裙，玉臂轻纱缠绕，男的则燕尾服飘逸，红领结缀喉。他睁大眼睛，四下睃视，既没看到冒小雨，也没看到那个周奇。

干坐了几支舞曲之后，幺妹来邀他跳了一支伦巴，边跳边说，我看你情绪不高嘛，是不是因为没见到想见的人啊？放心吧，会来的，这种场合正是他们争强斗狠、显示舞艺的时候，可能在哪个角落里做准备工作呢。

他心不在焉跟幺妹跳完一曲，中场舞时间到了。灯光大亮，人群散开，将舞池让了出来。专业和准专业的舞者们华丽登场，跳起了优雅的华尔兹。他一眼就发现，冒小雨夹在其中，紫色大摆裙喇叭花一样旋开，无论升降、摇荡、反身还是倾斜，都跟她的男伴融为了一体。她的面庞随着旋转的频率一闪一现，恍若被狂风吹打的花朵。而她的男伴，那个如影随形的周奇，即便是在温馨浪漫的乐曲《雪绒花》中翩然起舞，瘦削的脸上也凝结着阴郁的神情。

他想象自己是冒小雨的舞伴，身子不由自主地随舞曲摇摆。等他们跳起了他不会的快步舞时，他才只有欣赏的份了。舞曲与舞步都那样欢快活泼，可是

196

冒小雨和周奇的脸上仍没一点笑容，很冷漠而又心事重重的样子。是谁让他们不快活呢？

中场舞表演结束，江英杰随大流地鼓了几下掌。冒小雨一手提裙子一手挽着周奇的臂下了场，隐没在某个幽暗的卡座里。下半场的交谊舞开始了。摩登舞表演者大部分都已离去，他们似乎不屑于留下跳交谊舞。但也有一些人放下阳春白雪的姿态，留下来同享下里巴人之乐。不过即使是跳交谊舞，他们鹤立鸡群的姿态也很是引人注目。

江英杰仍坐在黑角落里，他不想跟别人跳舞，没兴趣。他目不转睛地盯着杂乱游移的人影，只为等待冒小雨可能的出现。凡瞥见那些姿态暧昧举止放肆的舞伴，他的眉头就会紧紧地锁起。

幺妹再没来邀他，他也就没有去找她。整个下半场他一支舞都没跳。快收场时，他才起身，沿着舞池边沿逆时针方向走过去。有人抽烟，空气辛辣呛人，冒小雨要走了才好，不然会呛着的。但她走了共舞的机会也就没了。难道他是为她伴舞才来的吗？难道他不是为与她共舞来的吗？他装出无所事事的样子，让别人和自己都看不见隐秘的心思。

走到拐角处，最后一曲维也纳华尔兹响起来了。他忽然发现，冒小雨就站在前面舞池边，孑然一身的样子。她的身边没有那个周奇，也没有别的男人。他心中热浪一涌，不管不顾地挺身上前，冲冒小雨点点头，伸出左手做了个邀请的姿势——他感觉自己还是挺有绅士风度的。

冒小雨对他的出现显然有些惊讶，黝黑的眼睛看一下他。他感觉要掉进一口深井里去了，赶紧将目光挪开。好在冒小雨并没有拒绝，随他进了舞池，将左手往他右肩上一搭。

但霎时，他被一只手强有力地拉开了。

回头一看，是周奇。

她不能跟你跳。周奇瞪着他。

他张口结舌。

冒小雨说，我怎不能跟他跳？我还欠他的呢。

她主动将他拉进舞池，身型一架，俩人就随着舞曲一路旋转起来……他们配合得自然天成，不一会儿就与音乐融为一体，与对方融为一体。起伏、摇荡、左旋、右转，继而他扬起左手让她连续转圈，他们就像是两片花瓣组成的一朵花飞旋在风中，分不出你我。他再一次的身轻如燕，感觉自己荡了出去，飞了起来，在蓝天白云之间高高翱翔……

他们沿着舞池边缘旋转了三大圈，刚好回到入池的地方，舞曲滑向了休止符。他松开她，右手抚胸，点头致谢，她却像行屈膝礼一样半跪下去，接着一个趔趄侧身跌倒了。他敏捷地伸手一抓，却没抓着。她砸得地板发出一声闷响。他吓傻了，是他绊着了她吗？周奇冲过来双手抱起了她，狠狠瞪他一眼，连声大唤，小雨，没摔着吧？冒小雨皱紧眉头，推开周奇，揉了揉腿，一瘸一拐地走进卡座，拿起外衣套在身上。看热闹的人们围了过来。周奇两眼冒火，分开人群，搀扶着冒小雨走出了舞厅。

幺妹来到江英杰身边，你怎么这么不小心啊？得意忘形了吧？似乎也认定，冒小雨是他绊倒的。

他有口难辩，出了舞厅，默然前行。幺妹像条尾巴跟在后边，嘴里嘀咕着什么，他一句都没听清。不管他是否绊了冒小雨，他都十分抱歉，设若他不邀她跳舞，她是不会跌倒的。又设若幺妹没给他买门票，他连邀她跳舞的机会都不会有，也不会导致意外的发生。任何小小的细节，都有可能改变人生的走向。但愿她没有大碍。树影掠过他的身体，清凉而沉重；与此同时，最后一曲华尔兹的余韵还在身体里荡漾，感觉复杂而微妙。路上行人寥寥，夜色与灯光交织，他的心境也若暗若明。

耳边响起急促的刹车声，一辆白色富康轿车在他身边停住。周奇从驾驶座跳出来，一把抓住他的胸襟，拖到车前，又拉开后车门。冒小雨斜躺在后座上，一只手抚着自己的腿，双眉因疼痛而紧蹙。

你搞的好事！周奇咆哮着，那天你假意来学舞，就晓得你没安好心！你看你把她搞成啥样了？你以为你晓得别人家的啥事，就可以害人了？你以为你打扮成一副嫖客相，就有资格邀她跳舞了？什么东西！

周奇松开他，一记直拳揍在他下巴上。

他脑袋猛地往右一甩，一个跟跄倒下了。脑壳嗡嗡响，左手掌被地面擦得生疼。他站了起来。羞辱感蚂蚁一样爬满他的脸，刺痒难耐。他原本是该挨打的，但"嫖客相"三个字刀片一样割伤了他的自尊，激怒了他的心。他毫不犹豫地回了一记右勾拳，打在周奇脸上。周奇摇晃了一下，随即也回了一拳，势大力沉地打在他太阳穴上。他眼花缭乱，但总算没有倒下。幺妹在一旁大喊大叫，想扯架又缩手缩脚，帮不上忙。周奇虽然瘦，毕竟年轻十几岁，他显然不是对手。于是他采取了贴身纠缠的战术，低头拱过去，拦腰抱住了周奇纤瘦的腰，奋力一摔。俩人跌倒在地后，又同时发力，左右翻滚，难分胜负。忽然砰的一声，脑子里金星直冒，他的脑袋撞到马路牙子上了。疼痛之中，他听到冒小雨在车内尖声大叫：都别打了，快送我去医院！

周奇松开他上了车。当他从地上爬起，揉着自己的脑袋时，富康车嗡地开走了，白色车屁股一闪，消失在道路拐角处。

幺妹关切地帮他揉脑袋，疼得很吗？我也送你去医院吧？

没事，不用去。

他推开幺妹的手，心里想的却是，去医院说不定又会在急诊室遇上冒小雨和周奇，他不想再给冒小雨添堵。再说身上也没带钱。

回家歇会再看吧。他摸摸裤腰处的皮带扣，发现挂在那里的钥匙不见了。他弯腰埋头往地上找，幺妹也帮着找，转了几圈，都没有找到。算了，只有找急开锁的人来开锁重装锁芯了。

可都快转钟了，都休息了呢，哪个还愿意上门服务啊，幺妹很忧愁地说。继而两眼一亮，不如这样吧，今晚就到我家凑合一晚吧，反正我家近，配钥匙的事明天再说。我家有万花油呢，你最好抹在受伤的地方好好揉揉，明天再到医院检查一下，大意不得！

不行，孤男寡女的。

有啥不行？今晚你不是男人，是伤员！江哥你是我邀出来的，你要是出事，我也有责任不是？我可不放心让你一个人走。我家有床有沙发，睡哪随你。你又不是没去过我家，心中无邪事，不怕鬼敲门！没见过你这种男人，怕这怕那的。幺妹很不高兴地盯他一眼。

幺妹的理由很结实，他只好跟着幺妹走，边走边替她又找出一条理由：夜深了，打不到车了，他受伤的身体无法步行回家。走几步后幺妹就搀住了他。他没有拒绝，此时此刻，他确有被人搀扶的心理需求。及至来到幺妹的住处，沿着黑咕隆咚的楼梯往上爬的时候，两人都相扶相携没有松开。头晕与疼痛还在继续，又加上一路上并没有遇到窥探的眼睛，他心安理得地进了幺妹的家。

8

一夜无事。

至少，他认为是无事的。

早上在幺妹床上醒来的时候，他依稀记起了前夜的某些片断。进屋之后，幺妹就忙着找万花油。他把万花油抹在掌心，再用力地揉自己的太阳穴，还有脑壳磕着的地方。幺妹也帮他揉了几把，肥厚的胸贴着他的脸，体味强烈，他受不住，就坚决地推开了。后来要就寝了，他要睡沙发，幺妹不干，说他是她的客人，不合礼节。而他是男人，让女人睡沙发，也说不过去。俩人争执不下。幺妹说要不都睡床上吧，反正床足够宽。他不同意，说人要想不犯错误，关键在于不能给自己犯错误的机会。幺妹说，我不是给过你犯错误的机会吗？你都没犯错误吗？怕个啥。不是没有那个能力，是没有那个心了，他说。忽又觉此话不妥，更正说，主要是怕到时大家都不自在，不舒服。幺妹呵呵一笑，说起了一个段子，说的是一男一女两个导游，带团到酒店后，只剩一间大床房给他俩了，只好同睡一张床。女导游往床中央放了一个枕头，说定不许男导游越过枕头。男导游信守承诺，果然一夜无事。结果女导游埋怨男导游说，你真不是个男人，连个枕头都爬不过。他听了也呵呵一笑，说，其实，能克制自己不爬那个枕头，才算是真男人呢。后来他就上了床，裹紧被子，紧靠床内侧睡着了。他太困了，头又有些眩晕，着实需要休息了。幺妹睡在床上还是睡在沙发上，他都不太清楚。睡意迷糊中，似乎有条蛇在身上爬来爬去，他也没太在意。

　　起床时他看到了床头柜上搁着的早餐，塑料袋装着的一个面包和一盒酸奶。幺妹用圆珠笔在一张纸条上说，她上班去了。他坐起身子欲穿衣，事情来了——耳听得客厅门砰一声响，有人进门。脚步越响越近。他以为是幺妹回来了，转头一看，伸过来一男一女两张脸，脸上的五官都因惊讶而变了形。他也吓了一大跳，但清醒而准确地认出，都是那张全家福上的脸，不是外人。

　　你是谁？幺妹的儿子逼视他。

　　我、我是你妈的舞友。他手忙脚乱地穿衣服。

　　你在跟我妈搞对象？

　　不、不是不是。

　　不是你睡在我妈床上？

　　是这样的，我、我昨晚……他结结巴巴地把前因后果说了一遍，也不知说清楚没有。从面前两张脸的表情看，是没说清楚的，或者是它们不愿清楚的。幺妹儿媳迅速拿出手机，趁他还坐在床上，给他拍了几张照片。他穿好衣服下床，侧身钻出卧室，穿过客厅，想一走了之。

但他没能走得了，幺妹儿子用背抵住了门。

想走？没那么容易，你得说清楚！

我已经说了，我跟你妈就是舞友关系，啥事也没有！

你都睡我妈床上了，还说啥事没有？你是机器人？

我真的啥都没做，不信问你妈！

我不管你做了啥没做啥，你躺在我妈床上，并且还让我们看见了，就是不行！你伤害了我们的尊严，搞得我们没了面子，你得赔我们一笔精神损失费！

他想都没想，张口问，你要多少？

八千，至少八千。

这简直是打劫，但他不敢说出来。他只想息事宁人，不答应显然脱不了身。只能认倒霉了，谁让你行为不慎，遇人不淑。

可是我身上没钱。他沮丧地道。

没钱你回家取了打到我卡上。幺妹儿子从钱包里拿出银行卡，将卡号抄在一张纸上，再把纸塞到他手里。限你中午十二点前办好，不然，我到派出所报案，告你诱骗单身中年妇女，我们有照片为证，到时你浑身是嘴都说不清！

他相信这两人做得出来，而且不仅他说不清，还会连累幺妹也说不清。破财事小，名誉受损事大。他捏着那张纸出了门，下楼时双腿打战。他感觉一盆冷水兜头泼下，全身一片冰凉。

回到小区，他请物管人员叫来急开锁的师傅，先开门，后换锁，然后到网上银行给那个卡号转了账。再然后就蒙头大睡，肚子饿得咕咕叫也不管。世上没有后悔药吃，但他可以惩罚自己的肉身，让它长点记性。

9

江英杰一觉睡到太阳西斜才起床。先洗个澡，冲去一身的晦气，然后从冰箱里找出一盒牛奶两块糯米粑粑，用微波炉热一热，安慰一下肚子。万花油很有效，眩晕已然消失，脑壳受伤处也不疼了。身体一轻松，心绪就变得平和。损失八千块钱，并不是什么大不了的事。他相信，幺妹并不知道儿子儿媳讹钱的行径，他也不打算告诉她。

但他牵挂冒小雨，她的腿没事吧？

他打开手机 QQ，冒小雨的头像急促地闪烁。他一点击头像，她的留言就跳了出来：请你吃饭，清莲河鱼馆二楼临江仙包房，晚上六点，不见不散。

他很意外，回了一个好字，同时也放了心。看来她并无大碍。他兴奋地收拾好自己，一如往常的西服革履，于约定的时间，准确地到达了位于莲水河边的清莲河鱼馆。

推开临江仙包房的门，他再次意外：周奇坐在里面，并没有冒小雨的身影。

是你？

是我。

冒老师呢？

冒老师来不了。请坐。

他犹疑地坐下，你找我干啥？

你以为我愿意找你？她要我来，我不得不来。她让我来向你道歉，她摔倒与你无关，是她自己腿疼摔倒的。我不该怪罪于你，更不该寻衅滋事跟你打架。对不起了。

其实，你若不是骂我一副嫖客相，我是不会回手跟你对打的，你伤害了我的人格尊严，你必须为这个道歉。

好，我为这个道歉，对不起。

我接受你的道歉，饭就不必吃了。

江英杰欲起身，周奇一只手按住了他的肩。既来之则安之，不吃饭冒老师会怪罪我的，再说你不是对我好奇吗？难得有机会，我们聊聊天。

他只好坐着不动了。服务员次第上菜，红烧鳜鱼火锅、家常豆腐、韭菜炒河虾、清炒四季青。周奇还要了四瓶啤酒，亲自开瓶替他斟上。

管他葫芦里卖的什么药，就算是鸿门宴，也吃了再说。他抄起筷子，毫不客气地夹一块鱼肚皮上的肉，往嘴里一塞。

周奇举杯道，这就叫不打不相识吧？来，敬你一杯，干了！

干了就干了，经常性的公务接待，啤酒量是锻炼出来了的。他举杯相碰，仰头将啤酒咕嘟咕嘟倒进嘴里。酒液从嘴角溢了出来，滴湿了胸襟。周奇再次为他斟满酒，他便回敬了周奇一杯。他倒想看看，这个瘦精精的家伙能否喝得过他。

才两杯酒下肚，周奇的脸就红了，话也多了。唉，唉唉，真没想到我堕落到要陪你喝酒赔罪的地步，你算老几呀，啊？要不是因为小雨，厕所里屙尿遇到我都不会看你一眼！

是啊是啊，你多高贵，你会跳摩登舞。

他趁机给周奇倒满酒，举杯再敬。周奇挺爽快地又一饮而尽，脸颊更红了，人却变得垂头丧气起来。会跳摩登舞又有啥用？教舞赚钱吧，做啥又不能赚钱呢？若不是因为小雨，我怎会跳这狗屁摩登舞？

江英杰正色道，这就是你的不对了，跳舞有啥不好？又能教舞赚钱养命，又能锻炼身体，还能享受跳舞的乐趣，一举三得啊。老说你是因为小雨，你离开她啊，搞自己的事去啊。离不开吧，虚荣心作怪吧，你想缠着她，要一起得个奖了再罢手吧。

胡说！周奇筷子往桌上一拍，奖算个屁！老子从不放在心上。我放不下的是小雨。

这就怪了，你放不下小雨，怎会那样打她，而且在舞厅那样的公共场所？打女人的男人不是好男人！他说。

人谁没个脾气？脾气来了谁没个控制不住的时候？你就知我打了她，不晓得她也有将我往死里咬的时候吧？你睁开眼睛看看！

周奇解开衣领，一把扯开衣襟，锁骨下的胸脯上，有几块紫红色的瘢痕。她一生起气来，打你，掐你，咬你，从来没个轻重。我若不回个手，她就没有止歇的时候。她打我，我打她，打完了都后悔莫及，有时还抱头痛哭，发誓不再动手，可临到下一次，又都忍不住。打起来很痛苦，可不打又不痛快，好像都上瘾了。不过我不怪她，都是自找的。

江英杰摇头，有病吧？

周奇苦笑一下，仰头吞下半杯酒，红着眼说，确实有些病态，也许前世或现世造了啥孽吧……想当初，在河边码头上遇到她，看她一身白色连衣裙，仙女一样飘飘然的样子，我人就不行了……后来晓得她的身世，就更不行了。我一不做二不休，和刚结婚半年的妻子离了婚，跑去她的摩登舞学习班，做了她的学生，后来又做了她的舞伴和合伙人。我为她做了很多，啥事都扛在肩上，外事全揽，内务全包。我是真的爱她，好爱好爱她，开始我们相处得很好，也合作得很好，哪晓得后来……变成了现在这个样子。

江英杰问，你们结婚了吧？

你想晓得我们的隐私？

周奇斜眼瞟他，抓过一只酒瓶朝天就喝。

江英杰抢过瓶子，别喝了，再喝就醉了。

周奇伸手又将瓶子夺过去。你太小看我了，我喝个四五瓶都不会醉！周奇嘴巴歪斜，说话不利索了，神情狂乱，只是目光尖得像针。抬起左手，指尖颤颤地指定江英杰，我晓、晓得你心怀鬼胎，你这种人，一天到晚闲得慌，就喜欢做包打听。好，我满足你的好奇心，告诉你吧，我跟她只是同居。她不肯跟我打结婚证。我天天晚上抱着她，可是，可是，我没有得到过她……你明白吗？她不愿意！所以我们没有孩子。她就像一幢美丽的别墅，我拥有它，可是我从来没有进去过！她死守着她的贞节，还说要证明给谁看。有时我想霸蛮，可一碰她的内裤她就全身发抖。是的，她并不反抗，她只是发抖，抖得我什么也做不了……同床共枕几十年，就是这样过来的。天下奇闻吧？我这是图个啥啊。

周奇将喝光的酒瓶往桌下一扔，伏在桌上抽泣起来。

江英杰拍拍周奇的背，你真是醉了，不乐意就分手嘛。

我没醉。如果离得开，还用你说吗？

江英杰想想说，你们的事，确实费解，是不是跟她父亲的事有牵连，她有心理障碍了呢？据我所知，她父亲是被一个小青年举报的，很可能是被冤枉了，如果她还想追根究底，我可以提供线索。

周奇身子一抖，抬起头来，用餐巾纸擦把脸，不许你再揭她心头的伤疤！过去的事情，她都已经很清楚了，也都过去了，再提起，就是对她的伤害。

江英杰点头，好，不再提。

周奇不再说话，默默地吃菜喝酒。瘦削的脸还有瘦长的脖子，持续地潮红。四瓶酒喝完，嘴巴一揩，招来服务员买了单。俩人出了河鱼馆，周奇回头问：我是不是喝高了，说了不少酒话？

江英杰说，我也一样喝高了，说了啥酒话，都记不得了。

记不得了好，人要忘掉一些东西才轻松。

周奇嘟哝着，钻进一辆出租车，招呼都没跟江英杰打，一溜烟走了。

10

时令进入冬天，人就变得缩手缩脚了。连续的雾霾天，见不到太阳，心里也灰蒙蒙的。越是这种时候，越要自己调整心态。如何调整？当然是去舞厅跳舞了。找个合意的舞伴，跳它个热汗淋漓，通体舒畅，什么烦恼都可抛到九霄云外。

短时间内，江英杰是不奢望与冒小雨共舞了。她那样瘦弱，又腿疼（职业病吧？长年跳舞造成的滑膜炎），需要诊治和休养。但他相信，她痊愈之后，还会有共舞的机会的。她还欠着他半场舞呢。先与别人对付着跳吧，他有耐心等待。只要等待的事物是美好的，那么等待本身也很美好。

这天下午，江英杰一如往常全身收拾熨帖，去往梦巴黎舞厅。之所以改跳下午场了，是为降低遇见幺妹的概率。他并不怨幺妹，却也不想再见到她。但是所谓冤家路窄，快到舞厅门口的时候，幺妹从路边樟树后闪了出来。他想回避，已经来不及了。

江哥江哥，你眼睛长后脑壳上去了吧？

是你啊，幺妹。

为何好多天都不跟我联系啊？幺妹翻了个白眼。

没啥事呀。他说。

跳舞不是事啊？你脑壳好没好不是事啊？幺妹瞪着他，你在我床上睡一晚就走了，招呼都不打一个，当作是住旅馆啊？住旅馆也要跟前台说一声结个账吧。

怎没结账？我结过了，你那房间太豪华了，比总统套房还贵呢！他忍不住回道。

你这话啥意思啊？

话说到此，没有必要再隐瞒。他把遭幺妹儿子儿媳讹钱的事说了出来。

有这样的事？幺妹惊讶不已，这两个化生子，瞒得滴水不漏呢！伸手抓住他的手直摇，真对不住了江哥，他们太不讲理了。面子有那么重要吗？有那么值钱吗？我一定帮你讨回来！你相信我！

相信与否，并无实际意义。他径直往舞厅走。幺妹在身后说，哎，你还不晓得吧？你喜欢的那个冒老师住院了呢。我昨天到市医院看望住院的朋友，邻床就是她，是骨癌，可能要截肢呢。

他脑子里嗡的一声，头皮都麻了。

她住在十一病室，好像是三十三床。

他倏地转身，幺妹的话从他背上滑落下去。他跑了起来，气喘吁吁地，跑到街边招手打车。出租车过了一辆又一辆，都不空。后来总算打到车了。到了医院门口，他到旁边的花店里买了一大束康乃馨，举着它往病房里冲。

他找到了冒小雨的病床，但床上空空的没人。邻床的人告诉他，冒老师前脚刚走，要转去省城的肿瘤医院。你是东边上来的吧？你们错过了，她可能乘西边电梯去地下停车场了。你赶紧下楼，可能还追得到。

他转身便追，到了西边电梯前，电梯门正慢慢闭合。他从门缝里看到了冒小雨。她坐在轮椅上，幽幽地看他一眼，淡淡一笑。但是，那笑容刚刚展开，就被电梯门关在那个金属盒子里了。他焦急地按电梯按钮，不停地原地踏步。几部电梯都下行了，他只能耐心等待它们上来。他终于到达地下停车场时，冒小雨已经走了。他大声呼叫，没人回应。他的声音像一只鸟，在地下室狭窄的空间里飞过来飞过去，无力地扑落在地上。

11

江英杰相信冒小雨看到了他，电梯里那个淡淡的笑，是她的告别礼。他每天都打开手机 QQ，却不敢给她留言。他不想打扰她，给她增加负担。她一直处于离线状态，她的头像灰暗着，灰暗着，灰暗着，像一个不祥之兆。

他对跳舞彻底失去了兴趣。舞厅浑浊的空气，暧昧的气氛，昏暗的灯光，放肆的言语，粗俗的舞姿，都让他难以忍受。他很慵懒，很散淡，大部分时间都关在书房里，泡在网络上。

日子像放电影一样过去了。将近年底的某一天，江英杰到了罗曼舞厅。他都不明白自己为什么要去，似乎是他的脚，而不是他的脑子带他去的。正在教舞的周奇撇开学员来到他面前。周奇左臂上系着黑纱，眼眶套着一圈黑晕。

他头皮一凉，问，什么时候的事？

周奇说，出头七了。本来，截肢之后情况还好的，给她做化疗的人弄错了剂量。

他哦一声。

周奇说，她走之前，留下话，要我亲口跟你说，她父亲是被冤枉的，她父亲不是流氓。

为何要你亲口说？

我说才有说服力吧，我晓得哪个人诬告了她父亲。

哪个人？

你不认识的。

你晓得那个人的动机不？

周奇说，年轻不懂事吧，那个人看不惯冒会计搂着自己女朋友跳舞，而女

206

朋友呢，嫉妒冒会计给别的女子教舞更热心……再说那时不叫诬告，叫揭发，是一种有革命觉悟的行为。

他不知不觉地攥紧了双拳，指关节喀喀响。他舔了舔嘴唇，似乎应当再说点什么，却什么也没说，然后，转身离开了。

他沿着莲水边的游道往家走。有许多东西需要他边走边回味。夕阳林里夕阳正好，聚集打牌的老人较往常少，几十个的样子。牌桌下都配置了烤火箱。柳树落光了叶子，白色头发和铜色脸膛在阳光里闪耀。幺妹和一老头并肩而坐，正指导老头打牌，嘻嘻哈哈，很是亲昵。他把目光落到幺妹脸上。幺妹看到了他，但马上把脸扭过去了。扭过去就扭过去吧，他再也没有看她一眼的欲望。

穿过林子，快进小区时，他在路边发现一个纸箱。纸箱里垫了一件旧羽绒衣，一条棕色小狗毛茸茸的蜷卧其中。不是宠物狗，是本地土狗，这大概是它遭遗弃的原因。小狗眼睛圆溜溜黑幽幽的，看他一眼，又转过头去了。似乎它明白，他并不是它等待的那个人。但它那一眼，像抽了他一鞭子，心头一凛：太像冒小雨的眼神了！

他快速离去，他晓得养一条狗，就得对它一辈子负责。但走了十几步，他走不动了。脑子里，冒小雨的眼神挥之不去。就像周奇最初遇见冒小雨一样，他也不行了。那眼神让他不行了。他只好回过头去，双手抱起纸箱，将小狗带回了家。

接下来，他跑到宠物店，给小狗买了狗粮、狗窝、狗衣和遛狗用的绳子。这样一来，他的退休生活就有了新常态：每天除了上网、电视，就是喂狗、遛狗、逗狗，给小狗洗脚擦嘴，与小狗说话，还喜欢把小狗抱在怀里抚摸，摇晃，举高高，闻它身上特有的温暖气息。

他把交谊舞都忘得差不多了。但是有一天，当电视里响起快三舞曲《我是花儿被你踏过》的时候，他情不自禁地抱着小狗跳了起来。音乐声中，他与小狗融为一体，他们起伏、摇荡、左旋、右转，就像是两片花瓣组成的一朵花飞旋在风中，分不出你我……

跳着跳着，眼泪掉了下来。

2016 年 1 月 10 日

207

新　寡

1

大祸发生在风和日丽的日子里。

早饭后，莲子把男人茂生送出门，望着他摇摇晃晃的背影消失在那条坑坑洼洼的简易公路的拐弯处，才回过头来做家务。她先是去洗碗，洗碗水未泼，又操起扫帚扫阶基；才扫了两下，又挎个篮子到菜园里去了。以往的干净利索和有条不紊全然不见。摘黄瓜时，把花蒂未落的嫩黄瓜摘了，却把老黄瓜留在瓜架上。察觉到这一点时，她轻轻地跺了一脚：你这是怎么啦？她深吸一口气，环顾四周，只见蔬菜青绿，蜂飞蝶舞，一片安详宁谧的景象。但她朝男人去的方向瞟一眼，仍禁不住心慌不安。

心慌当然不是没来由的：她和男人犯了忌。照乡下的习俗，男人们出远门或从事重大活动之前，是不能和堂客做那件事的，否则会不吉利，甚至招来灾祸。茂生托村主任向承包石煤场的王志高说情，王志高终于答应收茂生做工人，每月开五百元工资，今天就去上工。这对他们来说当然是件大事，不能不认真对待。可是昨天夜里，茂生喝了些酒，加上心里头高兴，一上床就纠缠不休。莲子一边晓之以理，一边坚决抵抗。莲子说，忍两天再说吧，第一次去煤场上工就干这事，怕犯忌，不吉利哩。茂生却说，亏你还是生在新社会、长在红旗下的革命青年，还这么迷信！莲子说，不是迷信，只是图个心里安妥。茂生说，你那是老观念，这事是做爱，怎么会不吉利呢？不做心里才不安妥呢！茂生其实什么都好，百事都依她，只是这件事，劲头一上来就没有商量的余地。莲子感到这一次事关重大，就用她的背筑起了防御工事。可是茂生趁她睡意蒙眬来了个先斩后奏，待她惊醒时，男人已熟门熟路地把事做成了。

事后茂生涎着脸皮嘻嘻哈哈，莲子却惶惶不安，感到自己犯下了什么罪过。冥冥中，似乎灾祸像只凶残的野物，躲在暗处盯着她，说不定什么时候跳出来咬她一口，或者咬茂生一口。要咬就咬她吧，千万不要咬茂生，因为他是她男人，是家里的顶梁柱。她想起石煤场，那其实是一个几十米深的大坑，汽车开到坑底，看上去像一只只老鼠。坑壁上悬空的岩石恍如怪物的头，龇牙咧嘴令人心颤。此时此刻，茂生就在坑底挥舞镐头，坑壁上的石头不会松动落下来吧？

莲子不敢往下想了，她摁住发紧的心口，匆匆出了菜园。回到屋里，刚断奶的儿子坐在竹桠椅里，向她扬起胖乎乎的小手招摇。她过去狠狠地亲了儿子几口，才缓过一口气来。堂屋板凳上搭着一件脏上衣，是公公黄三保的，她随手拿了，放进脚盆用水泡着。黄三保住屋西头两间，与他们分开过。她没有婆婆，所以，只要见到公公的脏衣服，她都主动地拿去洗。

在屋里忙乎一阵，她忍不住又走到禾场里，向石煤场眺望。煤场仅三里之遥，煤场旁边高高堆起的黄土包清晰可见。但她的目光一沾黄土包，马上就移开了，因为黄土包太像一个坟堆了。隐隐约约的，煤场方向传来低沉的闷响。她忽然想起，早晨送男人出门时，忘了叮嘱他千万注意安全。这是不该有的疏忽，也许正是因为这不该有的疏忽，茂生才……她的心缩紧了，透不过气。过了一会儿，通往煤场的简易公路上倏地闪出一个黑点，向她游移而来。黑点越来越大，她很快认出，那是一个煤场工人，骑着一辆自行车，慌慌张张地左右拐动着龙头。她头皮一麻，心想，肯定是出事了。随即，她听见了飞过来的喊声："三……三保伯，莲、莲子！快、快！茂生被塌方压、压住了……"

莲子好像在梦魇里，木呆呆地动弹不得，直到报信人到了跟前，拍了她一巴掌，她才如梦初醒，尖叫一声，抱起桠椅里的儿子疯狂地向煤场跑去。

她哭号着奔入那个巨大的坑里时，茂生已被掏了出来，摆在一块岩石上。她要扑过去，但被七八条胳膊阻挡住了。当她听人说："脑壳都瘪了……"便两腿一软，瘫倒在地，两只手死死地搂紧她的儿子……在昏厥之前，她看见了头顶湛蓝的天空和金黄的太阳。

后来，莲子不止一次地回忆起那个时刻的蓝天和太阳。真不知她作了什么孽，让她在那么好的天气里成了一个寡妇。

2

莲子悲痛到了极点，人懵懵懂懂的，男人的丧事她拿不了任何主意，都是公公和村主任在操持。许多熟悉的面孔在她周围晃来晃去。她呢，只知搂着儿子毛崽默默地流泪。她做的唯一一件事，就是在那份村委会和石煤场共同拟定的事故处理协议书上摁了手印，至于协议书的内容，她都不是完全清楚的。

办完丧事之后，哥哥就把莲子接回了娘家。娘家在十里外的新桥镇。娘每天给她做好吃的，嫂子和侄女不是陪她聊天，就是带她上街。几个星期之后，莲子的神智就清醒多了，就像把换季后不穿的衣服压进箱底一样，她把自己的哀痛折叠好压在了心灵深处。

莲子晓得，日子还得往下过。

于是，莲子想回去了。哥哥拗不过她，只好去帮她租了一辆有篷的三轮车。三轮车把莲子两娘崽一直送到自家禾场里。莲子抱着毛崽一下车，就见公公坐在门槛上，噙着竹烟杆，缕缕青烟擦着他的脸升腾着。几天不见，黄三保仿佛又老了许多，头发花白，皱纹成堆。在整个丧事过程中，莲子没听他哭过一声，但莲子能感到丧子之痛像铁块一样凝结在老人心里。

莲子上了阶基，低声唤道："爹。"

黄三保点点头："回来了？"

莲子嗯一声，把毛崽塞进枷椅里。黄三保掏出一个桃子给毛崽。桃子很光滑，看得出在身上揣了很久。毛崽玩着桃子，朝爷爷天真无邪地笑。黄三保叹口气，伸出一根粗糙的指头拨拨孙子胖乎乎的腮。

莲子瞟见那指头颤抖不止，连忙一扭头，进了自己的房间。

房里笼罩着茂生身体的气息，那张宽大的双人床上茂生睡过的痕迹隐约可见，好像他刚刚从床上起身似的。莲子拿起抹布抹桌子，玻璃板下的相片上，茂生正笑眯眯地看着她。她心里一颤，赶紧把目光移开。也许，该将茂生所有的遗物都收拾起来，否则每日睹物思人，伤心落泪，这日子还怎么过？她弯下腰，欲去拿茂生的枕头，心里一酸，泪就滚下来了。

这时黄三保在外面叫她，她赶紧擦去眼泪，走出门。

黄三保还是坐在门槛上，像块岩石一样一动不动，干着嗓门说："你坐，我问你几句话。"

莲子就在旁边坐下了。

黄三保过了好一阵，才说："莲子，你心里有什么打算没有？"

莲子想想说："以后田里的工夫，像割稻、插秧、犁田，只怕要请人来做了，我有毛崽拖累，有些事也做不来。请工是要钱的，我想以后只有养两口猪，再养一大群土鸡，听说城里人喜欢吃土鸡……"

黄三保说："我不是问这个。"

莲子诧异道："那您问什么？"

黄三保吐一口烟："我是问你自己的事。你就没想过要改嫁吗？"

莲子感到很突然，懵懵地摇了摇头。她确实还没想到要改嫁的事。

黄三保盯了她一眼，仿佛想看清她的心思。他磕磕烟杆，瓮声瓮气地说："你想也是应该的。你才二十五岁，还有差不多一辈子阳寿，改嫁是理所当然的，爹没有道理叫你守一辈子寡。"

莲子心里很不是滋味，不由得朝坟山瞟了一眼。茂生要是听见了肯定会伤心的。她并未决定守一世寡，可茂生尸骨未寒，现在谈论这事几乎可以认为是对茂生的侮辱。

她绷起脸道："爹，现在谈这事还为时过早，我不能做对不起茂生的事。"

黄三保说："'眼泪水一揩，只看哪个长得乖'，这是迟早的事。我对你要求不高，一是改嫁要在茂生入土七七四十九天之后，二是你过门时不能带走毛崽，他是我黄家的骨血，我家就这么条独根。"

莲子怔住了，不知该如何对答。

公公的眼神里，明显地透着一股敌意。

3

同居一幢屋，莲子却很少见到公公了。

天蒙蒙亮，莲子还在床上，就听见黄三保出门的声音，而他回屋里来时，天也黑蒙蒙的了。两头黑，也不晓得他一整天在外面干什么。就是在屋里做事，黄三保也总是板着脸，不是有必要，根本不和她搭腔。莲子知道黄三保在回避自己，疏远自己，这使她心里很别扭，有一种公公在怪罪自己的感觉。

这天傍晚，莲子正吃夜饭，听见黄三保在厨房里窸窸窣窣地生火做饭，就过去说："爹，别做了，跟我一起吃吧。"

黄三保头也不回："不。"

莲子鼻子酸酸地说："怪我不好，给茂生惹了祸……"

黄三保说："这是他的命，该他做短命鬼。噢，你莫理解错了，我可没有怪你克夫的意思！"

莲子想想说："爹，我没说您怪我……我想，为了茂生在地下安心，我除了要把毛崽抚养大，还要替茂生尽孝，照顾好爹。以后我们就合起来开伙吧，我反正要做饭，省得您腰酸背疼劳累了一天，还要回来汗爬水流生火做饭。"

黄三保断然道："那成何体统！"

莲子不解："怎么不成体统？这是我应该做的。"

黄三保呵斥道："你不怕别人戳背，我还怕别人说闲话呢！你离我远一点！"

莲子只好悻悻地回到自己饭桌旁，闷闷不乐地吃饭，她心里明白，公公对自己的疏远，并不仅仅因为怕别人说闲话。

天色阴沉的中午，莲子把毛崽哄睡了，就坐在阶基上，望着坟山发呆。绿色山坡上那个黄色的凸起，就是茂生的坟，非常显眼。她掐指一算，茂生离开她快一个月了。她目光有些模糊，便揉了揉酸涩的眼睛。再睁眼一看，王志高从公路上过来了。

王志高其实是邻村的农民，因为承包石煤场发了财，穿得像国家干部。见到他莲子心里就有不祥的感觉，于是扭过脸望着别处。

王志高跨上阶基，怏怏地道："莲子，你好像并不欢迎我呀？"

莲子说："茂生要是没死在你的煤场里，我是会给你打荷包蛋的。"

王志高自己搬把靠背椅坐下："好，好，不说了。反正是，你家不幸，我也背时。茂生只给我做了个把钟头工，我也得给他办后事，负若干责任。要是换了别人，是不会认账的。"

莲子脸色灰了："你走你走，我屋里不要你来。"

王志高站起身，嘴里却说："钱你也不要了吗？"

莲子茫然："什么钱？"

王志高拍拍手中的包："一万块抚恤金呵，按照协议，我要在两个月内付给你们。我这人，还是说到做到的，你打一张收条吧。"

莲子这才想起她按过手印的协议。这一万块钱，可是茂生的命换来的呵。她心里一抖，说："你若不说到做到，夜里茂生会找你的。"

莲子就进屋里去，拿了纸和笔，歪歪斜斜地写了一张收据。

王志高拉开皮包拉链，拿出一沓百元大钞来。

莲子正要接钱，黄三保突然冒了出来，大喝一声："慢点，那钱不能都给她！"

王志高眨着眼："怎么回事？"

黄三保额头青筋蠕动："这里头有我一份！"

莲子一激灵，叫道："这抚恤金，是给我们孤儿寡母的，它是我男人的命换来的！"

黄三保咧开一嘴黄牙："你男人是我的儿！我养他这么大，他说走就走了，我老了怎么办？哪个送我的终？"

黄三保从莲子手里夺过收据，一把撕了："我至少要一半！"

莲子也火了，尖起嗓门叫道："没这个道理！"

王志高说："我看你们还没商量好。我出个主意，既然不能私了，就只好公断，你们找村主任解决去。钱嘛，我先存在信用社，你们有了结果，再叫我一声，我给你们去取。放心，我不会赖账。"

黄三保气哼哼地："量你也不敢！要赖账，我把茂生挖出来抬到你屋里去！"

4

王志高一转背，黄三保和莲子不约而同地相跟着去村委会。两人都板着脸一言不发。莲子搂着毛崽，仿佛搂着一个无可辩驳的理由。她一点也没想到，公公会跳出来争抚恤金。抚恤金给她和毛崽，这是天经地义的，协议上也是这么写的，她担心，公公这么一闹，她能否得到全部抚恤金倒在其次，只怕王志高借故拖延，这笔钱天晓得猴年马月才讨得到手。

到了村委会，黄三保伸长颈根朝门里一看，村主任和会计、妇女主任正陪着李乡长打跑胡牌。看样子刚吃过饭，个个红光满面，屋子里弥漫着一股酒气。李乡长是联系本村的乡干部，俗称联村干部，经常在各个屋场间走来走去的，都认识。黄三保就先问候了一声李乡长，又朝村主任说："主任，我们有点急事找你。"

村主任只好捏着一把牌页子出门来，压低嗓门说："李乡长刚上桌，正在瘾头上呢，有什么事快说吧！"

黄三保就结结巴巴地把事情说了一遍，提出了分一半抚恤金的要求。莲子自然不答应，也申诉了一番。申诉过程中，怀里的毛崽乱动，她烦躁地揪了他一把，毛崽就哭了。毛崽一哭，她也忍不住内心的悲伤，眼一红，落下一把泪来。

村主任就说："我看，肉烂了在锅里，自家的事，还是你们自己协商吧！"

黄三保说："协商得好，还找你做什么？你们村干部不帮村民做事，聋子的耳朵配相的吗？"

村主任不高兴了："你说配相的就是配相的呀？做事也要看什么事，一年到头光计划生育和收提留都忙不过来，顾得了这么多鸡毛蒜皮？这事本来已解决了，有协议书在那里嘛！"

黄三保一见村主任立场到莲子一边去了，就犯起犟来，粗喉大嗓地叫道："那协议没经我同意，不作数！我把儿子养这么大，他的卖命钱我一分都没有，天地良心哪里去了？今天不解决，我就不走，你们也莫想打牌！"

村主任噎得作不得声。这时，李乡长捏着一把牌出来了："三保同志！有理不在声高。无理取闹不行，有理也不能取闹嘛！常言道，清官难断家务事。我们是个法治社会嘛，如果你们自己协商不好，可以去请乡司法所调解，调解不成，还可以上法庭解决。好了，就这么办，我们要研究工作了。"

门轻轻地掩上了。

黄三保和莲子面面相觑，在门前默立片刻，只好转身回家。莲子走在后面，望着公公虾公一样弯曲、颤颤巍巍的背影，不由得动了恻隐之心。黄三保的要求并不是一点道理没有，他若是和她心平气和地有商有量，分给他一些也未尝不可。如果公公不是成天绷着一张脸，一副拒人于千里之外的神情，她是可以主动和他谈谈的。

不知不觉到了她家稻田边。稻穗正灌浆硬米，风一拂过，密集的穗子摩擦出一片簌簌声。禾苗下水浅了下去，泥裸露出来，需灌水了。她转身一望，黄三保已蹲在渠边，双手搬开了渠道堵口处的石块，清清渠水源源不断地流进了稻田。莲子心里一热，到底是自己的公公呵。

莲子决定不计较公公的态度了，一回到家，她就轻言言细地和他协商。不就是几个钱吗？茂生人都没了，他留在世上的亲人还去争那几个抚恤金，岂不太悲哀了吗？

可是走上阶基的时候，黄三保转过一张黑脸，不由分说地冲她道："明天去司法所！"

莲子胸口一堵，噙着泪道："去就去！"

5

莲子把毛崽寄在四婶家，见黄三保出了门，就不声不响地跟在后面。到了公路边的代销店，正好有一辆三轮车停在那里，只是车厢里人挤挤的，没有空座位了。一个光头后生笑道："嗬，公公带儿媳妇上街耍呀？"黄三保恶狠狠地横他一眼，挤进车厢里，莲子不好往里挤了，就躲开些，让三轮车开走，等下一辆顺路的车。

等了一阵不见有车来，莲子索性走路。到乡里并不远，三五里地，只是太阳晒人。

到乡司法所一看，一大群人，众星捧月似的把黄三保围在中间。黄三保面红耳赤、余怒未息的样子。莲子一出现，众多的目光箭一般射到她脸上。莲子不喜欢被人看热闹，想退出，那位年轻的刘所长却在向她打招呼了："莲子，正等你呢，快过来！"

莲子只好过去。刘所长很客气地搬过把椅子，又给她倒了杯茶，说："刚才，我给你爹做了半天思想工作。我的水平有限，看来，要是你也不让步，这个调解工作我是做不好了。"

莲子瞥一眼黄三保，只见他颈上的青筋蠕动不已，脸上被汗水和灰尘弄得很脏。周围喊喊喳喳地议论声像一群蜂子围着她飞舞，搞得她头皮发麻。她喃喃道："我不晓得……不是说，有法吗？"

刘所长说："是有个《继承法》。不过抚恤金由有权接受抚恤的对象本人直接享受，不能作为遗产。既然签有协议，抚恤金理应由你和毛崽享受。不过，鉴于你爹的具体情况，在你自愿的情况下，分给他一部分也是可以的。比如给他四分之一。"

莲子咬咬嘴唇："那就四分之一。"

黄三保从椅子上跳起来："我不同意！我养了茂生二十几年，她跟茂生只过了三年，她凭什么得大头？"

莲子说："你以为钱是我的？是给茂生抚养儿子的。"

黄三保指着莲子："你嘴巴讲得乖！你一改嫁，就连钱带人卷起走了！"

有人打边鼓帮腔："那是！三保应多得，她人乖，还怕没钱用？如今乖女人来钱容易得很！"

莲子受了羞辱，眼里一辣，大声说："我不干，我要维护我的合法权益！爹不接受四分之一，那我一分也不给，我们上法庭去打官司！"

黄三保眼睛瞪得如桐子壳，嘴唇颤抖了几下，尖起指头朝莲子一戳，骂道："你居然还跟你公公打官司！不是你，茂生怎么会撞到地煞把命送掉？茂生到煤场上工第一天，你也要缠着他搞那号事，不搞你就过不了日子？你这个招祸的狐狸精，你赔我儿子，赔我儿子！"

黄三保在她面前猛跺双脚，唾沫四溅，几乎要动手打她。

莲子惊呆了，委屈的泪水迸出了眼睛。围观的人们盯着她，把一些轻佻的、鄙夷的话语向她掷来，她简直无地自容了！

这时一只手抓住了她的胳膊，不由分说把她从人群中拖出去，上了楼梯，然后进了一间办公室。她以为是刘所长，擦去泪水一看，原来是治安联防队队长史无前。史无前让她坐下，愤愤地说："这个刘所长，也太软弱无能了！怎么能让这么多人围攻一个弱女子呢？你放心，他们不敢追到我这里来的。"

这一点莲子相信。史无前经常帮乡里收税收统筹款，屁股上总挂着一副亮锃锃的手铐，走起路来叮当响，派出所抓人总是他出面，不是警察，却比警察还威风。但莲子马上恐惧不安起来，因为史无前名声很不好，他欺负女人的传闻很多。莲子起身要走，史无前却将她重重地按下去："不要急，这时出去你爹还在气头上。其实，你这事很好处理嘛！我把王志高叫来，让他付你钱就是，何必跟你爹去较劲？我帮你去办，保证干净利落！"

"不不！"莲子急忙拒绝，"谢谢你了，我自己会办好的。"

史无前坐到她身边："那好，需要我时招呼一声就是。"说着就盯着她笑起来，笑得她心里发毛。莲子赶紧起身往门外走，史无前紧跟在身后。莲子加快了步伐，但是在下楼之前，她还是感到史无前在她屁股上摸了一把。

莲子心惊肉跳地下了楼梯。围观的人们已经散去，黄三保也没了踪影。

莲子不想让人看她流过泪的脸，就没搭车，仍徒步回家。

到家时太阳当顶，已是正午时分。正想去四婶家接回毛崽，却发觉毛崽已坐在枷椅里，捧着一个黄澄澄的面包在啃，弄得腮帮和鼻子上都是面包渣。

谁接回毛崽的呢？

莲子往屋西头一看，门开着，黄三保坐在暗处叭烟。

6

这天哥哥给莲子送了一头八十多斤重的架子猪来，顺便还搭来两百斤猪饲料。莲子喜欢得合不拢嘴，要付给哥哥钱，哥哥不接，哥哥说，他不缺这几个钱。

哥哥当天就要回去，莲子留哥哥吃了中饭再走。

哥哥说："我又不是没吃过你的饭。"

莲子的拗脾气上来了，说："我虽然遭了难守了寡，一餐饭还是招待得起的。你要不吃我的饭，就把这口架子猪带回去。"

哥哥只好让了步，莲子做饭时，他就在一旁一边逗小外甥，一边和妹妹拉家常。只是，两人的话都小心翼翼地避开茂生，以免触及伤心的地方。

莲子很麻利地炒了几个菜，拿出一瓶办丧事时剩下的武陵酒。黄三保在他的菜园里薅草，莲子想请公公来陪哥哥喝几盅，却不知他有没有好脸色，迟疑了片刻，硬着头皮去了。莲子话刚落音，黄三保就说："你哥来了，怎么不早讲？好像茂生走了，礼性也没有了似的！"说罢就爽快地回屋，隔老远就和她哥哥打招呼。席间，黄三保很客气地劝酒，语气平和地与她哥哥聊天，甚至还以长辈特有的口气说了莲子两句好话，好像他和儿媳之间不存一点芥蒂似的，倒叫莲子心里有些感激。不管公公的话是否真心，他都给了她面子。

哥哥走时，莲子送他到公路上。

哥哥沉默片刻后说："莲子，你不能一个人过一辈子。"

莲子说："哥，我还没想到这上面去呢。"

哥哥又问起抚恤金落实没有。莲子隐瞒了和公公扯皮的事，只说王志高将钱筹齐了，随时都可以去要。

哥哥皱起眉头："既然他钱筹齐了，你还不赶快要回来？听说，他欠很多债，讨账的人到处找他呢！如今欠债是一门本事，钱不到你手里，都是算不了数的。"

听哥哥这么一说，莲子心里焦急起来，送走哥哥之后，马上去找黄三保："爹，那笔抚恤金怎么分，以后再说，我们先找王志高把钱要回来，好么？"

黄三保不置可否。

莲子忧心忡忡："爹，要是王志高真的赖账，我们屋里人争个半死，又有什么用？"

黄三保瞟着她："钱要回来，先放在你账上？"

莲子说："爹要信不过我，放爹账上也行。"

黄三保想想说："还是放你账上吧，要是别人说我欺负你孤儿寡母，想独占钱财，我可担当不起这个罪名。反正我那一份，横竖少不得我的。"

黄三保说罢，就匆匆找王志高去了。从他的神色可以看出，他其实也在为这笔钱的着落担着心。

整整一下午，莲子心神不定地等着公公的消息，心里乱七八糟地想了很多。一万块钱，对乡下人来说是笔不小的财富，无论她和毛崽能否全部拥有，也无论今后她是否再婚，对以后的生活，都是一个有力的支撑。

天擦黑时，黄三保的身影才从蒙蒙暮色里移过来。

莲子急切地问："爹，拿到了吗？"

黄三保哑了半天，才猛地一跺脚："狗娘养的王志高！"

莲子的心往下一沉："他敢不给？"

黄三保懊恼不已，三言两语说了事情经过。原来他没找到王志高，王志高堂客说，他带上家里的钱到广东做生意去了，石煤场已转包给了别人，至于王志高在广东什么地方，她也不清楚。黄三保又到了乡信用社，问王志高存了一笔钱没有。信用社的人说，王志高还欠着两万块贷款没还呢，他敢往信用社存钱？

莲子又气愤又伤心，眼泪不知不觉下来了。那天王志高来付钱，要不是黄三保搅了场，何至于是今天这个结果？茂生把命都赔进去了，妻儿的这笔养命钱还得不到！对公公的怨气陡然而生，莲子晓得有些话是不该说的，可是她实在忍不住了，她冲着黄三保叫道："你不是讲要把茂生挖出来抬到王志高屋里去的吗？你去挖，你去挖呀！"

黄三保浑身哆嗦，吼叫道："你的钱少不了你的！钱要不回，我，我……我把我的屋赔给你！"他冲进自己房里，咣的一声关上了门。

毛崽受了惊吓，哇的哭了起来。莲子抱起儿子，泪珠簌簌而下。

7

天气越来越热，田里的早稻黄熟了。"双抢"大忙季节眼看着逼到了眼前，莲子心里急起来，就没有心思与公公斗气了。不过两人还是不照面，也不搭腔，像住在一幢屋里的两个陌生人一样。村里人大多沾亲带故，因与公公不和，她感到他们也生分了，就想到娘家去请帮工。可是路过村委会时被村主任拦住了，村主任问清原委后将她说了一顿："莲子，这你就不对了！茂生不在了，黄家冲就没男人了？你那三根稻子，还要请娘家人来割，人家会怎么看我们？这说明你不光信不过亲戚，也没把村委会放在眼里嘛！我们也是一级组织，你有困难，组织会不闻不问吗？"

第二天村主任就派了一桌男劳力来帮莲子搞双抢。莲子只有两亩水田，男人们干活风卷残云一般，两三天工夫就把早稻割完，把晚稻插下去了。

炎夏季节，骄阳似火。莲子在禾场里晒刚刚收割来的稻谷。禾场是莲子和黄三保共用的，幸好黄三保田里插的中稻，错开了收割时间，否则为用禾场，只怕又要和莲子闹纠纷。

黄三保从外面回来，踩着谷粒走过禾场，绷着脸进屋去了。莲子不禁想，这场别扭不知会闹到何时，那笔抚恤金还要得回吗？要回来了，她和公公的关系会改善吗？她想到广播和电视里涉及国际时事时常说的一个词：冷战。莲子觉得她和公公就处于冷战的状态中。不来不往，不战不和，日子沉闷没有生气。

莲子没有料到，就在这天深夜，一件突如其来的事使她和公公的关系得到了改观。

莲子天黑才吃饭，忙着给毛崽和自己洗了澡，很迟才进房歇息。沉沉睡梦中，蓦地听见后门嘭嘭地轻响了两声。莲子惊醒了，坐了起来，摸着发紧的胸口。门又响了两声。莲子颤抖着喝一声："谁？"门外一个压低的嗓门怪声怪气地："我呀！"莲子吓得缩起肩膀："你是人还是鬼？"外面的怪嗓门说："我是人，一个好人，嫂子，你开开门，你让我尝尝你的味道好吗？"莲子牙齿敲起梆子来："你，畜生！流氓！你快滚开！"外面说："嘿，装什么正经嘛，你不开，我自己来。"莲子恐惧得说不出话来了，背上泼冷水一般阵阵发凉。窗外月光很亮，窗玻璃上出现了一个黑影。窗户右下角的玻璃破了一个洞，用塑料纸蒙着的，此时正伸进一只黑魆魆的手来。莲子惊得跳了起来，死命地擂着板壁，恐怖地尖叫："爹——！爹——！有坏人！快来！爹——！快来帮我呀——！"窗外的黑影一闪就不见了。莲子的住房与黄三保的卧室之间隔着一间堂屋，他听到她的呼喊，操起一根木棒沿着后阶基赶了过来。"坏人在哪里？老子揍死他！"黄三保在窗下怒吼着。莲子打开后门，拉亮电灯，指着那个被捅开的洞，结结巴巴地说："坏人，人刚刚……跑了。"黄三保瞥一眼儿媳，不满地说："看你怕成这个样子！你越怕，别人越欺负你，你要不怕，他又奈你何？！"说着，回自

219

己屋里去，不一会，就拿了一块木板和一个把榔头来，乒乒乓乓一阵敲，将木板钉在窗户上，封住了那个破洞。

莲子彻夜未眠，第二天早上，看见那个被封死的破洞还心有余悸。

两天后，黄三保从外面牵了一条健壮的黄狗回来，拴在屋柱上。黄三保给它喂食时，莲子问："爹，狗哪来的？"

黄三保道："别人送我看家的。"

莲子自然不信，哪有人白送这么一条好狗的。她猜，是黄三保花钱买来的。莲子喂了黄狗两回，就跟狗熟了，抚着黄狗毛茸茸的身子，对公公的感激之情油然而生，那郁积于心的怨气，也不知不觉消除得差不多了。

8

莲子用风车车谷的时候，一辆手扶拖拉机突突突地开进了禾场。机手是个陌生的后生，他从驾驶座上跳下来，用衣襟擦一把脸，就冲莲子笑："莲子，还认得我吗？"

莲子认真看了看他，摇摇头。

后生有些失望："你忘了？在新桥中学，读初中时候，你在五十五班，我在五十六班，只隔一堵墙。"

莲子还是想不起来："你是……？"

后生说："我是陈社民呵！"

莲子有些抱歉地噢一声，问："你找我有什么事吗？"

陈社民说："我来还你家钱呢。"

莲子迷惑不解："你……欠我家钱？"

陈社民面有愧色："是呵。事情是这样的，还是在三个多月前，我开拖拉机从你们乡政府门前过，正赶上设卡收车辆税。我身上没带那么多钱，茂生正巧在一旁，只好找茂生借了一百块。本来早该还的，可我手头一直紧，就拖了下来。早几天，我听说茂生出事了，我就想，这钱我不能再欠，再欠就不是人了……"

莲子半信半疑："我怎么没听茂生说过？"

陈社民说："他可能忘了，也可能觉得没什么必要。你放心，若不是我借了钱，我是不会白送你钱的，我思想境界还没那么高。"说着从口袋里掏出张百元钞票来，向莲子一递。

莲子信了，接过钞票："那就谢谢你了，进屋喝口茶吧。"

陈社民也就不客气，随莲子到了堂屋里。莲子给他筛了碗凉茶，他一仰头，咕嘟咕嘟喝了个精光，抹一把嘴巴，很快意的样子。莲子见他脸上有汗，就又递给他一把蒲扇。陈社民一边猛力扇风，一边聊起一些往事。原来他和莲子的哥嫂都是熟人，不久前还有过来往。聊着聊着，莲子依稀地想起，她是和他一起上过学，就是出嫁之后，也听娘家人说起过他。莲子就笑了："你就是那个陈社民呀！"

陈社民也笑："对呀，我就是那个陈社民。"

莲子想了想说："你不是一直在广东那边打工吗？"

陈社民嘴角露出一抹苦笑："本来是在外头打工，也赚了几个血汗钱，可是得不偿失，堂客在屋里耐不住寂寞，跟别人走了，而且带走了我寄回来的钱。我真是赔了夫人又折'兵'哪！"

莲子同情地叹了口气，马上又敏感地道："这么说，你也是一个人啰？"

"是呵，出门一把锁，进门一盏灯，无牵无挂是单身。"

莲子不由自主地把板凳挪开一点。这时黄三保过来，一言不发地从他们之间穿过，到隔壁屋里去了。莲子有些窘迫，一时无话可说。黄三保沉闷的声音从屋里飞出来："莲子，你过来一下。"

莲子就过去了。

黄三保阴着脸说："他只怕就是那天夜里敲你后门的人。"

莲子摇头："声音不像，人更不像。他是我娘家的熟人哪。"

黄三保说："熟人里头就没恶人？人心隔肚皮，你要当心一点。"

莲子说："爹，您莫多心。他歇一会儿就走了。"

莲子回到堂屋里，陈社民正逗着枷椅里的毛崽，冲她羡慕地说："你还是比我强，有个崽，吃苦受累也有个想头，不像我，光为自己活，没什么味道。"

莲子觉得不好回答他，就没吱声。见他还没有告辞的意思，她当然也不好意思赶他动身，就没事找事地给他又筛了一碗茶。

黄三保按捺不住，到堂屋里来了，说："后生，你没事了吧？没事就请你走，寡妇门前是非多，晓得吗？"

陈社民毫不在意，大大咧咧地道："身正不怕影子斜，别人爱嚼舌头就嚼去，我不怕。"

黄三保说:"你不怕我们怕,妇道人家,别人吐你几口痰,一世的名声就完了。"

陈社民若有所悟:"那倒也是。好,我不给你们惹是非了。"他站起身,飞快地瞟莲子一眼,目光就落到墙角几个圆鼓鼓的麻袋上去了。那是莲子刚装好的几袋干稻谷,准备交定购粮的。陈社民走过去,在麻袋上踩了一脚:"定购粮还没交吗?我帮你们带到粮站去吧,要不我的拖拉机会放空。"

莲子朝黄三保看,黄三保不作声。

陈社民说:"这也怕惹是非?我不拉,你们也得请人拉。运费随你们给。"

黄三保挥挥手:"那就麻烦你跑一趟吧。"

陈社民袖子一勒,就和翁媳俩抬麻袋装车。麻袋装完后,莲子欲跟拖拉机一块走,被黄三保制止:"我跟车,你在屋里带毛崽。"莲子晓得公公的心思,就依了他。

太阳落土时黄三保回来了,交给莲子几张收据,说定购粮钱都抵了农业税和乡里的统筹款。又说陈社民帮他下车、过磅、核数,十分热心。吃夜饭时黄三保又没头没脑地说了一句:"你这个娘家的熟人倒真不像个坏人呢。"

9

中秋节到了,莲子买了些月饼,一清早就摆在茂生坟前,抱着毛崽默默地祭祀了一番。又买了只鸭子,想和公公一起过个节。黄三保却说他要去王志高家讨账,中秋节王志高可能会从广东回家。莲子想,人家既然要躲账,是不会回家过节的。公公脾气执拗,她拦不住,只好随他去。

黄三保一走,屋里愈显冷清,莲子就搂着毛崽提着鸭子回了娘家。爹娘哥嫂见她回家过节,自然非常欢喜。天黑之后,娘家人都坐在禾场里赏月,品尝月饼。莲子凝视着那一轮冰清玉洁的圆月,想起去年中秋赏月时还和茂生在一起,转眼她已成了寡妇,不由得黯然神伤。嫂子见她情绪低落,连忙挑些镇子里发生的好笑的事说与她听。莲子意识到自己的情绪影响了过节的气氛,就尽量开朗起来,在大家都笑的时候也笑出些声音。见她情绪好转,哥哥就说:"莲子,你老一个人过也不是办法,我和你嫂子都觉得,你该找个人了。"

莲子说:"急什么。"

哥哥说:"你的事,我们当然急。有一个人,我们觉得蛮不错,只要你点个头，我们就去提亲。二婚女的比男的难，要找个好男人，越发不易，我们不早点去，恐怕被别人抢了先呢！"

莲子淡淡一笑："又不是排队买紧俏商品，急不得的。这种事讲缘分，成与不成，不是由先来后到决定。"

哥哥见她讲得在理，就点点头。

莲子静默一阵，忽然想起陈社民来，就问："哥，镇里有个叫陈社民的吧？"

哥哥一怔，与嫂子对视一眼，说："你怎么问起他来？"

莲子就把陈社民去还钱，并帮她送定购粮的事说了。

哥哥兴奋地一击掌："哈，这家伙，我们还没跟他说呢，他自己就开始行动了！"

莲子脸上一烧："怎么？"

哥哥说："我给你物色的对象，就是他呀！你觉得，这个人怎么样？"

莲子心里怦然："人嘛，表面上看还可以……"

哥哥喜不自胜："那就好，这也是天意呢！哪天我把他邀来喝杯酒，跟他挑明了！"

莲子想想，说："哥，还是不要太急，显得没面子。再说，我公公那一关恐怕难得过，他讲过，我要再嫁就得把毛崽留下。我们母子怎么分得开呢？"

哥哥皱眉道："他这是横蛮不讲理，可以不管他。不过说起来他也造孽，只要他准毛崽跟你走，那笔抚恤金讨回来了，他要一半就给他一半算了。"

莲子叹口气："还不晓得要不要得回呢。"

哥哥安慰道："你莫忧，都会好起来的。陈社民这里我会做安排，我看你心里也莫犹豫了。只是以后，你跟别的男人交往，要小心谨慎，莫让别人说闲话。"

莲子嗔怪道："这还用得着你讲吗？"

10

半个月后，陈社民来到莲子家。这一次没有开手扶拖拉机来，穿得也比以往客气得多。手里提一网兜水果，肩上扛一箱八宝粥。一见他这副派头，莲子心里就明白了，红着脸把他迎进了屋门。陈社民手足无措："你哥要我来的……"莲子低头嗯一声。语无伦次地寒暄了几句。陈社民从身上摸出一块亮晶晶的手表，莲子接过去，看也不看，慌慌张张地塞进口袋里。至此，两个人的关系就

223

算定下来了。

有了这层关系，两人反而拘谨起来了。说话很少，断断续续，更多的是默然相对。一个窸窸窣窣做事，一个有滋有味地逗毛崽。偶尔地，莲子瞟他一眼，说："都说，当司机危险。"他说："有一点。"莲子说："那你要当心。"他就说："晓得。"过半晌，他又说："你也一样，单身女人，惹眼得很。"莲子说："是那样。"他说："处处要小心，世上什么人都有。"莲子就说："晓得。"陈社民吃了顿饭就走了。这天正好黄三保不在家，莲子就免去了不少尴尬。直到陈社民挥手作别，两人的话语也没有涉及嫁娶之事，他们明白这只是个开头，还没到那个时候。

此后，莲子愈发小心在意，不是必要决不与村里男人交往，更不轻易和人说笑。然而，不管她如何谨慎，要出的事还是出了。

这日雨后初晴，莲子把毛崽往四婶家一放，提起一只竹篮，爬上屋后的山头，钻进松林里。这片山林由她家承包，秋雨过后，腐烂的松毛里就长出星星点点的松菌来。松菌味道鲜美，在城里能卖到十二块钱一斤。莲子不想让别人把长在自家林子里的松菌捡了去，一进林子，就低着头匆忙地四下搜索。

林子里光线幽暗，空气里浮着松脂的清香，令人心爽神怡。她边捡边寻，朝林子深处走去。忽然，身后有轻微的脚步声，回头一看，只见一片密实的树干，什么也没有。又寻了一程，那声音又出现了，她再次回首，还是什么也没见到。也许是野物吧。她没在意，继续埋头寻觅那些可爱的松菌。

莲子走到一处平坦的地方，一抬头，面前竟站着一个人。她吓得一跳，定睛一瞧，这人是史无前，手里举着一朵松菌，正看着她笑。

莲子心里紧张："你在这里干什么？"

"我来帮你捡松菌呵！"史无前把手中那朵松菌放进她篮子里。

莲子不想与他纠缠，蹽腿就走。刚走两步，史无前抓住了她一只胳膊："慢点走，我还有句话。如今政府有政策，责任田不准抛荒，晓得吗？"

莲子只好停下脚步："我家又没抛荒。"

史无前斜乜着她："怎么没抛荒？茂生去了，你这块责任田如今没人承包，荒在那里，太可惜哩！让我包了好吗？"

莲子面红耳赤，骂一声："畜生！"甩掉他的手，拼命向林子东边跑去。东边离林子边缘最近，而且林子边是块红薯地，黄三保正在那里挖红薯。她听到史无前在后面追她，就把篮子也扔了，刺蓬挂破了裤脚，也顾不得，不要命地跑。可她哪里是史无前的对手？她刚刚恐怖地感到史无前的手触到了她的背，就被他扑倒了。她倒抽一口冷气，恐怖地大叫："爹——！快来救我！"

红薯地已近在咫尺，黄三保听到儿媳的呼救，举着锄头就往林子里奔。循声到了现场，一见史无前压在莲子身上，怒不可遏，挥锄就朝史无前挖去！史无前猛地转过身来，双手抓住锄把狠狠往前一推，黄三保连人带锄仰天倒地，腰部正好硌在一个松树桩上，疼得他一咧嘴，脸都歪了。待他爬起来，拖着锄头追过去，史无前已隐没在松林深处。

黄三保只好回过头来。莲子一只手提着裤子，一只手捂着脸，呜呜地哭着跑回了家。黄三保气愤了脑壳，下得山来，把锄头一丢，就往村委会跑。跑到途中，碰见村主任领着李乡长迎面走来。黄三保扑通一声就朝他们跪下了："主任！乡长！你们要替我们做主哇！有人强奸我屋里媳妇！"

村主任和乡长脸色骤变，同声问："在哪里？"

黄三保往山上一指："他、他跑到林子里去了！"

李乡长咬牙切齿："好呀！狗日的敢到老子地盘上为非作歹，黄主任，赶快叫人来捉他！"说着从皮包里掏出手机来，"我马上通知乡派出所来人办案，要史无前那个厉害角色也来！"

黄三保哭丧着脸道："乡长，就是史无前那畜生搞的好事呀！"

李乡长愣住了，两眼急遽地眨着，慢慢地把手机塞进包里："是……这个龟儿？你们，没看错人吧？"

黄三保恨恨地："烧成灰也认得他！"

李乡长和村主任面面相觑，看看山上，沉吟不语。

黄三保急不可耐："你们还不派人捉，他就要跑掉了！"

"依我看，他已经跑掉了。他会等我们去抓吗？不会的。"李乡长若有所思地说，伸出右手在黄三保肩上拍拍，"不过你放心，如果真是史无前，他跑得了和尚跑不了庙。我们还是先去看看受害者，了解一下情况吧。"

黄三保气恨难消地瞪松林里一眼，只好带着二位领导去家里。莲子回家后，气愤伤心了一阵子，已将身上收拾好，还洗了一把脸。惊魂甫定，一见干部们进屋来，急忙躲到房中去了。黄三保请领导在堂屋里坐下，然后高声说："莲子，出来吧，乡长来给我们做主的。"

莲子就白着脸到了堂屋里，羞恨难当地把事情经过诉说了一番，末了哽咽着恳求道："乡长，你要替我做主哇！"

李乡长不以为然："哎，不要动不动就要请领导替你做主，这其实是一种封建思想。新社会嘛，还是要自己当家做主。听了你的情况介绍，我还有一点不明白：你到底吃亏没有？"

莲子有点茫然。

李乡长说："就是说，他得手没有？"

莲子脸涨得通红，急促地摇头否认。

"那就好。"李乡长吁了口气，扫一眼她的脸，"事情还不是那么严重。依我看，他这次没有得逞，又受了一惊，也许不敢再打你的主意了。"

莲子敏感地道："你的意思这次就放过他？"

李乡长摆摆手："不不，我没这意思，放不放过他，这由你们自己定，情况嘛，我会在适当的时候向乡党委反映的。"

莲子说："我要告他！"

李乡长说："那也是你的公民权利，完全可以的。你要能告倒他，那当然好；可要告不倒，那事情就麻烦了。"

莲子愤然："说来说去，你是不让我告！"

村主任忙说："莲子，李乡长是一分好意。有些话，李乡长是不好说的。乡里原来的袁书记，晓得不？史无前逼着一个妹子和他一起看黄带，袁书记知道了，就撤他的职除他的名，结果呢？袁书记被调到边远山区当乡长去了，史无前也官复原职。为什么？因为史无前的表哥是县里最大的领导！"

李乡长制止道："呃，就事论事嘛，不要乱说。史无前也不是一无是处，对乡里的工作不能说就没一点贡献。当然，他欺负莲子，绝对不应该，这是他的老毛病了，一定要教育他，要他改。黄叔，莲子，我和村主任还有事，就先走一步，你们有什么想法，可以随时跟我们通气，我反正三天两头往村里跑的。"

李乡长给村主任个眼色，两人起身出了门。莲子走到阶基上，红着眼，冲着两个背影大声说："收上交款时你们催命一样，赖在屋里不走；求你们的时候，飚得比狗还快！"

李乡长和村主任并不计较，头都没有回。

11

消息传得风快。黄昏时分，陈社民闻讯赶来了。进屋之后，就把莲子全身

226

上下仔仔细细地看了一遍，然后，不无埋怨地嘀咕道："要你处处小心，怎么这么不注意？捡松菌还让人跟到林子里去了！屋里有条狗，也不晓得带在身边。"

莲子满怀委屈："别人欺负我，你不安慰我不说，反而来怨我！难道这也是我的错？"

陈社民把指头捏得咯咯响："我还不是替你担忧。"

莲子咬咬嘴唇："我晓得你心里想什么。"

陈社民说："莲子你莫误会我，我是你的男朋友，当然想晓得事情真相，以便做出决定。"

莲子问："决定还要不要我是吧？"

陈社民坚决否认："我没这个意思。我的想法是，你要真的……失了身，就要去告他。"

莲子说："那你的意思是，没有的话，就不去告他了？"

陈社民叹气道："莲子，我见的世面比你多，人在矮檐下，不得不低头。像史无前这号有背景的人，我们小人物是告不动他的。打不赢官司不说，到时还会弄得尽人皆知，让人笑话。"

莲子说："做丑事的是他，又不是我，怕什么？你同不同意，我都要去告，这是我自己的事！"

陈社民有些急了："到这个地步了，你的事也就是我的事！我不能让你把自己的名声搞臭了，影响以后的生活！"

莲子绷着脸，还想反驳他，黄三保抱着毛崽过来，往他们之间一坐，干咳一声，瓮声瓮气地道："你们不要吵了！社民讲得有道理，乡里袁书记对史无前都无可奈何，我们平民百姓，斗得赢他？莲子，你就死了这条心吧！"

莲子从公公手里抱过毛崽，说："这事难道就这么算了？"

黄三保额上皱出一堆皱纹来："能够了，就算烧了高香，只怕还不得了，还会缠你哪！他不来缠你，也会有别的人缠你的，我和黄狗都保不了你的驾。要再出事，对不起你，也对不起黄土里的茂生。我想来想去，恐怕只有一个办法。"

莲子问："什么办法？"

黄三保瞟瞟陈社民："赶快嫁出去。"

莲子一怔，急忙说："爹，我们还没到这一步！"

黄三保说："那就赶快走到这一步！你们都是二婚，不要那么多讲究，人

227

老实，看着顺眼就行，搬到一间屋里住，就是一家人。莲子，不是爹要赶你走，这也是没办法。"

莲子眼里一热，看着陈社民。

陈社民喜出望外："我没有不同意见，莲子，你爹是为你好呢！"

莲子亲亲怀里已经睡着的儿子："可是，毛崽他……"

黄三保喟然叹道："唉，你还记着我那句气话呀？你以为我真狠心让你母子分离？莫说我没这个权利，就是你愿意把毛崽留下，我也养不大他。我对他们两个，只有一个要求。"他停顿下来，望着门处无声飘落的暮色，凝然不动。

陈社民轻声道："您老说吧，我们一定满足您。"

黄三保颤声道："就是不要给毛崽改姓，让他一辈子姓黄。你们还可以生个伢儿的，我家就毛崽这条根了。这幢屋，我给毛崽留着，等他大了，就交给他。"

莲子嗯了一声，说不出话来。陈社民则鸡啄米一般连连点头："您老放心，我们一定照您说的办！"

"这样就好，我没什么好挂牵的了。"

黄三保点头起身，手撑着腰部晃了一下，陈社民赶忙搀扶着他，送他颤颤巍巍地回自己屋里去。陈社民回过头来时，见莲子泥胎般端坐在迷离的暮色里，面颊上流着些亮晶晶的泪水。陈社民吃了一惊，忙用手去揩："莲子，你怎么了？"

莲子把他的手推开，哽咽着："我今天才晓得，爹对我这么好！"

莲子做了简单的饭菜，两人草草地吃了顿夜饭。陈社民边吃边说自己对婚事的有关建议，莲子一律点头，都随他。

12

第二天吃过早饭，莲子领陈社民去向黄三保告辞。推开门，透过幽暗的光线，看见黄三保还躺在床上。陈社民恭敬地道："三保叔，我告辞了！"

黄三保动了一下："你走好……哎哟！"

莲子忙走近床边："爹，你怎么了？"

黄三保沙哑着喉咙："狗日的史无前……昨日腰还不觉得怎么，今朝一觉醒来就动不得了，疼得跟断了一样，哎哟。"

陈社民说："那赶快上医院吧！"

黄三保摇摇头："不用，睡两天会好的。"

莲子着急："爹，伤筋动骨一百天，大意不得呢！我们马上送你去看病。"

黄三保迟疑地："那，要耽误你们的大事了……"

莲子说："什么事也没有看病事大！社民，你快去拦一辆车来，我帮爹收拾一下。"

陈社民就颠颠地跑到村口去了。考虑到三轮车太颠簸，黄三保肯定受不了，他等了半个钟头，招了一台中巴车，开到禾场里来。莲子把毛崽寄托在邻居家，揣上些钱，就和司机、陈社民三人一起，把黄三保抬上车，让他平躺在两排座椅之间的过道里。

上午十点钟，顺利地到了县医院。挂了号，把黄三保抬进外科诊室，医生问了情况，摸摸捏捏地检查一阵，怀疑是脊柱骨折，要拍片。于是交了费，又把黄三保抬去拍片。拍完片，把他抬到候诊室，在长椅上躺着，等片子出来。等到下午四点，片子出来了，医生说，从片子上看，并没有骨折的迹象。但是，医生还是建议住院观察治疗。可是一问费用，却贵得吓人。疼痛中的黄三保伸出一只枯瘦的手左右挥舞："我不住我不住，哪个要我住院哪个出钱！"

只好不住院，开了些药，听了些医嘱，将黄三保重新抬上中巴，开车回家。

回到家时天光暗淡，猪饿得在栏里直哼。三个人把黄三保抬进屋放在床上。黄三保的呻吟不再那么急促，看来疼痛有所缓解。莲子一清点花费，七七八八的开销再加上租车款，一共用去四百多元。付车钱时，莲子掏空了口袋，也还差三十块，陈社民急忙拿自己的钱垫上。黄三保看在眼里，挣扎着掏出钥匙晃了晃："莲子，所有开销我自己出。开开箱子，我，我有钱……"

莲子将他那只手按下去："爹，我晓得你的家当，能有几个现钱？先用我的，以后再算账吧。"

黄三保眉头皱了皱："那好。以后从……抚恤金里扣除……"说着便又哼哼唧唧起来。

司机家在新桥镇，拿了钱就要回家去，陈社民正好搭顺路车。上路前，陈社民把莲子叫到一旁："莲子，商定好的那些事，我就去办了。"

"你办吧。"

陈社民仔细看看莲子的脸："莲子，你好像心里有话？"

莲子拢拢鬓发："也没什么话……就是，我觉得你不要办得那么急，爹的病只怕十天半月好不了。他的病不好，我是不能过门的。还有抚恤金还没讨到，

229

只怕我一出嫁，王志高更有了赖账的借口。"

陈社民安慰道："放心，有协议，王志高不敢赖的，他要赖，我们找法院。你爹的病也会好的，只要没骨折，就会好得快。我们的事，还是照样办，除非你反悔了。"

莲子摇头："我不反悔。"

陈社民说："不反悔就好。"抓过她的右手，用力捏了捏，转身上了中巴车。车开动时，陈社民从窗口伸出手来招摇。莲子猛地想起她见过这种情景，不过向她招手的不是陈社民，而是已经死去的茂生。

13

莲子过起了苦日子。

黄三保只能俯卧在床，动弹不得，一动腰脊里就针刺般锐疼，疼得四肢的筋都扯动了。他的吃喝拉撒，都要莲子帮助才能进行。除此之外，莲子每日还要喂猪做饭带毛崽，至于田里山上的工夫，已经无暇顾及了。几天下来，莲子脸色发青，颧骨突出，老了好几岁。

陈社民隔两三天就来一次，一来就接替下莲子的护理工作，让她稍微轻松一下。

黄三保的病终于有所好转。

一个多月后，黄三保挂着拐杖踉踉跄跄走出了房门。但是，他的腰还是不能受力，很显然，他已丧失了劳动能力和一部分生活自理能力。

黄三保的状况让莲子忧虑：公公以后怎么办？

寒露这天，是收油茶果的日子。莲子一早起来，服侍一老一小吃了饭，把毛崽关在堂屋里耍，背起背篓匆匆上了山。到了林子里一看，自家那几十棵油茶树，已被人偷摘了多半。望着那些被人折断的树枝，莲子不禁伤心落泪。要是茂生在，别人敢这么欺负她吗？

莲子忍悲含愤，把剩下的油茶果采摘完，背回家堆在阶基上。正拍打着背篓，陈社民来了。莲子气没地方出，就冲他喊："你怎么不早一天来？我家油茶果都被人家偷光了！"

陈社民说："我早一天来，别人还不是要偷。"

莲子怔了怔，板起脸："是的，你讲得对，你来了跟没来一样，你又不是

230

这屋里的人！"

陈社民莫名其妙，不知自己哪里得罪了她，只好缄口不言，小心翼翼地帮她做事。

14

莲子的态度使陈社民对这桩婚事担心起来，于是加快了筹备的速度。这一日，他匆匆跑来黄家冲，告诉莲子，新房已装修完毕，购置的新家具已经摆好，剩下的事，就是打结婚证和定过门的日子了。

莲子有些恍惚："你这么急呵。"

陈社民说："早一天过门，早一点放心，我就怕夜长梦多。"

莲子四下里看看："我屁股一拍走了，把这里的一切都抛下了？"

"那，你还要怎样呀？"陈社民眼巴巴地。

莲子沉默片刻，才望着门外说："社民，其实你的条件很好，完全可以找一个比我好得多的黄花闺女。"

陈社民懵了："莲子！到这个时候了，你怎么还讲这种话？"

莲子说："我这是真心话，我不想连累你。"

陈社民气了："你才想到这一点，早干什么去了？"

莲子点点头："我的决定是做迟了一点，我对不起你，请你原谅，我不能嫁给你。我这一辈子，生是黄家的人，死是黄家的鬼。"

"你放心不下黄三保是不？他的病会慢慢好的嘛，如果现在你不忍心不管他，可以让他到我们那里去住一段时间嘛！"

莲子道："那行不通的，带着公公出嫁，别人戳你的背，我也没面子。总之我不想连累任何人，欠别人的情。"

陈社民气愤不已："我这段时间忙这忙那尿都没空屙，图的什么，啊？就是为了你这句话是吗？"

莲子说："你不会白忙的，你不是说只差个新娘子了吗，另找一个就是。"

陈社民猛地跺一脚，颈上的青筋都突了起来："说得好轻巧，你以为是商店里买东西，可以随意换的吗？你是一件货呵？"

"我就是一件货，而且是一件旧货！你喜欢也好，不喜欢也罢，我就是不卖给你，你走吧走吧！"莲子伸手在陈社民背上推了一把，使他打了个趔趄。

"你，你……你真以为世上只有你是母的呀？没吃过猪肉也见过猪走路，我不会赖着要你，我自己有脚。"陈社民涨红了脸，冲动地跨出门槛，纵身跳到禾场里。

莲子扑过去，哗啦一声关上了堂屋门，伏在门上，泪珠忍不住掉了下来。

"你这女子，怎么这么蠢呵！你快把社民叫回来呵！"黄三保拄着拐杖摇摇晃晃地过来，抓住莲子的肩，用力往后拉。莲子只好让开身子，把门打开。

迷迷离离的暮色里，陈社民的背影若隐若现，正沿着公路远去。

莲子坐到门槛上，木然无语。

一会工夫，远处那个一闪一闪的背影就被暮色吞没了。

不知呆坐了多久，莲子才起身做饭。

她先盛了一碗饭菜送到黄三保跟前："爹，吃饭。"

黄三保脑壳一扭："不吃。"

莲子说："胃口不好吗？"

黄三保冷冷地盯她一眼："莲子，我不会领你的情。"说罢，拄着拐杖回自己房里去了。

莲子叹一口气，只好自己吃。嘴里苦涩，尝不出饭菜的味道。默默地往肚里填了一碗饭，早早地带着毛崽上床睡觉。望着黑乎乎的天花板，倾听着暗处老鼠的吱吱声，她心里空荡荡的，仿佛剜去了一大块。

似梦似醒之时，一阵连续不断的擂门声惊得莲子支起身子。"莲子，开门！开门！"是陈社民的声音！她爬起床，哆哆嗦嗦地披上件夹衣，来到堂屋里。

"莲子，你起来了吗？我特意转来问你一句话：你不嫁给我，我嫁给你行不行？！"

莲子眉心一辣，差点发黑眼晕。

"就是当你的上门郎啊！"

莲子喉咙发紧，说不出话，双手摸索着把门打开。

陈社民一步跨进来，一把抱住她的腰，脑壳一勾，就把舌子抵进她嘴里，叫她出气不赢。

15

一个霜白天蓝的冬日，莲子将家里安排妥当，把身上收拾熨帖，背起一个黑挎包出了门。她和陈社民约好，到各自的村委会开了证明，去乡政府打结婚证。

太阳刚刚在东山顶露出一道金边，草上的霜还未融化。莲子的脸被凛冽的晨风吹红了，嘴里呵出的团团热气在刘海上凝成了小水珠。莲子掏出小圆镜照照自己，发觉竟有几分妩媚，不禁赧然一笑，赶紧藏起镜子，环顾一下四周。见无人窥视她，便心里安然，哼着一句忘了词的歌，轻松快捷地往前走。她已经很久很久没有过这种开朗清爽的心情了。

看见乡政府的红砖楼时，陈社民向她跑过来，边跑边招手：

"莲子，你要还不来，我打算开起我的'狗狗车'去找你呢！"

莲子说："你把手扶拖拉机开来了？"

陈社民点头："嗯，停在农机站呢，这回开来了，就不再开回新桥镇去了。你呀，慢慢吞吞的，我以为你又反悔了呢。"

莲子淡淡一笑，没作声，和他并排朝乡政府走，过一会儿，才说："社民，你以后不会反悔吧？迟悔不如早悔，现在还来得及。"

陈社民恳切地说："莲子，我都仔细想过。那天夜里我返回去擂你的门，并不是一时冲动。唉，像我们这种平民百姓如果不互相帮衬，那日子还有什么过头？你说是不是？"

莲子点点头，主动抓过他一只指头捏了捏，又赶紧放开。

他们先到商店里买了些糖，才去乡政府。在乡政府门口，迎面碰上李乡长。李乡长很惊奇地看着他俩："莲子，你们这是……"

莲子忸怩一笑："李乡长，我们来扯结婚证。"

李乡长手在大腿上一拍："好！好！是好事，值得庆贺！这样呢你就有了依靠，不用守寡了，社会呢也少了一个不安定因素，我们也放心了。恭喜恭喜呀！"

莲子从挎包里抓出一把糖，塞在李乡长手中。李乡长剥了一粒含在嘴里："嗯，不错，这喜糖味道不错……哎，莲子，你那一万块钱抚恤金拿到手没有？"

莲子道："那王志高人毛都见不到。"

李乡长眉头皱一下："这龟儿，真他妈的为富不仁！不过你放心，我叫村里在他的承包款里扣，承包款不好扣就要法院出面，强制他执行协议，没有钱就拆他的屋！到时候，还解决不了，你再来找我。哦，民政助理正在办公室呢，你们快去，结婚那天别忘了叫我喝喜酒哟！"

谢过李乡长，莲子和陈社民就去找民政助理。交了一包喜糖和一百七十元各种手续费之后，他们欢欢喜喜地揣着结婚证和一摞计划生育宣传资料出来了。

两人相跟着去农机站。走到半路，莲子忽然立定不动了：史无前堵在前面，嘴里叼一支烟，一只手甩着那副须臾不离身的手铐，手铐的一端在阳光下转圈，闪着刺目的寒光。莲子盯着那张丑恶的脸，手脚一阵阵地发凉，胸脯因为愤怒而大起大伏。

史无前没有让路的意思，眯着眼，笑道："莲子，眼睛鼓起这样大，眼珠子要掉出来，就不乖了呢！"

莲子身子发抖，说不出话。

陈社民连忙胡乱应付几句，拉着莲子绕道走了。走了好远莲子的手还在抖。进了农机站，莲子才稍稍平静下来，说："社民，刚才你要是扑上去把他揍一顿，我这一世给你舔脚板都要得。"

陈社民叹口气道："我要是揍了他，还有脚板给你舔吗？你就给我送牢饭吧！"

莲子怔怔地："我晓得，所以我并不怪你。"

陈社民发动了手扶拖拉机，拉着莲子与他并排坐在驾驶座。莲子一只手轻轻绕在他腰上："社民，我这一生就交给你了。"

陈社民点头："你放心吧。"挂上挡，一松离合器，拖拉机突突突突向前驶去。莲子的心随之颠簸起来……

当天夜里，莲子给陈社民铺床时，他站到她身后，委屈地道："莲子，结婚证一扯，我们就是法定夫妻了呢，你还让我睡客房呀？"

莲子为难地说："乡下不都是要喝过喜酒了才算成亲的么？我不习惯呢。再说，明天你要回新桥镇租车拖家具，我怕……不吉利。"

陈社民只好作罢。

16

天虽阴着，却没有霜，很干爽，远山清明，历历在目。陈社民回新桥镇去了，莲子在阶基上斩干薯藤，准备煮猪潲。哥哥给的架子猪不知不觉长到了两百来斤，圆滚溜壮，办喜事正好用得着。黄三保坐在躺椅上，一边逗着毛崽，一边勉为其难地拣茶籽，呼吸时粗时细，但神态祥和。

斩了一阵，莲子腰背有些酸疼了，就住了手，直了直腰。这时陈社民夹着一辆自行车嗖地进了禾场。莲子惊诧不已："你怎么回来了？"

陈社民连声说："出事了出事了！"

莲子脸就白了："翻车了？"

陈社民摆手："不是我，是李乡长出事了，他把史无前脑壳砍破了，我特意来告诉你！"

莲子和黄三保同时惊得"呀"的叫一声。陈社民快步踏上阶基，连声叠句地把刚刚发生的重大事件说与他们听。原来，李乡长奉命去县党校学习，把漂亮堂客一个人留在家里。李乡长前脚刚走，史无前后脚就摸进了门。他趁李乡长堂客不备，用一个化肥袋罩住她脑壳，不待她喊出声，就将一团抹布塞住了她的嘴。李乡长堂客就挣扎、反抗，于是史无前用手铐把她双手铐在床栏上，把她强奸了。事有凑巧，送李乡长的车开出去五公里后，李乡长记起把手机忘在家里了，就掉转车头回来拿手机。李乡长开门一看，史无前正手忙脚乱地穿裤子。李乡长愣了几秒钟，才向他扑过去。但史无前跳上桌，一脚踢开窗子逃走了。也许李乡长本没想到要杀人的，可他去扶堂客时发现她被铐着，他无法打开，而司机和邻居都闻声而来，看见了堂客赤条条的身子，于是怒从心头起，恶向胆边生，操起一把菜刀就从窗口追了出去。李乡长嗷嗷怪叫，疯了一般，在信用社门口追上史无前，没待史无前回头，李乡长就一菜刀劈进了他的后脑壳。史无前一声没吭，扑倒在地……

莲子听得一愣一愣的，问："史无前死了？"

陈社民说："还不晓得。抬他去医院时刀还嵌在脑壳里呢，血滴了一路，只怕活不成了。他死了，也是死有余辜，呸！"

黄三保用拐杖戳得地面笃笃响："这就叫恶有恶报呢！"

莲子又问："那李乡长呢？"

陈社民说："李乡长被扣押在派出所了，听说县公安局的人马上就要到。"

黄三保胡子颤颤地："不该抓李乡长，他这是为民除害呵！"

莲子蹙眉想想，转身进房去，从箱底翻出一件不穿了的旧白衬衫，用剪刀从后背处铰下四四方方一大块，铺在堂屋方桌上。又找来半瓶蓝墨水递给陈社民，指着白布说："我念，你写，用手指头。"

陈社民说："你是要写大字报呀？"

莲子说："你莫管，写就是。第一行是李乡长为民除害；第二行是史无前死有余辜。"

陈社民就用指头蘸了墨水，很认真地写。莲子拿起那方写了字的白布，把它平平展展铺在胸口，然后从笤箕里摸出针线，把它缝在衣襟上。

陈社民眼都圆了："莲子，你这是干什么？！"

莲子白他一眼："你还看不出来呀？李乡长为我和爹报了仇，人家落了难，我们难道看着不管！我要去为他喊冤、做证，不能让好人坐牢，不能不讲良心！"

陈社民说："你去了也没用！人家有法律管着的，该怎么办就怎么办，哪个跟你讲良心呀？"

莲子说："我就不信能不讲良心，人人都不讲良心，那法律摆在那里又有屁用！你莫屎少屁多了，快开拖拉机送我去乡里一趟。"

陈社民不太情愿，望望黄三保，黄三保却冲莲子点头称好。

"走吧！"莲子抓住他的手一拖，他就不由自主出了门。

到了禾场里，陈社民挣开莲子的手，吞吞吐吐地："莲子，我，想问你一句话。"

莲子心急火燎："有话你快说！"

陈社民说："你这么热心去做证，是不是上次史无前得手了？"

莲子双眼圆睁："都什么时候了，你还问这个！得手不得手他都欺负了我，有什么区别？你，你，只晓得在乎那些事……你不想去就算了，我自己去！"

莲子两脚生风地往前走，头也不回，一张脸绷得铁紧。走了几十步，她脸上的肌肉就松弛下来了，她听见了后面突突突突的引擎声。不一会儿，陈社民驾着手扶拖拉机追上了她，停在她面前。陈社民拉她上车时，她鼻子一哼："哼，你敢不送我？"

17

乡派出所的铁栅栏门前围着黑压压密麻麻的一片人，不是向门里探头探脑，就是交头接耳议论纷纷。莲子刚刚走近，就被人们簇拥着了。有人大声读出了她胸前的字，立即响起了掌声，紧接着掌声就密集起来，响成了一大片。莲子向铁门走过去，人们自动地让出一条路来。铁门口，一个警察拦住她："你要干什么？"

莲子清脆地说："我来给李乡长做证的，他杀的是一个坏人，一个很坏很坏的人。"

那警察就让她进了门，并把她带进了审讯室。莲子一眼就看见李乡长苍白着脸坐在几个警察对面。李乡长认了认她胸前的字，眼泪唰地就下来了……

莲子把要说的话倒了一个一干二净，见警察很重视，一句不漏地录了下来，而且还问了她许多，就满意地离开派出所，和陈社民回了家。

进家门就见到一位不速之客：王志高在堂屋里与黄三保扯谈。

莲子说："王老板，你还认得我家的路呀？"

王志高讪笑着："不认得我会坐在这里呀？说实话，我走南闯北，敬佩的人不多，你就是一个。所以，今天我痛快地把钱送来了。除了一万块外，我再多给四百块，算半年的利息。"说着，就把一大一小两叠钱搁在桌面上，"你数数。"

莲子拿过那叠小的扔回王志高怀里："息钱我不要，协议里没有这一条。"

莲子一五一十地点完了钱。王志高告辞，走到禾场边，莲子突然高叫："王老板你给我站住！"

王志高惊得一愣，回头道："什么事？"

莲子笑道："我还没给你打收条呢！"

1997 年 12 月

触 摸 忧 伤

1

一个女子将堕入爱河的女友杀死，沦为死囚。青年作家郑慎挑了一个阴天去监狱采访这个死刑犯。郑慎觉得阴晦的天气与他从事的活动气氛上比较协调。本来监狱方面对连续不断的记者作家之类人物的来访已不胜厌烦，一律采取谢绝的态度，但因郑慎找了过硬的关系，监狱的大铁门便向他敞开了。

监狱副政委领郑慎进门时，门洞里蹿过一股冷风，郑慎瑟瑟一抖，不禁想，我进去了还出得来吗？

进了大门，是一个大花坛，这很出乎郑慎的意料。树和花都长得茂盛，地上寸草不生，很干净。副政委介绍说，这都是犯人们弄的。花坛一侧是灰色的高墙，墙头牵着电网，墙壁上有三行醒目的大字：

你是什么人？

这是什么地方？

你来这里干什么？

郑慎待在墙跟前，他似乎被问住了，感到一种莫名的震撼，后来悟到这是针对犯人们的，才缓过一口气来。

郑慎便无心参观了，让副政委径直带他去找他的采访对象。

2

若干年前闹饥荒时，这座城市的槐花照常开放，虽然一绽开就被人捋去充饥，但槐树巷还是渗透着丝丝缕缕苦涩的清香。

这一天，趴在槐树上采槐花的孩子们听到两个小院里先后传出婴儿的啼哭。两个小院对门对户，左边院子里的婴儿哭得极响亮极愤慨，而右边院里的则断断续续，低声柔气，显得很斯文。在以后的一段日子里，两种不同风格的婴啼都曾多次弄破邻居们的梦，所以多年以后小巷的居民们仍对那些啼哭怀有深刻印象。

当左边院子里的屠户师傅正为女儿取名而蹙眉时，右面院子里的小学教师带了一小袋奶粉登门拜访。小学教师笑盈盈地递过奶粉，赵师傅，我们两家同日喜得千金，有缘分呀，可喜可贺，可喜可贺！赵师傅面红耳赤接过那极其珍贵的奶粉，道过谢后，不无遗憾地说，可惜都不带把哩程老师。程老师就摆手，如今是新社会了赵师傅，不在乎是男是女哩！

赵师傅平常与程才老师交往不多，顶多在巷子里遇上点点头打声招呼而已，在赵师傅的印象里，程老师总是很匆忙，腋下总是夹着几本书，所以总显得有点儿高傲。赵师傅搓着带茧的手，有知识的程老师登门拜访这件事多少使他有点激动，何况还有奶粉，对女儿的抱怨似乎就没有理由了。

赵师傅在院子里摆开小桌，就着花生米和程老师对饮了两盅。烂红薯酿的劣质酒带点酸糊味，但不影响他们的兴致。因为这已是少有的奢侈享受了。程老师酡红了一张瘦脸，提议两个女儿一取名左左，一取名右右，她们出生在左右两个院子，但愿她们长大之后相互帮助，不离左右。赵师傅本已想好，女儿就叫槐花，不过既然程老师有了提议，而且那名字确实有点儿意思，他也就认可了。

在从巷子里漫过来的槐花气息中，他们为女儿的名字干杯，慢悠悠地品尝着他们平凡生活里难得的欣喜，却不知悲剧的元素已掺杂在他们的欣喜里了。

3

郑慎在那间没有窗户的屋子里坐了片刻，眼睛才勉强适应阴暗的光线。监狱里阴森的沉寂令他恍若隔世，他听见一串脚步声从三十二年前出发，朝着他渐渐响过来，耳听得就到了门外。

赵左左出现在他面前。她头发纷乱，却神色安详。郑慎吃了一惊，他没料到一个杀人犯，一个面临死刑的女人，会是这种神情。他有些紧张，为了压抑这种紧张，他盯着赵左左的脸。那张脸苍白，颧骨高耸，鼻子又高又尖，眼窝很深，但呈现的是明白无误的安详。他咬紧牙关，竭力使自己镇静。

你是法官还是警察？

赵左左竟主动说话了。

郑慎摇摇头，摇头时发觉头很沉重。

那你用不着板着脸咬牙切齿的，那样很累。赵左左看着他说，神态还是那样安详。

郑慎自觉陷入了令人费解的窘境。他咳嗽一声，大声道，我是一个作家，想了解你的情况。

作家？赵左左嘴角一动，似乎有某种警觉，又仿佛表达某种不屑。

郑慎打开录音机，严肃地道，你说吧，什么都可以说，你不要有什么顾忌。

你看我还有顾忌的必要吗？

赵左左反问，怪怪地一笑。

许多的隐秘都仿佛藏在这怪怪的一笑里，只要他一伸手，就可触摸得到。

4

事情的进展如同昼夜更替一样自然。女婴的啼哭和蟋蟀的鸣叫装饰了无数的夜晚，尿布飘扬了好几个季节后，人们开始让两个不同的女孩享受共同的怜爱。赵李氏做虎头鞋一做两双，送一双给程右右；程师母绣肚兜一绣两个，送一个给赵左左。不管谁家做好吃的，尽管只是汤丸，或者普通的糯米粑粑，少不了对方一份。但差异不久就顽强地表现出来。

赵左左吸干母亲的乳房之后，毫不犹豫地把兴趣转向家里的粗茶淡饭；而程右右即使在断奶之后，也要噙着奶头才能入睡。

赵左左摇摇晃晃迈出人生第一步时，程右右还只能在枷椅里坐着。

周岁日不可抗拒地到来，赵屠户在院子里摆了一个圆篮盘，里面丢了笔、钱、针线、小刀几样东西。赵屠户叫程老师抱了女儿过来。赵屠户稍稍犹豫了一下，但还是先把程右右放进篮盘里。这是风俗，叫抓周，预测孩子未来的一种方式。

程右右在篮盘里乱爬，似乎对未来还拿不定主意。大人们在一旁催促，抓呀、抓呀，她胖乎乎的小手才抓住了那支铅笔。

程老师喜形于色，嗯，抓得好抓得好，说不定是文曲星下凡哩，长大了写一手好文章，就是像我一样当老师也不错，适合女孩子做。

赵左左要比程右右主动得多，不等程右右被抱出篮盘，她就扑进去，径直抓起那把小刀。赵屠户啪地一掌拍在她的手背上，喝道，想跟你爹一样当屠户呀？小刀掉落，但赵左左固执地又抓了起来，并对着赵屠户摇晃。

赵屠户伸手要打女儿，程老师忙拦住，打圆场说，抓小刀也不错，不爱红装爱武装嘛，左左有志气哩。

赵屠户后悔不已，若是让左左先抓，说不定她就会抓笔了。他不识字，笔一直是他梦中的图腾。但后来痛悔倍加的不是他，而是他老婆赵李氏。三十一年后，赵李氏亲眼目睹赵左左将刀刃刺进了程右右的胸膛。她固执地认为杀死程右右的是赵左左抓到的那把刀，这是一种宿命，并要求律师向法官提出来，作为减轻罪责的一个理由。

5

在一个遥远的阴雨天，郑慎独坐在编辑部的小楼上，审阅了一篇题为《阴雨天》的来稿，这就使他和正在进行的故事产生了联系。

这是一篇散文，署名程右右，名字陌生但很容易记住。郑慎开始并无特别感觉，与看任何一篇来稿一样漫不经心，但后来就被吸引了。

作者写道：晴天总是张牙舞爪，刮风天又总是撒泼，只有阴雨天才能让我心灵平静……霏霏细雨漫天飘洒的时候，我就笼罩在沉郁的情绪中……我喜欢坐在自家院子里，我哪里也不想去，我就陪着蜗牛往长满绿苔的墙上爬呀爬呀爬……阴雨天能滤去许多的俗念，让我持续一种等待……我知道，只有在阴雨天里我才能等到一份纯净的忧伤，当我和忧伤互相触摸的时候，我的灵魂就会因为难言的愉悦而细微地颤抖……

郑慎的心亦细微地颤抖起来，仿佛他也触摸到了忧伤。窗外公园深处的林子里，传来鹧鸪湿漉漉的啼鸣，使阴雨天显得愈发真实。

数月后，编辑部筹划一个作者培训班时，郑慎将程右右的名字写进了名单。

培训班开学第一天，程右右没有来，于是当第二天程右右姗姗来迟时，郑慎一眼认出了她。郑慎惊叹文如其人这句话简直是一个真理。程右右穿一袭黑色连衣裙，短发齐耳，额头留着整齐的刘海，面色苍白，眼帘总是下垂着。她个头不高，但身材窈窕。郑慎乍一看，觉得眼熟，一想，才发觉她从外表到气质都颇像年轻时的肖红。只是程右右眼角皱纹已十分明显，岁数显然不小了，这一点多少有点让郑慎失望。

郑慎过去与她寒暄了几句。她见他过去时倒退了几步，面色发红，眼睛不敢正面看人。郑慎有点纳闷，这么大的人了怎么还这样腼腆呢？

培训班没办几天，男女学生们就打得火热，开始制造绯闻了。但程右右是个例外，她从不搭理男学员，每日里独来独往，郁郁寡欢，这使得郑慎对她愈发关注。他想多和她交谈，她冷漠忧郁的神情却使他望而却步。

有一回她没有交作业，郑慎便找到了由头，婉转而严肃地问，程右右，为何不交作业？

程右右看着地上说，我没时间写。

郑慎提高声调，时间都拿来干什么了？！

程右右全身一抖，似乎有点惊恐，又似乎有点愤怒地瞪他一眼，你管不着！说着眼里就盈了泪水，把头别过去了。

郑慎马上觉得自己态度有点生硬，就向她道了歉，接着开导她，说学习机会难得，如果不抓紧，就浪费了，她的天赋也就糟蹋了。光有天赋，没有刻苦的学习劲头，也当不成作家的呀。

她终于平静下来。说她并没想到要当作家，她之所以写稿，只是想尝试一下能不能做成一件自己想做的事情。

你能，你天分很高，你一定能做成的。郑慎热情地给了很多鼓励。程右右柔弱的语调使他顿时生出一股怜惜之情，他克制住自己想抚一下她瘦削肩头的欲望，给她讲了许多中外名作家的故事。她慢慢地就抬起了头，开始正视他，眼里泛出光亮。郑慎于是很兴奋，妙语连珠，滔滔不绝。后来发觉学员都已走光，才不得不打住。

郑慎要送她，她不让，但他坚持。他说，我要对我的学生负责。出门时他让她先行一步，手很自然地在她腰背上扶了一下。他察觉她发出细微的颤抖。走了一段，她忽然抬头问，郑老师，你看我行吗？郑慎坚定地说，你准行，只要你认定了，干什么都准行！

她不再说话。他意识不到，她再也不会和他说话了。

郑慎把她送到街口，程右右忽然有点慌乱。郑慎往前一看，路灯下一个人正望着他们。郑慎想，是她男朋友吧？于是知趣地停住脚步，看着程右右纤弱的背影慢慢远去。

程右右再也没有向他转过背来，她再也没来培训班。

也不再见她投稿。

去过监狱之后郑慎才发觉路灯下的那个人是赵左左。

6

长到六岁时赵左左已比程右右高出半头，且肢体粗壮，而赵屠户并不比程老师高，遗传因子难道在她们身上不起作用？巷子里的居民都感到费解，于是都对赵屠户时常挎在臂弯里的装杀猪刀的篮子有了怀疑，那篮子半遮半掩，脏布下鼓鼓突突不知有些什么，很难说它与赵左左的疯长没有关系。即使是和赵屠户来往密切的程老师，也没有充足的理由来否认这一点，因为确实有两次赵屠户叫堂客给右右送过猪血。

赵左左仿佛意识到了群众的议论，于是抓紧时间猛长，连说话做事的神态也日益向大人靠拢。性情也应了程老师的话，不爱红装爱武装，对花呀针呀线之类一概置之不理，独爱拿把木头手枪和男孩子们冲过来杀过去，而程右右只能怯怯地站在一旁，转动两只崇拜的眼珠子。

赵屠户对此十分自豪。我家左左长大了是没有人敢欺负的，他说。手抹抹脸上的油，又补充道，有我家左左，也没有人敢欺负右右的！程老师就连连点头，宽慰地道，那敢情好啊！

"文革"那年，赵左左领着程右右进了程老师所供职的学校。入学考试是数数，程右右埋着头一口气从一数到百，赵左左数到十三就卡壳了。但赵左左对主考老师说，我能数，可我不想给你数了。赵左左的性格使老师留下深刻印象，于是让她当了小组长。这是赵左左一生中唯一的职务。

赵左左和程右右共用一张课桌，但桌面上没有出现常见的"三八线"，因为她们从来不分彼此，特别是程右右口袋里有糖粒子的时候。

当程右右纤细的笔迹越来越多地出现在黑板上的时候，课桌上赵左左用小刀刻下的痕迹也愈来愈多，终于导致组长一职的移位。赵左左对此并不在意，只是用刚学会的时髦语言告诫程右右，你莫带领我们走白专道路呵！那比她年龄大十岁的神情令在场的老师感叹不已，革命真是能造就红色接班人呢。

一年级快读完，赵左左做了一件惊人的事，这件事多年以后所有的知情人都记忆犹新。

起因是程右右。

那日程右右拿了期终考试成绩单往家走，在小巷拐弯处碰上一伙男同学往墙上射尿，比赛谁射得高。程右右自然就别过脸去，还捂住了鼻子。一个留分头的男孩就叫，右右你捂什么鼻子呀，你考试得第一，屙尿也能得第一吗，来，跟我们比一比呀！

程右右吓得撒腿要跑，却被男孩们拦住了。留分头的男孩伸手要扯她的裤子，她就大声哭号起来。这时赵左左跑了过来，把男孩推倒了好几个，吼叫着，你们耍流氓呀！

留分头的男孩说，哪个耍流氓，我们比哪个屙尿屙得高！

赵左左说，尿屙得高算什么，你们只不过多个把。

你们就是没这个把呢，气死你们，气死你们。男孩骄傲地扒下裤头，掏出他的小鸡鸡一翘一翘地炫耀。

赵左左一声不吭，绷着脸，悄悄从书包里拿出铅笔刀，猛地扑过去，将男孩按倒在地。男孩竭力挣扎，却被她压得动不了。赵左左把小刀伸过去，说，我要割掉你这个把！刀口马上压向那只把的根部，眼看就要切进去。

男孩吓得大叫，双腿乱蹬。危急关头，赵屠户赶来，一巴掌将女儿扇开。赵屠户低头一看，还好，那把还在，只是根部有条红印。赵屠户惊魂甫定，把女儿提回家，绑在椅子上一阵痛打。程右右躲在一边，看着巴掌不断地落到赵左左屁股上，只是哭，不敢出声。

赵屠户打累了才住手，女儿做了坏事，他气，女儿挨打竟不求饶，他更气。赵屠户骂道，你是找死了，那伢儿的爹是商业局长，你惹得起吗，他爹要开除了你爹的工作，你吃猪屎都没地方去你晓得吗？！

赵左左却大声反驳，他爹是坏人！

赵屠户闻声一震，忙出门找程老师，证实女儿所说属实后，才回家放了女儿。他口里说，走资派也是官，也惹不得的，心却慢慢地放回胸窝里去了。

赵左左揉揉屁股，照常到巷子里玩，留分头的男孩见了她就跑。槐花巷的居民们咂嘴，这女伢，了不得！

二十五年后，沦为死囚的赵左左对郑慎说，当初我把肖城的把割掉就好了。

肖城就是那个留分头的男孩。

7

程右右清楚地记得抓周时的感觉，在一篇散文习作里她提到了这件事。她说自己被一双温暖的大手抱起来时好像在空中飞翔，她徐徐地降落在篮盘里，除了那支红杆铅笔，她再没有看见有其他物品。

程右右的文章里没有出现过父亲，关于那双温暖的大手，只是点到为止。那当然是父亲的手，那手时常摩挲她的头，她童年的小辫。那手上沾有红墨水，她能嗅到那淡淡的墨水气味。她喜欢那手的抚摩，她每日倚在小院门口望着父亲的身影归来，那其实是对抚摩的一种期待。

在那只温厚的掌心里，她像一只驯服的小猫，她十分留恋那种柔顺温存的小猫的感觉。母亲脾气暴躁，忙于琐碎家务，生气时就用吹火筒对付她，吹火筒给她的感觉她也难以忘怀，不过是出于恐惧。

程右右上二年级时父亲不知什么原因被调到一个郊区小学去了。那天父亲的手在她头顶停留了很久。父亲什么话也不说。程右右牵着父亲的手送了很远，一直走出槐花巷。

父亲要到星期六晚上才能回家，所以程右右感觉父亲去的地方非常遥远。父亲每次回来，鞋上都沾满乡下的泥。

父亲一回来，程右右就要到对面院子里去，跟赵左左睡一晚。因为父亲要和母亲吵架，通宵地吵。母亲不想让女儿听到。每当母亲说，右右，到左左那里睡去，程右右就晓得在为吵架做准备了。

这种情况一直延续到那个可怕的星期天。

程右右起了床，从赵家出来，看见巷子里停了一辆吉普车。她走到自家门口，刚好看见父亲被几个警察从屋里推出来。

她看见了父亲戴着的手铐，阳光在上面反射出刺目的光亮。父亲浑身乱抖，面色蜡黄，忽然瞥见她，泥塑样僵住，嘴唇动了动，可是没说出什么来。

父亲踉踉跄跄从她身边走过去，上了车。吉普车开动了，她才从嗓子眼里憋出一声：爸！

但她立即被母亲拽进院子里。

母亲关死院门，嘶哑地叫道，不许你喊他爸，他没有资格当你爸！他是个畜生，他跟女学生睡觉，男人都不是好东西！

她那个年纪，已模模糊糊晓得睡觉的意思，父亲的形象一下子陌如路人，他过去的爱抚忽然变得不可思议。她心里很糟，母亲披头散发的样子使她觉得可怜、委屈。

　　她突然投入母亲怀抱，狠狠地搂住母亲的腰，把脸埋进母亲胸口。

　　母女俩放肆地哭了一场。

　　程右右哭过之后，发现她和母亲是这样亲密无间，父亲根本不能与之相比。不，他不是我父亲，他让我们见不得人，我不承认他是我父亲，男人都不是好东西——小小年纪的程右右在碰到别人的白眼，听见人们的议论，在感到屈辱无助的时候，就这样以默诵母亲的话来做抵抗。

　　自那以后程右右的成绩就从上游到了中游，但她也不会落到下游。她尽量往一切不显眼的地方躲藏自己。上学和放学时她都紧缩在赵左左身后，她不敢看人，也不想让人看见她。

　　很长一段时间槐花巷的人们都没感觉到程右右的存在。

8

　　郑慎在一个星期六的晚上找到了肖城。

　　肖城满面哀伤，一听郑慎的身份就摆手说，我晓得你来做什么的，右右已经死了，可我还得活下去，我什么也不想说。

　　郑慎也就不勉强，陪着肖城在歌舞厅的角落里喝啤酒。歌手正在声嘶力竭地唱岁月不知人间有多少忧伤，郑慎想人的忧伤只有人自己喝下去，像肖城这样。

　　几杯酒下肚后，肖城却主动地说起他和程右右交往的始末。我不说也难受。肖城的眼睛在酒杯上方直愣愣地瞪着郑慎。

　　于是随着肖城断断续续的叙述，歌厅的嘈杂声悄然隐去，黄昏时的河滩展现在郑慎面前。

　　程右右独立在绿草滩上，仿佛在眺望流逝的岁月。她的裙裾在晚风中扬起，她凝然不动的背影打动了肖城。歌舞厅经理肖城觉得眼前的画面与物质世界毫无关系，它蕴含着一种淡淡的优美的忧伤，它是纯精神的，具有超现实的魅力。

　　肖城感到了不可抗拒的诱惑，不由自主地走进这画面里去。当时他不可能知道自己走进了一个忧伤的故事，并促使这故事迅速地走向悲惨的结局。他走到程右右背后，无声地伫立，与她共享傍晚的风景。他当然不能贸然地惊动她，现代青年的心大多寄托到酒吧卡拉 OK 舞厅录像厅台球室咖啡屋美容院去了，像她这样与自然相守的，实为罕见。而他这样静守着不知情的她，又具有一种别样的情致。

天慢慢黑下来，城里已亮起霓虹灯，肖城破天荒地把他的歌舞厅抛诸脑后。凭着这偶然的相遇，他认为与她之间有了某种精神联系。在他认为不得不离开河滩的时候，他彬彬有礼地走到程右右面前，轻声说，小姐，天黑了，该回去了。

程右右仿佛从梦中惊醒，双肩一抖，惊恐地望着他，你是什么人？你要干什么？

肖城笑笑道，小姐别害怕，我不是坏人，我在这儿散步，碰见你纯属偶然。

程右右的神色这才安定了些。他们都没有认出儿时的同学，岁月已修改了他们的容貌。

程右右不声不响地转过身。肖城立即紧随其后，提出送送她，告诫她这儿地僻人少，不安全因素很多。程右右拒绝了。不用你送。

她的声音短促而坚决。

肖城很真诚地说，但是让你一个人走我放心不下呵！

程右右就看了他一眼。她的眼神很特别，有很多说不清的东西令人心动，于是肖城永远地记住了它。肖城觉得得到了默许，就仍尾随在她身后。她走了几步，忽然回头，怨声道，我请你别跟着我好不好？

肖城悻悻然。正要答应，一条人影蹿过来，堵在他面前，喝道，干什么你这流氓！

肖城分辩道，我不是流氓，不信你问这位小姐。

怒不可遏的赵左左于是询问程右右。程右右默默地点点头。赵左左仍不放心，逼到肖城面前来盯着他的脸。于是她认出了肖城，大叫道，你他妈小时候就是流氓！别人不知道，我可晓得你这副嘴脸！赵左左毫不留情地把他小时候向程右右炫耀他的把的劣迹揭露出来。

但肖城记不清是否有这回事了。程右右的神色是迷惑而困窘。赵左左言之凿凿，不容置辩，唾沫喷到肖城脸上去了。肖城忍着，没有拿手去揩。赵左左最后说，以后别缠着右右，否则她的小刀决不客气。

望着被赵左左带走的程右右的背影，肖城一点不懊恼，童年时那个文弱女孩的形象清晰地浮现在脑海里。他甚至有点兴奋，他们是同学哩。他相信这仅仅是个开头。

　　肖城第二天傍晚又来到河边。槐花巷正在拆迁，他不知道程家的地址，再说肮脏破旧的槐花巷哪有河边诗意呢，如有缘分，他会再次见到程右右的。肖城接连等了三个傍晚，终于如愿以偿。她仍站在老地方。肖城仍不近不远地守着她。他知道，不能操之过急。晚霞辉映着她窈窕孤寂的身影，很美。她看到了他，没有对他打招呼，可也没有叫他走开。这是一个进步。而且，也没有赵左左干扰。甚至他一厢情愿地猜想，她是有意独自来河边的吧？

　　有位伊人在水一方的傍晚美好而短暂。肖城满腹惆怅。程右右并不漂亮，年纪也老大不小，但她那特女性特忧郁的气质实在惹人怜爱。他不会满足于无言地凝望，望梅止渴只会渴上加渴，他并不是一个习惯于等待的人。

　　于是在一个静美的傍晚，程右右再次伫立河边眺望岁月之际，一个男孩跳进水中，一边扑腾一边大喊救命。程右右惊慌失措之时，肖城立马赶到，很潇洒很英雄很男子气地跃入水中，将男孩救起。

　　这其实是对一篇小说情节的拙劣模仿，却收到了意想不到的效果。当肖城抱着那位雇来的男孩走上岸时，程右右被他的英雄行为激动得红了脸。肖城的额角被预料之外的卵石碰破，一缕鲜血恰到好处地流出来，程右右急忙掏出白手绢，轻轻按在他头上。由此他对那块卵石感恩不已。他闻到了程右右的身体散发的淡淡的气息，他所有的毛孔都呼吸着那气息。程右右腼腆而关切地问，疼吗？他便直视着她说，有你的手绢敷着，脑袋破了也不疼呵！

　　程右右笑了，略带羞涩却毫无戒备地笑了，于是他也笑了，他觉得他们的笑光辉灿烂，照亮了整个河滩。

　　但是没有过多久，肖城就再也笑不出来了。

9

　　父亲因奸淫幼女罪坐牢之后，程右右这艘沉默的船儿就只能在母亲和赵左左这两个港口之间航行了。不管白天她必须驶过什么样的世俗风波，夜晚她停泊在两个港口的任何一个中，都能享受她渴望的安详和宁静。

　　然而在她上初中的时候，她感到越来越难以靠近母亲这个港口。抵达母亲的航程在变得遥远。一天傍晚她回来，院子里静悄悄的没有人影。她做好饭，坐在院子里等。夜渐渐地深，母亲还不见回来，风吹到她身上，说不出的凄凉。

她那时的感觉，就像是一艘无帆无桨的小船在无边无际的大海上向往着港口。后来她实在疲倦了，饭也懒得吃，躺在床上睡那漫无际涯的长夜。

母亲通宵未归这件事使程右右敏感到她的生活又将有某种变化。她惴惴不安地面对每一个来临的日子，但她没有料到在那个夏天的下午会受到噩梦般的惊吓。

那天下午阳光猛烈。学校本来说去包场看样板戏《杜鹃山》，到了电影院却因突然停电而未看成，只好放了假。程右右穿过槐花巷回到家里时，蝉正在槐树上长嘶短唱，与平日并无两样，所以程右右毫无准备地走近了那个噩梦。

她首先听到的是母亲房里有扑腾的声音，接着是吭哧吭哧的喘息，似乎有人在厮打。于是她走到窗前，好奇地往里看。她最初的印象是床上滚动着两个肉团。她懵懵的没反应过来，似乎那画面与己无关。接着她看见那陌生男人占了上风，把母亲压在身下。母亲疯狂地扭动，两条又短又粗的白腿扣在那男人的屁股上。母亲大汗淋漓，嘴里发出短促有力的呻吟。

程右右如同挨了一棒，眼前发黑，心骤然缩紧，阵阵钝疼。她听见自己胸腔深处发出一声尖叫，就扭头跑出了院子，冲进赵左左家。

程右右跌倒在赵家门槛下。赵左左扶起她，右右你怎么了？她白着一张脸，满头虚汗，就是不说话。她把赵左左的一只手抓住，使劲地掐，直到赵左左叫出声来。

第二天程右右发觉自家院子里有一股怪味，这怪味让她反胃，想呕吐。怪味无疑是那个男人带来的。程右右背起书包迅速逃离了院子。除了不得已，她决计不回到这个怪味弥漫的地方来，即令它是自己的家。

一个月后，那个男人成了她的继父。看着那个尖嘴猴腮的家伙堂而皇之地搬来做了母亲的第二任丈夫，程右右忽然憎恨起在洞庭湖边服刑的父亲来，之所以出现这种局面，他负有不可推卸的责任。

继父对她的第一个举动，就是把手搁在她头上问，你是右右吧？

她赶紧走掉了，她半天不敢动自己的头发，她觉得被继父摸过的地方很脏，有股怪味。

母亲的洞房花烛夜，她是在赵家度过的。赵屠户在院子里摆了张竹凉床，在床头点了蚊香，程右右和赵左左就并排躺在凉床上，望着深邃的夜空。隔着两堵院墙，程右右听得见自家屋里传来的不可告人的扑腾声。她拼命地咬着牙，但仍阻止不了眼泪的滚落，只是没让自己发出抽泣声来。

赵左左说，右右，你以后的日子怎么过呀？她喉头哽咽，什么也说不出。赵左左伸出胳膊给她当枕头，宽慰她说，不要紧，你要在家待不住，来我家就是。她点点头，把脸紧贴在左左的臂膀上。赵左左胳肢窝散发出淡淡的狐臭，但她觉得很好闻，很亲切。

10

作为一个歌舞厅经理，特别是一个风流倜傥的歌舞厅经理，肖城遭遇过形形色色的女子，也浏览过形形色色的爱情，但诸多人和事无不为物欲所左右，即不诗意也不抒情，更无浪漫可言，实在是乏味得很。所以与程右右的不期而遇令他激动，在他看来在以钱作身份证的时代里竟还保留着她这样具有古典气质的女子，简直是一个奇迹。

他当然不能放过一个奇迹。

他不能再守株待兔了，再去河边守候固然浪漫，但会无端失去许多的时间和机会。恐怕对程右右虎视眈眈垂涎已久的男人不在少数。

肖城不等头上的伤愈合，就开始利用他的关系网搜索程右右的有关情况。然后，在一个风和日丽的星期六去城郊的纺织厂找程右右。他打听到她正好休班在家。他骑了一辆正风行于本城的山地自行车，骑到半路链条突然滑掉了。他对这无言的告诫没有予以重视，硬是修好车兴冲冲地进入了错误的境地。

肖城毫不介意地穿过女工宿舍楼里那些悬挂着的胸罩和裤衩，找到了程右右的房间。房里摆着四张双层单人床，空间狭小，女人味特浓。一个女工在对着歌本唱流行歌。肖城问她程右右在否，她指了指对面的铺位。肖城便在程右右铺上坐下。仔细看看，枕头旁有本《红楼梦》，拿起翻翻，书页里掉出一根青丝，肖城心里便莫名地一颤。

女工忽然说，喂，你莫爱上一个不回家的人哟！

肖城笑了，他知道这是一首流行歌的名字。他问，什么意思？

女工说，右右很少回家的，除非倒班，也不到宿舍里睡的。右右跟左左特好，两人只多一个脑袋，她一般都在左左那里玩。

肖城便问赵左左住哪，女工说她住在农民家，就在工厂后面村子里，具体在哪幢房，她也不清楚。

肖城如果知难而退。事情也许是另外的结果。但他不是个打退堂鼓的人。

在问了不下八个人后。他终于依靠自己的舌头寻找到了程右右。

程右右正坐在那农家小院的葡萄架下看书，瞄见他的刹那显得很吃惊，涨红了白皙的脸。肖城刚要打招呼，赵左左从屋里奔过来，那架势犹如一只母鸡扑过来保护鸡雏。

赵左左插在他和程右右之间，充满敌意地问，你怎么找到这儿来了？

肖城笑道，路在鼻子底下呢。

赵左左又问，有何贵干？

肖城从口袋里掏出程右右的手捐，刚想说来还手绢的，忽然想，程右右可能没把这事告诉赵左左，便又把手绢塞回去，手在额头上摸摸，对着赵左左身后的程右右颇有含意地一笑。程右右的脸就更红了，眼神也愈发惊慌。

肖城灵机一动，我对二十五年前那件荒唐事感到抱歉，今天特来向老同学道歉的。

赵左左尖刻地道，是不是你今天还感到疼，也要我向你道歉？

肖城摆手，岂敢岂敢，你那是见义勇为、惩恶扬善，是英雄之举，正义使然呵！肖城觉得这个话题多少有点令人尴尬，忙转移目标，说真奇怪，城市并不大，小时候的同学怎么这么多年碰不见呢？

赵左左说，这有什么奇怪，多少夫妻同床共枕还形同陌路呢，何况现在你又碰到我们了。

肖城笑道，这说明我们还是有点缘分，可是老同学似乎有点不友好吧？

赵左左瞥程右右一眼说，我晓得你想跟谁友好，右右，你是不是要给他倒杯水呀？

程右右倒镇静下来了，看着书说，谁想喝水自己倒去。

肖城顺着梯子就下来了，好，自己动手解决口渴问题。他大方地走进赵左左屋里，倒了杯水。喝水的当口他观察了一下摆设，锅碗瓢勺一应俱全，一副居家过日子的样子。桌上有个镜框，嵌着程右右的肖像照，秀气、文静，眉宇间缭绕着薄雾般的忧悒。

肖城回到葡萄架下时，便把精心准备的两张歌舞厅的贵宾券放在小桌上，对两位女同学发出热情邀请。但两位同学都不予理睬。肖城的情绪就有点低落，看模样没有赵左左的首肯，程右右不敢越雷池半步。

但出乎肖城意料，当天晚上赵左左就领着程右右来到了他的夜莺歌舞厅。肖城十分惊喜，忙找了个位置最好的包厢，上了最好的饮料。

251

东拉西扯地寒暄了一阵后，肖城邀请程右右跳第一支舞曲。程右右有些犹豫，看看赵左左。赵左左挥挥手，跳吧跳吧，难得肖经理如此热情。程右右这才随肖城进了舞池。

肖城一接触程右右的身体．就发觉她在不住地颤抖。肢体僵硬。舞步也踏不到点子上。她太紧张了。肖城便和她说话，每个动作都顺着她走，但她依然跳不好。一曲下来，两人都气喘吁吁了。

第二曲肖城想请赵左左跳，当然是出于礼貌。乐曲一起，赵左左却拉着程右右上了场。肖城发觉程右右一把手搭到赵左左的肩头，就柔顺自如，一举一动非常女性化，而跳男步的赵左左则刚健有力，和程右右配合得简直天衣无缝。她们跳得既投入又娴熟，几如流水行云，一看就知不是生手。

她俩跳了一曲又一曲，肖城被晾在一边，心里很不是滋味。只是他察觉程右右不时偷偷地瞟他，心里才有些许安慰。

散场送她俩出门时，肖城悄悄把一张贵宾券塞在程右右手心。程右右又是全身一抖，但她什么也没说。肖城心里一喜，以为默契达成。

后来肖城才明白自己一错再错，直到将程右右逼上绝路。

11

有一件事程右右到死都不知道。

青年作家郑慎到死牢里采访赵左左后就知道了。郑慎有点怀疑它的真实性，觉得它像文学青年编的故事，人工痕迹太重。但是赵左左说它时的神态不容置否，况且等待执行死刑的赵左左没有必要编造，它并不能为她减轻罪行。

事情发生在一九七七年冬天。赵左左和程右右下放到东方红农场一年之后，所有的知青都准备按照新政策回城。除程右右之外，一夜之间全拿到了一份回城登记表。当别人喜气洋洋填表时，程右右伏在被窝里哭泣。她被告知，她接受再教育的任务还未完成，何时能回城，还要视她的表现情况而定。场长强调说，这是组织上的决定。

程右右就被吓哭了。在这个农场，场长就是组织。夏天她在柴房洗澡时，被场长按住了乳房，骇得大叫，场长只好跑掉了，所以场长认为她的任务还没完成。

赵左左晓得内情，把牙齿咬得格格响。下乡一年的经验告诉她"据理力争"

252

这个词是个鼓励人自找倒霉的家伙。但她又决不能把右右孤身一人留在农村。于是在万般无奈之中,夜深人静之时,赵左左带着足够的笑容来到场长的房里。

场长是个复员军人,首长派头很足,正披着军大衣在烤一盆炭火。场长对赵左左的拜访并不感到意外,只是让她进门时对她身后多看了几眼,显然有点失望。寒暄之后赵左左开始进行与她十八岁年龄毫不相称的歌功颂德,颂扬场长的伟大业绩,感谢组织上对知青无微不至的关怀。场长频频点头,说这些都是一个革命干部应该做的。赵左左这时聪明、巧妙地转入正题,说下乡一年来在场长教育下革命觉悟有了很大提高,她决心以实际行动来做到这一点,如果回城的名额或回城登记表不够,她愿意把自己的让给程右右,她希望场长支持她,希望组织上帮助她进步。

场长原本一直在点头,点着点着脸就严肃起来了。场长想想说,赵左左同志你的精神是好的,但是思想进步不是别人能代替的,问题不在于登记表够不够。场长拍拍桌子说,表我抽屉里有的是,问题是程右右这个同志的态度不正确嘛,特别是对我本人不尊重,有时爱大惊小怪嘛。

赵左左就附和说,是呀是呀,右右是不太成熟,对场长的爱护不够理解。

场长瞥她一眼,感慨地说,她有你这么善于理解领导的意图就好了,她怎么不向你学学呢?她有你这么位好朋友,该知足哇!

赵左左趁机进言,场长,您大人不计小人过,就给她一份表吧,她会改正的。

场长就以异样眼光看她,接着拿过她的手抓着,说,那就看你愿不愿意代人受过了……其实呢也不能说受过,是大家都愉快的事嘛。赵左左想也没想就说她愿意。她不知道这受过到底是什么内容。她一心想让程右右和自己一同回城。她的话音刚落场长的手就上了身。

场长先剥去了她的棉衣,两只粗糙的手放肆地搓揉她的乳房。她浑身起了鸡皮疙瘩,木呆呆地站着不动,脑子却十分清醒,她不知场长这番举动有什么实际的意义。她很想像程右右一样喊叫起来,但她晓得不行,那将前功尽弃。场长开始吮她,样子极其可笑,令人想起抢奶吃的小猪仔。场长吮疼了她,忽然松开她,在她面前脱衣服。场长黑不溜秋的躯体慢慢地裸露。场长挺立不动,让她参观,她已不知道什么叫害怕,她被世界上最丑陋的东西惊呆了。

她为程右右回城付出了惨重的代价:那幅令人恶心的丑恶景象一直纠缠着她,直到生命的最后一刻。

赵左左在牢房里对郑慎说,你们男人真丑,丑得让人不想活。

253

青年作家竟无言以对。

12

那年深秋，槐花巷还没被城市的钢筋水泥吞噬掉。程右右踏着枯黄的槐树叶回家看母亲。母亲和继父日子过得自在，她用不着牵挂，所以很少回家。回家只是尽尽女儿的义务。

继父很讨好她。拿这拿那，问长问短，把她当贵客待。她只是嗯、嗯地应付着，尽量避开他。继父身上的怪味实在太难闻。

母亲却对她很冷淡。继父说，右右眼看着就长成大姑娘了，老婆，我看该给她介绍个男朋友了。母亲说，这是她自己的事，我才懒得管呢，如今的年轻人这方面能得很，说不定早谈上了呢。继父就问她，右右，是不是谈上了？带回来看看呀！

程右右厌恶极了，有种想哭的感觉。本来连续倒了几天班，满脑子织布机的轰鸣声，想回来清静一下，没想到更令她心烦。她像十年前躲避那个丑恶画面一样奔出了家门。

在巷子里她碰见了赵屠户。赵屠户问左左怎没和她一道回来。她告诉他左左上白班。赵屠户就请她带口信，让左左晚上一定回来。她问有什么事，赵屠户笑得满脸的肉一挤，故作神秘地轻声道，她姑给她介绍个男朋友，叫她回来会会面呢。

程右右不吱声，忽然有人给左左介绍对象，事情突然得让人不可思议。槐花巷变得比平日要长，她走了半天才走出来。

程右右回到赵左左的住处时天已黄昏，赵左左已下班，饭也做好了。吃完饭后，程右右把口信给了赵左左。赵左左沉默半晌，问道，你说我去还是不去？

程右右说，当然要去呵，事关你的终身大事。

赵左左说，什么终身大事，陪男人睡觉，给他生孩子。

程右右把两只手搁在膝上，暮色中她的脸显得很苍白。程右右感到夜气在背上流动，她静静地说，左左，我真心希望你能交上个心好的男朋友，成个家。

赵左左说，这也是我对你希望的。

程右右说，那你还不去？要迟到了。

赵左左说，你要我去我就去。

程右右说，我要你去。

赵左左就起身，对她看了看，出了门。

程右右坐在屋里，懒得开灯，看着夜色从窗口涌进来。四周一片沉寂，工厂机器声被埋在了夜的深处。程右右感到夜色里分泌出一种忧伤的情绪，慢慢地浸润了她，一直渗进她的心底。她的思想飞到遥远的地方，仿佛不可收回⋯⋯她坐累了，想累了，便慵倦地躺到床上去。

被窝里氤氲着她所熟悉的赵左左的体味，她在这亲切温馨的气息中走近梦的边缘。这时她感到轻柔的拍打，一睁眼，赵左左已回到她的身边。她坐起来，问，怎么样？

赵左左说，恶心，没说几句话就动手动脚，要不是在大街上，我给他几个耳光！

程右右怔怔，怎么这样？

赵左左说，男人都这样，别说了别说了，坏了人的心情，我这一辈子，不打算跟男人过了。赵左左说着把屁股挪到床沿上。程右右身子往里移移，让出半边床，又揭开被子。赵左左脱了衣服，一咪溜进了被窝。

两人侧身相对，赵左左抚着程右右的肩。程右右沉思一会儿，长叹口气说，左左，从小时候起你就一直照顾我，对我好。我刚才想，要是你真的结婚一下子走了，我以后的日子还不知怎么过呢。

赵左左握住程右右一只手，右右你放心，我不会丢下你一个人的，我这人脾气很躁，可和你在一起就觉得顺气，有时上班就巴望着早点下班，好见到你。

程右右惊喜地道，我也有这种感觉呢，在你身边我感到很平静，很舒心，心里像一盆温水。

赵左左一伸手搂住了程右右，把嘴凑在她耳边，右右，这世上我只喜欢你，真的，我发誓：我连父亲都不喜欢，可我喜欢你，我什么都不怕，就怕失去你。

程右右在黑暗中凝视着赵左左，你不会失去我的，左左，我永远和你在一起。

赵左左激动起来，两眼放光，右右，我真喜欢你的眼睛，你的鼻子，你的嘴唇，我真想亲你。

程右右就点了点头。

她们立即就感受到了那种窒息的温情和温情的窒息，她们都融化在对方的怀里，她们都以为找到了情感的寄托，由衷地以真情灼热对方的身体。一切都很自然，在夜色的包容下她们没有一丝不安。

从温柔之乡醒来天已大亮。程右右一看表，叫道，左左，你上班的时间过了！赵左左说，过就过，天崩地裂我也不管了！说完便嘬起嘴唇去寻找柔情。

13

那年的五一节后，整个槐花巷没结婚的大龄青年就只剩下程右右和赵左左了。随着夏季来临，关于她俩的流言开始在乘凉的人们中间传播。

一天晚上赵屠户在同事家多喝了几杯啤酒，憋了一肚子尿，回家途中实在忍不住了，就在一堵矮墙后的阴影里解决问题。墙内有人乘凉聊天，为了不影响别人的兴致，赵屠户让尿水顺着墙流下去，以便把声音降低到最低程度。这时那些流言蜚语清晰地越过墙头流入他的耳中。

赵屠户闻所未闻，不想不像，越想越像，多油的脸盘子在夜气中灼热起来。他怒气冲冲回到家中，推出那辆破自行车，穿过半个城市，直扑那个农家小院。

赵左左和程右右正在睡觉，因为要上零点班。为图凉快，门和窗户没有关。赵屠户在院子里丢自行车的声音惊醒了赵左左，她感到那声音预示着不祥，于是她翻身坐起，本能地护着正在酣睡的程右右。

赵屠户奔进屋里，手摸索了半天才找到灯绳，电灯一亮，眼前的景象使他恼怒交加：赵左左搂着程右右的头，惊愕地瞪着他。

赵左左说，爸，你来干什么？

赵屠户眼一瞪，我来看你干什么！说着一把将女儿从床上提下来，劈脸就是一巴掌，其姿态就如他平日砍肉一般。赵左左一个趔趄倒在地上，捂着脸愤懑地叫道，你怎么无缘无故打人！赵屠户吼着，没有缘故我会打你吗，你这不晓得丑的家伙！说着又一巴掌劈过去。

程右右从床上跃下，抱住了赵屠户的胳膊，赵伯伯，您有话好说，您别发火。赵屠户迟钝了一下，但马上将程右右一把推开，一掌拍在女儿脸上，声音很响。

赵左左头往旁一甩，随即回过头来，打得好，好像打的不是你女儿一样，再来一次！

赵屠户气得浑身发抖，你、你不是我女儿，你这不要脸的，畜生也晓得分公母呢！

赵左左犟嘴道，也只有畜生才只晓得分公母！

赵屠户就照准她的脸又是一下。程右右再次抱住他的手，带着哭腔哀求道，赵伯伯，求您别打了，要打就打我吧，是我的不是！

赵左左一把将程右右拉过去，你有什么不是，我又有什么不是？让他打，他打死我就开心了，他杀了那么多生命，再多杀一个无所谓的，你来呀，你劈死我呀！赵左左向父亲逼过去，把脸伸到父亲扬起的巴掌前。

赵屠户的巴掌反而不下来了，两只肿泡眼里忽然出现了泪水，一跺脚，我这是前世造了什么孽哟，我不准你们俩再在一起，马上给我分开，要不我真的要操杀猪刀！

程右右惊恐地应道，赵伯伯，我们答应分开。请您别这样对左左，请您……

赵屠户没有再施家法，没头没尾地骂一通后，黑着脸出了门。赵左左和程右右听着他推动自行车，又听见扑通一声响，大概摔倒了。程右右欲出门察看，被赵左左拦住。

赵屠户走后，她们相对无言。然后程右右开始把自己的衣物往口袋里装。赵左左讶然，右右，你真的要和我分开？程右右说，我已经答应赵伯伯了的。赵左左抓住她的手腕，你不是也答应过我，要永远和我在一起吗？程右右低下头不言语。赵左左盯着她，尖厉地说，是不是要我也操起杀猪刀来，你才肯答应不和我分开？

程右右默默摇头，无限忧烦地说，可是我们怎么办呢？

赵左左说，右右，我们没有招惹谁，也没有妨碍谁，我们不过是相依为命，他们有什么理由作践我们？我们该怎么办就怎么办，让别人说去，有我，你什么也不要怕。

赵左左揽着程右右的腰坐到床上。程右右抚着赵左左挨过巴掌的脸，其实，我也不想离开你，可是，看把你打成这样……赵左左轻声道，这没什么，右右，为了你，砍脚断手我都愿意。程右右眼泪唰地出来了，伏在赵左左胸口冲动地叫，左左，你对我太好了，以后要是我对你不好，你就一刀杀了我吧！

程右右没想到会一语成谶。

由于这个夜晚的粗暴，以后的夜晚一个比一个温柔、缠绵。她们半年没有回家。半年不回家，这对程右右来说毫不奇怪，对赵左左却是不同寻常。她永远失去了与父亲对话和解的机会。

电话是在一个飘着雪花的上午打到车间来的。车间保持着恒温，所以看管着十几台织布机的赵左左没有感到彻骨的寒意。程右右继父的声音在电话里又沙哑又陌生，仿佛来自天外。左左，你父亲中风了，快去医院看看吧！

赵左左竟一时很茫然，没有说话。程右右的继父便在电话里着急了，左左，你爸爸是听了别人说你的坏话才中风的，你怎么也得去看看，他是你爸呀！

赵左左没有吭声就挂上了电话。她骑着车冒着风雪往城里赶时也没有觉得冷，只是在走进医院的白色楼道之后，才感到浑身冰凉难以抵挡。她进病房时母亲正坐在病床前抹眼泪，但没有忘记用谴责的眼光刺她。

赵屠户眼神浑浊，嘴角歪斜，已不能讲话。赵左左抓住他的手，哽咽着呼唤，爸，我看你来了。赵屠户没有反应，似乎是存心不理睬女儿。

赵左左留下来护理父亲，就在当晚，她帮助医生侧转父亲的身子施行脊椎穿刺提取脊椎液以便确诊时，再度爆发的脑出血湮没了赵屠户的生命。

14

肖城交过的女友足够一打，之所以还未成家，是还没有这种愿望。肖城对女人要求不高，但讲究韵味，据他的经验，那种脱得最快的女人是最没韵味的女人。程右右这种羞怯女子在现代社会中真是珍稀动物，他想起她的身态神情，就觉余韵悠长。

在把那张贵宾券塞进程右右手心之后，肖城就开始了焦灼的等待。一等十天，不见程右右的倩影。肖城恍然悟出，没有外力的推动，程右右是走不出自己的羞怯的，何况她身边还有个赵左左。他已看出，赵左左对她有种神秘的控制力。

但是再次打上门去似乎不太妥当，恐怕自讨没趣。在如此坚固的闭关自守面前，肖城的信心开始消退。可是天意介入了——肖城对青年作家郑慎说，在整个故事中，天意起着某种关键作用，千万不可小视——天意让肖城在一个报刊零售亭前再次与程右右邂逅。

程右右仍身穿黑色连衣裙，低头翻阅杂志的侧影令他怦然心动。他迅速四周瞟了一圈，确信赵左左不在旁边之后，走过去用肘子碰碰她的胳膊，右右！程右右蓦地抬头，有些吃惊，脸也红了。肖城赶快笑道，别害怕，不是狼来了。程右右就微微一笑。肖城信心大增，说，右右，我盼星星盼月亮似的，总不见大驾光临，是你怕误入歧途呢还是赵左左把你关在闺房里不让见世面呢？

程右右说，都不是，是工作太忙了。

肖城说，你看你，面红耳赤，没学会撒谎。为消除她的窘迫，肖城看看她手中的书，是一本张爱玲的小说选。嗬，没想到你还喜欢这种纯文学的书！肖城赞赏地说。

程右右说，我随便翻翻，消遣消遣。

肖城摇头，哎，消遣只能消遣琼瑶，怎能消遣张爱玲呢，赏析、赏析。突然又说，哎右右，好像你小时候作文不错，你是不是爱好文学？你这种气质的女性我觉得最适合搞文学了。

程右右不语，好像作为回答，把张爱玲放回到书摊上。其实她忽然想起了赵左左，因为文学她和左左有过一次口角。那次她伏在桌上写一篇散文时，赵左左生气道，右右，几个小时不理人，谁把你迷住了？她说，文学呀。实际上，是被她自己迷住了，写作时她觉得纸上有另一个她，她与那个她互诉衷肠。赵左左夺过她的笔说，搞什么鬼文学有什么用噢，一天到晚劳心费神。程右右说，这样我充实一些，总做了些事情。赵左左说，这么说你心灵空虚了？难怪你要去上什么创作培训班，那些舞文弄墨的一个个风流得很，正好可以填补你的空虚是不是？程右右很委屈，说左左你怎么可以这样说呢，我不去培训班了还不行吗？赵左左说，那怎么行，我可不愿干涉你的人身自由。这场口角的结果是程右右退出了培训班，让青年作家郑慎惋惜惆怅了好几天。

在肖城眼里，程右右就如艺术品一样有丰富内涵。肖城问，右右你喜欢肖红吗？

程右右眼光亮了亮。肖城又说，我那儿有她的《呼兰河传》，还有《生死场》，我也做过几天作家梦，书很多，到我家去坐坐好吗？

程右右颊上泛起一片绯红，又是缄默不语。肖城晓得永远等不到回答的，她的沉默就是最好的回答了。他扶扶她的胳膊，走吧。肖城小心翼翼地带着程右右穿过人群，走向自己的书房。他生怕她会临阵脱逃，就一路不停地说话。待进得门来，他就在心里欢呼自己的巨大成功了。因为内心的冲动，肖城微微地颤抖，给她冲咖啡时洒了一些在茶几上，舌头的运动也不自如了。这是他与其他女子交往时不曾有过的。

肖城请程右右参观自己的书橱，精装书使他脸上增光不少。他捕捉着她脸上任何细小的变化，他发觉她的目光一接触书，就变得宁静清澈。趁着她看书的当口，他打开他的高级音响，放上一张激光唱碟，《月亮河》就满屋子流淌开

259

来。他在一旁悄悄欣赏她窈窕的身姿，终于再也按捺不住，走过去把她轻轻拥进怀里。

她在他怀里颤抖不已，如一只受惊的小鸟。她的身体比看上去显得更瘦小，使得他不敢用力，生怕会挤坏她。这愈发令他心里的怜爱之情汹涌而出。右右，我真喜欢你，在河边见到你后我就晓得我一定会爱你，右右，在你面前我更像个男子汉，我要捧着你，爱护你，一心一意爱你，我的好右右。肖城急促地喃喃自语。程右右瘫在他怀中，无力地喘息。肖城发现语言多余，便低头吻她的头发，吻她灼热的额头，吻她的眼睛、鼻子，最后才把嘴压在她唇上。他渴望她有所回应，极尽温柔之能事。但她的回应似有似无。她的手搁在他的腰上，但接着就滑落下去了；她的唇刚开又闭，昙花一现。但，她终究没有反抗，肖城已经心满意足了。她的羞怯似乎使他更称心。

肖城没有采取进一步的行动。她给他的美的愉悦主要是形而上的，这也是她不同凡响的地方，他不想因自己的迫切鲁莽而把这种美破坏殆尽。欲速则不达。肖城轻轻把她扶进沙发里，又帮她理理额头的乱发。

程右右垂头坐着，绯红的面颊慢慢恢复为白净之色，睫毛一闪，一颗泪珠从眼角滚下来。肖城有点慌，忙说，右右，我要是冒犯了你，请你原谅！

程右右看他一眼，默默地摇摇头，然后起身向门外走去。肖城跟在后面，她孱弱的踽踽独行的背影很让他伤感。他盼望她回头对他招招手，但她没有。

程右右在这个不同寻常的下午回到那座农家小院时，肖城说的话她一句也记不清了，脑子里光怪陆离乱七八糟，只是肖城那特有的男人气息仍在她四周缭绕，使她迷惑。

赵左左很敏锐，右右，你身上怎么有股臭男人味？

程右右说，挤了一路的公共汽车，还能不沾上些汗臭？

程右右第一次对赵左左撒了谎，而且没有脸红。

15

古老的槐花巷拆迁的前夕，程右右记起还有几件衣服丢在家里，便抽空回了一次家。

这是她最后一次回槐花巷。母亲、继父正和两位邻居老头在院子里搓麻将。母亲大概输了钱心情不好，听了她的呼唤头都不抬，只敷衍了一句，你回来了？

麻将牌拍得叭叭响。

程右右跨上走廊，发现自己房间的窗户开着，感到奇怪。这是她的房，她不回家时门窗都关死了的。她走到窗前朝里看时，不觉一怔。

房子里变样了，墙上贴了好几张女影星的生活照，其中最引人注目的一张是一个外国女星在脱衣服，露出半截乳房。桌上她的化妆品不见了，她的铺盖也捆着丢在墙角。床上，侧身躺着一个满脸青春痘的男人，手拿一件粉红色衬衣，凑在鼻尖下放肆嗅，贪婪而陶醉的模样。那正是她的衬衣。

程右右的心猛地缩紧，巨大的屈辱感袭上心头。她战栗着跑到母亲身边，愤怒地叫道，妈，哪里来的野男人占了我的房？！

母亲极为不满地白她一眼，什么野男人，他是你继父的儿子，你的弟弟！你继父离婚时，他跟了他妈，他妈现在死了，他不跟他爸跟哪个？你住在厂里，一住几个月不回来，房子空在这里养老鼠呀，不给他住给谁住？

程右右含着泪说，你想让我一辈子不回来呀？！

母亲说，随你便，反正我也没打算靠你养老。

程右右心里蓦地一堵，头晕目眩，嘴唇颤动了半天，才说出一句话，妈，我是你从河里捡来的吧？

不等母亲回话，程右右跑出院门，沿着蜿蜒的巷子一阵狂奔。她咬着嘴唇不让自己哭出来，她知道她再也不会回这个地方来了。

再一次见到这个小院则是在两个月后的电视节目里。电视台对强要高价阻拦拆迁的钉子户进行了曝光。通过屏幕，程右右看见母亲、继父，还有那个腰粗膀圆的所谓的弟弟，气势汹汹地堵在院门口，和要进门的施工人员推推搡搡，骂骂咧咧。忽然她所谓的弟弟向摄像机扑过来，不许记者摄拍，于是她从屏幕上看见一只变形的大巴掌。那大巴掌仿佛穿过屏幕向她伸来，她不由自主地后退了一步。

记者躲开了那只手，画面清晰了。几个法官忽然钻出来，宣读了强制拆除的判决书。母亲一下子蹲下，抱头大哭。继父则张皇失措，不知如何是好。而那个所谓的弟弟突然变了一张脸，掏出烟来一支一支向法官、记者和施工人员抛过去，一脸的讪笑。围观的人群让开一条道，一台推土机轰隆隆地开过来。

看着那长满苍苔的院墙颓然坍塌，程右右心里有莫名的快感。她长长地吁口气，仿佛盘踞在心头的沉重也被推土机推去了。

所有拆迁户都在新建的住宅小区分到了新房，三室一厅。但作为对钉子户的惩罚，程右右家只分到一套两室一厅。在那个新家里，无疑没有程右右的位置。

赵左左的母亲守着三室一厅，很是寂寞，搬家时，赵屠户杀猪用的一套家什也没舍得丢，放在新家的阳台上。赵李氏就常坐在阳台上看着那个油腻腻的篮子发呆，以回忆来打发时光。赵李氏终于觉得孤寂难熬，对女儿说，左左，这儿离厂里又不远，搬回来住吧。

赵左左说，可以啊，不过要右右也搬来。

赵李氏犹豫了，右右那孩子是怪可怜的，可是她要搬来，别人会说闲话的。

赵左左说，不搬来别人就不说闲话了？

赵李氏无话可说。

赵左左就去通知程右右轮休日搬家。程右右显得为难，说，那是你家，我搬去算什么呢？赵左左不满，还分什么你家我家，我们不已是一家人了吗？我对你，难道不比你家里人亲些？程右右还不肯搬，左左，我晓得你对我好，还是让我留下来吧，我反正一个人惯了。

赵左左板起了脸，惯个屁，从小到大你不都跟我在一起吗？我晓你现在心里野了，想离开我了。程右右急了，我不是那意思，我是想一个人在一旁写点东西，免得什么事都麻烦你。左左说，你搬去了，给你一间房，不更好写东西么？不要找借口了，我不勉强你，搬就搬，不搬以后我们就老死不相往来。

程右右只好跟着赵左左，搬到了那幢新楼的最高一层。晚上程右右推开窗户，星星就在窗外，仿佛伸手可触。她望着灯火闪烁的城市，忽然觉得那个叫肖城的男子离她非常之遥远。

程右右万万没想到她将在这里走向生命的归宿。

16

赵左左在国庆节那天跟踪了程右右。

程右右越来越多地找借口单独外出，每次归来身上都散发着可疑的男人味，让赵左左闻了心里隐隐灼痛。即使在家，程右右也越来越多地把时间花费在读书和写作上，而且尽量回避赵左左的亲昵。

国庆节早上程右右就显得心神不定。赵左左提议去看场电影，程右右说没意思，赵左左又说去逛公园，程右右又说不舒服不想去。赵左左说，那我带你去医院看看。程右右说，算了，没什么病，只是没精神。赵左左只好说，那你就在家歇着吧，我上街去买点菜。

赵左左下楼之后没有去菜场，躲在自行车棚一侧的隐蔽角落里。不一会儿，程右右就下来了，脸上明显地经过了描绘，红色风衣把脸衬得愈发白净。她急匆匆地推出自行车，上了大街。赵左左待她拐弯后，赶忙骑上自己的车跟在后面。

程右右的红色背影很显眼，但节日街上人多，要盯牢她就有些困难。赵左左在十字路口和别人的车对撞了一下，互相争吵了几句，再一抬头，程右右不见了。

赵左左急了，抄近路直奔夜莺歌舞厅。

歌舞厅门开着，有位姑娘正在扫地。赵左左问，肖经理在吗？姑娘说，我们经理出去一阵了。赵左左又问，去哪里知道吗？姑娘摇头。

赵左左懊丧之际，忽然想起那片不大但僻静的河滩，她和他定是到初次会面的地方浪漫去了。赵左左猛蹬自行车向城外急驶，惊得路人纷纷回头。到了河堤旁，看见两辆自行车亲密地靠在一起，其中一辆是程右右的。赵左左心头火起，跳下车来，拧下那辆男式车的气门芯，然后一脚把它踢翻在地。

赵左左从河堤后伸出头去。程右右和肖城正背对她并肩坐在河水边，头靠在一起。赵左左心头被什么咬了一下，锐痛。她捡起颗卵石，奋力掷过去。卵石落到水里，水花溅到了程右右和肖城身上。两人同时一惊，四处观望。趁他们不备，赵左左又掷了一颗过去。这一颗没掷多远，落在河滩上，很响。他们站了起来，四处看，还是没有发现她。那肖城好像故意做给她看，搂住程右右放肆地亲起来，两个人体倏地合成了一个。而程右右的右手，竟然勾住了肖城的脖子。赵左左脑子里嗡嗡作响，一咬牙，跳上河堤，向河边冲下去。

程右右！右右！赵左左伸出一只手，一边奔跑一边嘶喊，气喘吁吁地跑到那两个人跟前，用发红的眼睛盯住程右右惊愕的脸，然后一掌将肖城推了个趔趄。

程右右脸红一阵白一阵，左左，你怎么来了？

赵左左叫道，你怎么来了，不是有病在家歇着吗？

肖城插过来说，这是我们的事，不用你管。

赵左左凶狠地瞪他一眼，我们的事也不用你管！她抓起程右右的手往河堤上拖，走，回家去，我有事找你。

程右右回头看肖城。

肖城只好说，右右你先回吧，回头我再找你。

赵左左一直将程右右拖到放自行车的地方才松手。程右右的手腕被捏疼了，怯怯地瞟赵左左的脸。赵左左上自行车时太急，连人带车扑倒在地。程右右连忙去拽她，赵左左甩掉她的手，你发什么假慈悲！

两人再没说话，骑着车一前一后地回到家。

到了程右右房间，赵左左把门一关，坐在床上喘粗气。程右右不安地捏着风衣上的纽扣，低声说，左左，你怎么了？

赵左左灼热的目光射向程右右的眼，怎么了，你装什么傻，你以为我粗糙得连嫉妒也不会了吗？

程右右声音小得如蚊子，我，我们并没怎么样啊。

你还要怎么样？赵左左眼睑急剧地跳动。闻到你身上的臭男人味，我简直透不过气来，看到他摸你的头发拥抱你，我的心疼得直抖！你摸摸你的心，想想这些年我对你怎么样，我们是怎么走过来的？没想到今天你生了外心！

程右右说，左左，我晓得你对我好，可我并没有外心，我现在一样想着你，我以后也会一样对你好。

赵左左说，你现在的好跟过去的好不一样，右右，我爱你，我不能没有你，我已习惯了身边有你，我不能容忍另一个人来与我分享你的感情。今天我跟你说明了，有我没他，有他没我。

左左！程右右叫了一声，泪就流下来了。

赵左左伸出一只食指，凄然道，右右，我这只手，曾给你多少爱抚和慰藉，即使你忘得了它，它也忘不了你，我不能强求你的情感归属，可是你如果决定离开我，就把它也一起带走吧，作个纪念。赵左左从抽屉里拿出剪刀，把那只手指搁在雪亮的刀口里。

程右右惊呼，左左，你别这样！

赵左左毫不动摇，做出剪的姿势，右右，你决定吧！

程右右泪流满面，左左，我答应你，只要你别这样！

一个多月后，神态自若却眼神空蒙的杀人犯赵左左对来访的作家郑慎茫然不解地说，右右为什么这样软弱呢？她要是让我剪去一截指头，事情也许就会两样，不至于让我杀了她。

郑慎问，你是否对自己的行为十分悔恨？

赵左左说，我悔恨与否，对右右还有什么意义？

264

郑慎说，对你自己还是有意义的。

只有八天的意义了。赵左左说。

郑慎说，你的律师已提出上诉，也许会改判为缓期执行。

你认为我会给自己减刑吗？赵左左举起双手，亮亮手铐，诡谲的眼光弄得青年作家一愣。

17

程右右见到父亲是在她告别人世的前九天。

那天中午，程右右夹在成百名纺织女工中间涌出厂门。她的肩膀上、发梢上还粘着细微的棉绒。她取下工作帽拍打身子的时候，路边有个苍老的声音喊她。她循声找去，只见一黑瘦老头在向她招手。

程右右过去问，您是找我吗？

老头两眼含了泪水，你不认识我了吗，右右，我是你爸呀！

程右右毫无思想准备，父亲是个耻辱的标记，她早已把他掩埋在记忆深处，早把他的形象遗忘了。父亲的突然出现使她感到震惊，她苍白着脸，觑着这个陌生的老头，一时木讷无语。

老头非常激动，颤颤巍巍凑到她面前，仔细地看她，右右，二十一年没见了，你都长这么大了，要不是在你妈那儿看过你的相片，我真认不出来了呢！

蒙在记忆上的灰尘仿佛被父亲的话抖落了，程右右脑子里重现了二十一年前的情景。她从老头的相貌上发现了父亲的特征。但那种陌生感仍令她困窘迷茫，更无法叫他一声爸爸。见许多工友向这边好奇地窥望，她急促地说，我们走吧。

程右右把父亲领到一家僻静的饮食店，点了几个菜，要了两杯啤酒。这么做时她一眼也不看父亲，奇怪的是陌生感在逐渐消失，亲近感在悄悄滋生。父亲不断地给她碗中夹菜，好像她是他的客人。父亲的目光一直在抚摸她的脸，她不用看，也能感觉到那种压抑多年之后释放出来的慈爱。

父亲一杯酒下肚后，就开始徐缓地诉说他的经历，其口吻神情，有点像下级向上级汇报。他说他犯罪入狱后，怕连累家人，是他主动提出与母亲离了婚。他说起洞庭湖里凛冽的寒风，芦苇丛里凶狠的蚊蚋，以及可怕的血吸虫，还有和囚徒们互相传授的五花八门的本领。他说他表现很好，七年徒刑减为五年，刑满后觉得没有脸面回到这座城市来，就在劳改农场的子弟学校里就了业，仍当老师。他说两年前在一本本城的刊物上看到了她写的散文，文章提到了抓周，提到了槐花巷槐花的苦香如何沁人肺腑。他说他欣喜若狂，他的女儿多有出息啊，他把整篇文章一字不漏地抄下来，边抄边流泪。第二天他就把这篇文章介绍给了学校所有的老师，听了他们的称赞，他心里充满了做父亲的骄傲。他告诉她，他现在没教书了，当了校办工厂的购销员，赚了不少钱。他已经老了，又单身一人，要钱有何用？还不是给她准备的，如今，只有女儿是他唯一的安慰了。他此次来，除了想见她一面外——他此生还能见几面呢？——主要是想请她原谅他的过去，同时想弥补一下他未尽的父亲职责。

程右右一直埋着头，觑见父亲稀疏的灰白头发和那张皱褶纵横饱经沧桑的脸，心里就堵，忍不住想哭。父亲的话都落入了她的心底。没有不受血缘左右的情感。她还有什么可说的呢，不管怎样他都是你的父亲，这是永远无法更改的。

爸！她终于把这个字叫了出来。过去的事过去了，您……保重身体。

父亲激动得颤动满头灰发，这个我晓得，你放心好了，我的身体还硬朗。

嗯。她点点头，给父亲夹菜。

父亲却望着她，欲言又止。

她很敏感，就说，爸，您还有什么要说？

父亲放下筷子，慎重地说，右右，你是个知书达理的孩子，我想你会理解老年人的心情的，我现在最希望的，是你能成个家，过上幸福的家庭生活。

程右右望着碗里不作声。

父亲斟酌着词句，说，我晓得……你现在住在左左家，从小到大，左左都照顾着你，也真难为了她。可是你不能一辈子都这样，你应该有自己的生活。人，不能在关键时刻犯错误的，否则就误了自己一生，像我这样……到时候就后悔莫及了，你千万……要把握自己啊！

程右右抬头问，爸爸，你是不是听到闲话了？

父亲连忙摇头，没有，我是泛泛而谈，再说，谁又不说谁的闲话呢，你不用去管……我是以一个走过弯路的父亲的心情讲这话的。你看我，都老成这样了，还活着干什么？不就是图看到自己的儿女生活得好吗？你要是还这么过下去，我躺在坟墓里也不得安生呀！父亲说着就用巴掌捂着脸，堵住涌出的眼泪。

程右右鼻子一酸，爸，您别说了。

父亲抹抹脸，泪眼巴巴地望着她，右右，爸这一辈子对你不住，我不求你什么，只求你找个男朋友结婚吧，我求求你了。

程右右喉头一哽，脱口道，爸，我答应你，我已经有男朋友了,他叫肖城……

当天夜里，赵左左坐在程右右房里织毛衣的时候，程右右说了见到父亲的事，但她隐瞒了对父亲的承诺。

九天后，程右右被杀死。十天后，城里出现了一名衣服整洁的老疯子，老疯子碰到穿制服的人就说，你晓得吗，程右右是我害死的，你们怎么不把我抓起来呢？

18

程右右的生命只剩下三天的时候，肖城电话约她去他那里。他说有必要和她作一次深谈。肖城担心她不会来，但在他约定的时间里，程右右走进了他的书房。

天气阴沉，所以书房里也暗淡得很，笼罩着抑郁的气氛。程右右端坐在沙发上，一言不发，白皙的脸如苍白的月亮嵌在一片灰暗的背景上。肖城恍惚之中，觉得她化作了一尊塑像，就像一个忧郁女神。肖城靠近她坐下，听到了她那细若游丝的呼吸，才感到她慢慢地真实起来。

持久的沉默令肖城感到窒息，但千言万语又不知从何说起，他忍不住伸出手去抚了一下程右右的肩头，轻轻叹出一口气。

程右右没有像平时那样羞怯，她咬咬嘴唇抬头直视着他，肖城，你想说什么．尽管说。

肖城忽然觉得许多话都不必要说了，手在面前扑了一下，似乎把原来的念头赶走。又沉吟了片刻，他才轻声道，我不想说了，右右，我晓得你们是怎么回事了。

程右右摇摇头，你不晓得。

肖城强调说，我当然晓得。他指指他的书橱，我买这些书不光是装潢门面，我有我的精神生活，书教会了我很多事。你们这种情况，国内国外都不罕见。

程右右脸有些青，你不要乱猜。

肖城说，右右，我能够理解你们，你俩从小一起长大，青梅竹马，在坎坷的人生道路上相依相偎，互帮互助，产生那种感情，是很自然的，何况你们又处在那样的环境中，你们互相舐舔心灵的伤口，寻求人性的慰藉。做一个社会人很难，总是受到伤害，于是你们只想做自然人，但你们不可能脱离社会……

程右右截断他的话，你不了解情况，没资格说三道四。

肖城说，右右，我并不是想谴责你们，相反，我是在尽力理解你们，甚至，我尊重你们这种感情。本来我这局外人是无权说三道四的。但现在我和你恋爱，这两种关系是不能共存的！我不责怪你的过去，事实上你也无可责怪，但我要求未来，或者说现在，只能由我独享你的情感。爱，是排他的呀！

在肖城的凝视下，程右右缄默良久，脸色更白，眼角的皱纹也更深了。

肖城又说，右右，我并不是要逼你表态，我是想让你从内心深处认识到这一点，我是爱你的，但无论如何我不愿和左左分享你的爱，我宁愿放弃，也不会让步，你好好想想吧。

程右右说，我明白。

为了缓和气氛，肖城给她开了一听健力宝。程右右吸着吸着，脸色平静下来，她讲起了见到父亲的事，并且讲起她对父亲的承诺，她在毫无准备的情况下对父亲说出他的名字。不过你不要紧张，程右右对肖城说，我并没打算兑现对父亲的承诺。

肖城感到意外，为什么？

程右右站起身，眼里忽然泛起浅浅的泪光，直视着肖城说，为什么？你要求我这样，她要求我这样，他又要求我那样，总是别人要求我，我从没要求过别人，我程右右只有一个身子，只有一颗心，你要我怎么办？你说呀，你教给我一个办法呀！你说呀，你说不出来了吧？！

肖城不知怎么就蒙了，真的什么也说不出来。

程右右带着哭腔叫道，既然你宁愿放弃那你就放弃好了，谁也没有赖着你！程右右说着就奔出了房门。

肖城跟出门外时，程右右已经跑远，她的背影又薄又轻，仿佛一片风中的落叶，一旋就没影了。

19

肖城告诉青年作家郑慎，在程右右死前的三天里，他的思想斗争异常激烈，实际上他很在乎程右右的过去，但一旦真要放弃程右右，他又于心不忍。那是昏天黑地辗转反侧胡思乱想寝食不安的三天，直到第三天下午，他才明确地告诉自己，程右右爱自己，自己也爱程右右，他不能允许自己这么轻易地放弃。

郑慎对肖城的说法表示怀疑，说人有时是会受自己蒙蔽的，摸不着自己的真实思想的，你的恋爱好像在攻打一座城堡，城堡越坚固越封闭你决心越足，越能挑起你的进攻欲，假若城堡的大门自动对你敞开，你可能就对它没兴趣了。郑慎又说，正是右右这一类文弱温顺的女子使我们男人更成其为男人，所以极易引发我们的爱恋之情，其实这种爱，很大程度上是爱我们自己，是一种自恋的表现。

肖城立即反驳，说作家的分析有一定道理，但不符合他的实际情况，他对右右的爱是圣洁的诚挚的无功利动机的，他对自己非常了解，他还从未有过如此真切深刻的爱。肖城说着把五指叉进一头卷发里，痛苦万状地说，当然，正是我这种真爱害了她。要知道是如此悲惨的结局，我决不会去爱她。那天傍晚为什么不下场大雨或下场冰雹阻止我呢，让我在路上出场车祸也行啊！

事实上那天傍晚下刀子也阻止不了肖城走向那场惨祸。他在几公里外就看见了程右右忧伤的眼神，嗅到了她身上散发的忧郁的气息。他忽略了世上的一切，骑着车拼命地往那幢楼里赶，只为了对她倾诉自己的满腔真情。

他是连蹦带跳地攀上六楼的。赵家的门没锁，掩着，这使得他不用敲门就走了进去。客厅里空无一人，但程右右的房门有一条缝，泻出一缕金黄色的灯光。他抑制着冲动的心情，轻轻推开门——

程右右坐在窗前，手托着下巴，双眉微蹙，眼睛明显地往里抠了许多，楚楚可怜的样子。肖城叫了一声，右右！程右右倏地转过脸来，惊讶无比地瞪着他。他说，右右，我不能够放弃你。程右右双肩一抖，猛地扑了过来，搂住肖城的腰，把面颊贴在他胸口，呜呜地哭了起来。肖城激动得热泪盈眶，双手抚摸着她的头发。忽然程右右没了动静，肖城低头一看，她因过度兴奋竟昏厥过去了！肖城喊了声右右，急忙掐了一下她的人中穴。她醒过来了，双脚一踮，搂住他的脖子，疯狂地吻他的脸、他的脖子。肖城一时只有招架之功，他没想到她竟会如此主动、如此热烈、如此不顾一切！他浑身如着火，他脚往后一踢，碰上了门，然后把她抱了起来，轻轻放到床上。他用唇堵住她的嘴，她则双手压着他的后脑勺毫不放松。令人窒息令人醉迷的长吻。接着他揭开她的衣服，遍吻她的身体。她再一次搂住他的腰，再也不松开，生怕被别人抢走似的。他以从未有过的冲动和温柔进入她的激情之中，他们融为一体，享受至纯至美的爱的快乐。他们谁也想不到灾祸会在这个时候悄悄

269

追近，给他们其中的一个以致命的一击。

赵左左洗完澡从浴室出来，听到了程右右房里不同寻常的声响。她立即推了一下门，门纹丝不动，锁着。这样那些声响的内容就更明确了一些。赵左左的胸膛马上因气愤而开始起伏，她走到阳台上，靠着栏杆身子一斜，往隔壁的窗户里看去。窗帘没有拉上，于是她不该看到的一切全看到了。屈辱、愤怒、嫉恨一齐压向心头，使她除了想要一把刀外再也产生不了其他想法。父亲的那套家什正放在阳台上的纸箱里，她随便往里一摸，就摸出一把杀猪刀。那刀虽因年代的久远而锈迹斑斑，但仍十分锋利。赵左左操了刀就回到门前用脚踹门，畜生，到我家里搞，畜生！她两眼发红，咆哮不止。赵李氏被惊动了，跑过来拽她，被她推倒在地。在赵左左再一次向门踹去时，门忽然开了，她身子向前一倾，于是她借着那股力举刀向肖城刺过去。肖城往旁边一闪，她刺空了，但她没有停止，她也不想停止，她举刀继续笔直往前。前面是床，床上是坐着的程右右，于是那刀尖戳进了程右右的胸膛。

程右右双手倏地抓住插入胸膛的刀，还没来得及呻吟一声，被刺中的心脏就停止了跳动。死去的程右右脸色苍白，两眼大睁，嘴唇略张，仿佛在问，这是为什么？

20

程右右的七七忌日，即她死后的第四十九天，青年作家郑慎开始整理他的采访笔记。

刚写几个字，电话响了，找他的。司法局的一个朋友告诉他，高级法院对赵左左杀人案的终审判决下来了。赵左左的死刑改判为缓期两年执行。

放下话筒，郑慎喃喃自语，这么说赵左左不会枪毙了，只要表现好，缓期可变为无期，无期可变为有期。正愣着，主编过来了，说小郑这一来我给你设计的文章开篇也用不着了，要是一开头就写赵左左如何被枪毙，肯定吸引读者一些。

郑慎心情复杂，说，主编，这篇纪实文学我不太想写了，我不能用别人的不幸去满足人们的猎奇心理。

主编说，那怎么行，这是早定下的事，下期刊物等着你的稿子呢，再说稿子怎么写不是由你掌握吗？我们写这种不幸正是为了不让这种不幸重演嘛！

说得冠冕堂皇，其实还不是为了刊物发行量？当然，主编有主编的难处，刊物必须生存，在争得生存之前是讲究不了怎样生存的。郑慎心里嘀咕着，着实感到一种深深的无奈，怎么办呢？

郑老师，您就随便写吧，别为难了。

郑慎忽然听见程右右在背后说话，声音轻柔婉转，带着一丝愁绪。他转过身去，果然见程右右在窗外公园里，背靠一棵水杉站着。还是生前那一袭黑色连衣裙，还是肖红式的发型，肖红式的忧郁。过去在培训班上课，课间休息时，程右右就常穿过公园的小门，站在那棵水杉下出神。他晓得这是幻觉，于是屏住呼吸，凝神地注视着她。忽然她对他笑了，明白无误地笑了，只是那笑里蕴含着无奈的忧伤。他的心便在胸腔里颤动不已。他似乎触摸到了什么，又似乎被什么触摸了一下……

郑慎整天郁郁不乐，莫名地回想起监狱墙上的三问：你是什么人？这是什么地方？你来这里干什么？他竟一个也答不出来。

下班刚回到家，郑慎又接了一个电话，肖城打来的。肖城告诉他，下午三点，赵左左利用看管人员的疏忽和监狱墙壁的坚硬，撞破了自己的头。

郑慎略略一算，那正是他幻见到程右右的时间。

1993 年 8 月

271